# L'AMOUR AUX TROUSSES

DU MÊME AUTEUR

*Paysannes de montagne,* Lucien Souny, 2015
*Pour quelques arpents de rêve,* Lucien Souny, 2016
*Sœurs de lait,* De Borée, 2018. Grand Prix littéraire de l'Académie nationale de Pharmacie 2018. Prix Patrimoine des pays de Savoie 2018
*Lily sans logis,* De Borée, 2019
*Une montagne de femmes,* Les Passionnés de bouquins, 2019
*Un voyage nommé désir,* Les Presses de la Cité, 2021. Trophée des Savoyards du Monde 2021. Prix Machiavel 2021 du roman en langue française
*Les Liaisons périlleuses,* Les Presses de la Cité, 2022

Frédérique-Sophie Braize

# L'AMOUR AUX TROUSSES

Roman

TERRES DE FRANCE

Les Presses de la Cité

92, avenue de France – 75013 Paris
ISBN 978-2-258-20644-1
Dépôt légal : octobre 2023

*Pour Le Magnifique*

*Il y a longtemps de cela, je quittai les Alpes pour Saint-Pétersbourg, sans soupçonner que mes entrées au palais impérial allaient me conduire dans les prisons de Lénine. Cinq ans après, je revis la France et mes montagnes. Mais les péripéties de ce voyage avaient fait de moi une autre femme.*

*J'ai essayé de raconter avec franchise cette période agitée. En raison du relâchement des mœurs dans l'Empire des tsars, il est possible que mon récit comporte une atmosphère de provocation. J'ai néanmoins voulu faire revivre ce qui fut la réalité.*

*Vitaline Vittoz*

# *Retour au pays*
# 1919

# 1

En janvier, je suis convoquée au club du soupçon. Je m'y rends à pied malgré la tourmente de neige. Je pousse la porte bardée de fer, traverse le hall garni d'un miroir incliné. Je m'aperçois dans la glace, presque surprise d'y voir une femme aux attraits pulpeux, mi-paysanne et moitié dame.

On me fait entrer dans un bureau aux murs de cuir gris où un employé feuillette ses paperasses.

— Vitaline Vittoz ?

— C'est moi, dis-je en frissonnant de toute ma peau.

Il remarque que je suis trop légèrement vêtue pour la saison – j'ai dû troquer mon manteau contre de la nourriture. Ses yeux vont de ses dossiers à mes charmes serrés dans un cache-cœur. Au même instant, je sens mes seins devenir pointus sous la provocation de la laine mouillée. L'homme devine leur relief sous les mailles serrées. Un gémissement de convoitise lui échappe tandis qu'il encre un tampon officiel.

— Tu peux rentrer chez toi, m'annonce-t-il.

Ses mots, prononcés dans un français dont les hésitations trahissent tantôt le russe, tantôt l'allemand, me surprennent. Mes démarches pour récupérer ma nationalité ont abouti. Je n'en reviens pas.

Je ne suis plus sujette du tsar !

J'ai enfin le droit de quitter la Russie.

Le paperassier tamponne mon laissez-passer d'un coup sec frappé sur le bureau, faisant trembler l'eau mise à bouillir dans le samovar – bouilloire composée d'un réchaud et d'un robinet. Je devrais exprimer mon soulagement, or je reste muette. Je vais rentrer en France alors que Flore est encore captive. Rien qu'à l'idée de la laisser, ma raison se trouble, s'égare.

Mon manque de réaction fait que le Russe examine mon visage. Il me lance un « C'est tout ce que ça te fait ? » si inquisiteur que j'en blêmis. Habituellement, les anciennes prisonnières ne peuvent retenir un glapissement de joie à l'annonce de leur retour chez elles. Mal à l'aise, je me balance d'un pied sur l'autre. L'employé recule un peu sa chaise pour me jauger de l'œil. Il lorgne mes cuisses sur lesquelles ma jupe humide plaque – faute de tissu, je l'ai faite dans une nappe ornée de motifs slaves. Il incline la tête à gauche, puis à droite avec une moue hésitante, comme s'il se demandait : Est-elle un peu sotte, ou paralysée de crainte ?

Pour me soustraire à ses regards fouilleurs, je cesse de dandiner mon corps et fixe le plancher entre mes pieds. Comprenant qu'il ne tirera rien de moi, l'homme retourne à mon dossier. Je relève la tête pour reprendre mon souffle. Mes poumons sont vides. Je suis proche de l'asphyxie. Je regarde par la fenêtre de la Tchéka. Du quatrième étage, on aperçoit la place Loubianka et la cathédrale Nestor-le-Bienheureux. Les clochers à la russe sont de couleurs vives. À la vue de leur forme bulbeuse, mes pensées remontent mon passé jusqu'à mon village natal.

La messe du couchant touche à sa fin. Je sors de l'église avec ma mère, coiffée d'un chapeau en forme d'assiette à soupe renversée. Nous rejoignons les hommes de ma famille au pied du clocher à bulbe que les montagnards appellent « l'oignon » pour rigoler – c'est vrai qu'il a l'air d'un énorme oignon surmonté d'une croix. Il est recouvert de planchettes de bois. On doit ce bulbe aux Savoyards partis travailler en Autriche et revenus au pays avec cette fantaisie architecturale. Mon père m'intime l'ordre de le suivre, tandis que l'assiette à soupe renversée s'éloigne avec mes deux frères. Je tricote des guiboles pour ne pas me faire distancer par mon paternel qui dirige ses pas vers la forêt. Nous marchons jusqu'à ce que la visibilité soit si réduite que les troncs deviennent un mur obscur.

— Pour qu'un enfant apprenne à se rappeler son chemin, il faut qu'il se soit égaré, affirme-t-il.

Et de m'abandonner dans les bois !

D'abord affolée, je fais appel à mon courage pour le suivre à distance, mais la nuit prend les sous-bois et je le perds de vue. Alors je m'accroupis, les cheveux mouillés d'une sueur froide. Je retiens mon souffle, guettant les bruits dans les fourrés, assez épais pour cacher un grand méchant loup. À la pointe du jour, je gagne la lisière de la forêt, la langue sèche et le ventre creux. Je marche jusqu'à retrouver mon village autour duquel des biquets cabriolent. Je reprends haleine en voyant le chalet familial : un soubassement de pierres, des murs en bois, une porte basse où mon père manque rarement de se heurter la tête et une seule fenêtre derrière laquelle ma mère récite des prières. Je pousse la porte, me sens récompensée par le bol de lait tiède qui m'attend sur la table. Ma mère fait une croix à la cheminée en tremblant. J'ai sept ans.

— Tu peux rentrer chez toi, répète le Russe.

Je reviens brusquement à ce pour quoi je suis là.

L'employé quitte sa chaise, se rapproche. Il se penche vers moi, me fouille les prunelles de son regard de fouine. Je lis dans ses yeux que la question est tranchée : je suis tout à fait demeurée.

— Ma santé ne me permet pas de voyager par ce froid, dis-je sans préciser que je ne suis pas remise des mauvais traitements subis en prison. Je préfère attendre le retour du printemps.

Il consent du geste sans mot dire, car le samovar produit à présent un bruit strident. Le sifflement de cette bouilloire en usage dans les pays slaves annonce la pause qui coupe sa journée de travail. Il se sert un verre de thé, hésite à l'agrémenter de vodka que les Russes appellent « petite eau » – les bolcheviks ont interdit la fabrication d'alcool. Il y renonce. Au club du soupçon, chaque geste est observé, chaque propos écouté. L'homme me tourne le dos pour avaler debout son breuvage, un cube de sucre entre les dents. Depuis 1917, le thé est offert chaque jour aux travailleurs par la Commission de lutte contre l'ivrognerie.

Finie la rigolade au bureau !

Je quitte le siège de la police politique sans demander mon reste. Je franchis la grille chargée d'une chenille de neige. Une ligne de tramway suit la rue dans laquelle je marche. Au début du siècle, Moscou avait un réseau de tramways à impériale tirés par des chevaux. Petit à petit, on les a remplacés par des véhicules électrifiés, plus rapides. Et plus chers aussi. Le prix du ticket est exorbitant, alors que l'on m'a confisqué mon argent. Je file donc à pied le long des avenues. Ma jupe raidie de froid entrave ma marche comme pour faire obstacle à mon allure de montagnarde.

# 2

Vers février, on me fait revenir au club du soupçon. Dans les rues, le vent soulève la neige, la roule en congères. J'ajuste la pèlerine que j'ai confectionnée dans un rideau. Son ampleur doit à la fois me protéger du froid et des regards appuyés sur ma poitrine. La porte en fer franchie, je m'observe dans le miroir penché de dix degrés – il permet aux membres du club de voir qui entre sans avoir à se retourner. Mes cheveux floconneux me donnent l'air d'avoir passé la tête au travers d'un édredon.

Je gagne les étages par le grand escalier, évitant celui en colimaçon qui descend à la prison souterraine, pleine à craquer. Il y a là des ennemis de classe – autrement dit, des bourgeois. Des moujiks considérés comme des exploiteurs de terre – en fait, des paysans. Des blancs – comprendre des contre-révolutionnaires. Des cosaques, aussi appelés nomades. Des dissidents d'opinion : entrepreneurs, anarchistes, prêtres, parasites sociaux. Des grévistes accusés de sabotage – en réalité, des ouvriers affamés qui réclament des rations comparables à celles de l'Armée rouge.

Postée dans le couloir, j'épie les conversations qui ont cours dans le bureau aux murs de cuir. La porte entrouverte me permet d'entendre la voix de mon paperassier attitré qui s'adresse à un collègue.

— Ne m'attends pas pour aller à la cantine, j'ai convoqué une Française. Elle ne devrait plus tarder.

— Elle doit être jolie pour que tu renonces à la soupe aux cailloux !

— Très jolie ! Imagine un peu : une rousse piquante, toute bien charnue par-devant et par-derrière. Et rigolote avec ça ! Figure-toi qu'elle est libre de rentrer chez elle, mais qu'elle reste à Moscou ! Je n'arrive pas à lui faire comprendre qu'elle peut partir.

L'autre éclate de rire. Selon lui, il n'est rien de tel que la convocation d'une Française pour dissiper l'ennui d'un jour gris, tant les femmes de cette nationalité sont d'une bêtise récréative.

En sortant du bureau, le rigoleur se retrouve nez à nez avec moi. Il me dévisage, insolent et narquois, avant de s'éloigner. Je viens me planter devant l'employé qui rédige des paperasses. Il attache un regard paillard sur ma jupe. Le tissu est si mince qu'il laisse deviner ce qu'il y a dessous à travers la trame, comme au travers d'un grillage à poules.

— Camarade Vittoz, tu peux rentrer chez toi.

Camarade… Ce mot est très en vogue. On en affuble n'importe qui. Le tutoiement est à la mode également. Il est même obligatoire.

Mes heureuses proportions ont induit cet homme

en erreur. Une femme peut avoir, en même temps, du charme et des prédispositions intellectuelles. J'ai compris que je suis libre de quitter la Russie, mais mon amitié avec Flore me retient dans des liens étroits, à beaucoup d'égards. Ce que je ne peux évidemment pas lui révéler. J'observe donc un silence prolongé auquel le Russe met fin en reprenant la parole :

— Je crois que tu ne saisis pas bien…

Il s'interrompt au milieu de sa phrase pour vérifier que tout le monde est parti à la cantine. Il poursuit à voix basse, comme pour s'excuser de se conduire en antisocial dans un local communiste :

— … tu dois rentrer en France, sans quoi il t'en cuira.

— Je voudrais bien, mais je n'ai pas de quoi payer mon billet.

Mon excuse est aussi vraie que deux et deux font quatre. Les roubles économisés sur mes gages ont été confisqués lors de mon arrestation. Tentative inutile. Le camarade paperassier a une réponse toute prête :

— Un convoi se prépare pour la fin du mois. Tu pourras voyager gratis par le chemin de fer.

Il me délivre un sauf-conduit. Je quitte le bureau de cuir, le regard du Russe appuyé sur ma chute de reins.

Place Loubianka, je reviens à ce qui me préoccupe : le convoi dont le départ est prévu à la fin du mois. Ce délai supplémentaire laisse une chance à Flore de sortir des geôles du camarade Lénine. Tout espoir n'est pas perdu puisque son frère fait des démarches auprès du consulat afin d'obtenir sa relaxe. Il se démène de Chambéry pour que la police politique retrouve le discernement de libérer sa jeune sœur. J'imagine celui dont Flore parlait souvent quand nous étions séquestrées : Hugo. « Le bel Hugo, comme les femmes l'appellent », disait-elle. Grand et gaillard. Vaillant et valeureux. La quarantaine qui approche. Il a combattu dans les troupes de montagne pendant la guerre. Je ressens un émoi très spécial. J'en demeure perplexe. Depuis ma libération, l'image du Savoyard s'impose à moi.

Je le chasse de ma tête pour me présenter au chef de train auquel je m'adresse en russe. Je baragouine cette langue faite pour exprimer les nuances les plus délicates, mais qui est surtout utilisée pour donner des ordres militaires sur un ton tranchant.

— Salut, camarade ferroviaire !

L'homme au képi plisse les yeux pour examiner ma physionomie. Je lui tends mon sauf-conduit.

— Qu'est-ce qu'on a là ? gouaille-t-il. Vitaline Vittoz, maîtresse de français, née en 1890 à La Solitude. Ce qui nous fait...

Je le vois compter sur ses doigts à travers le brouillard d'un souvenir.

La Solitude... La ficelle imperceptible qui me relie à mon village savoyard s'est amincie avec le temps et la distance. Pour autant, certaines caractéristiques du Haut-Chablais restent présentes dans ma mémoire : l'alpage d'Ubine dominé par le mont Chauffé, les chalets en madrier d'épicéa, l'étable fumante dans la fraîcheur du matin, le grelottement des sonnailles, le goût frais des tommes blanches égouttées dans des paniers de paille. Je les ai encore en tête, mais n'en parle jamais. À personne. Car chaque souvenir est pour moi une image dont l'évocation ressemble à une aubépine aux fleurs amères et aux rameaux hérissés de dards.

— ... vingt-neuf ans ! s'exclame le cheminot qui a fait son calcul.

Je hoche ma tête poudrée par les flocons qui descendent dans l'air bleuissant. Il émet ce rire gloussant qui tressaille contre la pomme d'Adam des hommes fiers d'eux-mêmes.

Il achève la lecture du sauf-conduit, me dévisage avec des yeux saillants comme des tampons de locomotive.

— Tu as dû rendre un grand service à la patrie pour obtenir un tel honneur !

Je sens le rouge me monter aux joues. Il poursuit son monologue :

— Maintenant, on dirait que tu veux fiche le camp du pays des soviets !

Je le regarde avec méfiance. Il est hautain comme ceux de son peuple, mais pas foncièrement mauvais.

— Da ! finis-je par dire avec un geste approbateur de la tête.

Je bats des cils pour en chasser les flocons qui s'y accrochent pendant qu'il m'explique que le voyage jusqu'à Paris est gratuit parce qu'il prend vingt jours au lieu de dix habituellement. Paris... Une torpeur m'envahit, qui n'est pas sans charme puisqu'elle m'évoque Vadim. À en croire la rumeur, le grand-duc a trouvé refuge dans la Ville Lumière.

— Mais ce n'est pas gênant, vu que personne ne

t'attend chez toi, m'assène le chef de train. J'ai raison, pas vrai ?

Sa remarque me sort de ma torpeur pour me blesser au vif. Je m'éloigne en crispant ma volonté pour ne pas fondre en larmes.

## 3

Je vais voyager avec la douzaine de Françaises encore présentes à Moscou : gouvernante, infirmière, préceptrice, institutrice, couturière, cuisinière et des religieuses de la Congrégation Saint-Joseph de Chambéry – à laquelle appartient Flore. Toutes célibataires, comme moi. Toutes d'un âge encore jeune où les femmes sont en pleine possession de leurs capacités. Une période de leur vie où elles ont envie de faire valoir leurs droits à l'existence.

Fin février, on nous convoque au comité de surveillance politique. Nous nous y rendons en marchant bras dessus, bras dessous pour ne pas déraper. Le gel a glacé le sol. Des traîneaux à deux places appelés briskas glissent avec facilité sur la neige dure des avenues. Le camarade commissaire nous passe en revue pour déterminer sur quelle poitrine il va épingler l'insigne bleu-blanc-rouge que portaient les infirmières françaises durant la guerre. Cette cocarde tricolore permettra d'identifier notre groupe d'un seul coup d'œil. Il fixe son choix sur moi parce que je soignais des blessés avant d'être faite prisonnière par les Allemands. Et aussi parce que la coupe de mes vêtements, si usés qu'ils soient, me donne un air sérieux – faute d'élèves, j'ai jeté mon dévolu sur la couture.

Le commissaire est pressé de nous voir partir. Notre présence à Moscou pourrait faire croire à la France que la Russie manque à sa promesse de nous libérer. Des tractations sont en cours entre les gouvernements pour troquer des militaires russes contre des civils français. Les échanges se feront à la frontière finlandaise.

— Le régime de la terreur s'abattra sur celles qui rateront le train !

Pour avoir déjà subi les sévices du parti des tutoyeurs, nous savons que ce ne sont pas des menaces en l'air. Les tchékistes sont recrutés parmi les criminels russes. Ils ont tellement en horreur les carriéristes de la petite bourgeoisie qu'ils en ont exécuté quinze mille uniquement à Moscou. Bien sûr, nous ne sommes pas des bourgeoises, loin de là. Les bolcheviks nous traitent avec hostilité parce que nous avons été au service des élites francophiles. Et comme telles, nous faisons partie du climat de suspicion, au même titre que la tour Eiffel fait partie du paysage parisien, ou le Mont-Blanc du paysage alpin.

Les soldats de l'Armée rouge mettent à notre disposition un wagon à bestiaux placé en queue de convoi, après les wagons de voyageurs et ceux de marchandises – les soviets nous considèrent comme des êtres de faible valeur humaine. Des amis de l'Asile français de bienfaisance l'aménagent pour rendre supportable notre périple. Ils clouent des bancs contre les parois et installent un poêle en son milieu, car les nuits sont glaciales. Ils nous fournissent une scie, une hache et du bois. Il ne s'agit pas de bûches, mais de meubles brisés : pieds de chaise, tiroirs de commode, fond d'armoire, couvercle de piano. La pénurie de combustibles est un état permanent.

Le 7 mars, nous sommes treize à traverser Moscou, devenue capitale de la Russie en 1918. Nous sommes parfois saluées d'un geste discret par des gens que la vue de ma cocarde remue comme un regret pour ces jours d'autrefois, bien plus lumineux que ceux d'aujourd'hui. Ils regardent partir ces femmes qui ont participé à l'alliance franco-russe entre 1892 et 1917. Des négociants, des industriels et des intellectuels, venus de l'Hexagone en famille, avaient investi dans les affaires. À présent, tout ce qui était français n'existe plus. Commerces, écoles, usines, œuvres humanitaires et institutions culturelles ont été réquisitionnés, pillés, détruits.

Nous sommes treize à attendre sur le quai de la gare, accoutrées pour le voyage par la Croix-Rouge – nous avons troqué nos vêtements chauds contre de la nourriture. Treize femmes qui ont quitté leur terre natale avant-guerre pour des raisons louables. Treize à repartir comme des voleuses alors que nous avons accompli notre devoir, bravant la distance, la neige, le froid, une religion différente, un régime politique conservateur, une langue réputée difficile. Et pardessus tout, la déroutante âme slave d'une population qui se porte à des excès en tout genre.

Nous prenons place dans le wagon avec des malles contenant des couvertures, des sardines en conserve, du pain à la sciure de bois, un samovar, de l'eau, de la mélasse de betterave et du thé en briques compressées. Un coup de sifflet aigu nous fait sursauter.

— Retour à l'envoyeur ! beugle un soldat en fermant la porte avec un claquement surgi de l'enfer.

Nous sursautons de nouveau. Le train quitte Moscou. C'est un vendredi. Personne ne pipe mot. Le soulagement de s'évader de l'enfer est troublé par le sentiment d'abandonner ceux qui ne peuvent nous suivre. Je devine que certaines pensent aux enfants de la garderie pour les ouvriers ouverte en 1903, aux élèves de l'école pour jeunes filles pauvres fondée en 1872, ou encore aux vieillards de l'hospice Sainte-Darie créé en 1885. D'autres songent à leurs collègues et amis de l'Asile de bienfaisance. À leurs amants, également. Chacune a ses raisons de pleurer ; chacune les tait par crainte des espions. Mais je sais – par confidence ou par indiscrétion – que mes compatriotes ont des motifs plus avouables que le mien.

Le train s'éloigne de la nouvelle capitale russe. Une gravité mêlée de tristesse s'empreint sur nos figures. Une ombre emplit nos cœurs pleins de nostalgie, mais aussi de rancœur vis-à-vis de ce que ce pays est devenu. Cet empire au passé glorieux n'est plus qu'une nation sens dessus dessous.

Le soir venu, la température descend. Il faut faire du feu, sans quoi nous allons finir gelées. Les religieuses étalent des couvertures sur le sol du wagon. Toutes les femmes s'étendent, se serrent les unes contre les autres. Toutes, sauf moi. Consciente que cette promiscuité m'empêchera de tenir mon passé à distance, je me suis proposée pour entretenir le feu. Les autres s'endorment malgré les cahots du train. Je les entends respirer fort par la bouche, épuisées par l'insomnie nerveuse qui a précédé notre départ. Ces derniers mois, sans cesse obligées de guetter les descentes nocturnes, nous n'avons pas osé nous reposer tant nous redoutons ces Russes qui sommeillent le jour pour opérer des perquisitions à la faveur de l'obscurité.

Ce soir, c'est différent.

Le sentiment d'être en sécurité dans le wagon, blotties sous les couvertures, fait que mes compagnes roupillent, contrairement à moi. Armée des habitudes de l'enfance, je dors peu. Gamine déjà, je luttais contre le sommeil. Chaque nuit, je tirais un sentiment étrange à rester éveillée quand mes parents dormaient. J'attendais la fée des montagnes qui vient visiter l'enfant ayant résisté le plus longtemps à l'endormissement. J'avais quelque chose à lui dire. Une chose que je ne pouvais confier à personne d'autre.

À présent, j'écoute le bruit des dormeuses autour de moi, attendrie par leur soudaine confiance. Flore aussi respire de façon précipitée la nuit. Je sens encore contre ma joue son souffle haletant, son haleine de pomme verte, la douceur de ses cheveux blonds. Cette sensation fictive me donne des palpitations. Je m'imagine tout ce qui pourrait lui arriver. Trois mille nonnes et moines ont été mis à mort durant la seule année 1918. Les exécutions sont parfois précédées d'actes de barbarie : certaines victimes sont crucifiées, d'autres sont forcées de communier en avalant du plomb fondu. Mon pouls s'emballe. Une onde d'angoisse court le long de mon échine. Mon tourment est remplacé par un sourd mécontentement contre moi-même car je songe qu'en m'éloignant de Flore, je me rapproche de Vadim. Plus la distance qui me sépare de la France se réduit, plus le grand-duc occupe mes pensées. Ce voyage fait éclore en moi des déchirements qui me tiraillent.

Le lendemain matin, Paule, la cuisinière, fait du thé très noir et très sucré avec le samovar. À midi, les femmes partagent des sardines en conserve. Une religieuse m'observe. Parce que je ne mange rien, elle veut me forcer à avaler un morceau de poisson, avant de se raviser, alarmée par notre nombre.

— Nous sommes treize à table, fait-elle remarquer. Ça porte malheur.

Elle évoque le dernier repas que Jésus a pris avec les apôtres, dont Judas, à qui Il a offert une bouchée tout en sachant que ce dernier allait le trahir.

— À table, c'est un bien grand mot ! ironise Paule, assise sur le sol du wagon. Et ça ne porte pas malheur. Ce sont les maîtresses de maison qui disent ça parce que leur ménagère ne comporte que douze couverts.

— Je pense tout de même que ça prédit un funeste événement.

Aux derniers mots de la bonne sœur, je sens une boule se gonfler dans ma gorge. Me voyant blêmir, elle propose des exercices de piété à haute voix pour occuper le temps, meubler le silence et conjurer le sort.

— Notre prière peut aider ceux qui sont restés là-bas et qui luttent encore contre le mal, proclame-t-elle.

Je me demande pourquoi elle a dit « là-bas ». Pourquoi ne pas avoir dit « en enfer » ? Probablement parce que les religieuses ont peur de l'enfer pour la raison qu'on n'y voit jamais Dieu.

Je baisse la tête, non pas en catholique pratiquante mais en femme tourmentée. J'essaie de répéter les psalmodies, mais il y a dans cette récitation au ton monotone quelque chose de trop placide pour une douleur si aiguë, si intime. Ma pensée s'envole vers Flore avec qui j'ai traversé de rudes épreuves en Russie. La dernière fois que je l'ai vue, elle était en proie au désarroi. L'image de son visage hagard encadré de cheveux blond pâle passe devant mes yeux. Je crains de le garder gravé dans mon esprit en traits ineffaçables. Cette idée me retourne les sangs.

Je tressaille tout à coup en sentant la caresse d'une peau douce sur la mienne. Je suppose que mes mains tremblaient car la bonne sœur les a prises dans les siennes.

— Ne t'inquiète pas, Vitaline, me chuchote-t-elle comme si j'étais à confesse. Dans le passé, le bon Dieu nous a gardées de tous les dangers. Aujourd'hui, Il veille sur Flore.

Je sais qu'elle me touche les mains pour me transmettre sa foi, mais son contact me donne la peau de poule. Je dégage lentement mes doigts, les place autour de mon cou où ils serrent jusqu'à l'étouffement la pèlerine qui me protège du froid. Le train a beau s'éloigner du chaos révolutionnaire, à mesure qu'il roule, mes sentiments chagrins se renforcent.

# 4

Feu, thé, sardines, prières. Trois jours passent ainsi.

Le lundi me met au supplice car le train stationne toute la journée dans la gare de Petrograd. C'est dans le port de cette ville que j'ai débarqué en 1914, au moment où l'endroit perdait son nom de Saint-Pétersbourg. C'est ici que Flore Brasier est devenue mon amie. Ici que je suis entrée au service de la grande-duchesse Isadora, inséparable d'avec son frère adoré, Vadim de Russie. Ici que j'ai été arrêtée, puis emprisonnée.

C'est la première fois que je reviens dans l'ancienne capitale depuis mon transfert à la prison de Moscou en auto-cellule – cette voiture pénitentiaire qu'on surnomme « panier à salade » en France. Jamais je n'oublierai les jours passés dans ce véhicule muni de cases grillagées et doté d'une planche percée pour les besoins naturels. Quelle injustice ! Quelle humiliation ! La faute à Lénine ! C'est par cette même gare qu'en avril 1917 Vladimir Ilitch est arrivé de Suisse en wagon diplomatique. Il a pris la tête de la révolution et instauré l'Union soviétique, m'emportant ainsi dans la tourmente du premier régime communiste de l'Histoire.

Le mardi, le convoi ferroviaire arrive à la frontière séparant la Russie de la Finlande. Les wagons de voyageurs sont assaillis d'une nuée de douaniers qui se livrent au pillage des biens et des vivres. Des éclats de voix proviennent de la tête du train. Des « Ah, bon Dieu non ! » et des « Au voleur ! » s'éructent en gerbes à travers les parois métalliques.

Notre wagon à bestiaux est visité en dernier. Après la fouille, on nous fait entrer dans un entrepôt où des douaniers jaugent la valeur des lots. La zone frontière est devenue une sorte de souk oriental, un lieu de marchandages inattendus. Notre groupe est troqué contre des boîtes de pétales de maïs en provenance des États-Unis. Leur inventeur, le Dr John Kellogg, dirige le sanatorium de Battle Creek. Certains de ses patients, tels Henry Ford, Sarah Bernhardt ou encore Thomas Edison, sont considérés comme des bourgeois invétérés. Mais les douaniers russes, trop affamés pour rester fidèles aux idées révolutionnaires, s'emparent des corn flakes. Ils les dévorent à l'abri des regards car ceux pris en possession de denrées yankees sont considérés comme des ennemis intérieurs. Et donc exécutés.

Nous poussons des cris de joie lors du franchissement de la frontière :

— Vive le monde civilisé ! s'exclame Christiane, la couturière qui m'a appris à tirer l'aiguille.

Vingt minutes de marche plus tard, nous arrivons à

la gare où d'autres rapatriés sont réunis autour d'un buffet. Tout le monde s'arrache les sandwichs garnis de viande froide et de fromage. Autant de denrées dont nous sommes privées depuis des années.

— Mangez ! Mangez tout ce que vous pouvez ! nous encourage Paule.

Il nous faut reprendre des forces, reprendre confiance en l'être humain. Et remercier Dieu – pour ceux qui croient encore après tant de malheurs.

La Finlande n'est qu'une étape. Autour de minuit, notre train s'ébranle pour rejoindre Haparanda, en Suède. La fouille douanière laisse place à une curieuse inspection médicale : le docteur fait passer tout le monde, y compris les voyageurs avec une forte fièvre.

Le prochain arrêt prévu est Stockholm, mais le train file à Copenhague, puis à Bergen. La Suède, le Danemark et la Norvège veulent se débarrasser de nous : on nous pense atteints du typhus qui désole la Russie. En fait, il s'agit de la grippe espagnole. Drôle de nom pour une maladie apparue au Kansas ! Elle a contaminé cinquante mille soldats, avant de gagner la France lors du débarquement américain à Bordeaux en avril 1918 – on ignore qu'elle fera cent millions de morts entre 1918 et 1921 malgré les mesures d'hygiène et le port de masques dans les transports publics.

La traversée de la mer du Nord dure septante-deux heures. Le jour, je me tiens sur l'entrepont du bateau. La nuit, je suis allongée avec mes compagnes qui laissent parfois pendre un bras, parfois un pied. Trois jours à humer le parfum des embruns. Trois nuits passées à touche-touche, unies par le même roulis, à somnoler dans l'haleine des autres, dans la chaleur de leur souffle. Au milieu de la troisième nuit, le sommeil me prend, moi qui n'ai pour ainsi dire pas dormi ces derniers mois. Je fais alors le pire des cauchemars : Flore se dresse devant moi, les mains tendues, la voix me suppliant de ne pas l'abandonner. Je me réveille en sursaut, trempée d'une sueur froide. J'ai encore devant les yeux l'image de mon amie. Je frotte mes paupières avec mes poings fermés pour effacer son visage implorant.

Nous atteignons Newcastle. Le 20 mars, on nous transporte à Londres, dans un pavillon où on nous sert une soupe aux choux de Bruxelles. Deux jours à attendre, entre les hommes qui lâchent des pets, les gosses surexcités et les femmes qui allaitent des braillards de quelques mois à peine. Sur quoi, on nous conduit à Southampton. Là, un bateau nous emmène au Havre. Du pont, nous apercevons les côtes françaises. Après cinq années en Russie, nous allons enfin remettre les pieds sur notre sol natal. Amaigries et pâlies, nous arrivons à Paris le 24 mars 1919, au terme d'un éreintant périple de trois semaines. Un camion nous conduit dans un hôtel près de l'église Saint-Roch. Nous sommes onze femmes qui n'en peuvent plus d'épuisement – deux d'entre nous ont défunté de la grippe. Onze à s'entasser dans l'unique chambre libre.

Alors que j'expédie un télégramme de bonne arrivée à l'Asile de bienfaisance, un porteur de dépêches se présente à la réception. Il remet à l'hôtelier un pli cacheté que celui-ci me tend aussitôt. Je suis saisie d'un profond étonnement en réalisant qu'il m'est adressé. Un coup d'œil sur l'écriture, mon palpitant s'emballe. Cela se peut-il ? Je me sens devenir fébrile tandis que je décachette l'enveloppe. Mes yeux courent à la signature : *VDR* – pour Vadim de Russie. Recevoir une missive de sa main alors que je viens tout juste d'arriver, c'est assez pour éprouver un sentiment intense d'exaltation.

Je regagne la chambre, m'installe avec les Françaises pour dormir. Elles sombrent dans le sommeil tandis qu'une sorte de fièvre nerveuse me tient en éveil. Non seulement Vadim ne m'a pas jetée dans les oubliettes, mais encore il a suivi mon périple retour. Dans son message figure l'adresse d'une maison que sa sœur loue à Passy, où je peux me rendre – à croire qu'il se souvient de l'obligation qu'il a contractée envers moi. Le ton est humble, comme si, avec la révolution de 1917, le grand-duc a été forcé d'en rabattre – il est ruiné en plus d'être déchu. Avec cette nouvelle donne qui a brouillé les cartes, peut-être voit-il les choses différemment qu'en Russie. Peut-être me voudra-t-il auprès de lui à Paris où il a fixé ses jours. En cet instant, tous mes tourments sont fondus comme neige au soleil. Je vais enfin revoir Vadim. L'image du châtain aux yeux gris argent s'impose à moi : sa haute stature, son regard à la lumière obsédante, son autorité naturelle qui me magnétise, à mon cœur défendant.

L'aube pointe un fil de clarté dans la pièce quand j'entends qu'on glisse quelque chose sous la porte. Qui peut bien nous envoyer une missive aux aurores ?

Est-ce quelqu'un de l'Asile français qui répond à mon télégramme ? C'est peu probable, car expédier une dépêche de Russie coûte cher. On n'envoie un câble que pour un motif grave.

Une crainte se tortille dans mon estomac. Je me lève sans faire de bruit, enjambe mes compagnes qui dorment comme des bienheureuses. Je ramasse le télégramme que je lis en deux regards. Un malheur est arrivé. Le style direct, le texte rectiligne et les blancs entre les mots paraissent souligner la brutalité de la nouvelle. L'angélus tinte au clocher de l'église Saint-Roch. Mon cœur se fend. Des larmes silencieuses dévalent la pente de mes joues. Je regagne ma couche à grand-peine, prête à m'évanouir à chaque pas. Ai-je mal agi ? Ma poitrine s'oppresse à cette idée.

*Le tourbillon de la vie*

# I

## *Mon histoire*

Pays de Savoie, 14 août 1920

# 1

Un coup d'œil à ma montre-bracelet m'apprend que nous avons une heure de retard. La femme assise en face de moi zieute ce cadran que j'ai pu m'offrir en travaillant à l'atelier Falbala. Non seulement c'est nouveau de porter les montres attachées au poignet, mais encore c'est un attribut masculin. Et voilà que le train s'arrête une nouvelle fois, sans explication ! Une chaleur de four règne dans le wagon où nous ne sommes presque que des femmes – la faute à la guerre.

— Il va se morfondre à vous attendre, me dit ma voisine d'en face avec un léger sourire.

Elle attache ses yeux sur ma cocarde épinglée à hauteur de poitrine, tandis que je la considère en silence. L'auburn de ses cheveux, le gonflant de sa coiffure, ses joues épanouies… son visage me semble familier.

— Qui ça ? finis-je par demander.

— Le gars avec lequel vous avez rendez-vous. On ne peut pas compter sur les chemins de fer pour arriver à l'heure.

Je me lève afin d'ouvrir la fenêtre. La femme m'observe, plissant les yeux pour étudier ma robe brodée de motifs slaves.

— Fiancé ? Mari ? Laissez-moi deviner...

— Ni l'un ni l'autre, réponds-je en tentant de me souvenir d'où je connais ce visage.

— Amant, alors !

Voyant que je bataille contre la fenêtre, elle se lève à son tour, la tire vers le bas, l'ouvre dans un fracas. Un souffle d'air chaud s'engouffre dans le compartiment à l'atmosphère déjà étouffante.

— Rien de tout ça.

— Dans ce cas, pourquoi avoir mis votre plus belle robe ?

Je ne peux dire quel malaise me cause cette question dans ce wagon que l'air brûlant a colonisé. Cette femme se trompe, mais de peu. En fait, je porte ma deuxième plus belle robe – ma préférée est dans ma valise. Comment le sait-elle ? Espionne-t-elle ma vie ? Je dévisage la voyageuse avec un mélange de curiosité et de trouble. Cette femme mûre est plus séduisante que les jeunes filles assises à l'autre bout du wagon.

— Nous nous connaissons ?

— Je m'appelle Misia Sert.

Elle me tend la main dans un effluve de tubéreuse. Je la fixe un instant, incertaine de l'attitude à adopter, avant de la serrer sans refermer mes doigts sur les siens – j'ai appris les belles manières à Saint-Pétersbourg.

— Vitaline Vittoz.

— La gouvernante des tsars !

— Je n'ai jamais été gouvernante, mais…

— Ne soyez pas modeste ! me coupe-t-elle. Nous nous sommes rencontrées à l'occasion d'un défilé Chanel.

Je fais mine d'hésiter alors même que cette présentation est gravée dans ma mémoire en lettres de feu.

— Oui, je me souviens à présent. Vous êtes la protectrice des peintres et des musiciens.

J'ai employé le mot « protectrice », mais le terme exact pour qualifier Misia Sert est « mécène ».

— C'est bien cela, confirme-t-elle en hochant la tête, visiblement flattée d'avoir été reconnue.

— Je ne m'attendais pas à vous trouver dans un train pour la Savoie.

— Je fais juste un aller-retour. Je rentre demain après-midi.

— Tout comme moi, dis-je. Qu'est-ce qui vous amène à Chambéry ?

— Je dois y rencontrer M. Poignant, un jeune artiste qui peint la montagne au couteau.

— J'ai déjà vu son travail. C'est assez marginal.

— Marginal ? s'indigne-t-elle. Savez-vous que Gabrielle était étiquetée comme marginale quand elle a confectionné sa ligne de vêtements pour femmes avec des caleçons d'homme ?

Je souris avec embarras, mi-gênée de mon faux pas, mi-amusée par son raccourci provocant. Pendant la guerre, Gabrielle Chanel a contourné la pénurie de tissu en achetant à Rodier des métrages d'un jersey rayé utilisé pour fabriquer des sous-vêtements masculins. Avec, elle a confectionné des blouses souples à rayures horizontales qu'on enfile par la tête. Le succès de ces marinières ne se dément pas. Indifférente au drame de la guerre, la modiste en a tiré profit en s'installant dans les stations balnéaires éloignées des combats où se retrouvait la haute bourgeoisie. Elle a fait des pyjamas en jersey qui permettaient aux dames élégantes d'aller se réfugier dans les caves les nuits des bombardements sans rien perdre de leur superbe. Depuis, ces richardes s'arrachent ses créations.

Je me tais pour réfléchir à ce que je dois dire. Nous sommes rendues à ce moment de la conversation où elle peut prendre un tour hautain, ou aimable. Et c'est mal parti vu que j'ai manqué de tact en dénigrant la peinture du jeune talent que Misia vient de dénicher.

— Marginal, mais prometteur, la rassuré-je avec un sourire obséquieux.

Je me flagelle intérieurement. Comment ai-je fait pour ne pas reconnaître Misia Sert ? À dire vrai, jamais je n'aurais pensé qu'une riche Polonaise, née à Saint-Pétersbourg et établie à Paris, puisse voyager sans domestique, et coiffée à la mode 1900 par-dessus le marché ! Mais tout de même… Je suis honteuse de ne pas avoir identifié plus tôt cette nantie que les journalistes appellent « la Reine de Paris ». Elle a fait la une des journaux en se mariant avec le célèbre décorateur catalan José Maria Sert à l'église Saint-Roch – je me souviens de l'endroit pour une triste raison. Misia a occupé la première page des magazines parce qu'elle court à ses cinquante ans, un âge très avancé pour convoler. Bien que propriétaire de plusieurs demeures dans la capitale, le couple vient de s'installer rue de Rivoli, dans une suite qui occupe tout le troisième étage de l'hôtel Meurice.

— Très marginal, et très prometteur, assure-t-elle avec un sourire forcé qui dénude ses gencives.

Personnalité maîtresse dans le domaine du ballet russe, de la mode, de la peinture et de la sculpture, Misia soutient maints artistes : Auguste Renoir, Maurice Ravel, Pablo Picasso... Elle est leur muse à tous, car chacun croit aux avantages qu'il obtiendra sous son parrainage. Mais elle doit également sa notoriété au délirant élan de charité dont elle a fait preuve pendant la guerre. Dès le début du conflit, elle a fait transformer sa Rolls-Royce en ambulance par Jacques Saoutchik, un carrossier russe installé à Neuilly qui a pour clients le roi de Norvège et le shah d'Iran. Elle a organisé des convois médiatisés auxquels participait Jean Cocteau. Tous deux – habillés par Poiret – allaient chercher des blessés sur l'arrière-front, suivis par une meute de photographes.

— Mlle Chanel a révolutionné la façon dont les femmes considèrent leur corps, déclaré-je pour me rattraper.

En réalité, j'ai peu de considération pour Gabrielle. À ses débuts, elle était figurante au café-concert de Moulins où elle faisait patienter les gars du 10e régiment entre deux numéros. Les officiers l'appelaient Coco parce qu'elle ne connaissait que deux ritournelles : *Ko-Ko-Ri-Ko* et *Qui qu'a vu Coco*. Dix ans durant, elle fut la maîtresse d'Arthur Capel, un joueur de polo surnommé « Boy », qui lui a offert sa première boutique de couture en province. Et c'est Misia qui l'a initiée à l'art et lui a ouvert les portes des salons parisiens. D'après les on-dit, une amitié sensuelle lie les deux femmes. Ce serait pour sauvegarder les apparences que Misia a convolé pour la troisième fois.

— Gabrielle a devant elle un bel avenir, soutient-elle d'une voix roucoulante.

— Elle est si inventive, enchéris-je.

Inventive… C'est une façon courtoise pour moi de dire que Coco est atteinte de mythomanie. Partout elle raconte que son père, Albert Chasnel, est parti faire fortune à New York. Qu'il lui fait de somptueux cadeaux. Or ce camelot a disparu après avoir abandonné ses six enfants au décès de sa femme, morte à trente ans. C'est en reprisant chaque jour les draps de l'orphelinat que Gabrielle Chasnel a appris à manier l'aiguille et le fil.

— Vous ne manquez pas de créativité non plus, me flatte Misia. D'ailleurs, Coco apprécie beaucoup vos créations.

Elle fouille dans son sac, si petit qu'il ressemble à un porte-monnaie. Elle en sort deux cigarettes. Elle en fixe une à l'extrémité d'un mince fume-cigarette et me tend l'autre.

— Non merci, dis-je avec un air de ne pas y toucher.

En fait, j'ai des sèches dans la pochette en cuir fauve que je porte en bandoulière, mais jamais je n'oserai en allumer une dans un wagon.

— Comme vous voudrez.

Elle tire une goulée, me souffle sa fumée au nez. Je tourne la tête. Elle agite la main pour dissiper les volutes. L'envie de m'en griller une me prend. Je me concentre sur le mouvement du train qui se remet en marche.

— Coco m'a fait part de ses tentatives de vous attirer vers la maison Chanel, reprend la belle Polonaise. Mais il paraît que vous lui préférez l'atelier d'Isadora de Russie.

Elle grimace en prononçant son nom.

— C'est que j'ai des affinités avec son altesse impériale.

Bien que tout à fait exact, je me reproche aussitôt ce propos qui sonne comme une vantardise.

— Je connais moi aussi la grande-duchesse ! riposte Misia. Quel caractère ombrageux ! Elle s'irrite de tout. Je m'étonne que vous restiez à son service alors que rien ne vous y oblige.

Sa remarque ne provoque aucun commentaire de ma part. Entrée au service de son altesse en 1915, j'ai appris la discrétion de ceux qui servent la maison impériale. C'est cependant la vérité : Isadora est d'une compagnie détestable. La révolution de 1917 l'a obligée à fuir la Russie. À l'instar de son frère, elle a trouvé refuge en France, gagnant Paris par Londres, via la Roumanie. Elle a ouvert dans la capitale un atelier de broderie pour gagner sa vie. La popularité des broderies traditionnelles russes s'est établie avec la pénurie de tissu élégant qu'elles remplacent depuis la fin de la guerre.

La grande-duchesse exaspère son monde avec ses continuels reproches, son attitude de souveraine horripilée et sa surveillance méfiante des cousettes – des compatriotes de noble naissance qu'elle emploie pour les soutenir financièrement. Même moi qui la connais bien, il m'arrive de redouter cet état d'énervement qui la prend à tout moment. Il faut néanmoins lui reconnaître une chose : elle travaille comme un forçat pour livrer à temps les grandes maisons de couture. Parfois, elle dort enveloppée dans son manteau de fourrure, à même le sol de l'atelier. Seul son frère Vadim la supporte sans ciller. Il l'appelle affectueusement « Dora ».

— Je comprends qu'Isadora fasse tout pour vous garder à ses côtés, ajoute Misia. Elle a besoin de vous pour faire tourner son affaire.

— Les motifs qu'elle réalise elle-même sont remarquables.

— C'est peut-être une fine brodeuse, admet-elle avec un entrain mitigé, mais elle n'a pas votre capacité à créer, à brasser les cultures. Or, il lui faut gagner son pain, maintenant qu'elle est tombée de son piédestal.

Sa façon de me complimenter me paraît offensante. J'y vois la trace d'un parti pris contre la grande-duchesse qui a fui la Russie à vingt-huit ans. Depuis deux ans, Isadora finance ses années d'exil avec la vente de ses bijoux. Mais aujourd'hui, cela ne suffit plus à payer la maison qu'elle loue à Passy, où elle m'a offert le gîte à mon retour en France.

— Sachez que Coco n'est pas dupe, ajoute Misia en replaçant une épingle dans les crêpes de ses cheveux. Elle sait que c'est vous qui avez eu l'idée d'orner les robes de broderies slaves. Mais peut-être que votre modestie cache une motivation secrète. Peut-être que vous recherchez autre chose que la compagnie de la grande-duchesse. Serait-ce son frère dont elle est inséparable ?

Je m'abstiens de répondre, retenue par la crainte de n'être pas assez impassible.

— Il faut reconnaître que Vadim de Russie est beau comme un dieu, poursuit-elle. Et j'imagine qu'il n'est pas insensible à vos charmes. Vous avez des formes affriolantes, une peau de savon et des yeux remarquables. Il y a quelque chose de gourmand dans votre regard de miel. On a déjà dû vous le dire. Mais c'est insuffisant pour garder un prince sur la paille. J'ai remarqué qu'il entoure Gabrielle de prévenances flatteuses, ces derniers temps. Il faut dire que les affaires de la maison Chanel sont florissantes.

La contrariété me vrille la gorge. Le visage fermé et froid, je détourne la tête pour regarder par la fenêtre, comme résolue à ne plus entendre. La Polonaise s'est discréditée en transformant ce qui était une conversation de voyage en une série d'insinuations calomnieuses. Le silence retombe. Misia se tasse dans l'angle de la banquette, la face renfrognée sous sa coiffure volumineuse. Nous arrivons en gare de Chambéry avec deux heures de retard. La PLM – Compagnie des chemins de fer de Paris à Lyon et à la Méditerranée – subit les restrictions de charbon engendrées par la guerre.

— Terminus ! annonce le chef de gare. Tout le monde descend !

Le chauffeur qui attend Mme Sert se précipite dans le compartiment pour descendre ses bagages sur le quai.

— J'espère ne pas vous avoir offensée tout à l'heure, déclare Misia. Je voulais dire qu'avec votre talent, vous méritez mieux que travailler comme cousette pour une caractérielle, précise-t-elle avec un air provocateur.

— Vous la connaissez mal.

Peu de gens savent qu'Isadora a servi sur le front. Elle a d'ailleurs reçu la médaille de Saint-Georges pour fait de bravoure sous le feu ennemi.

— C'est possible, admet la mécène. Vous me raconterez sa vie demain, dans le train retour.

# 2

Je sors de la monumentale rotonde qu'est la gare de Chambéry – la plus grande jamais construite en France avec ses cent huit mètres de diamètre. Achevée en 1910, cette charpente métallique à la Eiffel permet d'abriter septante-deux locomotives, en plus des voitures et des wagons.

Je me retrouve plongée dans la lumière éblouissante de cette chaude journée d'août, sans savoir quelle direction prendre. Je connais mal cette ville d'où je suis partie pour la Russie, via Paris, six ans plus tôt. La capitale historique des États de Savoie, riche ville de négoce depuis le XIVe siècle, compte vingt mille habitants. C'est considérable par rapport à mon village natal, mais peu comparé aux deux millions de personnes qui vivent à Saint-Pétersbourg où j'ai travaillé.

En demandant mon chemin, je réalise que je ne suis qu'à sept cents mètres de la pension où j'ai réservé. Je m'apprête à traverser la place Saint-Léger quand je remarque le Café des Alpes et, plus loin, une ruelle d'aspect moyenâgeux. Sur la plaque de rue est écrit

*Rue Basse-du-Château*. Rien n'est plus pittoresque que cette voie rétrécie et sinueuse : passage voûté, pavés sonores, boutiques sous des arcs cintrés, bancs de pierre servant d'étal. Je me faufile entre les passants, nombreux en cette fin d'après-midi. Une plaque m'apprend que la maison n° 3 était celle de François Cachoud, un peintre savoyard, spécialiste des paysages nocturnes. J'ai une pensée pour Misia qui m'a dit aimer le clair-obscur. Elle doit maintenant être avec le paysagiste que j'ai qualifié de marginal. J'ai alors le sentiment de son ironie dans sa réponse, de quelque chose de manqué. Je suis persuadée qu'elle racontera notre rencontre à Coco qui se fera ensuite un plaisir de rapporter ma bévue à Vadim. Je soupire de contrariété. Que Misia prenne le même train que moi, c'est une malchance. Qu'elle soit assise dans le même compartiment, une rare déveine.

Un peu plus loin dans la rue, un passage couvert à hauteur du deuxième étage fait communiquer entre elles deux maisons : le n° 6 à droite et le n° 9 à gauche. Quand on était logé à l'étroit dans le passé, ces galeries aériennes permettaient de s'agrandir dans la maison d'en face sans avoir à déménager. La plupart d'entre elles ont été démolies au XVI^e^ siècle pour avoir propagé les incendies à travers les rues. Au n° 10 se trouve une habitation remarquable qui est en travaux : la demeure Chabod. Je ne m'y attarde pas, car je suis à proximité du château des ducs de Savoie. Je m'imagine la vie d'autrefois : la ruelle étroite où confluaient des marchands à pied, des gentilshommes à cheval, des dames en carrosses et des paysannes à la hanche chargée, tous pris d'une fièvre de curiosité, de ferveur et d'appréhension en se rendant au château. Ces mêmes sentiments qui m'animent en songeant à la raison de ma présence dans cette ville.

Perdue dans de secrètes pensées, je suis passée devant la pension sans la voir. Je reviens sur mes pas, pousse la porte du n° 8. La sonnette de l'hôtellerie grelotte. À peine à l'intérieur, je suis contrariée d'apprendre que ma chambre n'est pas prête.

— Oh là là ! Mademoiselle Vittoz ! jette la logeuse, une femme minuscule aux traits heurtés et aux cheveux jaunes.

— Je vous ai pourtant télégraphié mon arrivée, madame Vichy. Je vous ai prévenu que je serais là après le déjeuner. Et vu mon retard, vous avez eu beaucoup plus de temps que prévu pour préparer ma chambre.

Je pose ma valise devant son comptoir, tapote de l'index sur l'écran de ma montre-bracelet. Pour lui montrer que l'après-midi touche à sa fin, et aussi pour lui faire admirer ce bijou d'horlogerie qui fait ma fierté.

— Votre chambre aurait dû être prête voilà des heures. Seulement…

Elle suspend sa phrase. Je suis sur le point de lui demander de quoi il s'agit quand la porte du corridor s'ouvre. Une demoiselle apparaît que je suppose être sa fille étant donné qu'elle lui ressemble. Elle a l'air d'une gamine qui joue à la dame avec son chignon sur le sommet de la tête et sa jupe qui lui couvre à peine le genou. Ma cocarde lui tire l'œil.

— Bernarde, voici Mlle Vittoz.

— Le voyage a été long et je me sens fatiguée, enchéris-je.

— Ça se comprend, acquiesce ma logeuse en fouillant du regard son registre de réservation. Vous deviez avoir la 7…

— Pourrais-je avoir une autre chambre ?

Je sens poindre une irritation dans ma voix. Elle tourne les pages dans un sens, puis dans l'autre en se mordant la lèvre inférieure.

— Elles sont toutes prises. Mieux vaudrait que vous passiez la nuit ailleurs.

— Et où donc ? Je ne vais pas me mettre en recherche d'une autre pension alors que je vous ai envoyé un mandat postal.

— Mais c'est qu'on ne peut point ! hoquette la logeuse.

Elle se cale dans l'angle formé par le mur et le comptoir, d'où elle murmure quelque chose d'inaudible. Ses tergiversations lassent ma patience.

— Donnez-moi une chambre, madame Vichy !

— Vous pourrez avoir la 7, mais plus tard, intervient Bernarde. J'ai besoin de deux heures pour la lessiver. Ça vous convient ?

Je la dévisage du chignon au menton, surprise de cette ingénuité mâtinée d'un aplomb déconcertant.

— On va dire que oui.

Bernarde fonce aussitôt dans les étages.

— C'est bien gentil à vous, me remercie sa mère.

Elle tourne vers moi le registre, me tend un crayon de papier pour noter mes nom, prénom, âge et civilité. Elle lit à l'envers ce que j'écris.

*Vitaline Vittoz.*
*Place Saint-Germain-des-Prés.*
*Trente ans.*
*Célibataire.*

Avant-guerre, vu mon âge, j'aurais inscrit *vieille fille* sur le registre. Mais les choses ont changé. Veuves noires, veuves blanches, demoiselles esseulées… à présent, les femmes célibataires sont légion.

— Vous avez certainement envie de boire quelque chose.

— J'ai grand soif, réponds-je, ravie qu'elle s'occupe enfin de moi.

— Il y a un salon de thé très convenable à quelques rues d'ici. En sortant, vous repassez sous la galerie où les deux maisons se touchent au deuxième étage. Après, vous prenez la rue Sainte-Apollonie. Vous ne pouvez pas la manquer, c'est la ruelle la plus étroite de Chambéry. Un vrai coupe-gorge !

Le regard ahuri, je pose le crayon à côté du registre. Non seulement la mère Vichy n'a préparé ni ma chambre ni même un rafraîchissement, mais encore elle m'envoie dans un coupe-gorge ! Qu'est-ce qui ne tourne pas rond chez elle ? Je songe à lui faire des reproches. Mais à quoi bon user ma salive ? Je suis assoiffée, et affamée aussi.

— Je souhaiterais dîner à mon retour, dis-je en lui confiant ma valise.

— On ne fait pas à manger ce soir.

— Et pour quelle raison ?

Je sens poindre une nouvelle irritation dans ma voix.

— Parce qu'on va à la messe de la veille au soir.

Je me souviens alors que nous sommes le samedi 14 août, veille d'Assomption. Je n'insiste pas. Impossible de lutter contre la Vierge !

— Je serai de retour avant la nuit.

— Sans faute, hein ? Sans quoi la porte sera verrouillée et vous vous retrouverez dehors.

Exaspérée, je lui lance un regard de travers. Je pivote sur mes talons, aperçois ma silhouette pressée dans le miroir de l'entrée. Mon sac en bandoulière, je sors dans la rue. J'en ai soupé de cette pension où l'on ne peut ni manger ni dormir.

## 3

Le soleil encore brûlant de cette fin d'après-midi me fait regretter l'usage de l'ombrelle, passé de mode. J'ai renoncé au chapeau qui écrase ma coiffure inspirée des infirmières américaines. Mes cheveux m'arrivent au-dessus des épaules, une coupe considérée comme courte – et donc mal vue par beaucoup. Mes mèches sont en mouvement, avec des vagues souples avançant sur le visage. Elles forment de légères ondulations formées sur cheveux secs au fer Marcel, peu chauffé.

Heureusement que la mode est aux chaussures confortables ! me dis-je en marchant vers le salon de thé. Les bottiers français répondent à la demande des clientes, désireuses de modèles modernes, solides mais élégants, avec lesquels elles peuvent danser le charleston, ou le très en vogue black-bottom – danse syncopée venue des États-Unis.

Je repasse sous la galerie aérienne, puis m'engouffre dans la rue Sainte-Apollonie dont la mauvaise réputation est usurpée. Au débouché de la ruelle se trouve une placette. Je fais halte devant un pavillon élégant avec sa frise et son dôme en écaille surmonté d'une flèche. Ce kiosque à journaux ressemble à celui qui fait l'angle de la place Saint-Germain-des-Prés où je vis depuis que j'ai quitté la maison de Passy. Au 172 boulevard Saint-Germain, précisément. Juste au-dessus du Café de Flore. Je n'ai pas élu domicile à cet endroit par hasard. Pour moi, c'est un moyen d'être toujours près de mon amie, puisque c'est son café. Le café de Flore.

Ouvert en 1885, il doit son nom à une sculpture, déesse des fleurs et du printemps, située de l'autre côté du boulevard. J'y loue une chambre sous les toits. C'est modeste, mais c'est chez moi. Je me plais dans ce coin de la capitale fréquenté par ceux qui cultivent un art. Je suis fascinée par ce microcosme excentrique et bigarré où la création revêt mille formes. Un monde à l'opposé du milieu rustique dont je suis issue.

Abritée du soleil sous l'auvent du kiosque, je cherche une revue de mode. Le choix est limité car beaucoup ont cessé de paraître durant la guerre. Pour finir, j'achète *Le Figaro* qui renoue avec un certain esprit mondain. Je suis friande de son cahier *Dans le monde* où l'on trouve des reportages sur la haute société parisienne. Je repars d'un bon pas. Je ne ralentis qu'une fois arrivée devant la façade sur laquelle on peut lire :

*Pâtisserie Pattin*
*Salon de thé réputé*

Dans la vitrine, tartelettes et meringues offrent un tableau qui serait salivant si elles n'étaient peintes en trompe-l'œil. Étrange ! Sans parler de la pancarte *Licence complète* sur la porte signifiant que la vente de bière, de vin et d'alcool fort est autorisée. Une fois à l'intérieur, je repense aux mots de ma logeuse : « un salon de thé pour dames, tout ce qu'il y a de plus convenable ». Décidément, la mère Vichy part du chignon !

En fait, l'endroit est peuplé d'hommes, des ouvriers principalement. Ils me regardent avec froideur avant de remarquer ma cocarde. Ceux à qui ils manquent une jambe me saluent comme si j'étais un ancien combattant. Certains tirent sur leur bouffarde, l'air songeur. D'autres haussent les épaules, sans paraître accorder davantage d'attention à ma présence. Tous reprennent leurs jeux de cartes, leurs parlotes.

Le serveur derrière le zinc me désigne le coin opposé de la salle. Je traverse le bistrot, tire une des chaises disposées autour de la table, m'installe avec mon magazine. Bien qu'étrangère au lieu, je m'y sens à l'aise, satisfaite d'être la seule femme au milieu de tous ces hommes. Ces odeurs d'alcool, de mâle et de tabac me sont familières. J'ai envie de fumer. J'ai pris cette habitude dans un hôpital de campagne sur le front prussien.

J'ai passé des mois autour d'une table d'opération tachée de sang, courbée au-dessus de corps masculins estropiés. J'ai découpé des centaines de pantalons aux ciseaux. Les gars marmités par des obus à gaz suffocant étaient couverts de vésicules sur la peau et les muqueuses. J'ai même dû faire dégonfler le boudin cloqué qu'était devenu le phallus d'un type qui avait uriné dans un trou d'obus rempli de gaz moutarde. C'était la réalité d'un poste médical avancé : les criards et sa mitraille d'yeux implorants. Souvent, on partageait une cigarette. Ils me regardaient la mettre entre mes lèvres, l'allumer. Puis je leur collais dans le bec et ils tiraient dessus tout ce qu'ils pouvaient. La plupart du temps, c'était leur dernière sèche, leur dernière bouffée. S'il s'agissait de bleuets, je leur donnais un baiser sur les lèvres pour qu'ils ne quittent pas ce monde sans avoir embrassé une femme. Certains avaient tout juste dix-sept ans.

Quand venait leur dernier souffle, je me retrouvais seule avec un cadavre, clope au bec. Alors leur menton se relâchait, leur bouche s'entrouvrait, la sèche tombait. Je me retrouvais seule dans cette forêt de gisants, entourée d'arbres calcinés. Seule, comme quand j'étais gosse. Abandonnée dans un bois obscur sous prétexte d'éducation alors que mes grands frères dormaient au chaud dans le chalet familial. Aujourd'hui encore, je ressens cet effroyable sentiment d'injustice qui me révolte tant.

— Ne faites pas attention aux gars ! m'interpelle le garçon de café entre deux éclats de voix. Ils sont bruyants, mais pas méchants.

Je réponds d'un signe de main que leur brouhaha ne me dérange aucunement. Je ne vais pas lui dire que les engueulades des joueurs de cartes sont plus chaleureuses que le silence d'un père qui voit revenir sa gamine qu'il espérait perdue à jamais.

— Qu'est-ce que je vous sers ?

— Un thé, s'il vous plaît.

De la Russie, j'ai gardé l'habitude de boire du thé toute l'année.

— On n'a pas de thé ici, mais on a de la grenadine.

— Le sirop, c'est pour les enfants ! le rabroué-je, piquée.

Je jette un œil sur le robinet à pression entouré de chopines et de pichets de vin. J'opte pour une boisson fabriquée depuis 1835, et brassée avec l'eau de la source de l'Enchapleuze, à deux mille mètres d'altitude.

— Une bière du Mont-Blanc. Et aussi quelque chose à manger.

L'homme en bras de chemise me dévisage par-dessus.

— Ici, on mange liquide, ma jolie.

— Il est écrit *Pâtisserie* sur la devanture.

— L'enseigne correspond à un salon de thé réputé qui a déménagé au rez-de-chaussée d'un grand magasin, m'explique le serveur. Les clients ont voté à main levée pour garder le nom, malgré la transformation en troquet.

Il me laisse à penser que les piliers de bar trouvent tordant de dire qu'ils vont au salon de thé.

Il regagne son comptoir, place un gobelet en verre dans la lumière de la fenêtre en s'assurant que je l'observe. Avec le torchon accroché à la ficelle de son tablier, il fait mine de retirer une trace. Sur quoi il y verse de la limonade, ce qui m'agace, mais ne m'étonne pas. À moins d'être une dévergondée, jamais une femme ne boirait d'alcool au bistrot.

Voyant revenir le garçon avec sa boisson pour petite

fille modèle, je fouille mon sac afin d'en extraire de quoi le payer.

— C'est offert. Ce n'est pas tous les jours qu'une jolie infirmière pousse la porte de mon établissement !

Je le remercie. Il n'est pas rare qu'on m'offre quelque chose à boire, par déférence envers ma cocarde.

Le garçon retourne à son zinc où un soiffard le réclame. Je porte la limonade à mes lèvres, me délecte de sa fraîcheur pour me convaincre qu'une boisson pour enfant sage vaut mieux qu'une bière. J'ouvre mon journal, tourne les pages jusqu'à la rubrique *Dits et non-dits de l'aristocratie*. Mon cœur accélère quand je reconnais le couple fraternel sur la photographie. Je les regarde avec ce sentiment d'envie qu'a toujours éveillé en moi la vue d'une famille unie. Mes yeux s'arrêtent sur le commentaire qui figure sous le cliché : *Un frère et une sœur solidaires dans l'adversité : la famille impériale de Russie en exil à Paris.* On y voit Isadora et Vadim à la terrasse du Café de la Paix, face à l'Opéra Garnier. J'attache mes yeux sur lui. Il est comme le jour où je l'ai vu pour la première fois : grand, svelte, élégant, l'œil malicieux, le sourire un peu moqueur sous une moustache en guidon. Avec toutefois une différence : une cicatrice court de sa tempe à sa joue. Elle restera visible sa vie entière, mais elle n'enlève rien à son charme. Je remarque ses cernes. Sa vie de noceur, probablement.

De la pulpe de l'index, je caresse le visage du grand-duc, imaginant sa joue rasée de frais, son odeur de cuir, de bois et de tabac. Je me revois en train d'entrouvrir le col de sa chemise pour le respirer dans le cou. Il porte un parfum inspiré du cuir des bottes que les cosaques imperméabilisent avec de l'écorce de bouleau. Une senteur envoûtante, rafraîchie de mandarine et de bergamote. Ce souvenir olfactif me met en émoi.

Je tourne la page dans l'espoir de m'en défaire et tombe nez à nez avec un cliché pleine page qui refroidit mon ardeur. Les yeux vides, Gabrielle Chanel pose devant une maison aux volets sombres, vêtue d'une petite robe noire. Cette tenue d'une sobriété désuète fait couler autant d'encre que les volets de la villa qu'elle loue à Saint-Cucufa – sur les hauts de Rueil-Malmaison :

*Les volets de la villa Milanaise, peints en noir ! Les voisins crient au scandale : « Saint-Cucufa est défiguré ! »*

L'article précise que la modiste a également fait repeindre les murs de sa chambre en noir. Elle ne cesse de pleurer Boy, son amant adoré, mort dans un accident de voiture le Noël précédent.

— Qui c'est ? me demande une voix éraillée à la table derrière moi.

Soufflée d'être ainsi apostrophée, je me fige un instant avant de faire pivoter mon buste. Et de découvrir un gringalet à béret qui zieute mon journal par-dessus mon épaule.

Quand la demi-portion retire son couvre-chef pour me saluer, je réalise qu'il s'agit d'une femme affublée d'une veste d'homme étriquée. Elle roule une cigarette sur le coin de la table. En la voyant faire, j'ai davantage envie de fumer que de satisfaire sa curiosité. Toutefois, savoir qu'il y a une fille d'Ève habillée en gars dans cet endroit m'intrigue.

— C'est Gabrielle Chanel, réponds-je.

— Jamais entendu parler !

Je lui jette un regard incrédule avant de penser que la créatrice de mode est plus connue sous le nom de sa maison de couture.

— Mais si, voyons. C'est la fameuse Coco…

— C'est un nom de perroquet ! Pourquoi qu'on l'appelle comme ça ?

Un rire moqueur m'échappe en repensant au café beuglant de Moulins où la retoucheuse poussait la chansonnette à ses débuts.

— Parce qu'elle s'est rendue célèbre en chantant *Qui qu'a vu Coco dans l'Trocadéro* ?

— Jamais entendu cette chanson !

J'éclate de rire, franchement cette fois, tant le naturel et l'ignorance de cette femme sont rafraîchissants.

— Qu'est-ce qu'elle est pâle ! fait-elle remarquer. Elle a l'air salement endeuillée, la pauvre. On voit bien qu'elle n'a pas fini de pleurer. Comme beaucoup d'entre nous.

Je regarde droit devant moi en silence, peu désireuse de voir celle qui me parle. C'est l'image de Flore que j'aperçois au loin : ses boucles blondes, son sourire perlé, ses prunelles d'un bleu limpide.

— Et vous dites qu'elle est célèbre ? demande soudain mon interlocutrice.

Je reporte mes yeux vers elle et lui réponds :

— Riche et célèbre, en effet.

— Riche ? répète-t-elle avec un air songeur. J'ai toujours voulu être riche. Ça vous embête si je viens avec vous ?

Vite ! Une raison valable pour refuser.

Trouvée ! Je vais prétexter que j'attends quelqu'un.

Trop tard !

Ma voisine a déjà posé son ballon de blanc, son papier à fumer et son paquet de tabac sur ma table. La seconde d'après, elle tire la chaise voisine de la mienne. Je remarque que l'ourlet de sa jupe est usé à force de frotter au sol. Seule la partie haute de sa personne est vêtue de façon masculine. Ses reins ceints d'un linge forment un trait d'union entre les deux sexes. Bien qu'elle soit attifée comme la chienne à Jacques, je l'envie, elle, son verre de vin et ses cigarettes. Sa compagnie ne m'importune pas plus que ça. Cette créature spontanée dans la causerie n'est pas pour me déplaire. Peut-être ai-je envie de parler à quelqu'un. Besoin de parler.

# 4

— Moi, c'est Raoulette, mais tout le monde m'appelle la Rouleuse parce que je roule des cigarettes pour gagner ma vie.

— Vitaline.

— En voilà un nom ! balance-t-elle dans un éclat de rire.

Froissée, je me figure ma grand-mère qui en a eu l'idée le jour de ma naissance, quand je lui ai mis mes petons dans la figure en m'agitant comme un diablotin. Ma mère a répondu « Va pour Vitaline » car, faute d'accoucheuse, c'est mémé qui a aidé sa belle-fille à me mettre au monde.

Je voudrais faire remarquer à Raoulette le ridicule de son prénom, mais je dois serrer les dents car elle me secoue la main en m'écrasant les phalanges, pire qu'un étau de fer. Des effluves émanent d'elle. Je connais cette senteur aigre de petit-lait. Je songe avec émotion à ma mère dont l'odeur évoquait un travailleur à la chaîne subissant une journée de labeur monotone et sans relâche. Son image se ranime dans ma mémoire. Je la vois telle qu'elle était : les cheveux emprisonnés dans sa coiffe grisâtre, la tête enfoncée dans les épaules, le regard éteint, la bouche cousue.

— Vous êtes de la capitale ? s'enquiert la rouleuse de clopes.

J'hésite à lui dire que je suis savoyarde, mais cela m'obligerait à me lancer dans des explications pénibles.

— Ça se voit tant que ça ?

— Vos habits sont à la mode de Paris. Et pourtant, quelque chose me dit que vous êtes familière au pays.

— Qu'est-ce qui vous fait dire ça ?

— Aucune dame de Paris ne serait entrée dans ce troquet. Pour en pousser la porte, faut être née par là autour. Je me trompe ?

— Oui, et non, réponds-je, étonnée par son acuité.

Elle me scrute un moment dans un silence que seul trouble le bruit de sa respiration de fumeuse invétérée.

— Vous z'êtes pas de Chambéry, ça se voit. Pas des vallées d'alentour non plus. Vous êtes de la montagne, c'est ça ?

Je ris de surprise.

— Oui. Mais pas des monts de Savoie. Je suis née dans la Yaute.

— Savoie, Haute-Savoie, qu'est-ce que ça change ? C'est loin de la capitale. Vous devez pas souvent voir votre famille.

Je cherche quoi répondre quand un homme auquel il manque une main s'approche de nous. De sa poche de veste, Raoulette tire vingt cigarettes liées en faisceau. Il la remercie en posant des pièces sur la table et rejoint un autre estropié à qui il donne la moitié de son fagot à fumer.

— Puis-je vous en acheter ? lui demandé-je.

— Normalement, je les vends qu'aux blessés de guerre.

Je fais signe que je comprends.

— Mais à ce que je vois, vous avez servi le pays, constate-t-elle en désignant du doigt ma cocarde. Sur quel front étiez-vous ?

Je lui souris d'un air de reproche. Elle baisse la tête.

— J'ai eu tort de demander, admet-elle d'une voix contrite. On doit jamais demander ça à quelqu'un qui revient de là-bas. Je le sais pourtant. Tous les anciens combattants me l'ont dit. C'est la règle.

— Ce n'est pas grave.

— Faut pas m'en vouloir. Mes hommes sont allés là-bas, eux aussi.

— Pourquoi dites-vous « là-bas » ?

— Parce que je sais pas comment dire autrement, vu que personne veut en parler. Parmi tous les gars qui sont ici, y en a pas un qui veut me raconter.

— J'étais sur le front prussien, finis-je par répondre comme si je faisais l'aveu d'une faute.

Mais elle ne m'écoute plus.

— Mon fils et mon mari… Et moi qui croyais que leur âge les tiendrait éloignés des tranchées ! Je me suis bien trompée. En 1917, la guerre avait tellement dévoré d'hommes que l'état-major a fini par appeler les Bleuets et les Pépères. J'ai vu partir mon gamin de dix-sept ans et mon homme qu'avait passé ses quarante-cinq. C'que j'ai pu me faire comme mouron pour eux !

Je hoche la tête en silence.

— Mon garçon est rentré à la maison…

J'expire un soupir de soulagement, car je n'aurais pas su quoi lui dire si elle m'avait annoncé qu'il était tombé pour la France.

— … pour ne plus jamais en ressortir, poursuit-elle, le regard dans le vide. Jean-Raoul n'a plus ses jambes, vous comprenez.

Elle lève les yeux vers moi. Je sens mon estomac se serrer. Je ne trouve pas les mots. Quels termes idoines pourrais-je prononcer ? Seules les embrassades paraissent appropriées à un tel malheur, mais je ne la connais pas assez pour la serrer dans mes bras. Peut-être qu'elle n'aime pas les effusions. C'est presque certain, d'ailleurs. Ça se voit qu'elle est du genre rustique.

— Quant à mon mari, tout ce qu'y me reste de lui, c'est ça, révèle-t-elle d'une voix à peine audible.

Elle fouille entre ses seins, passe sa tête au travers d'un cordon noir, me tend un pendentif. Je prends la plaque d'identité pour l'observer : quelques centimètres d'aluminium sur lesquels figurent le nom du défunt et sa classe sur une face, sa région d'incorporation et son matricule sur l'autre.

— Il s'appelait Raoul… lui indiqué-je bêtement.

Comme si une femme mariée ignorait le prénom de son époux !

Je la regarde, un air confus au visage. Ne pas rire. Surtout, ne pas rire. Pas maintenant. Mais quand même : comment est-ce possible que le mari de Raoulette s'appelle Raoul et leur fils Jean-Raoul ? La situation a beau être effroyable, j'ai du mal à ne pas pouffer.

— C'est tout ce qu'y me reste, répète la veuve en clignant des paupières. Une plaque gravée et ce bistrot où mon Raoul avait ses habitudes avant-guerre. Moi qui lui reprochais d'y passer trop de temps, aujourd'hui, j'y viens chaque jour. Je m'assois à la table où il s'asseyait et je roule des cigarettes pour les soldats qui ont eu la chance de rentrer. Mais pas entier. Si j'avais su que la guerre me prendrait mon zouave, je serais venue boire des coups ici avec lui. Tous les jours.

Des larmes plein les yeux, elle saisit son ballon de blanc.

— À votre Raoul ! enchéris-je en levant mon gobelet de limonade.

Elle descend la moitié de son vin à la mémoire de son homme, puis me tend son verre. Je délaisse ma boisson de fillette pour boire ce qui reste de blanc pendant qu'elle huche à pleine voix le garçon de café. C'est du vin de Bossey, issu des vignes plantées au pied du Salève, en Haute-Savoie.

— On passe aux choses sérieuses ? lui demande le serveur.

— Un génépi pour moi et une Chambéryzette pour Vitaline.

J'éclate de rire en entendant ce nom invraisemblable, persuadée qu'il s'agit d'une plaisanterie.

— C'est fort pour une demoiselle de Paris, prévient le garçon de café.

— Elle est d'ici, bêta ! le remise la rouleuse.

Il repart avec l'air de quelqu'un qui vient de comprendre ce que je fais dans son bistrot.

La veuve roule une cigarette en moins de deux, me la donne. Je la complimente sur sa dextérité. Elle me remercie en soulevant son béret. Même si je ne connais personne dans ce café, je n'en reviens pas de mon propre culot : je m'apprête à en griller une dans un lieu public.

Raoulette et moi faisons des ronds de fumée quand le serveur revient avec un verre ballon rempli de vin blanc et un verre tulipe plein d'une boisson rose vif.

— Qu'est-ce que c'est que ça ? m'exclamé-je, enthousiasmée par cette couleur éclatante.

— Le petit Jésus en culotte de velours, prétend ma compagne de boisson.

J'y trempe les lèvres, impatiente de savoir quel goût peut bien avoir un riquiqui en panty. Emballée, je m'écrie :

— Ce délice donne la conscience du bien et du mal !

— Vermouth blanc et liqueur de fraise des Alpes, précise le serveur qui s'éloigne en se gondolant.

— Parlez-moi un peu de vous ! me lance soudain la rouleuse, forte du succès remporté avec ce cocktail créé par Rosalie Dolin en 1902.

— Il n'y a pas grand-chose à dire.

— Z'avez un mari qui vous attend à Paris ?

— Non, non, pas de mari.

— Un bonami, alors ?

— Pas plus.

— Doit bien y avoir un matou ! Allez, dites-moi tout !

Je lui souris de façon énigmatique, pas plus disposée à parler de mes amours que de ma détention. Mon silence fait-il l'aveu d'une quelconque culpabilité ? Toujours est-il qu'elle me balance cette phrase :

— Il n'y a point de laides amours, ni de belles prisons.

— Est-ce à dire ? me raidis-je, aussi surprise par la pertinence de sa citation que par sa portée profonde.

— Aucune idée ! C'est marqué là, dans votre journal.

Et de pointer du doigt la légende imprimée sous la photo de Coco !

Je lâche un rire nerveux.

— Assez jaspiné ! s'exclame-t-elle en faisant cul sec. Faut que je me rentre ! C'est que je suis pas d'ici, moi.

Elle repose son ballon vide sur ma revue, comme s'il s'agissait d'un sous-verre.

— Et d'où êtes-vous donc ?

Sans savoir pourquoi, j'étais persuadée que Raoulette vivait à proximité du bistrot.

— Du haut de la rue.

Elle se gausse de sa propre plaisanterie. Je lui souris, amusée.

— Je ne vais pas tarder non plus.

La Chambéryzette qui tangue dans mon estomac vide me donne le mal de mer.

— C'est ça ! Tardez pas pour rejoindre le matou qui vous a fait accourir ici. Ni pour aller voir votre famille.

Elle ajoute qu'à force de tergiverser, parfois, on

arrive trop tard. Une chaise est vide. Ne reste que les regrets.

Ses propos d'un aplomb excessif font que je me heurte à un souvenir douloureux. J'ai envie de l'envoyer paître. J'ouvre la bouche… Mais pour lui dire quoi, au juste ? Qu'elle ne connaît pas ma famille, ou qu'elle a raison ? En fait, je n'en ai pas l'occasion, ou peut-être pas le courage. Elle a tourné les talons. Je la regarde traverser la salle, adresser un signe de la main au serveur qui la gratifie d'un « À demain, la Rouleuse ! » cordial. Elle franchit la porte sans même se retourner.

À peine est-elle sortie du débit de boissons que j'éprouve un vide immense. Un sentiment d'abandon par trop connu. Mes pensées remontent jusqu'à l'été 1900. Je suis sur l'alpage d'Ubine autour duquel les vaches broutent au hasard. Ma mère sépare les grains de beurre du petit-lait. L'épuisant battage de la crème avec la baratte à piston nécessite ma présence. Du haut de mes dix ans, je tiens le récipient en bois à bras-le-corps tandis que ma mère remue la crème avec le brasseur pendant deux heures. Ce geste mille fois répété donne à sa peau l'odeur aigre du caillé. Je la regarde s'éreinter pour sa famille. Elle a dû arrêter l'école quand elle avait une dizaine d'années. Mon père lui fait grief de son ignorance tout en l'empêchant de se cultiver. Elle en souffre et souhaite une vie différente pour moi. Elle place tous ses espoirs en notre vieil instituteur qui veut me présenter au certificat d'études primaires. Il se laisse un an pour me préparer à l'examen en lecture, écriture, orthographe, calcul et système métrique. Mais pour ça, il faut convaincre le pater familias.

Un véritable défi.

Que ma mère relève.

Un soir, elle va se risquer beaucoup en osant dire à mon père qu'il faut que je retourne en classe après la démontagnée. Courageuse, voire héroïque. Je vois encore le père Vittoz tirer sur sa bouffarde dans sa chaise à bascule, se demandant laquelle de nous deux il va corriger. Oh oui ! Je le connais, ce sentiment d'abandon que j'ai ressenti quand ma mère est sortie du chalet sans se retourner, me laissant seule avec mon paternel. J'ai encore dans les oreilles le bruit de ses semelles de bois qui s'éloigne.

Des tintements de verres me ramènent dans la salle du bistrot où le serveur fait place nette sur son comptoir. Je reporte mes yeux sur la fenêtre. Dehors, la lumière pâlit. Il me faut regagner la pension rapidement. En voulant prendre ma revue, je découvre que Raoulette a posé son verre en plein sur la tête de Coco. Un rond humide gondole le papier journal, déformant le visage de la modiste qui grimace de façon ridicule. J'éprouve quelque satisfaction en voyant ses traits dénaturés par la tache de mouillure. Je roule le magazine pour l'emporter. Sans le savoir, la Rouleuse vient de me venger de cette dangereuse rivale.

## 5

Une odeur de savon noir règne dans la chambre 7. J'y trouve ma valise, posée devant une psyché dont le tain a coulé. La pièce avec lavabo est petite. Les motifs floraux du papier peint sont effacés par endroits. D'un côté du lit, un fauteuil en tapisserie montre sa corde et sa bourre. De l'autre, une table de chevet branle sur des pieds de longueur inégale. Au plafond, une lampe populaire me frappe par sa modernité. Le monde rural est encore souvent privé de ces ampoules éclairantes, tandis qu'en ville, il y en a une par foyer. L'usage de la lumière est réglementé : on ne peut l'allumer qu'entre la nuit tombée et onze heures du soir. La fée électricité est un luxe au moins aussi appréciable que de ne pas avoir à partager sa chambre.

Enfant, je dormais avec mes parents et mes grands frères dans l'unique pièce chauffée du chalet. Elle était meublée d'un alignement de lits clos fermant par des panneaux coulissants. Jeune fille, j'étais en dortoir au Home d'institutrices. Au début de la guerre, je m'allongeais dans les campements que l'armée avait installés un peu en retrait du front russe. Il avait fallu que j'entre au service de la maison impériale de Russie pour enfin disposer d'une chambre à moi. J'avais alors vingt-cinq ans. Quel confort comparé à la promiscuité que j'avais par trop connue !

Les pieds las, je retire mes chaussures à brides tout en jetant un œil par la fenêtre encadrée de rideaux de calicot. La lumière de la fin du jour s'évapore de la ville, monte au-dessus du château, plongeant la pièce dans un clair-obscur propice à la réflexion. J'enlève ma robe, la pose sans faire de plis sur le fauteuil. Je dégrafe mon soutien-gorge brassière en dentelle, l'évacue en gesticulant, sans retirer mon fond de robe.

J'ouvre ma valise, en sors ma plus belle tenue et le cintre que j'ai emprunté à l'atelier. Le mot « cintre » a beau avoir fait son entrée au dictionnaire Larousse en 1900, l'Académie française continue de le nommer « porte-vêtement ». Le brevet du cintre a été déposé en 1904 par la Timberlake Company dont un employé a eu l'idée de tordre un fil de fer pour suspendre son manteau au bureau. Cette invention fait fureur dans les maisons de couture. J'y accroche ma robe préférée pour qu'elle soit défroissée quand viendra l'heure de mon rendez-vous. Je repense aux propos de Misia. Pourquoi me suis-je sentie aussi déchiffrée en sa présence ? Est-ce parce qu'elle a mis en doute ma loyauté envers Isadora, ou parce qu'elle a évoqué mon attirance pour Vadim ?

Cette robe au plastron décoratif est l'une de mes créations. J'ai enjolivé son col évasé de figures géométriques au point de croix rouge qui font un effet bœuf. Ce modèle a tellement plu à Coco qu'elle a tenté de signer un contrat d'exclusivité avec l'atelier Falbala. Isadora de Russie a décliné, préférant garder sa liberté. Mais pour combien de temps encore ? Je suis préoccupée car je sais qu'elle peine à honorer ses factures. Et si elle cédait à la nécessité ? Ne vais-je pas me retrouver, un matin, à devoir travailler sous les ordres de cette modiste qui convoite Vadim telle une pie un diamant ?

Dehors l'horizon s'obscurcit. J'ai la possibilité d'allumer la lumière, mais je n'en fais rien. J'aime la pénombre, le silence du soir, cette atmosphère feutrée qui permet à l'âme de se livrer à une seule pensée : l'être aimé. J'épingle ma cocarde à gauche du plastron rouge quand j'entends frapper. Je reconnais la voix qui m'appelle en même temps qu'un doigt toque contre le bois : c'est Bernarde. Je ne prends pas la peine de me rhabiller. Après tout, elle est de mon sexe et de mon âge.

J'entrebâille la porte en combinaison, trouve la fille Vichy chargée d'un plateau recouvert d'un linge de cuisine. J'ignore ce qu'il cache mais je sens une bonne odeur de gratiné.

— Ma mère vous a préparé ça pour s'excuser du tracas.

Sur ordre de mon estomac, la porte s'ouvre toute grande sur le couloir éclairé par une lampe en cuivre jaune. Bernarde entre, pose le plateau sur la table de chevet, soulève un coin du torchon. Je me sens dotée comme une fille à marier en découvrant la gratinée dorée et le verre d'eau rougie.

— Je vous croyais à la sauterie de la veille au soir, la taquiné-je.

— Ma mère est partie devant, m'explique-t-elle. Je dois la rejoindre pour le chapelet.

Mais au lieu de regagner la sortie, elle zieute entre les fines bretelles qui retiennent mon fond de robe. Son regard se promène sur mes seins qui tendent le tulle de soie. Probablement parce qu'ils sont dodus, tandis que de timides prémices de poitrine barrent son buste. Ses petits tétons pointent de travers. C'est curieux, ces formes inégales. On dirait de la gaze enfoncée dans son corsage que la nature a négligé de garnir. Ceux de Flore n'étaient pas très gros, mais Dieu qu'ils étaient beaux ! Je me souviens de la première fois où je l'ai vue torse nu. Elle était devant le lavabo du dortoir, les mèches remuantes de ses cheveux sur ses frêles épaules. Surprise, elle avait rougi, mais n'avait rien fait pour se cacher. J'avais alors senti que cette blonde d'aspect convenable était pleine de flamme.

Parce que Bernarde semble ne jamais vouloir regarder ailleurs, je frappe dans mes mains à hauteur de mon visage, comme pour aplatir une mouche en vol. Le claquement lui fait relever les yeux. Il me tarde de pouvoir manger le gratin, mais elle hésite à quitter ma chambre.

— Puis-je vous poser une question ? me demande-t-elle.

J'acquiesce de la tête, pressée de la voir partir. La pièce s'assombrit de plus en plus. Seule la lampe du couloir nous permet encore de nous voir.

— Où avez-vous été infirmière ?

— Sur le front prussien.

Son œil brille tout à coup.

— Est-il vrai qu'en Russie, on appelle « infirmières » les espionnes ?

— Pas du tout ! la contredis-je.

— J'ai compris ! Vous ne pouvez rien dire ! Secret défense ! C'est moi qui vais parler, comme ça vous aurez juste à faire oui ou non de la tête. D'accord ?

Je fais « non » pour lui signifier que je suis contre. Peine perdue.

— J'aurais bien aimé servir le pays, moi aussi. Je désirais être mobilisée pour faire la guerre, comme un homme. J'ai fait partie de celles qui ont demandé la création d'un service militaire féminin de la défense nationale. Mais l'état-major a refusé. Alors j'ai cherché à m'engager comme espionne, mais ma mère s'y est opposée parce que…

Je lève les yeux au ciel d'exaspération.

— Pardon ! J'ai oublié que je devais poser des questions. C'est que je n'ai pas souvent l'occasion de parler avec une espionne. Vous voulez savoir pourquoi ma mère s'y est opposée ?

Je secoue la tête tel un démon, comme pour crier « Non ! ». Ma bretelle gauche glisse de mon épaule à mon bras, dévoilant en partie mon sein. Je la remonte sous le regard scrutateur de mon interlocutrice.

— Ma mère n'aimerait pas que je vous le dise, mais puisque vous étiez espionne, je pense que vous en avez entendu d'autres.

— Infirmière, pas espionne.

— Je vous rappelle que vous devez garder le silence !

J'écarquille les yeux. Cette demi-logeuse vient-elle de me gronder ?

— Vu le service que vous avez rendu à la patrie, poursuit-elle comme si de rien, je trouve que ce n'est pas correct de vous cacher la vérité.

— Venez-en aux faits, voulez-vous !

— Chut ! m'ordonne-t-elle, un index en travers des lèvres. Ma mère trouve que les méthodes de séduction des espionnes sont malpropres.

Si j'avais eu le droit de l'ouvrir, je lui aurais dit que je m'en tamponnais le coquillard.

— C'est pourquoi elle ne vous a pas donné une clef de la pension.

Je manifeste un étonnement muet.

— On ne prête une clef aux pensionnaires que quand on a vraiment confiance.

Je comprends alors que la mère Vichy éprouve de la méfiance envers moi. Aussitôt je me sens en faute. Le « Tu es indigne de confiance » souvent prononcé par mon père me poursuit depuis l'adolescence.

— Je dis ça sans vouloir vous offenser, se justifie Bernarde qui n'a pas son pareil pour remuer le couteau dans la plaie.

Je baisse la tête en espérant dissimuler mon trouble.

— Je peux vous causer librement, mademoiselle Vittoz ?

Librement ? me dis-je. Que sait-elle de la privation de liberté, cette jacasse ? Être captive ne signifie rien tant qu'on ne l'a pas subi soi-même.

— Votre chambre n'était pas prête parce qu'une

femme à qui on avait prêté une clef a fait entrer un homme pour se livrer à une liaison coupable.

Elle me scrute dans l'attente d'une réaction outrée qui tarde à venir.

— Vous avez la comprenotte difficile ! me reproche Bernarde, pensant que je n'y pige que pouic.

Mon passé, la fatigue et son sans-gêne pèsent soudain.

— C'est interdit d'amener un homme, m'explique-t-elle. On est une respectable pension de famille. Mon père est mort, vous savez. Cet hôtel, c'est tout ce qu'on a, ma mère et moi. Alors ce serait gentil à vous de ne pas ébruiter cette affaire.

Je lui réponds que j'accepte de taire ma bouche si elle ferme la sienne et se retire illico de ma chambre. Elle accompagne la fin abrupte de son monologue d'un regard de travers. Au moment de quitter la pièce, elle tourne d'un geste sec le bouton près de la porte. La lumière me frappe en plein visage.

## 6

Je me précipite sur le plateau de nourriture. Je salive devant ce plat originaire d'Entremont dans le Valais, et qui a franchi la frontière par les cols. La dernière fois que j'ai mangé un crève-à-fous, c'était chez ma grand-mère qui cuisinait toutes sortes de plats alpins – savoyards, suisses ou italiens.

Les traits de mémé sont un peu effacés dans ma mémoire, mais le souvenir de son sourire demeure intact dans mon cœur. Il me suffit de goûter ces couches de pommes de terre alternées avec des raves blanchies pour retrouver la douceur de grand-maman. Elle nappait son plat de fromage râpé et de crème avant de le mettre à gratiner. Elle vivait dans un chalet dont on pouvait toucher le plafond de la main. L'unique pièce était constituée d'une partie pour les hommes et d'une autre pour les bêtes ; des planches disjointes séparaient le gîte de l'étable. Elle m'avait offert une croix bâton en argent pour avoir obtenu le certificat d'études primaires. Elle était fière de ma réussite à cet examen portant sur la grammaire, l'arithmétique et les sciences, la morale et la patrie, l'histoire et la géographie.

Une porte claquée dans le couloir de l'hôtellerie me fait revenir de ma rêverie. Les murs sont plus fins que du papier à cigarette, me dis-je, provoquant une envie de fumer. J'y renonce. J'ai besoin de m'accorder quelque repos si je veux être, demain, à la hauteur des circonstances. Du bruit, encore. Des allées et venues. Est-ce Bernarde ? Je tire les rideaux, songeuse. Je me suis montrée dure envers elle. Je passe mes bras par les bretelles de ma combinaison qui glisse au sol, entraînant dans sa chute mon panty, trop grand. C'était une commande d'une riche cliente qui, ayant forci, ne l'a finalement pas voulue. De retour à Paris, j'y ferai un point.

En posant ma gaine-culotte sur le fauteuil, j'aperçois mon reflet dans la glace qui a perdu son tain. Le miroir est sillonné d'entrelacs qui forment des ombres là où l'étamage s'est séparé du verre. Je fais un pas en arrière, me regarde en pied dans la psyché. À chaque fois, c'est le même étonnement en découvrant ce corps comme si c'était celui d'une autre femme : seins renflés marqués d'une aréole couleur daim, ventre lisse, hanches pleines, fesses hardies, toison fauve comme l'entrée d'un fourré. L'image que j'ai de moi ne correspond pas à mon reflet. Je donne l'impression d'une féminité épanouie alors que je me trouve grasse comme une motte de beurre. Même les privations n'ont pas réussi à faire fondre mes rondeurs. J'ai encore dans les oreilles les mots de ma mère à qui je me plaignais d'avoir trop de poitrine :

« Ah, çà ! T'étais une gosse pas encore sèche derrière les oreilles que t'avais déjà du nichon ! Une vraie calamité ! »

Le mot « calamité » me rappelle Aglaé, mon amie d'enfance. J'étais à l'école avec elle, dans une classe de cinquante élèves. Mon niveau scolaire était meilleur que le sien alors qu'elle avait deux ans de plus que moi. Au dire de l'instruction publique, nous profitions des bienfaits de la mixité dans l'unique classe du village : baisse de la sauvagerie chez les garçonnets et émulation profitable des fillettes.

L'année de mes treize ans, j'avais pu faire la rentrée grâce à ma mère qui avait demandé à sa belle-mère d'aller faire *l'esplique* – quand une femme donne son avis à un homme qui ne lui a pas demandé. Dans ses vêtements aux couleurs de terre et de pierre, ma grand-mère était allée causer à mon père qui m'avait retirée de l'école alors que j'étais la seule de la famille à posséder le certificat d'études primaires. Elle lui avait parlé en femme déterminée qui sait, d'expérience, ce qu'il faut dire au genre de gars qu'était mon paternel. Bien sûr, l'Ancienne ne commandait pas à son fils, mais elle l'amenait à prendre les bonnes décisions.

Du souvenir de mon amie Aglaé, il n'y a pas loin à celui du jeune instituteur, venu remplacer son devancier, vieux comme les chemins. À cette époque, Aglaé avait les seins peu développés et les hanches étroites ; elle n'était pas encore véritablement formée. Je la trouvais ravissante. Bien plus jolie que moi, vu que je détestais les deux montagnes qui tendaient mon corsage. Pourtant, mes nichons plaisaient. Je l'avais remarqué à ce que les mâles collaient leurs regards dessus. Moi, je n'avais d'yeux que pour le nouveau maître d'école. Aveuglée par cette passionnette sentimentale, je n'avais pas réalisé que le comportement d'Aglaé avait changé.

Ce soir-là, on était en juin. Une chaude journée d'été tirait à sa fin. C'était la Saint-Jean. Le jour baissait, mais il ne faisait pas encore assez nuit pour embraser le bûcher. Aglaé et moi avions emprunté le sentier muletier qui dominait notre village pour être aux premières loges quand nos parents l'allumeraient. Malgré l'altitude, il faisait encore tiède. Nous avions les cuisses moites sous nos jupons. De la pelouse alpine s'élevait la senteur fraîche des menthes de montagne qui traversait, par effluve, les buissons roses des rhododendrons en fleur. Nous nous assîmes sur des rochers. Aglaé entrouvrit son caraco dont elle agita le col pour se donner de l'air. Un pan s'ouvrit en grand, dévoilant sa poitrine. Deux boutons de rose naissant qu'elle observa d'un air navré, vu qu'elle était pressée de tourner femme.

— Quand est-ce que mes tétins vont devenir comme les tiens ?

— Ils en prennent le chemin, répondis-je pour la rassurer.

— Tu voudrais bien me montrer tes seins ?

— Pour quoi faire ?

— S'il te plaît, implora-t-elle en faisant des mines pour que je cède.

Je n'eus pas le cœur de repousser cette connivence qu'elle recherchait sans cesse. Je dégrafai les boutons de mon corsage. Aglaé caressa des yeux ma poitrine qui haletait entre les pans ouverts. Alors qu'elle se coulait près de moi, on entendit des exclamations de joie. Je couvris ma nudité en toute hâte. On venait d'embraser le bûcher. Il était temps pour nous de rejoindre les villageois rassemblés autour du feu. Bientôt, les garçons sauteraient par-dessus les flammes pour nous impressionner.

Je délaisse la psyché de ma chambre pour me placer devant le lavabo. Sur un bord est posée une lavette et de l'autre une serviette en coton bouclette blanc. J'humecte la lavette, frotte dessus le pain de savon noir posé dans le creux du lavabo. Je me lave le corps avec beaucoup plus de soin que sur l'alpage où je me décrassais devant le bassin. Ma mère m'avait appris que, pour être propre, il fallait se mouiller chaque jour les parties découvertes, plus accessibles aux souillures extérieures que le reste du corps. Un soir que j'avais ouvert mon corsage pour me passer de l'eau fraîche sous les aisselles, j'avais surpris Adolphe. Le plus âgé de mes frères me reluquait, caché derrière un sapin.

La chaleur régnant dans la chambre d'hôtel fait que je dormirai nue. J'ouvre le lit, m'y étends, ferme les yeux. Ces derniers temps, le contact du drap sur ma peau est le seul frôlement intime que je connais. Mon mont de Vénus ressemble à un talus qu'on laisse reposer, telle une jachère d'herbes folles. À trente ans, je commence à me demander si cet aspect-là de ma vie est déjà derrière moi. Et que dire des sentiments ? J'ai déjà été amoureuse. Et échaudée aussi. Il y a eu le nouveau maître d'école. Si agréable à regarder. Ses joues glabres et ses yeux brillants avaient l'air peints de frais. Et si plaisant à écouter. Sa voix chuchée laissait couler les chiffres et les lettres.

Cette pensée, celle de M. Tablonoir, me fait rouvrir les yeux.

J'avais quatorze ans et je fréquentais toujours l'école. Le nouvel instituteur avait convaincu mon père de me présenter au brevet élémentaire. Je pourrais accéder aux fonctions de base de l'administration et lui donner l'argent que je gagnerais. L'âpreté au gain de mon paternel l'avait poussé à accepter, à condition que je continue à aider ma mère. Vu que je peinais à accomplir cette double journée de labeur, M. Tablonoir sacrifia ses vacances pour me préparer à l'examen : dictée, dessin, instruction civique, histoire, solfège, sciences physiques et naturelles. Aucun sujet n'était négligé.

Cet été-là, le maître changea d'attitude. Un jour qu'il était seul avec moi, il me dit qu'il avait des frissons quand je résolvais un exercice d'algèbre. Un autre jour, il me confia qu'il avait des bouffées d'envie quand je calculais l'aire d'un champ. Un matin, il me murmura des indécences à l'oreille. Un après-midi, il me baisa aux lèvres. Mon premier baiser. Sa langue se creusait, s'enroulait autour de la mienne, s'étirait et se retirait. Quand cette gymnastique se termina enfin, ma bouche était huilée de salive.

Mon premier baiser. Et mon dernier avec lui.

Aglaé nous avait surpris.

Elle menaça de tout raconter. Les leçons cessèrent

illico. M. Tablonoir déclara que j'étais prête pour le brevet. Je finis l'été sur l'alpage d'Ubine avec ma mère, sans réviser. À la démontagnée, j'appris que l'instituteur avait déclaré sa flamme à une demoiselle plus âgée que moi, mais encore trop jeune pour convoler. Je me mis à souffrir d'une jalousie inapaisable contre Aglaé qui m'avait ravi mon amoureux – c'est parfois une calamité qu'une grande amitié. C'était un supplice pour moi de la voir se promener le long du torrent avec notre maître d'école. La rentrée des classes passée, ils annoncèrent leurs fiançailles. Et ce fut dans le délaissement le plus complet que j'obtins le brevet élémentaire, le printemps suivant. J'ambitionnai de passer le brevet supérieur pour pouvoir quitter le village.

Je referme les paupières pour chasser l'image de cette double trahison qui flotte, main dans la main, devant mes yeux. Ai-je vraiment décidé de ne plus jamais faire confiance à personne ? À mon âge, est-ce possible de s'enterrer le cœur comme un chien le fait de son os ? Et demain, qu'en sera-t-il ? Qu'ai-je à espérer de cette rencontre ? Me suis-je fourvoyée en venant ici ? Je tire le drap sur moi, résolue à m'endormir malgré les tourments de l'incertitude, et malgré le couple de la chambre voisine qui semble vouloir repeupler la France à lui seul. On dirait une fête coquine que se donnent en rêve les abstinents. Le genre de fête à laquelle je n'ai pas été invitée depuis longtemps.

# 7

J'ai passé la nuit à observer le mur obscur derrière lequel j'entendais des gémissements et des bruits de sommier. Tout ce remue-ménage m'a fait penser à une nuit de noces. J'émerge au matin, bouffie d'insomnie. Il me faut un bain pour sortir de cette langueur incompatible avec ce qui m'attend.

Je file dans le couloir pour être la première à la salle d'eau. Alors que je longe la chambre des jeunes mariés, leur porte s'ouvre. C'est un couple qui doit avoir le double de mon âge. Cent vingt ans à eux deux. Depuis quand les cheveux argentés s'envoient-ils en l'air comme des démons ? Je les envie mais fais mine de rien, car je crains de perdre la primeur à la salle de bains. Je m'y précipite. L'eau est tiède. Rien d'étonnant : l'eau chaude est encore un luxe en cette année 1920.

De retour dans ma chambre, je tire le fauteuil devant la psyché pour me coiffer avec soin. Je retrace la ligne entre mes cheveux, séparés au milieu par une raie bien nette. J'arrange ensuite au peigne les vagues avançant sur mon visage. J'aime que ma coiffure soit souple et légère. Pas de crêpage comme Misia Sert. Surtout pas. C'est tellement XIXe siècle. Moi qui ai passé des années à étudier, puis mis tout mon cœur à enseigner, je m'étonne parfois de me trouver si frivole. Si attachée à mon apparence. Peut-être est-ce un moyen de me dorloter, de me consoler des malheurs du passé.

Je vérifie l'horaire de mon train, puis replace mon billet dans mon sac à bandoulière avec mon brouillon de lettre. Il part à cinq heures de l'après-midi. Pas question de le manquer ! La grande-duchesse ne m'a autorisée à m'absenter que trois jours. En fait, je pourrais prendre plus de congés, mais être loin de Paris signifie laisser le champ libre à Coco. Nul doute qu'elle profitera que j'aie le dos tourné pour faire avancer les choses entre elle et Vadim.

Je laisse ma valise dans ma chambre. Munie de mon sac et vêtue comme la veille, je sors en empruntant l'escalier arrière. Je n'ai aucune envie de croiser les femmes Vichy que j'entends palabrer au rez-de-chaussée. Je m'éloigne de la pension dans la lumière vive du matin. Le ciel est clair, sans l'ombre d'un nuage. J'ai rendez-vous à l'heure du déjeuner, ce qui me laisse le temps de boire un thé avant de retourner me changer. J'entre dans un salon et prends place près de la vitrine. Une serveuse s'approche de moi.

— Un croissant et un thé avec de la confiture, s'il vous plaît. De groseilles, si vous en avez.

Je la regarde s'affairer derrière le comptoir avant de reporter mes yeux vers la rue. Des hommes vaquent à leurs affaires, des femmes aux besoins de leur famille. Faire les courses n'est pas une mince affaire. On sort à peine du rationnement sur le pain et la viande. L'interdiction de faire de la pâtisserie n'est levée que depuis l'an passé et le sucre est toujours rationné à sept cent cinquante grammes par mois. Il faut des tickets pour obtenir de la saccharine. En transformant les grandes plaines betteravières en champs de bataille, la guerre a fait chuter la production de sucre de moitié.

Entre ces gens qui vont çà et là, j'aperçois un chien qui essaie de saillir une chienne contre le mur d'en face. On voit que la femelle cherche à se tirer d'embarras, mais le mâle est massif et elle ne parvient à s'en dépêtrer qu'à moitié. Je détourne la tête pour vaincre la répugnance que cette scène engendre pour moi. La serveuse revient à ce moment-là avec ma commande. Elle dépose sur la table le croissant frais accompagné d'une cuillerée de confiture et le thé servi dans une porcelaine couleur fleur d'orge. Vais-je permettre à cet odieux mâle de me gâcher mon petit déjeuner ?

— Je reviens de suite, avertis-je en me levant d'un bond.

Je sors du salon de thé pour tenter de chasser ce chien par trop excité. Je soulève ma robe qui me bride le genou et lui envoie mon pied au cul. Sans succès. Il renonce à son entreprise quand il reçoit dans le derrière, à toute volée, un deuxième coup de pied.

Je regagne ma table près de la vitrine.

— Bien envoyé ! me félicite la serveuse.

— Merci.

Je plonge la confiture de groseilles dans ma tasse. Sa bouche s'arrondit de surprise.

— C'est ainsi que l'on sucre le thé en Russie.

Mon explication semble la satisfaire car elle s'éloigne avec un large sourire. Je déguste mon croissant. Ah, ce feuilletage fin ! Et ce goût de beurre ! Cette saveur fait revivre certains instants de mon enfance, à travers la nuit du passé. Ma mère plaçait le beurre dans des empreintes en bois marquées d'une rosace pour décorer les mottes. Des larmes me mouillent les yeux. Je ne l'ai pas revue depuis le jour où j'ai été chassée de la maison.

— Ça fait quinze sous, me dit la serveuse à qui je tends une pièce de cinq francs. Vous n'avez pas plus petit qu'une pièce de cent sous ?

Je fais non de la tête. C'est fou d'entendre encore parler en sous.

Je la salue et quitte l'établissement pour continuer mon chemin le long du château. Ce palais était l'emblème du pouvoir de la maison de Savoie qui régna pendant neuf siècles. Érigée dans le style flamboyant, la Sainte-Chapelle apparaît, dressée sur son imposant rempart. J'entre à pas feutrés, m'assois sur un banc. Depuis toujours, j'aime les églises. Pas tant par croyance en Dieu que pour l'atmosphère qui y règne : lumière des cierges, odeur d'encens brûlé, retable sculpté, croisées d'ogive, vitraux colorés, tableaux irréalistes. À chaque fois, je suis remuée, comme si un être hostile me tendait une poignée de main de réconciliation. Comme si les mots blessants se voulaient être des paroles de compassion. Je les accepte avec une gratitude assoiffée. Alors mon esprit me libère des pensées chagrines qui m'ont amenée à pénétrer dans ce lieu sacré. Pour un temps.

Un tintement prolongé se fait entendre. La tour Yolande abrite le carillon aux septante cloches réalisé par la fonderie Paccard – connue pour avoir fondu la Savoyarde, la plus grosse cloche de France située dans le Sacré-Cœur à Montmartre. Un curé entre par une porte dérobée, se lance dans l'office. Des femmes s'avancent jusqu'au retable. Des hommes prennent place dans le côté ombreux du lieu. J'ai beau mêler ma voix aux répons brefs des ouailles, je ne parviens pas à extirper de mon esprit ce pour quoi je suis entrée dans la chapelle. Après avoir fait un bout de prière, je décide de quitter les lieux. Une paroissienne me jette un coup d'œil examinateur, comme si elle s'interrogeait : de quelle faute cette fille demande-t-elle l'absolution ?

Sur le parvis, je regarde ma montre : dix heures trente. Je sens en moi le malaise du rendez-vous à venir. J'éprouve tour à tour la crainte, l'affolement et l'espérance. Dans cette ville, je suis seule. Une femme seule qui doit mener à bien une affaire délicate.

# 8

Je quitte le château, désireuse de retourner à la pension Vichy pour me rafraîchir et changer de robe. J'ignore si M. Brasier est exact à ses rendez-vous. De mon côté, je suis ponctuelle comme un chronomètre.

C'est moi qui suis entrée en correspondance avec Hugo. J'avais regagné la France depuis près d'un an quand je m'étais enfin décidée à lui écrire. J'y songeais depuis des mois, sans jamais sauter le pas. La situation était paradoxale. Je trouvais bizarre d'écrire à un homme que je n'avais jamais rencontré ; néanmoins Flore m'avait si souvent parlé de lui que j'avais l'impression de le connaître. J'enviais leur complicité fraternelle. Ils m'apparaissaient comme deux compères qui se défiaient de tout le monde. Après maintes nuits d'agitation et d'insomnie passées à chercher la bonne façon de commencer ma lettre, j'avais fini par faire un brouillon.

En chemin pour l'hôtellerie, j'éprouve soudain le besoin de le relire pour me rassurer sur son contenu qui est à l'origine du rendez-vous d'aujourd'hui. Je m'arrête dans l'embrasure d'une porte cochère pour le tirer de mon sac. Je me rappelle avoir eu des difficultés à trouver les mots. Pour preuve : il comporte maintes ratures. Un comble pour une maîtresse de français qui a enseigné la langue de la cour aux tsars de Russie !

*Cher Monsieur,*

Il m'avait semblé que « Monsieur » était trop froid pour s'adresser à quelqu'un de ma génération. Après tout, nous avons tous deux fait la guerre. Lui, dans les chasseurs alpins, et moi, comme infirmière. Et puis, j'étais l'amie de sa sœur.

*Cher Hugo,*

*Vous ne me connaissez pas et je suis peinée d'entrer en correspondance avec vous dans des circonstances aussi tragiques.*

J'avais barré « peinée ».

*Je suis dévastée de…*

« Dévastée » me paraissait un peu fort, mais « peinée » pas assez. De plus, « tragiques » était inutile. Alors j'avais recommencé.

*Cher Hugo,*

*Je suis fort peinée de vous contacter dans ces circonstances, mais je suis en possession de quelque chose qui appartenait à votre sœur.*

Il allait certainement se demander de quoi il s'agissait.

*Je suis en possession de photos qui appartenaient à votre sœur.*

J'avais rayé la fin de la phrase.

*De photos sur lesquelles figure votre sœur.*

J'y figurais moi aussi, mais fallait-il le préciser ?

Une question m'avait alors tourmentée : de quelle manière parle-t-on de la mort de sa sœur adorée à un frère ? C'était absurde, mais j'en voulais à Flore de me mettre dans cette situation infernale. Après avoir griffonné plusieurs ébauches, j'avais fini par recopier un courrier au classicisme formel sur un papier à lettres de bon goût.

*Cher Monsieur,*

*J'ai rencontré votre sœur dans le train Paris-Dunkerque. Nous faisions partie des Françaises amenées en cadeau diplomatique aux élites russes par le président Poincaré.*

*J'ai bien conscience du coup que cette lettre ne manquera pas de vous porter. Vous m'excuserez de raconter la suite sans ménagement, mais les jours passent et Flore occupe toujours mes pensées. C'était une nature valeureuse et un esprit volontaire.*

*N'allez pas croire que je cherche un cœur où épancher ma douleur. Je vous écris car je suis en possession d'une pochette en daim qui appartenait à votre sœur. Elle contient des photos qui ont été prises en Russie. Je les tiens de l'école Sainte-Catherine où nous avons toutes deux travaillé. Elles me sont revenues parce que j'y figure aussi, et que nous étions amies. J'ai pensé que vous aimeriez les voir. Peut-être même les garder.*

*Si vos affaires vous amènent à Paris, nous pourrions*

*nous y retrouver. Dans le cas contraire, je pourrais me rendre à Chambéry pour vous les remettre. Si vous préférez ne pas me rencontrer, je peux vous les envoyer par la poste. Mais c'est que j'ai tant de choses à vous dire...*

*Recevez mes salutations les plus sincères.*

*Vitaline Vittoz*

En relisant ce brouillon dans la rue, je suis assaillie de doutes. Je le replace dans mon sac et prends un pas de marche bien rythmé pour regagner la pension. J'ai l'impression d'avoir commis deux erreurs : avoir écrit à Hugo et être venue dans cette ville, bille en tête. Dans cet état d'esprit, je dépasse la bifurcation qui doit me mener à la rue Basse-du-Château. Sans m'en rendre compte, je m'éloigne de ma destination. Mes pieds me guident jusqu'à la rotonde par laquelle je suis arrivée la veille.

— En voiture ! crie le chef de gare.

Autour de moi, des voyageurs se dirigent vers le quai. Le prochain train part pour Paris. Je songe alors que j'ai mon billet dans mon sac. Certes, c'est pour celui de dix-sept heures, mais mes idées s'emballent. Il me suffirait de grimper à bord pour rentrer chez moi séance tenante. Et donc ne pas avoir à affronter Hugo, ni avoir à raconter la vie de la grande-duchesse à Misia Sert. Je ferai la nigaude auprès du contrôleur pour lui faire perdre en rigueur à propos de mon billet. Il est justement en train d'aider une femme à monter sa valise dans un wagon.

Ma valise !

Je l'ai laissée à la pension, avec ma plus belle robe.

J'aime beaucoup cette toilette, mais est-ce suffisant pour m'empêcher de sauter dans ce train ? Peut-être pas. En revanche, ma cocarde et les photos de Flore, si ! Ces clichés tomberont entre les mains de Mme Vichy et de sa fouineuse de fille. Ainsi Bernarde accédera-t-elle à des instantanés très personnels. Avec son esprit superficiel, elle nous jugera sans rien connaître ni de Flore ni de moi. Sans rien savoir de la somme de tourments que nous avons vécus. Et ça, je ne le supporterai pas !

Je décide de regagner l'hôtel, comme prévu. À peine ai-je pivoté sur mes talons que je prends quelqu'un en pleine poire.

— Madame Sert ! Comment s'est passée votre entrevue avec le jeune peintre ? commencé-je pour échapper à son interrogatoire que je sens venir.

— J'ai pu voir hier l'œuvre sur laquelle il travaille. Une merveille ! Je peux donc rentrer plus tôt à Paris. Je suis ravie. Je vais arriver juste à temps pour me joindre au prochain brunch de Gabrielle.

Mon estomac se noue. J'ai envie de savoir si Vadim sera à ce repas de rupins, mais je me rendrai ridicule par cette question. Quoi de plus grotesque que de chercher à pénétrer dans l'existence secrète des célébrités ?

— Ne deviez-vous pas prendre le train de l'après-midi ? m'interroge-t-elle.

Je m'apprête à lui servir une pitoyable explication quand le chef de gare huche à pleine voix :

— Attention au départ !

— Attendez-moi ! crie Misia en agitant son bras en l'air.

Il referme la portière derrière la robe brillante, ceinturée d'une écharpe de soie dorée. Elle passe le crêpé de ses cheveux par la fenêtre ouverte et me fait au revoir de la main. Je lève la mienne pour lui faire signe en retour. Un coup de sifflet et le train s'ébranle, emportant celle avec laquelle je n'aurai pas à voyager cet après-midi. Je rentrerai tranquillement, après mon rendez-vous.

Mon rendez-vous !

Quelle heure peut-il être ? Je consulte ma montre : onze heures.

Il faut que je fonce à la pension, sans quoi je vais finir par poser un lapin à Hugo Brasier. Je n'aime pas être en retard pour la raison que je déteste attendre.

# 9

Parce que j'avais mis tout mon cœur dans la lettre envoyée à Hugo, j'avais espéré une réponse aussi rapide que mon pouls. Après trois semaines, j'étais en proie aux émotions de l'attente. Une attente dévorante, contraire à la raison. Je vivais dans l'expectative au quotidien. Les nerfs vibrants, je guettais le facteur, touchée d'espoir à chaque fois que je le voyais arriver. Chaque nouveau passage sans lettre, c'était un sentiment de dépit suivi d'un recroquevillement boudeur. Au fil des heures, il se transformait en regain d'énergie dans l'espérance que le lendemain serait celui de la réponse.

Le jour, je m'écartelais l'imagination pour trouver une explication au mutisme de mon correspondant. La nuit, je ne cessais de penser à lui. J'espérais qu'il allait me distraire de Vadim. Me détacher de lui comme une épouse se détache de son mari. Me détourner de ce charmeur d'aristocrate qui se savait bien fait de sa personne. Et Hugo ? Je rêvais de le rencontrer pour voir de quoi il avait l'air. Ou plus exactement, pour vérifier s'il était tel que dans mon souvenir incertain. Peut-être que la guerre l'avait changé. Mais pour ça, encore fallait-il recevoir un mot de lui. Après tout, rien ne l'obligeait à me répondre. Peut-être n'avait-il pas reçu ma lettre. Ou n'avait-il aucune envie de parler de sa sœur avec une inconnue. Et s'il avait déménagé ? Le temps passant, j'avais regretté de lui avoir écrit de façon presque naïve.

Et puis, un matin de la septième semaine, un facteur avait sonné à ma porte. J'avais ouvert avec l'engourdissement ensommeillé d'une modiste ayant passé la nuit à créer un nouveau modèle de robe. L'employé des postes avait retiré son képi pour me saluer. De sa sacoche de cuir, il avait tiré un courrier timbré d'une semeuse vert foncé à cinq centimes. J'avais flairé la lettre dont l'écriture m'était inconnue, pensant savoir qui l'avait expédié. L'homme s'était empressé de s'excuser :

— Le pli était resté au fond de la sacoche d'un collègue…

— Si c'est ça, tant mieux ! l'avais-je coupé.

Le facteur était reparti, un peu étonné par ma réaction. Par bonheur, je m'étais tracassée pour rien.

Plutôt que d'ouvrir l'enveloppe, j'avais décidé de me faire une tasse de thé bien fort. J'avais déposé la lettre sur la table en me demandant quelles émotions elle renfermait. Était-ce un « Oui, rencontrons-nous à Paris » ? Ou un « Non, envoyez-moi les photos par la poste » ? J'avais contenu à grand-peine ma fébrilité en préparant ma boisson chaude.

J'avais versé de l'eau dans ma bouilloire en argent. Je tenais ce samovar d'Isadora qui me l'avait donné un mois où elle n'avait pas de quoi me payer mes gages. Cet ustensile luxueux était ma seule richesse. Je l'adorais, non pas pour sa valeur, mais parce qu'il me rappelait tous les thés pris au palais impérial. Je me souvenais comme la plus plaisante des impressions de la façade du bâtiment au-dessus duquel tournoyaient des mouettes roses dans un ciel bleuté. Sa multitude de fenêtres éclairées, ses riches rideaux de velours et ses statues d'entrée guettant mon arrivée. Je revoyais l'immense parc, les jardins de buis taillés en boule, les brillants équipages aux chevaux gris pommelés, les cochers étincelant de chamarrures. Une toile de fond aux antipodes du chalet familial.

J'avais allumé le réchaud à pétrole. Pendant que l'eau chauffait, j'avais retourné l'enveloppe. Au dos, il n'y avait rien, en dehors de la bande de colle amère que l'expéditeur avait dû lécher avant d'apposer le rabat. Je l'avais ouverte. Cela faisait si longtemps que je n'avais pas reçu de courrier que j'en avais les gestes maladroits. J'avais déplié l'unique feuillet qu'elle contenait pour aller droit à la signature.

C'était bien Hugo.

J'étais retournée au début de la lettre. L'irrégularité de l'écriture à l'encre semblait trahir l'émotion de son auteur. J'avais été frappée par la douceur du ton employé.

*Mademoiselle,*

*Votre lettre m'a ému plus que je ne saurais l'exprimer. Pour ne rien vous cacher, je l'attendais. Ou plutôt je l'espérais en secret.*

*Flore parlait beaucoup de vous dans ses courriers. Et aujourd'hui, c'est vous qui me parlez d'elle. Je suis heureux de savoir qu'elle avait une amie en Russie. Vous savez, elle n'en avait pas vraiment en France. Elle se liait peu. Mais puisque ma petite sœur semblait être en sympathie avec vous, nous devrions établir un commerce d'amitié entre nous.*

*Vous dites être en possession de photos de Flore. Dieu que j'aimerais les voir ! Et par-dessus tout vous rencontrer !*

*Je n'ai pas l'occasion de me rendre à Paris, et pour être franc, cela me convient bien. Cette ville est trop grande, trop turbulente pour moi qui n'aime pas la foule. Accepteriez-vous que notre rencontre ait lieu à Chambéry ? Mes douces paroles pourraient vous faire croire que je suis un homme habitué à tendre des pièges aux femmes. Mais je ne suis pas ce genre d'homme. Mon idée est de vous montrer les endroits que Flore aimait fréquenter. Je pense au Café des Alpes, un bistrot de notre quartier où elle venait parfois me retrouver pour déjeuner. J'espère que vous viendrez. Votre date sera la mienne.*

*N'oubliez pas de répondre à un ami qui vous est attaché.*

*PS : À quoi vous reconnaîtrai-je ?*

*Votre dévoué,*

*Hugo Brasier*

Quand j'avais relevé les yeux de la lettre, l'atmosphère de ma chambre était ambrée par les vapeurs qui s'échappaient du samovar. Je n'avais plus qu'une idée en tête : trouver à quel détail Hugo m'identifierait.

## 10

Je pousse la porte de la pension en prenant garde d'empêcher la sonnette de grelotter. Si Mme Vichy est à la messe du 15 août et sa fille dans les étages, j'ai une chance de passer inaperçue. Peine perdue ! Bernarde, dans l'entrée, se fait des mines dans le miroir. Il faut la voir s'envoyer des coups d'œil avec des poses destinées à séduire.

— Je ne vous ai pas entendue ! s'écrie-t-elle, embarrassée.

— Je fais juste un saut dans ma chambre avant de la rendre.

Je m'engage dans l'escalier. Un calme sourd règne au premier étage. Une odeur de propre flotte dans ma chambre dont les draps ont déjà été retirés du lit. Je me lave les dents et change de robe. J'en profite pour enfiler une gaine Parabère. C'est la première fois que je la porte. Je l'ai achetée derrière la Madeleine, dans les salons du 12 rue Tronchet – une adresse parisienne où se doivent de venir les véritables élégantes. D'après la boutiquière, cette création de réputation mondiale remplace le corset et donne toujours la ligne exigée par la mode. Sur l'étiquette, on peut lire :

*Convient à toutes les dames et jeunes filles.*
*Laisse une entière souplesse tout en idéalisant la silhouette féminine.*

J'ai porté mon choix sur cette gaine car elle est recommandée aux dames craignant l'embonpoint et désirant affiner leurs lignes. Mes formes me donnent des complexes et je veux me montrer sous mon meilleur jour devant M. Brasier.

Je mets ma plus belle robe, vérifie que ma cocarde est bien épinglée, puis glisse les photos de Flore dans mon sac. Un coup d'œil sur ma montre : dix minutes me séparent de l'heure de mon rendez-vous. Heureusement que le lieu de rencontre est à deux pas de là ! Je dévale l'escalier, ma revue mondaine dans une main, ma valise dans l'autre. Je confie mon bagage à Bernarde, raide comme un piquet derrière son comptoir.

— À quelle heure passerez-vous la récupérer ?

— Vers quatre heures cet après-midi.

Elle le note dans son registre sans même relever la tête.

En cheminant dans la vieille ville qui, en cette journée radieuse, semble m'adresser des signes de bienvenue, j'ai le sentiment que ma volonté reprend vigueur : je vais parler à Hugo. Tout lui raconter. Sans ambages. Malgré ce désir de vérité, je suis dans un état d'excitation plus proche d'un rendez-vous galant que d'un déjeuner avec un homme endeuillé.

Dix minutes plus tard, j'entre au Café des Alpes, un établissement pittoresque de la place Saint-Léger. Le patron me salue de son comptoir tandis que je balaie la salle du regard. Non seulement personne ne prête attention à moi, mais encore personne ne correspond à l'idée que je me fais de M. Brasier. J'en conclus qu'il n'est pas encore arrivé et j'en suis contente. Je préfère être la première pour recouvrer mon souffle. Si toutefois il tarde un peu, j'ai ma revue pour patienter.

Je m'assois au fond du café. D'où je suis, j'entends par la porte des cuisines un bruit alléchant de fricassée. C'est un petit bistrot, un bois et charbons comme on les appelle. Un établissement couleur locale où l'accueil du client se conçoit encore, contrairement à la pension Vichy. À cette heure-là, il y a une carrossée d'habitués car l'établissement sert un plat du jour. Je trouve rassurante cette affluence de la clientèle. Si l'endroit était peu fréquenté, mes propos résonneraient dans la salle vide. Je supporterais mal qu'ils soient entendus par des inconnus.

*Cher Monsieur,*

*Les apparences trompent. Je pourrais vous paraître coupable par mon retard à vous répondre, cependant je suis innocente : votre courrier a mis sept semaines à me parvenir. Il était resté dans la sacoche d'un facteur mort de la grippe espagnole qui sévit encore, deux ans après son apparition.*

*Je vous remercie de votre lettre qui m'a parlé au cœur.*

*N'ayant pas eu congé une seule fois depuis mon retour de Russie, j'userai quelques jours pour me rendre à Chambéry. Je vous propose que l'on se retrouve à ce fameux Café des Alpes dont vous parlez, le dimanche 15 août à midi.*

*Conservez-vous en santé et croyez à mon amitié.*

*PS : Vous me reconnaîtrez à ma cocarde tricolore.*

*Vitaline*

— Qu'est-ce que je vous sers ? me demande un joli brin de fille.

— J'attends quelqu'un.

— Faites-moi signe quand votre amoureux sera arrivé.

Je veux contredire cette taquine de serveuse, mais elle a déjà filé en cuisine. Je ne peux m'empêcher de penser que ce troquet est peut-être l'endroit où Hugo donne ses rendez-vous galants. L'établissement est situé dans un quartier propice aux promenades. En accourant à Chambéry alors qu'il a refusé de venir à Paris, je me montre sous un jour désespéré.

Une poignée de minutes s'écoulent. Quelle situation embarrassante que d'être seule face à une chaise vide ! Pour me donner une contenance, j'ouvre mon magazine au hasard. Et de tomber aussitôt sur Coco !

Elle a mené un beau tapage à Biarritz où elle a fumé des cigarettes sur la plage et bu des cocktails devant sa boutique. C'est Boy, son défunt amant, qui lui a fait connaître cette station balnéaire fréquentée par les riches Parisiennes. C'est lui qui lui a prêté les fonds nécessaires à l'ouverture d'un atelier en 1915, rue Gardères. Le succès de ses robes raccourcies a été immédiat entre les commandes de la famille royale d'Espagne et les aristocrates russes installées dans les villas face à l'océan. Je laisse échapper un « Oh ! » d'épatement en voyant Gabrielle dans une robe sans taille marquée, les chevilles apparentes, coiffée d'un simple canotier de paille. Je suis prise d'un sentiment dérangeant. Sans être véritablement de la jalousie, cela s'en rapproche beaucoup.

Je tourne la page. Nouvelle contrariété : Coco pose en pantalon taille haute, assise sur un coin de table Art déco. Près d'elle, Vadim en costume de polo. Si près qu'elle pose sa tempe contre son torse. Je regarde son sourire d'homme béat d'un œil consterné. Je sais comment ils se sont rencontrés. Gabrielle a fait appel à Falbala pour ses chemises inspirées du folklore slave. C'est l'atelier où je travaille, rue François-Ier, à Paris. J'étais là quand Isadora a présenté son frère à la modiste. C'était le jour où j'ai fait embaucher Christiane à la couture et Paule à la cantine de l'atelier.

Tourmentée, je relève la tête de mon magazine.

Toujours pas de M. Brasier.

Cette attente anxieuse me serre la gorge. Pourquoi les hommes me font-ils toujours poireauter ? Je m'attends maintenant à ce qu'il ne vienne pas. Je m'attends d'ailleurs à tout. Qu'il soit brèche-dent, ou béquillard. Le pantalon noué sous le genou, ou la manche de veste vide. Le bruit de la ville entre soudain dans le café, couvrant les voix et les éclats de rire de clients attablés. Quelqu'un vient d'en pousser la porte. Parce que le coin où je suis installée est sombre tandis que le soleil inonde la rue, je suis éblouie. Je distingue à peine une silhouette masculine d'un gabarit respectable. La porte se referme. Le tumulte extérieur s'atténue. Je me mets à redouter cette rencontre, comme si mon avenir dépendait de cet instant.

Lorsque mes yeux s'habituent à la lumière, un visage viril se dessine en face de moi. Le regard rivé sur ma cocarde, la bouche souriante, la voix grave et chaude :

— Mademoiselle Vittoz ?

Le gaillard me tend une main large que je serre à tout hasard.

— Oui...

— Hugo Brasier.

Sa ressemblance avec sa sœur entre en moi par le souvenir de l'été 1914 : la belle humeur estivale, les rires ensoleillés. Après six années écoulées, il me semble les entendre encore, ces rires. Comme si j'étais toujours dans ce train pour Dunkerque, dans ce bateau pour la Russie. Comme si Flore se tenait devant moi. Comme si les autres femmes s'esclaffaient près de nous.

# II

# *L'amour en voyage*

## Juillet 1914

# 1

Ce mercredi 15 juillet, je me trouvais gare du Nord, à Paris, avec une quarantaine de femmes : préceptrices, gouvernantes, institutrices, infirmières et religieuses. Il y avait également une cuisinière au port de reine qui s'appelait Paule et une ravissante couturière répondant au prénom de Christiane. Nous étions toutes célibataires et portions le même uniforme : coiffe de coton brodé, col blanc aux pans flottants, robe de cambrésine grise, bottines noires à boutons. Une carrossée de demoiselles sélectionnées selon trois critères : avoir la cervelle honnête et loyale, des jarrets de danseuse de tarentelle et de la joliesse dans le visage. Même les sœurs de Saint-Joseph étaient agréables à regarder – à l'exception de la mère supérieure. Rien que des Savoyardes pure laine, triées sur le volet.

Cette fin d'après-midi, de nombreux curieux s'étaient massés aux abords de la gare pour apercevoir le président de la République, Raymond Poincaré – un ancien avocat connu pour avoir défendu des écrivains, tel Jules Verne. Il était accompagné de Bravo, son fidèle aide de camp, et de M. Viviani, président du Conseil. Tous les ministres étaient là également pour présenter leurs vœux au président – autrement dit, lui rappeler le crédit de 400 000 francs pour financer son voyage en Russie. Cette coûteuse visite d'État était destinée à entretenir les liens entre Paris et Saint-Pétersbourg, et à fonder des alliances visant le maintien de la paix en Europe.

Et qui dit visite d'État dit cadeau diplomatique.

Voilà pourquoi je montai à bord du train présidentiel avec les autres femmes. Notre groupe constituait, en quelque sorte, un cadeau de la France. Les élites francophiles russes recherchaient des demoiselles aptes à leur transmettre les subtilités de la langue de Molière. Les Savoyardes étaient renommées pour l'excellence de leur français, fruit du budget rondelet alloué à l'instruction publique par Napoléon III après l'annexion de la Savoie à la France. À partir de 1860, l'enseignement de la langue française fut une priorité dans les territoires annexés. Des maîtres furent dépêchés dans les hameaux les plus reculés pour que les petits Savoyards cessent de parler patois – officiellement pour leur intégration, officieusement dans un but d'acculturation.

Le chef de gare fit ouvrir les fenêtres du wagon des femmes où régnait une chaleur de four. Une fois notre groupe à bord, la porte se referma. La mère supérieure, garante de la probité de notre groupe, la verrouilla de l'intérieur. Ses yeux écartés comme ceux d'un veau, ses lèvres un peu saillantes, son empâtement du menton, je ne pouvais dire l'impression insolite que faisait l'ensemble. Dans le couloir central, elle croisa Paule, la cuisinière, à qui elle reprocha son col froissé avant de disparaître dans son compartiment privé.

— L'abbesse est tellement joufflue entre ses deux oreilles qu'on dirait une soupière, dit Paule dont le franc-parler contrastait avec son port de reine.

Christiane, la couturière, rit de cette comparaison tandis qu'une blondinette se précipitait à la fenêtre. Elle se pencha pour regarder un homme agiter un mouchoir en signe d'adieu. Elle lui rendit son salut en détachant sa coiffe qu'elle agita à son tour. J'observai ce qui se tramait entre cette fille dont les cheveux étaient tressés comme une corbeille à pain et ce gars sur le quai. Un beau gars qui la scrutait avec une expression de tendresse inquiète, comme s'ils étaient à la veille d'une séparation éternelle. Le convoi ferroviaire s'ébranla. La blondine roula en tampon sa coiffe, s'essuya les yeux avec. Elle avait un visage d'une pureté de traits à tenter un peintre.

Les voyageuses qui se connaissaient déjà s'assirent ensemble. Les autres se rencognèrent contre les fenêtres. Jusqu'à ce que le train sorte de la gare, un calme formidable régnait sur le groupe. Mais à peine le convoi s'éloigna-t-il qu'un phénomène étrange se produisit. Les filles qui étaient camarades se mirent à jacasser comme des pies borgnes, tandis que les autres se taisaient pour les écouter. Des larmes dans la voix, certaines parlaient de leurs parents, d'autres de leur bonami.

Christiane et Paule faisaient partie des silencieuses. La blonde tressée jetait des coups d'œil horripilés sur les jacasseuses. Plus grande que moi, elle était mince, sans être élancée. Ses sourcils beiges peinaient à délimiter son front pâle et son regard bleu clair. Ses joues de pomme d'api et sa bouche aux lèvres poupines accentuaient ce caractère d'innocence sertie de cachotterie qui est l'apanage des blondes.

Je m'assis dans un carré un peu moins bruyant. Elle me jaugea de l'œil. Passé un moment d'hésitation, elle s'installa en face de moi. Raide sur la banquette en bois, elle observait les autres avec l'air de penser que leur bonne humeur était une énigme. Paule vint s'asseoir à mes côtés en m'adressant un sourire où semblait se déclarer une sympathie toute naturelle. Christiane vint occuper la dernière place du carré. Mes yeux se détournèrent de l'agitation qui régnait dans le wagon pour regarder dehors. Il y avait quelque chose d'hypnotisant dans le paysage qui défilait.

— Écoutez-les ! grinça soudain la blonde pour elle-même. Quelle bande de cruches !

Je la considérai en silence. Il y avait dans son visage délicat une expression qui mêlait fatalisme et animosité.

— C'est aberrant, non ? poursuivit-elle en tirant sur les pans de son col comme si elle étouffait.

— Quoi donc ?

— Tout ça, me dit-elle en écartant les mains pour désigner le train. Ce voyage présidentiel, ce wagon de femmes qu'on apporte en cadeau diplomatique. Nous ne devrions pas être ici.

— Je voulais en être, la contredit Paule. J'ai choisi de partir pour avoir des perspectives d'avenir.

— Moi aussi, soutint la couturière.

— Même chose pour moi, lui confirmai-je.

— En voilà une idée ! nous jeta-t-elle, les sourcils haussés d'étonnement. Dites-moi pourquoi.

— En Russie, les cuisinières françaises sont bien payées et bien considérées, expliqua Paule. En France, elles sont reléguées à l'épluchage et au récurage. Seuls les hommes peuvent devenir chefs.

— N'étant pas du sérail de la mode, je peine à percer en France, révéla Christiane. J'espère faire connaître mes modèles aux riches familles russes.

Parce que je ne dis rien, la blondine se lança :

— Moi, j'y ai été contrainte par ma congrégation.

Je compris alors qu'elle appartenait à l'ordre de Saint-Joseph. Quel âge pouvait-elle avoir ? Je lui donnai une petite vingtaine. C'était probablement une novice, car il était rare que les vœux puissent être prononcés avant vingt-quatre ans. Je repensai au bel homme qui agitait son mouchoir sans cacher son émotion. Son attitude était-elle appropriée face à une demoiselle prête à faire vœu de chasteté ?

— La plupart des femmes présentes dans ce wagon sont là de leur plein gré, lui assurai-je.

Elle poussa les lèvres en une moue qui signifiait qu'elle peinait à croire ce que j'avançais.

— Si nous devons débattre de notre libre arbitre dans cette campagne, je voudrais savoir à qui j'ai affaire, dis-je en souriant car je ne souhaitais pas entamer mon voyage sur une note inamicale.

— Je m'appelle Flore et je suis de Chambéry, se présenta-t-elle.

— Paule, d'Annecy.

— Christiane, d'Aix-les-Bains.

— Vitaline. Je viens de La Solitude, un petit village du Chablais.

— Vu qu'on va être dans le même bateau, on va se tutoyer, dit Flore.

Bien que surprise, j'y consentis. C'était une chose insolite que cette blonde qui souvent râlait, parfois se taisait, et tout soudain parlait en maître.

— Alors comme ça, tu t'es portée volontaire ? me demanda-t-elle, sa voix exprimant l'incompréhension.

— Oui. Pour être institutrice.

— Qu'est-ce qui pousse une maîtresse d'école à partir professer à trois mille kilomètres de chez elle ?

— Je dois dix ans de service à l'État pour avoir été formée, nourrie et logée à l'école normale. C'était ça, ou retourner dans mon village natal.

— Pourquoi préférer la Russie à ta famille ?

— J'ai mes raisons.

— C'est à cause d'un garçon ? m'interrogea Paule.

— Laisse-moi deviner… siffla Flore entre ses dents. Il t'a mise dans l'embarras.

Ses insinuations firent peser sur mes épaules un manteau de plomb. Je me tapis près de la fenêtre. Christiane me sourit d'un air navré. Des éclats de voix captèrent l'attention de Flore. Chaque bouche paraissait résolue à étouffer celle de sa voisine. Mes yeux se détournèrent pour regarder dehors. Le soleil déclinait. Il n'y avait plus qu'une ligne de feu à l'horizon. Je fermai les paupières, le front appuyé contre la vitre. Sa fraîcheur apaisait le serrement aux tempes qui me rappelait pourquoi je fuyais la France.

# 2

Au plus fort du brouhaha des conversations, une voix s'éleva. Un silence réel succéda à l'agitation. Une femme à l'embonpoint plein d'autorité remontait le couloir à pas appuyés. Elle écrasa le pied d'une fille munie d'un parapluie – étonnant avec ce beau temps.

— Bonjour, mesdemoiselles ! tonna la mère supérieure.

Elle avait remplacé sa robe de cambrésine par une tunique noire recouverte d'un scapulaire blanc dont les pans tombaient sur ses épaules.

Élue à la tête de sa maison religieuse, la révérende mère abbesse représentait les Sœurs de Saint-Joseph en Russie. Forte de ses mille six cent cinquante-deux membres, cette congrégation était implantée depuis 1873 à Saint-Pétersbourg. Elle y avait fondé l'Asile du Bon Pasteur pour les jeunes filles en danger de se perdre, l'Asile de bienfaisance pour les femmes en détresse, l'hôpital Sainte-Marie-Magdeleine et le Home pour institutrices – destiné aux institutrices laïques. L'ensemble était surnommé « l'Enclos français ».

L'abbesse nous dépassa. Je remarquai le rosaire qu'elle portait à la ceinture. Au bout du couloir, elle se retourna pour nous faire face. Nous nous tenions là, certaines debout par grappe, d'autres une fesse sur les accoudoirs, sans respecter aucune discipline. Elle nous observa sans rien dire jusqu'à ce que nous formions un wagon de filles assises bien droites et silencieuses.

— Je suis mère Javotte-du-Saint-Sacrement. Certaines d'entre vous sont des religieuses, d'autres des laïques, mais cela ne fait aucune différence. Vous êtes toutes sous ma responsabilité. Nous débarquerons bientôt sur le sol russe où nous devrons représenter dignement la France.

Les yeux plissés comme son cou, elle observa les filles devant elle.

— Comment vous appelez-vous ? demanda-t-elle en dirigeant son doigt potelé vers la demoiselle au col froissé.

— Paule.

— Paule, *ma révérende*, la reprit l'abbesse. Vu l'état de votre col, j'imagine que vous n'êtes pas repasseuse. Que faites-vous dans la vie ?

— Je suis cuisinière, ma révérende, répondit Paule, les mots « ma révérende » prononcés haut et clair.

— Quel beau métier ! s'exclama la mère supérieure, la lèvre retroussée sur un pli gourmand. Et quelle est votre spécialité ?

— Les pets-de-nonne, ma révérende.

Le wagon entier éclata de rire. Le sourire qui flottait sur les lèvres de la révérende Javotte disparut. Elle attendit que l'hilarité se calme avec, sur le visage, un mélange d'amusement et de déconsidération. Puis, elle examina à nouveau ses troupes et désigna du doigt un autre jupon.

— Christiane, ma révérende. Je suis couturière.

— J'ignore l'art futile de ce qu'on appelle la mode, reconnut l'abbesse qui avançait pesamment dans le couloir.

Elle interrogea les filles les unes après les autres.

— Chantal, ma révérende. Je suis postulante.

S'ensuivit un chapelet de noms, dont certains s'imprimèrent dans ma mémoire.

— Et vous ?

Cette fois, c'était à ma voisine d'en face que l'abbesse s'adressait.

— Flore, ma révérende. Flore Brasier.

— J'ai entendu dire que vous contestiez l'intérêt de cette mission, mademoiselle Brasier. Mais à dix-neuf ans, que sait-on des persécutions que vivent les minorités catholiques à l'étranger ?

Dix-neuf ans ? me dis-je avec un regard étonné. Flore était plus jeune que je ne le pensais. Elle avait cinq ans de moins que moi. Sans m'en rendre compte, je la fixais. Elle s'en aperçut. Ses yeux s'attachèrent aux miens un instant, puis elle pencha un peu la tête de côté. Je n'eus pas le loisir de me demander ce que signifiait son demi-sourire, car l'abbesse tomba sur le paletot de la fille au parapluie.

— Et vous êtes… ?

— Thérèse-Anne, ma mère.

— Est-ce vous qui préférez entrer au service

des puissants plutôt que d'instruire les jeunes filles pauvres ?

La révérende avait eu vent des projets de cette étrange demoiselle désirant s'embaucher comme gouvernante dans la famille impériale.

— C'est bien moi.

Autour de nous, les oreilles se tendirent à la conversation.

— Pourquoi n'avez-vous pas le désir de partager votre richesse d'esprit avec leur dénuement ?

— Les nobles aussi ont besoin d'être éduqués.

— N'est-ce pas plutôt que la pauvreté vous semble repoussante ?

De façon qu'elle n'ait pas à répondre, Flore apostropha l'abbesse :

— Ma révérende, je vois que vous êtes revêtue de vos habits religieux. Quand pourrons-nous changer de tenue à notre tour ?

— Sur le bateau, répondit Javotte. Nous n'arriverons pas à Dunkerque avant l'aube, ajouta-t-elle. Tâchez de dormir car la journée sera longue.

Après quoi elle nous laissa entre nous. Thérèse-Anne remercia Flore du regard pour lui avoir épargné la peine de répondre à la révérende.

— J'ai connu des soupières plus aimables, blagua Paule.

Flore, Thérèse-Anne, Christiane et moi croulâmes de rire.

Dehors, le soir obscurcissait la campagne. De façon paradoxale, ce train de nuit ne comportait pas de voitures-lits. En l'absence de places couchées, les filles se calèrent les unes contre les autres dans la pénombre du wagon. La plupart s'endormirent, bercées par le roulis du chemin de fer.

Le monde du voyage nocturne est fait de silences et de bruits. À travers la rumeur du train se faufilaient le ronron berceur des roues sur les rails, les chuintements des soufflets, les chuchotements des filles qui veillaient, les bruissements des endormies qui bougeaient dans leur sommeil. Paule en écrasait, la bouche ouverte. En face de moi, la blondine avait ramené ses genoux sur son ventre, ses bras ceignant ses jambes pliées. Le front posé dessus, elle se laissait aller à la somnolence. C'était une fille spéciale, cette Flore ! Moi qui croyais que les novices devaient être douces, patientes et indulgentes ! Un pressentiment m'avertit que cette rencontre était le prologue d'une aventure qui infléchirait le cours de mon destin.

# 3

Nous arrivâmes à Dunkerque à cinq heures du matin par un temps frais et brumeux. Le train roula au pas jusqu'à l'écluse Trystram.

— Terminus ! Tout le monde descend ! hucha le chef de gare.

Malgré l'heure matinale, de nombreuses personnes étaient groupées sur les quais de l'écluse pour voir Raymond Poincaré. Quand il parut flanqué du fidèle Bravo, une salve appuyée lui fit savoir qu'il avait des admirateurs. « Vive le président ! » La foule saluait cet homme qui voulait placer la France en situation de résister à une éventuelle agression allemande. Il s'arrêta à leur hauteur pour les remercier de sa voix haute et sèche. Mais l'arrivée de notre groupe en jupons lui ravit la vedette. On agitait chapeaux et mouchoirs à notre intention. Raymond sembla content de l'impression produite par notre troupe de femmes. Parfois, les demoiselles de belle tournure produisent plus d'effet en faveur de la paix qu'une manœuvre des forces armées en vue d'intimider l'ennemi.

Mes compagnes et moi montâmes à bord d'un remorqueur de port qui vomissait une fumée noire. On nous conduisit vers quatre navires protégés par un épais blindage qui nous attendaient en mer, tous charbonnés et ravitaillés. Notre embarcation paraissait minuscule à côté de la masse grise des cuirassés. Qu'ils étaient bizarres ces bateaux munis d'un éperon en soc de charrue à l'avant ! Alignés sur chaque pont, les équipages de la marine nationale tirèrent les salves réglementaires à notre approche. Puis le silence retomba d'un coup. On entendait la respiration des vagues contre les navires, prêts à appareiller. Je ressentis un puissant sentiment patriotique doublé d'une vive émotion. C'était la première fois que je voyais la mer.

Ce jeudi 16 juillet 1914, M. Poincaré et M. Viviani embarquèrent à bord du cuirassé *France*. Raymond et René formaient une bonne équipe. De là à surnommer l'inséparable duo « les 2R » il n'y avait qu'un pas, déjà franchi par l'état-major. Le *France* avait pour escorte le *Stylet*, le *Tromblon* et le *Jean-Bart* sur lequel je me trouvais à présent avec les autres Françaises et trois cents hommes d'équipage.

On leva l'ancre. Notre bateau suivit à distance respectueuse le navire présidentiel. Sur le pont s'offraient à moi un horizon dégagé et la sensation d'une route marine sans tangage ni roulis. J'y respirai avec délice les émanations iodées du large. Nous filions vers la mer du Nord à la vitesse de dix-huit nœuds. Une brise se leva, un paquet de mer vaporisa de l'embrun sur notre groupe qui s'égaya comme un vol de moineaux sous le regard amusé des matelots. Chargés de surveiller qu'aucune d'entre nous ne tombe à la mer, ils nous entouraient de prévenance. Les filles étaient en émoi. On sentait dans leurs exclamations l'admiration qu'elles éprouvaient à la vue de ces fusiliers marins en uniforme blanc agrémenté de parements bleu ciel.

Tandis que Flore s'éloignait pour parler à la mère supérieure, Paule, Thérèse-Anne, Christiane et moi causâmes de tout et de rien, heureuses d'échapper, le temps de la traversée, aux tâches qui nous étaient assignées en France. D'où nous étions, nous entendions la conversation qui avait court entre la blonde et l'abbesse, vêtue d'une robe de serge coupée comme une soutane.

— Ma révérende, pourriez-vous me donner ma tenue de novice ?

— Pas encore, ma fille.

— Mais vous aviez dit qu'il serait possible de la revêtir sur le bateau.

— Ne soyez pas si pressée de vous afficher en religieuse. Vous êtes jeune. Prenez le temps de découvrir la vie à laquelle vous aspirez.

— Mais j'ai fait mon année de postulat et j'ai prononcé mes vœux.

— Vos vœux sont provisoires. Pendant les cinq ans à venir, vous pouvez renoncer à votre noviciat, tout comme je peux rejeter votre engagement si je juge que cette vie n'est pas faite pour vous.

Cela dit, la révérende Javotte tourna les talons en faisant voleter sa soutane. Flore s'éloigna sur le pont, son beau visage assombri par une expression de déconvenue. Elle ne reparut pas quand, le soir venu, une collation fut servie. Du poisson et des fruits, que railla Paule. À ses yeux de cuisinière, il n'y avait pas assez à manger. Pourtant, ces mets peu consistants me suffisaient largement ; je n'avais pas faim.

Indisposée par les mouvements du navire, je descendis à la cabine. Cabine, c'était un grand mot. En fait, sur ce cuirassé, rien n'était fait pour la gent féminine. Nous étions réparties dans quatre cabines, accessibles par plusieurs escaliers. Dans chacune, dix toiles étaient suspendues entre deux points d'ancrage formés d'un cordage tissé en patte d'oie. Les professes et les converses logeaient ensemble tandis que les novices étaient avec les laïques. J'étouffais dans la moiteur de la pièce où les autres filles m'avaient rejointe. Nous quittâmes nos robes de cambrésine pour passer notre uniforme de nuit : une chemise longue en toile de coton blanc.

L'installation de mes compagnes de voyage dans les hamacs donna lieu à des situations cocasses. Certaines étaient incapables de grimper dans leur couchage sans aide. Thérèse-Anne s'appuya sur son parapluie à tête de perroquet pour stabiliser le cordage.

— Ouf ! expulsa-t-elle en s'y laissant tomber, tête la première.

Des rires fusèrent car ses fesses étaient plus hautes que sa tête, enfouie dans la toile.

— Je crois savoir comment il faut faire, prétendit Chantal en montant dans son hamac à deux genoux.

La postulante se pencha au-dessus de la toile qui fit un tour complet et l'éjecta par le côté opposé. Quelle rigolade de la voir les quatre fers en l'air, l'air ahuri et la chemise retroussée !

Habituée à crapahuter les montagnes, je grimpai dans mon lit suspendu avec aisance. Maintenant que tout le monde était allongé dans le calme, j'observai les ombres. Le long de la cloison de bois attendait, inoccupé, le hamac de Flore dans lequel sa robe de nuit se laissait mollement balancer. Elle n'avait toujours pas regagné la cabine. Je trouvai inouï de savoir la blonde, seule femme sur le pont du cuirassé à cette heure tardive. Cette fille n'avait pas froid aux yeux.

Les mouvements du navire m'indisposèrent. Je fus prise d'une nausée si soudaine que j'eus à peine le temps de me redresser. Je quittai mon hamac d'un bond, sortis de la cabine. Par la trappe d'escalier, la lumière de la lune descendit les marches une à une, s'arrêta sur mes pieds nus. Je gravis les échelons de bois. Un falot attaché au mât éclairait le pont que je traversai en courant. Je me penchai de tout le buste au-dessus des balustres du bordage et me retournai les tripes. J'entendis rire l'homme de quart.

— Ça vous amuse ? le cingla une voix féminine dans mon dos.

Les rires cessèrent aussitôt. Je me redressai. Alors seulement je m'aperçus de la présence de Flore. Elle me tendit un mouchoir brodé avec lequel j'eus vergogne à m'essuyer la bouche. Elle me prit le bras pour me soutenir. Je la suivis d'une démarche mal articulée, faible telle une chèvre malade. Je m'assis sur mes jarrets. Ma robe de nuit se gonfla comme une bulle dont je fis échapper l'air pour l'aplatir.

— Toi aussi, tu as le mal de mer ? lui demandai-je.

— Non, mais les cabines sont pleines et je n'ai pas l'habitude de dormir avec quelqu'un.

— Tu es fille unique ?

— J'ai un grand frère. Mais nous ne partageons pas notre chambre, évidemment. Et toi ? Tu as des frères et sœurs ?

— Deux grands frères.

Une boule dans la gorge, j'hésitai à lui dire la vérité : nous dormions tous dans la même pièce. Je m'adossai les épaules sur le bastingage qui protégeait, par gros temps, contre les paquets de mer. Elle s'accroupit près de moi, sans se soucier de rassembler le tissu de sa robe de cambrésine qu'elle n'avait pas quitté depuis ce matin. Je n'en dis pas plus.

— Deux ? Quelle chance tu as ! s'exclama-t-elle. Je suis déjà très contente d'avoir un grand frère. D'aussi loin que je me souvienne, Hugo a toujours pris soin de moi. Tu vois ce que je veux dire par là.

Oui, je voyais, car c'était ce qu'Adolphe m'avait dit quand il avait pris ma main pour la glisser dans sa braguette : « Une sœur doit prendre soin de son frère. » Quel âge avais-je ? Je me souviens juste que ma menotte était potelée comme celle d'une enfant. Il avait refermé ma main avec la sienne sur son sexe tout dur. On ne me l'avait jamais dit, et pourtant j'étais presque certaine que c'était mal. Qu'il ne fallait pas. Vu qu'Adolphe m'avait interdit d'en parler à quiconque, la fée des montagnes était la seule que je pouvais interroger sans risque. Mais j'avais beau résister au sommeil, elle tardait à me rendre visite.

En attendant sa venue, je taisais ma bouche, car mon frère m'avait menacé du pire – ce qui ne m'évoquait pas grand-chose mais semblait redoutable. Soudain, je me figeai. J'avais devant les yeux Adolphe. Son contour n'apparaissait pas nettement, mais il était reconnaissable malgré tout. Ses pupilles de rapace et son nez en bec d'aigle, c'était bien lui qui répétait de sa voix aigre : « Bouche cousue ! » Une goutte de sueur froide perla dans ma nuque.

— Ça va, Vitaline ? On dirait que tu as vu un fantôme.

— C'est le roulis, balbutiai-je en détournant le regard.

La blonde me fit signe qu'elle comprenait avant de poursuivre :

— Hugo m'a fait promettre de lui écrire tous les jours.

Elle ramassa sur elle-même ses longues jambes pour que le matelot de quart puisse faire sa ronde sans trébucher. Muni de sa lampe-tempête, il passa si près d'elle qu'il marcha sur l'ourlet de sa robe, mais cela indifféra Flore qui m'interpella :

— Que penses-tu de Thérèse-Anne ?

— Elle me paraît être déterminée, lui répondis-je.

— C'est sidérant qu'elle veuille s'enrichir auprès des tsars plutôt que d'aider les plus démunis.

Alors que je m'apprêtais à défendre la fille au parapluie, le matelot repassa dans l'autre sens et la lumière de sa lampe fit que je surpris sur le visage de Flore une désapprobation pincée. Je me ravisai aussitôt et cherchai un avis aisément conciliable. J'étais disposée à tout faire pour que Flore me prenne pour amie. Depuis ma brouille avec Aglaé, j'avais des collègues et des camarades, mais plus de véritable amie. J'avais beau avoir été échaudée, cette amitié entre femmes me manquait terriblement.

— Thérèse-Anne doit avoir ses raisons pour agir ainsi, finis-je par dire. Peut-être qu'elle est soutien de famille. Et ce n'est pas avec des gages d'institutrice qu'elle va parvenir à envoyer suffisamment d'argent en France. La paye est maigre, tu sais. Tandis qu'au service de la famille impériale, elle pourrait gagner de quoi soutenir ses proches.

— N'est-ce pas présomptueux de sa part de penser qu'elle pourra obtenir un tel poste ?

— Je ne crois pas. Les préceptrices françaises sont très recherchées en Russie, et les gouvernantes savoyardes plus encore.

Flore s'exprima d'un silence consentant. Dans la pénombre, elle se pelotonna en boule, se blottit contre moi. J'éprouvai un trouble étrange.

## 4

À l'aube, je ressentis une douleur au pied gauche. J'ouvris les paupières, tressaillis en voyant le visage sévère de l'abbesse encadrée d'une guimpe de toile blanche. Je compris l'origine de mon mal : elle écrasait mon orteil de toute sa bottine. Mon sursaut réveilla Flore. Contre le bastingage se trouvaient d'autres nauséeuses qui nous avaient rejointes durant la nuit. Christiane somnolait, sa robe pliée sous elle. Paule ronflait, étendue de tout son long. Thérèse-Anne dormait, allongée sur le flanc. Mère Javotte en profita pour lui flanquer son pied au derrière.

— Qu'est-ce que vous faites ici ? s'indigna-t-elle.

— On prend le frais pour ne pas vomir dans la cabine, lui avouai-je.

— Si la mer était démontée, je comprendrais, mais le temps est clément. Le bateau ne bouge pas.

Elle nous ordonna d'aller revêtir nos uniformes et de la rejoindre sur l'entrepont pour la prière du matin.

— La Soupière s'est levée du mauvais pied, chuchota Paule.

Nous pouffâmes à pleines joues en regagnant notre cabine. Faute de salle d'eau, il nous fut difficile de procéder à notre toilette. Nous fîmes nos besoins dans des seaux qui furent ensuite jetés à la mer. Puis nous eûmes droit à une collation composée de thé, de sardines, de beurre et de pain fendu.

— Que c'est indigeste ! maugréa Christiane en lâchant un petit rot.

— Je vais me contenter de pain beurré, ajoutai-je, écœurée.

— Si j'avais su qu'on nous servirait des arêtes au petit déjeuner, je n'aurais pas signé, rouspéta la cuisinière.

— Dépêchons ! commanda l'abbesse depuis le haut des escaliers.

— Elle pourrait nous laisser le temps de digérer, se plaignit Thérèse-Anne en se munissant de son parapluie.

— La Tsarette se croit en croisière ! s'exclama Chantal sur un ton de raillerie.

À entendre les rires fuser, Thérèse-Anne avait hérité d'un surnom qui en disait long sur l'opinion que les autres filles avaient d'elle.

Ce vendredi 17 juillet, la température était douce sur l'entrepont. Le soleil promettait d'être franc. À l'horizon, on apercevait les côtes du Jutland, la partie continentale du Danemark. La mère supérieure se tenait droite comme un I dans sa tunique noire ceinte d'un chapelet. Elle nous observait pendant que nous nous placions en rangs face à elle.

— Je suis déçue par l'attitude de certaines novices, dit-elle en fixant sur Flore son regard que la rogne durcissait. Arborer les couleurs de Saint-Joseph se mérite. C'est pourquoi vous resterez avec l'uniforme civil fourni par le gouvernement jusqu'à ce que votre comportement soit irréprochable.

Les autres novices regardèrent la blondine de travers. Je me demandai si Javotte ne cherchait pas à diviser pour mieux régner. À moins qu'il n'y ait une autre raison à ce refus réitéré de leur fournir leur tenue. Après d'interminables exercices de piété, elle nous donna quartier libre. Je parlai avec Flore qui m'avoua s'en vouloir :

— À cause de moi, les autres novices sont privées de revêtir leur habit.

— Si tu veux mon avis, la cause est ailleurs, lui assurai-je.

— Que veux-tu dire ?

— J'ai l'impression que l'abbesse se sert de notre escapade nocturne pour cacher la raison exacte de son refus de vous fournir vos tenues.

Nous échangeâmes nos manières de voir les choses. Elle semblait contente de parler avec moi. Après quoi elle me laissa pour écrire une lettre à sa famille qu'elle posterait dès son arrivée en Russie. Paule, Thérèse-Anne, Christiane et moi discutâmes de la situation. Nous prîmes la décision de ne rien faire qui puisse nuire aux novices. Même si cela signifiait rester dans la moiteur de nos cabines cette nuit, malgré le boudin de foie qui ferait le dîner.

Le lendemain matin, une odeur de vomi régnait

dans les coursives sans ventilation. Prises d'irrésistibles haut-le-cœur, nous avions renardé dans les seaux d'aisances, mais aucune de nous n'avait quitté la cabine. Mère Javotte se tenait dans l'embrasure de la porte, un mouchoir sur le nez.

— Habillez-vous en dimanche et rejoignez-moi sur le pont supérieur.

Nous étions dans les escaliers quand nous croisâmes un torpilleur allemand. Ce fut le branle-bas de combat. Maîtres timoniers, mécaniciens et canonniers mobilisèrent les moyens de défense. Le torpilleur passa comme si de rien mais la tension était palpable. Après cela, l'abbesse dit une messe sèche que le commandant appelait « messe navale » et à laquelle tout l'équipage devait assister. Ces deux appellations désignaient un court office, sans consécration ni communion.

— Restez ! nous ordonna-t-elle tandis que les marins reprenaient leur poste. J'ai à vous parler. Bien que je sois satisfaite de la discrétion dont vous avez fait preuve cette nuit, je ne peux vous donner vos habits.

— Mais vous aviez promis, se risqua Flore.

— Ne soyez pas si pressée d'endosser la soutane, mademoiselle Brasier.

— C'est injuste, lâcha Thérèse-Anne en tapotant le bout de son parapluie sur le sol.

— De quoi vous mêlez-vous ? Vous êtes laïque, me semble-t-il.

La révérende mère eut beau la remettre à sa place, la Tsarette avait le soutien des autres civiles qui avaient rendu le boudin, faute d'avoir pu monter sur le pont. Parmi elles, Paule et Christiane. Javotte nous reprocha notre incapacité collective à obéir, à fermer nos bouches, à faire preuve de patience et d'abnégation. Elle haussa la voix, s'essouffla, devint écarlate. Elle avait l'air si furibard que je pensais qu'elle allait faire une syncope. Elle respira fort, puis elle recouvra son calme et finit par afficher un visage placide pour s'adresser aux aspirantes :

— Je comprends que vous ayez envie de montrer votre appartenance à notre ordre, assura-t-elle. Mais quand bien même je vous autoriserais à le faire, cela ne serait que pour une journée. Car demain nous allons débarquer en Russie où le port de l'habit est interdit.

Stupéfaction dans les rangs, suivie d'un murmure d'incompréhension mêlé de déception chez les novices. Elles n'aspiraient qu'à revêtir la tenue sacerdotale, comme si le voile allait les transformer d'un coup en saintes.

— Ne sommes-nous pas les bienvenues en Russie ? demanda Chantal – si fayote qu'elle avait hérité du surnom de « Chantemesse ».

— Nous sommes attendues, répondit Javotte, mais notre statut n'en reste pas moins ambigu.

Javotte expliqua que les sœurs de Saint-Joseph étaient des religieuses catholiques dans un empire orthodoxe. Elles ne pouvaient porter l'habit qu'à l'intérieur de l'Enclos français.

— C'est du blabla, me chuchota Thérèse-Anne. La vérité, c'est que la congrégation n'a plus de sous, voilà tout !

Je ne répondis pas, par crainte de me faire surprendre à bavarder, mais la Tsarette avait raison. J'avais entendu dire que les caisses de la congrégation étaient vides au point de ne plus pouvoir habiller les novices. C'était pourquoi l'abbesse avait accepté cette mission du gouvernement : dégoter quarante Savoyardes réputées pour leur niveau d'instruction et leur maîtrise du français. Mais pas que. Javotte avait pour consigne de les choisir belles de corps et charmantes de visage, avec des traits nets, des yeux brillants, des dents blanches et bien rangées. Des femmes capables de porter haut les couleurs de la France lors du voyage présidentiel de Raymond Poincaré. L'abbesse avait obligation de les accompagner jusqu'en Russie en échange de quoi elle toucherait de l'argent pour sa congrégation.

— Comment est-ce que les gens sauront que nous sommes des religieuses si nous devons sortir en ville vêtues en laïques ? s'enquit Flore.

— L'habit ne fait pas le moine, intervint Thérèse-Anne pour la rassurer.

Sa remarque prit la révérende à rebrousse-nerfs. Elle donna quartier libre à toutes, sauf à la fille au parapluie qui se retrouva à dire des patenôtres à genoux sur le pont.

— Plus fort ! ordonna Javotte. Dieu ne vous entend pas.

Les autres religieuses s'éloignèrent sans manifester le moindre signe de préoccupation pour le sort de la Tsarette. Ne sachant que faire, Paule, Flore, Christiane et moi la regardâmes, agenouillée, toute seule, à murmurer des Pater. Une fois l'abbesse repartie dans sa cabine, Thérèse-Anne se releva. Je ramassai son parapluie que je lui tendis.

— Merci, Vitaline.

— La Soupière nous a bien menées en bateau, grogna Paule.

Toutes, nous nous sentions flouées, que ce soit pour avoir vainement fait montre de solidarité, ou pour avoir compris que rêver l'habit consistait à poursuivre une chimère.

— Cette nuit, je la passerai sur le pont, prévint Thérèse-Anne, révoltée par l'humiliation qu'elle venait de subir.

— Garde-moi une place à côté de toi, la soutint Paule.

— C'est une mauvaise idée, contesta Flore.

— Nous ne faisons rien de mal, affirma Christiane.

La couturière faisait partie de celles qui rendaient tripes et boyaux bien qu'elle ne mangeât pas de quoi satisfaire un enfant.

— Dieu lui-même dort à la belle étoile, indiquai-je à Flore pour la convaincre de se joindre à nous.

L'appuyé de son regard bleu me fit espérer qu'elle viendrait, mais je n'en étais pas certaine.

# 5

Nous attendions avec impatience que les autres s'endorment, surtout Chantemesse dont le zèle au service de l'abbesse pourrait nous nuire. La nuit était avancée lorsque nous quittâmes notre cabine, le cœur au bord des lèvres. À pas feutrés, nous montâmes les marches pour respirer l'air frais. Un falot attaché au mât éclairait le pont. Il fallait voir le regard ahuri de l'homme de quart qui n'en revenait pas de voir cinq robes de nuit s'asseoir contre le bastingage. Deux d'un côté, trois de l'autre, par affinités.

— La Soupière a vraiment une dent contre Thérèse-Anne, chuchotai-je à Flore, installée contre mon flanc droit.

— Elle lui fait payer son prénom de sainte.

Je souris d'étonnement. Il y avait quelque chose de naïf et de spontané dans sa façon de s'exprimer. Comme si une part d'elle-même était encore d'enfance. Comme si elle avait toujours été protégée par ses proches. Elle avait grandi dans une famille aisée et unie, cela se voyait. À ses manières, à son assurance, à sa façon de tout remettre en question, de se rebeller, de se tenir très droite, le nez levé, le menton fier. Sûre d'elle, sûre de sa naissance, et de son bon droit à l'existence. Tout l'opposé de moi.

— Comment ton frère a-t-il pris la nouvelle de ton départ ? m'enquis-je pour changer de sujet. D'après ce que j'ai compris, il est très protecteur.

— Il a essayé de me convaincre de rester à Chambéry, mais je crois qu'il a compris. Et de ton côté ? Comment tes frères ont-ils réagi ?

— Oh, tu sais...

Je n'ajoutai rien.

Parce qu'il n'y a rien à ajouter.

Elle répondit par trois hochements de tête successifs, comme si elle comprenait. Comme si elle connaissait la signification de mon silence sur le sujet. Mais comment aurait-elle pu savoir ? Je n'avais pas envie d'y penser. Pas maintenant. J'aimais le contact de son corps contre lequel je penchais un peu le mien. Elle finit par s'endormir tandis que je résistais au sommeil pour ne pas avoir à me réveiller en sueur, tordue d'angoisse.

À l'aube, j'en étais à somnoler quand j'entendis un marin dire :

— La Soupière va vous tomber sur l'échine.

Cette phrase me fit ouvrir les paupières d'un coup. Mon regard tomba sur un sous-officier pantalonné de blanc. Il me fit signe à deux mains de me lever. Je compris que la mère supérieure était dans l'escalier qui menait au pont. Elle avait beau gravir lentement les marches, elle n'allait pas tarder. Je sautai sur mes pieds, secouai mes compagnes.

Et de nous envoler comme des moineaux !

J'entrai en précipitation la première dans une cabine vide. Flore arriva derrière moi en courant et m'agrippa dans la foulée en gloussant de joie comme le faisait Aglaé dans la cour de l'école. Je ne résistai pas à son emballement et nous nous retrouvâmes à rouler sur le sol sous les hamacs, à nous fendre la pêche telles deux gamines. Je m'étendis à plat dos sur le parquet, les bras en croix. Contre toute attente, elle releva sa chemise de nuit pour libérer sa jambe gauche et s'assit à califourchon sur mes hanches. Nous nous observâmes en souriant. Était-ce cela, l'amitié ? La véritable amitié ? En fait, je l'ignorais. Jusqu'à aujourd'hui, je n'avais eu qu'une amie : Aglaé. La seule qui ait vraiment compté dans ma vie. Aglaé, cette calamité qui m'avait abandonnée pour ce sournois de M. Tablonoir.

Flore me frotta les flancs, provoquant chez moi un rire convulsif.

— Oh, mais c'est qu'on est chatouilleuse ! s'amusa-t-elle.

— Arrête, arrête !

Je levai les deux genoux d'un coup. Ainsi poussée par l'arrière, elle bascula vers moi. Paule entra en trombe dans la cabine. Flore se laissa rouler sur le côté.

— Ah, vous êtes cachées là, prononça la cuisinière à mi-voix.

Elle passa à quatre pattes sous les hamacs pour nous rejoindre.

— Ne me laissez pas toute seule, débita Christiane qui entra à son tour. La Soupière a attrapé la Tsarette.

Thérèse-Anne écopa d'une punition tandis que le *Jean-Bart* suivait le *France* dans la mer Baltique. Neuf torpilleurs russes vinrent à notre rencontre à hauteur de Reval – aujourd'hui appelé Tallinn. Ils étaient chargés d'accompagner notre convoi jusqu'à Kronstadt. Tout ce temps, l'abbesse nous observa. Si, par hasard, nos yeux se rencontraient, les siens s'enflammaient du feu de la colère. Elle se doutait bien que la fille au parapluie n'était pas seule sur le pont.

C'était notre dernière nuit à bord du cuirassé. Peut-être notre dernière nuit de liberté avant longtemps. Il était minuit passé quand Flore et moi décidâmes de quitter notre cabine malgré l'interdit. Christiane et Paule refusèrent de se joindre à nous par crainte d'être prises. La mer moutonnait gentiment. Une fine brise nocturne chassait au visage un embrun frais. Drapées dans nos robes de nuit, nous scrutions les étoiles.

— J'ai mal au cou à force de regarder le ciel, se plaignit la blondine.

— Dans ce cas, surveille le pont, au cas où la Soupière apparaîtrait.

— Elle nous punirait sévèrement si elle nous trouvait ici, surtout moi qui fais partie de sa clique.

— Elle n'est pas plus sévère avec les novices qu'avec les laïques, lui fis-je remarquer. Il n'y a qu'à voir ce que Thérèse-Anne a dérouillé aujourd'hui. La pauvre !

— Elle l'a cherché.

— Un coup de cravache, tout de même ! C'est cher payé.

— Qu'as-tu à voler sans cesse à son secours ? s'irrita Flore.

— Et toi, qu'as-tu à la critiquer ainsi ? C'est une fille comme nous.

— Comme nous ? Je ne crois pas. Elle est là pour l'argent, c'est tout.

— C'est facile de dire ça quand on n'a jamais manqué de rien.

Elle ne me répondit pas, se contenta de me regarder. Je me reprochai aussitôt mes paroles. Ma remarque était injuste : Flore était là, avec moi sur ce bateau, alors qu'elle aurait pu rester dans le confort de son foyer. Je cherchai quelque chose à dire pour me rattraper :

— On ne va tout de même pas se disputer pour ça ?

— Il suffit que tu admettes que j'ai raison pour que je passe l'éponge.

Elle me poussa du coude comme une écolière.

— Le fait est que tu as tort, lui signalai-je sur un ton que j'espérais malicieux.

— Je veux bien reconnaître mes torts si tu te fais pardonner.

— Et comment puis-je me faire pardonner ?

— J'ai bien une idée, mais…

Elle s'interrompit, sembla sur le point de dire quelque chose, puis changea d'avis et se détourna pour regarder au loin comme si on voyait la Russie dans le noir. Et tout soudain, elle se tourna vers moi et déposa un baiser baveux comme une omelette à la commissure de mes lèvres. Ma première réaction fut de m'essuyer la bouche, comme pour enlever un reste de repas qui n'aurait pas dû s'y trouver.

— Eh bien ! jeta-t-elle avec un regard demi-amusé qui contrastait avec son ton demi-offensé. On dirait que c'est la première fois que tu reçois un baiser. À vingt-quatre ans, c'est affligeant !

— N'importe quoi ! On m'a déjà embrassée.

— Ah oui ? Et qui ça ?

Le silence se fit. Je réfléchis dans le malaise vague de cette mer infinie. J'aurais voulu lui répondre, mais je ne pouvais pas. J'eus l'impression que, sur ce pont, nous étions au bord d'une crevasse sans fond. Je secouai la tête dans tous les sens comme pour en évacuer les noms que je ne pouvais prononcer.

— Il ne faut pas te mettre dans un état pareil pour ça, me dit-elle en détressant ses nattes.

— Je n'aime pas qu'on se moque de moi.

— Je ne voulais pas te mettre mal à l'aise. J'ai dit ça parce que ça m'a vexée de te voir t'essuyer la bouche.

— C'était un réflexe idiot.

— Oublions tout ça, tu veux bien ? insista-t-elle.

— Je ne sais même pas pourquoi on se dispute.

Nous restâmes seules contre le bastingage où se faisaient entendre des bribes de conversations venant du pont supérieur. Le commandant échangeait avec les officiers à propos de la vitesse du cuirassé. Le *Jean-Bart* continuait à suivre le *France* avec fidélité. Les voix des marins se turent et furent remplacées par des bruits de godillots. Le matelot de quart faisait le tour du bâtiment – ordre de l'abbesse qui avait délégué sa ronde nocturne pour pouvoir ronfler à son aise. Il fit mine de ne pas nous voir alors qu'une brume dense tombait sur les flots, comme pour faire disparaître les contours d'une Europe incapable de concilier les contraires. Malgré le manque de visibilité, nous filions à une vitesse de quinze nœuds, ce qui, dans cette purée de pois, paraissait imprudent.

## 6

Vers cinq heures du matin, un choc se fit sentir. On entendit deux sirènes. Nous avions heurté un remorqueur russe qui traînait une drague. Alarmée, je regardai du côté de Flore, m'aperçus qu'elle n'était plus là. Je la cherchai partout avec angoisse. Quelle surprise pour moi de la trouver en compagnie de Thérèse-Anne, à observer les dommages sur les flancs des bateaux ! Appuyées sur la rambarde, épaule contre épaule.

Je les observai avec stupéfaction. Je jetai un coup d'œil alentour. Étais-je la seule à m'en étonner ? Visiblement oui, car les autres filles étaient occupées à regarder les marins évaluer les dégâts. Elles pépiaient comme des perruches sur un bâton en attendant de savoir si on allait couler et devoir monter dans les canots de sauvetage. Beaucoup s'angoissaient, car elles ne savaient pas nager – les montagnardes n'apprenaient pas ce genre de chose.

Par chance, nous n'avions pas d'avaries. Le temps s'éclaircit et le navire repartit en direction de l'île de Kotline, dans la baie de la Neva. Un ciel dégagé répandait une chaude lumière sur une vue que j'aurais trouvée belle si elle n'avait, pour moi, quelque chose de déjà vécu : l'inconstance de tempérament. Flore et Thérèse-Anne discutaient, la bouche de l'une près de l'oreille de l'autre. Cela ressemblait davantage à des confidences qu'à des commentaires sur la collision. Je m'avançai jusqu'à la balustrade. Elles se turent, me faisant l'effet d'avoir interrompu une chuchoterie intime.

Le *France* devant nous hissa le grand pavois. Le *Jean-Bart* salua la terre de vingt et un coups de canon. Flore se pencha ; sa masse de cheveux blonds vola au vent. Elle me regarda avec une expression qui semblait dire qu'elle était contente de me voir. Cela me fit plaisir, même si j'avais déjà remarqué que, parfois, elle se serait passée de ma compagnie. Un moment, elle riait à tout ce que je disais et le moment d'après, elle me dévisageait, les sourcils froncés. Elle me donnait parfois l'impression que j'étais une personne intéressante, et une autre fois, me confortait dans un sentiment que j'avais depuis l'enfance : je n'étais pas digne d'être estimée.

— Vitaline, je me demandais où tu étais, prétendit-elle en nattant ses cheveux en deux tresses.

— Je t'ai cherchée partout, lui signalai-je sur un ton de reproche.

— Je me suis levée sur le matin pour satisfaire mes petits besoins. J'étais dans notre cabine quand les sirènes ont retenti. Thérèse-Anne s'est réveillée. On est montées sur le pont pour voir ce qui se passait, et on s'est mises à discuter.

— Flore m'interrogeait sur mes projets d'avenir, précisa la Tsarette.

— Elle vise un mariage avec un prince de sang, m'apprit la blonde avec une note critique dans la voix.

— À t'entendre, on dirait que je suis une intrigante, ou pire une courtisane. En réalité, je voudrais être gouvernante.

— Tu n'y parviendras pas, lui affirma Flore. La Soupière ne laissera jamais partir une recrue, car l'Enclos français manque de bras.

Je ne fus pas dupe. Son ton acerbe n'était pas destiné à blesser Thérèse-Anne, mais plutôt à me prouver à quel point elle la tenait en piètre estime. Je tempérai donc :

— Si Thérèse-Anne veut entrer au service d'une riche famille, elle en a le droit.

— Dans ce cas, elle n'aurait pas dû prendre la place d'une fille qui aurait pu aider à l'Asile, rétorqua Flore en me jetant un regard noir.

— Je n'ai pris la place de personne, se défendit la Tsarette. J'ai été choisie par l'État pour être gouvernante dans une famille noble.

— Non mais, quelle prétention tu as ! s'exclama la blonde. Et pourquoi pas au service de la tsarine, pendant que tu y es ?

— Et pourquoi pas, répliqua Thérèse-Anne. Je te rappelle que l'Institut Smolny a été dirigé pendant trente ans par une Française, Mme de Lafont.

La Tsarette disait vrai à propos de cet établissement situé à Saint-Pétersbourg. Créé en 1764, l'Institut Smolny pour l'éducation des jeunes filles nobles les préparait à vivre dans la haute société, à l'image des demoiselles de Saint-Cyr. Admises dès l'âge de quatre ans, elles y passaient douze ans. Le programme était influencé par la philosophie des Lumières de l'Europe occidentale.

— Je ne comprends pas ta volonté d'aller là où les gens ont tout, alors que les pauvres ont besoin de nous, persista Flore.

— Besoin de toi ? J'en doute ! la talocha Thérèse-Anne. Non seulement tu sembles vouloir endosser l'habit pour d'obscures raisons, mais encore tu te caches derrière une œuvre de charité pour évangéliser le pays.

— Pourquoi rejettes-tu ainsi notre religion ? N'es-tu pas catholique ?

— J'ai été baptisée. Je suis catholique, mais les Russes sont orthodoxes et je ne pense pas que nous détenions la vérité. Quand la tolérance fait défaut, on s'entre-tue au nom de la religion.

Flore lui rétorqua vivement :

— Si c'est comme ça que tu considères les sœurs de Saint-Joseph, je comprends mieux pourquoi l'abbesse t'a dans le nez.

— Allons, vous n'allez pas vous faire la guerre ! m'exclamai-je pour calmer le jeu. Nous sommes toutes dans le même bateau.

# 7

Le yacht impérial *Alexandria* approcha du *France* à Kronstadt. Les 2R embarquèrent sur le yacht au bruit assourdissant des salves des deux pays. Ainsi que l'étiquette l'exigeait, Raymond était en habit noir, la poitrine barrée par le cordon bleu de Saint-André. Bravo se tenait en retrait.

Dans le même temps, une passerelle fut lancée entre le *Jean-Bart* et la vedette venue chercher « les Françaises », comme les Russes nous appelaient. Quarante robes grises surmontées de coiffes blanches traversèrent la passerelle. Notre embarquement terminé, notre bateau se plaça dans le sillage du yacht impérial. Je m'approchai de Flore pour lui parler de ce qui s'était passé, mais elle boudait. Je reportai mon attention sur un homme en uniforme d'amiral, tunique blanche barrée d'un cordon rouge.

— C'est Nicolas II, de la dynastie des Romanov ! s'extasia la Tsarette. Il règne depuis dix ans sur...

— Il règne en despote, la coupa Flore. Il a refusé

d'appliquer les réformes promises sur les libertés individuelles et l'égalité.

Thérèse-Anne plia les épaules tandis que le tsar accueillait les 2R. Il leur présenta les hauts dignitaires qui l'accompagnaient, dont Maurice Paléologue, ambassadeur de France à Saint-Pétersbourg. Il était entouré du ministre des Affaires étrangères Sergueï Dmitrievitch Sazonov, du diplomate Alexandre Petrovitch Izvolski, du grand maréchal de la cour le comte Woldemar Freedricksz et de son neveu le grand-duc Vadim de Russie. Alors que redoublaient les canonnades, j'avais le regard rivé sur ce Vadim qui devait avoir mon âge. Cet homme portait beau, au point d'en éclipser le tsar. À cet instant, il tourna la tête vers moi. Nos yeux se rencontrèrent. Il y eut un flottement, mais ce ne fut pas long.

Notre embarcation suivit l'*Alexandria* qui mit le cap sur Peterhof où se trouvait le palais impérial, à vingt-cinq kilomètres de Saint-Pétersbourg. Les eaux du golfe avaient des reflets de miroir. L'abbesse profita que nous fûmes toutes assises à l'arrière de la vedette pour nous prévenir :

— Nous allons probablement rencontrer le tsar et la tsarine, peut-être même leurs quatre filles. Et leur fils, si sa santé le permet. À cette occasion, il est possible que soit présent Grigori Raspoutine.

Un brouhaha s'éleva, car nous avions toutes entendu parler de lui. Les plus folles rumeurs couraient sur cet homme connu pour être le confident de la tsarine qu'on disait atteinte de névrose. Il vivait à la cour impériale depuis des années, mais sa personnalité restait encore mystérieuse. Ce guérisseur était le seul à pouvoir maintenir en vie le tsarévitch Alexeï. Âgé de dix ans, l'héritier du trône de Russie souffrait d'hémophilie.

— Il paraît que Raspoutine serait venu à pied de Sibérie, dit Paule.

— Et qu'il ferait partie d'une secte, fustigea Chantal.

— Je pense qu'il faut s'attendre à tout avec cet homme, avertit l'abbesse. C'est un mystique errant. Un prophète.

Et comme nous ne semblions pas comprendre, elle ajouta :

— La tsarine le considère comme un saint. Il faut donc éviter tout impair.

Il était trois heures de l'après-midi lorsqu'on accosta le débarcadère de Peterhof. De nouveau sur le plancher des vaches, je titubai, comme si le roulis était devenu mon quotidien, comme si descendue du bateau je ne savais plus comment me tenir, quoi faire, et que j'ignorais la raison de ma présence sur ce quai, face aux marins de la garde. Pour autant, je n'eus pas le loisir de me questionner longtemps : les 2R montèrent avec le tsar dans un fiacre qui prit la direction du château. Nous avions ordre de les suivre.

Des voituriers étaient chargés de répartir les Françaises dans des véhicules à huit places. Les omnibus tirés par deux chevaux étaient dotés d'une lanterne en verre et d'un fouet à long manche planté dans un porte-fouet. Derrière le cocher qui trônait sur son siège, il y avait des assises pour quatre personnes se faisant face en vis-à-vis. Christiane, Paule et Thérèse-Anne s'assirent en grappe autour de moi, tandis que Flore s'installait à l'opposé de nous avec trois autres novices, dont Chantal.

Christiane remplaça sa coiffe blanche par un chapeau mou en feutre gris.

— Que pensez-vous de ma création ? nous demanda-t-elle.

— On dirait un chapeau d'homme, répondit Paule.

— C'est l'idée. Je pense que les femmes en ont assez des bibis et qu'elles ont envie de quelque chose de plus masculin.

— Tu n'as tout de même pas l'intention de le porter au palais ? s'alerta Thérèse-Anne qui voulait faire bonne impression sur la tsarine.

— C'est que je voudrais montrer ma création aux dames de la cour.

— Mère Javotte va faire une attaque de nerfs si tu ne portes pas la coiffe réglementaire, intervint Chantemesse.

Pour une fois, nous étions toutes d'accord. Chacune tenta de dissuader la couturière de commettre pareille folie, sauf Flore qui boudait dans son coin. Pour quelle raison déjà ? Était-ce parce que j'avais pris la défense de la Tsarette sur le bateau ? Ou parce qu'elle n'avait pas pu revêtir sa robe de novice ? Ou encore parce que nous serions offertes en cadeau diplomatique au palais de Peterhof ? Alors que je m'interrogeais au sujet de sa bouderie, le couvre-chef de Christiane s'affaissa en trois creux : un sur le dessus et deux sur l'avant, formant trois fossettes surmontées de deux bosses.

— Ton chapeau a pris une forme étrange, lui indiquai-je, amusée.

— Il forme deux pointes sur ta tête, pouffa Chantal.

— On dirait des oreilles d'âne ! s'esclaffa Paule.

Cricri le retira de sa tête, l'examina avec un air incrédule.

— Si ton bonnet d'âne est à vendre, je suis preneuse, plaisanta Thérèse-Anne. J'en aurai certainement l'utilité quand je serai gouvernante.

La couturière tenta de redonner sa forme au feutre gris. Sans succès.

— Je crois que je vais m'en tenir aux robes, déclara-t-elle, vaincue.

Pour finir, on se bidonnait toutes. Ou presque. L'air maussade, Flore retira sa coiffe pour enrouler ses tresses blondes autour de sa tête. Elle les fixait avec des épingles quand le cocher fit onduler les rênes. Les chevaux à la robe baie s'ébranlèrent dans le sonnaillement des grelots qu'ils portaient à l'encolure. Les tintements des clochettes, semblables à ceux qui accompagnent un troupeau, me firent ressouvenir du son des clarines quand, gamine, je me rendais sur la pelouse alpine. Chaque été, j'attendais avec impatience la montée aux alpages car mes frères n'y venaient que pour nous ravitailler, ma mère et moi. Ils passaient la période estivale au village avec mon père pour produire des raves et des patates, et rentrer le grain et le foin.

Des voix lointaines et des images floues surgirent soudain : le curé bénissant notre troupeau à l'aube, le soleil par-dessus les crêtes, les perles de rosée aux pointes des aiguilles d'épicéa, les bêtes débordant du chemin, la jupe mouvante de ma mère marchant en tête, les ordres donnés à notre berger de Savoie aux yeux vairons, le sentier ancestral, la paix régnant sur l'alpage en pleine floraison, la traite à la tombée de la nuit, la mousse sur le lait tiède que ma mère me donnait à boire. Ma mère, justement. Je n'avais pas compris sa réaction quand mon père m'avait accusé du pire. Au lieu de prendre ma défense, elle avait eu un mouvement de recul, m'avait parlé de loin. Sa voix avait la froideur de son teint. Pourquoi les liens qui nous unissaient s'étaient-ils distendus de manière aussi brusque ?

Ma gorge se noua au point de devenir douloureuse tandis que le fiacre bondissait sur ses ressorts. Je respirais par saccades quand j'aperçus la façade ocre et blanche du palais de Peterhof. Devant mes yeux émerveillés s'ouvrait une allée d'eau jalonnée de fontaines jaillissantes. Cette promenade aboutissait à la mer toute proche, grandiose toile de fond de cette perspective. L'image du bel homme aperçu sur le yacht *Alexandria* s'imposa à moi. Je me souvins que j'étais là pour prendre possession de cette Russie sur laquelle je formais des projets.

# 8

Je sortis de l'omnibus avec les autres Françaises. Notre peloton emprunta une allée semée de fleurs inconnues aux pétales éblouissants. Nous entrâmes dans le palais par des portes vitrées grandes ouvertes. Nous traversâmes un vaste vestibule qui s'ouvrait sur un plafond peint représentant le char de l'Aurore. Nous retrouvâmes le président de la République devant un portrait de Pierre le Grand datant de 1716. Raymond nous salua de son haut-de-forme, nous enjoignit de le suivre dans une vaste salle, la première d'une enfilade de pièces d'apparat patinées par les siècles. Lustre de porcelaine, immense hauteur sous plafond, parquet au motif baroque en zigzag, vases rehaussés d'or et de cobalt : le Grand Salon bleu était noir de monde.

La salle bourdonnait de conversations à mi-voix, en français, comme de juste. Je surpris des bribes de confidences où éclatait l'aveu d'un reproche : la confiance aveugle que la tsarine plaçait en Raspoutine endommageait sa popularité et celle de la monarchie impériale. Je fouillai l'assemblée du regard dans l'espoir d'y apercevoir Vadim de Russie. Thérèse-Anne m'avait appris que ce prince brillant et respecté était connu pour sa grande curiosité et sa capacité à s'exprimer avec pertinence dans cinq langues.

Tout à coup, un silence succéda au brouhaha des conversations. L'impératrice venait d'arriver. Dans sa robe blanche garnie d'une dentelle de Chantilly noire, elle fit une grande impression sur l'assemblée. Ceux qui se livraient au plaisir de médire quelques instants plus tôt firent force révérences et gestes obséquieux. Elle salua du menton. Sa parure capillaire consistait en deux nattes enroulées autour de sa tête et surmontées d'un diadème. En dehors du bandeau garni de pierreries, cette coiffure ressemblait à celle de Flore vers qui je me tournai. Je réalisai alors qu'elle n'avait pas remis sa coiffe. Mère Javotte allait faire une syncope quand elle découvrirait la novice en cheveux dans le Grand Salon bleu.

Il était trop tard pour intervenir : Alexandra Feodorovna Romanova demanda à voir ces Françaises que Raymond s'était vanté d'avoir amenées dans ses bagages. L'impératrice fut rejointe par ses deux filles aînées : les grandes-duchesses Olga et Tatiana. Elles étaient aussi gracieuses et souriantes que leur mère, célébrée pour sa beauté. La tsarine Alexandra était en fait Alix de Hesse-Darmstadt, une princesse née dans l'Empire allemand, mais élevée en Grande-Bretagne par la reine Victoria dont elle était la petite-fille préférée. Cela expliquait pourquoi elle parlait couramment l'allemand et l'anglais, mais s'exprimait de façon hésitante en russe qu'elle apprenait. Quant au français, elle le maîtrisait mal, à son grand regret.

L'impératrice passa en revue notre peloton de filles tout en se montrant accueillante. Je fis la révérence en espérant qu'elle ne remarque pas Flore, mais il aurait fallu être aveugle pour ne pas voir la plus belle d'entre nous.

— Je croyais demoiselles, s'étonna-t-elle avec un fort accent.

— Il n'y a là que des demoiselles, confirma l'abbesse en roulant ses yeux écartés comme ceux d'un veau.

— Recoiffer cette fille ! ordonna la tsarine.

Voilà comment nous apprîmes qu'en Russie, seules les femmes mariées pouvaient enrouler leurs tresses autour de leur tête. Ce code capillaire leur permettait de faire savoir aux hommes qu'elles étaient prises. Mère Javotte se répandit en excuses tandis que Flore fut contrainte de défaire ses tresses et de dissimuler sa blondeur sous sa coiffe de coton.

Heureusement pour nous, Raymond savait s'y prendre avec les femmes, et plus particulièrement avec les épouses de dirigeants – dont la sienne. Il présenta de façon élogieuse à l'impératrice l'image que la France avait d'elle. Il loua ses mérites, exagéra ses qualités. Il lui fit valoir qu'elle pouvait encore les amplifier aux yeux de la cour grâce aux Françaises dont il vanta l'excellence dans maints domaines : cordon-bleu, créatrice de la mode parisienne, institutrice, préceptrice, gouvernante... toutes belles à regarder et maîtrisant parfaitement la langue de Molière. Raymond avait tapé dans le mille car Alexandra déclara :

— Pas fâcher par belle journée.

L'incident étant clos, la tsarine nous complimenta pour notre beauté. L'entretien fut court. Elle parla peu, mais avec une expression qui sembla satisfaire Raymond. Il avait compris que ce cadeau diplomatique tombait à pic. L'impératrice recherchait des préceptrices et des gouvernantes pour ses quatre filles qui se devaient de parler français, langue de la cour impériale.

— Quelle robe ! murmura Christiane, les yeux brillants.

— Quelle femme ! s'exclama Paule.

— Hystérique et névrosée, railla Flore.

— Voilà pourquoi tu étais coiffée comme elle ! la brocarda Chantal.

— Quelle beauté ! murmura Thérèse-Anne.

Alexandra Feodorovna Romanova invita le président de la République à rejoindre le tsar qui ne cachait pas le fort attachement qu'il éprouvait pour son épouse. Nous étions suffisamment près de Nicolas II pour voir qu'il avait le visage rasé, en dehors d'un triangle de barbe au menton. Ses tempes grisonnaient, mais il ne paraissait pas ses quarante-six ans. Il annonça à Raymond que les Françaises et certains hommes d'équipage du *France* et du *Jean-Bart* étaient désignés pour participer au banquet franco-russe de ce soir. Je souris d'un air content. Cette nouvelle vie qui commençait par un dîner de gala se présentait sous de favorables auspices.

# 9

On nous conduisit au pavillon où nous allions passer les trois prochaines nuits avant de rejoindre l'Enclos français. Nous logions dans l'aile réservée aux domestiques où nous étions réparties dans quatre dortoirs pour dix. Deux rangées de cinq lits se faisaient face, la tête vers le mur. Flore choisit le lit le plus éloigné de la porte. Je pris le lit voisin du sien. En face d'elle se trouvait Paule, et en face de moi Christiane. Thérèse-Anne prit le lit voisin du mien. En face d'elle s'installa Chantal. Nous pûmes enfin accéder à une salle d'eau. Quel bonheur de pouvoir se laver après la traversée !

Une dame de compagnie vint nous donner les consignes à suivre si Raspoutine faisait son entrée au dîner de gala. C'était un « Faites et ne faites pas ! » avec toute la gravité effrayante de cette réunion de prévention :

— Il est doté de pouvoirs surnaturels. Il a le don de double vue, donc attention à son regard. Faites tout pour éviter de le regarder dans les yeux.

Mère Javotte ajouta d'autres recommandations :

— Adresser la parole en premier est interdit. Rire bruyamment est interdit. Regarder un homme entre la ceinture et le genou est interdit. Faire montre d'une attitude d'infériorité est préconisé.

Les Françaises étaient des ornements qui se devaient de charmer l'élite francophile russe par leur élégance et leur discrétion. L'abbesse ne pourrait pas nous chaperonner ce soir. Elle était persona non grata, de même que toutes les religieuses. Ordre de Raymond ! Après les frasques de Flore, il refusait de courir le risque d'un nouvel incident avec la famille impériale.

Paule, Thérèse-Anne, Christiane et moi revêtîmes nos plus belles robes. La dame de compagnie nous accompagna à un pavillon dans le parc, en avant du château. Elle nous planta devant le buffet. L'unique hors-d'œuvre avait la forme d'un dôme de grains gris empilés sur de la glace.

— Qu'est-ce que c'est que ça ? s'enquit la Tsarette.

— On dirait un tas de sable, déclara la cuisinière.

— Qu'est-ce que tu en penses, Vitaline ? me demanda la couturière.

— J'ai l'impression que c'est avarié, médis-je après avoir reniflé le tas.

— Il ne faut jamais s'arrêter aux apparences, jeta une voix masculine dans notre dos.

Je me retournai et tombai nez à nez avec un homme de belle stature. Son uniforme grandiloquent disait qu'il appartenait à la classe nobiliaire russe. Je reconnus Vadim de Russie, le neveu du tsar. De près, je fus frappée par ses yeux d'acier bleuté surplombant la saillie que formaient ses pommettes. Deux yeux brillants que le grand-duc arrêta dans les miens. Il y avait dans son regard une force qui s'exerça sur moi pour m'entraîner vers lui. Ses traits exprimaient beaucoup de caractère. C'était un de ces hommes imposants qui, par leur air majestueux, inspiraient la considération. Je le saluai d'une révérence, ce qui sembla l'amuser. J'eus l'impression que ma façon de m'incliner laissait à désirer.

— Sa Majesté impériale vous réclame, Votre Majesté princière, vint l'avertir l'aide de camp du tsar.

— Dites à mon oncle que j'arrive.

À l'aide d'une cuillère en nacre, il déposa des billes grises sur quatre minuscules tartines de pain blanc beurré. Il sema l'émoi chez nous toutes quand il nous tendit à chacune une tartine qu'il appelait « blini ».

— Alors, les Françaises, comment trouvez-vous cette spécialité ? s'enquit-il en replantant la cuillère dans le tas de sable.

— Que c'est salé ! s'exclama Thérèse-Anne.

— Et gluant, murmura Christiane en grimaçant.

— Ça sent la vase, se plaignit Paule tout en mangeant Vadim des yeux.

Elle avait beau avoir la taille belle et un port de reine, ses manières étaient déplorables.

— Vous ne goûtez pas ? me demanda-t-il, voyant que je restais plantée là, mon blini à la main.

— Je n'ai pas pour habitude d'avaler n'importe quoi, répondis-je, me surprenant moi-même d'être aussi impolie.

Sûr que mère Javotte serait furieuse de me voir

enfreindre toutes les règles édictées un peu plus tôt dans la journée.

— C'est du caviar gris, m'apprit-il sans s'offusquer. Parce que nous le regardions sans comprendre, il ajouta : des œufs de béluga.

— Je ne mange pas de poisson, Votre Majesté.

J'espérais ainsi rattraper mon incorrection et éviter d'avouer que l'idée de mettre cette substance grise sur ma langue me dégoûtait.

— Le béluga n'est pas un poisson, mais un dauphin, précisa-t-il.

— Je ne mange pas de beurre, lui signalai-je.

Mauvaise idée pour deux raisons. Tout d'abord, les filles me regardèrent avec stupéfaction, car elles m'avaient vu engloutir des tartines beurrées sur le cuirassé. Ensuite, le grand-duc approcha une pleine cuillère de caviar à ma bouche en retroussant sa lèvre supérieure sur un pli gourmand, comme pour faire manger un enfant récalcitrant. Je remarquai la blancheur de ses mains, ses doigts fins aux ongles polis.

— Pour me faire plaisir, mademoiselle… ? me demanda-t-il comme s'il savait que ma volonté était ébranlable.

— Vi-vittoz – sa familiarité m'avait fait bafouiller.

Il afficha un air satisfait tandis que j'avalais les grains à contrecœur. Prise d'une bouffée de chaleur, je m'éventai de la main en silence. Jamais je n'avouerais que j'avais détesté sentir ces billes salées éclater sous mes dents, car c'était la première fois qu'un prince me faisait mes tartines.

— Je sais comment faire passer ça, s'exclama-t-il en riant.

Il fit signe à un domestique de nous servir à boire avant de prendre congé. Chacune de nous se retrouva avec un verre ciselé entre les mains. Nous nous interrogeâmes du regard : pouvions-nous décemment nous rincer la dalle en public ? En France, il était inconvenant de boire un alcool blanc pour une femme, mais refuser le verre offert par un prince de sang n'était-il pas plus impoli encore ? Et si, en Russie, il était de bon ton de boire devant tout le monde ? Nous n'allions pas tarder à le savoir, car le dîner de gala débutait dans la grande salle qu'illuminaient douze lustres de cristal.

La dame de compagnie nous fit asseoir à une table aux côtés d'autres invités de marque : ambassadeurs, diplomates, émissaires, chefs de mission, tous rangés dans l'ordre protocolaire. Quel honneur pour nous ! Et quelle gêne aussi ! Malgré nos plus belles robes, nous avions l'air de soubrettes au milieu de ces nobles parfaitement bien mis. Les dames rivalisaient d'élégance et les messieurs de magnificence. Tous avaient de grandes manières. La famille impériale se montrait avec un faste pareil à celui qu'avait toujours étalé le clan Romanov.

— Un jour, je travaillerai dans ce palais comme gouvernante des jeunes princesses, annonça Thérèse-Anne.

— Un jour, je leur cuisinerai des plats de chez nous, ajouta Paule. Surtout à ce Vadim. Je le mijoterais bien à ma sauce, celui-là.

— Un jour, je leur confectionnerai des robes d'apparat, rêva Christiane. Et je nous taillerai d'élégantes tenues dans les chutes.

— Ce jour-là, nous serons les plus belles pour aller danser, prédis-je en jetant un œil sur le cavalier de bal idéal.

Les demoiselles de sang bleu n'avaient d'yeux que pour Vadim qui rayonnait de gloire et de jeunesse. Juste avant de s'asseoir, il tourna la tête vers moi qui le regardais à la dérobée. Nos yeux se rencontrèrent. Il prit place à côté de la tsarine, elle-même assise à droite de Raymond. Vêtu d'un austère costume sombre, celui-ci paonnait entre la sublime impératrice et l'empereur vêtu d'un habit rebrodé d'or. René n'était qu'à quelques assiettes du couple impérial, venu sans leurs filles. Alors que l'on servait le canard aux pommes, la tsarine fut prise d'une quinte de toux. Elle fit de visibles efforts pour la dominer. Le bruit courait que sa santé était précaire et que des crises venaient souvent déranger ses projets. Pourrait-elle se rendre jeudi sur le *France*, où Raymond l'avait conviée à dîner ?

Au risque de manger du canard refroidi, l'empereur se leva pour souhaiter la bienvenue au président de la République :

— Unies par la sympathie mutuelle des peuples, la France et la Russie sont, depuis un quart de siècle, étroitement liées pour sauvegarder leurs intérêts en collaborant à la conservation de la paix en Europe.

Raymond n'attendit pas que l'on serve le cochon de lait farci d'une bouillie de sarrasin pour se lever à son tour et répondre :

— J'apporte à Votre Majesté le témoignage de sentiments immuables dans le cœur des Français. Vingt-cinq ans ont passé depuis que nos pays ont uni les efforts de leur diplomatie. Votre Majesté peut être assurée que la France poursuivra l'œuvre de paix malgré les tensions en Europe.

— Tout ça va se calmer, répondit le tsar avec assurance. Personne n'a intérêt à se lancer dans une guerre. Pas même mon cousin Guillaume.

De façon incroyable, Guillaume II empereur d'Allemagne, George V roi d'Angleterre et Nicolas II tsar de Russie étaient cousins – mais malgré les liens du sang, ils ne s'entendaient pas.

Raymond hésita à le contredire car Guillaume II était connu pour son tempérament belliqueux. Il se ravisa, préférant féliciter le tsar au sujet de la culture slave qui n'avait jamais atteint pareils sommets.

— Toute l'Europe vibre aux accords de la musique russe, le flatta-t-il.

— Les ballets de Diaghilev ont pris d'assaut Paris ! confirma René.

De façon prudente, les 2R n'évoquèrent pas le nom de Nijinski. Ce danseur avait chorégraphié un ballet sur une musique de Stravinsky, très loin des codes de la danse classique avec ses ballerines en tutus, gracieuses et légères sur leurs pointes. *Le Sacre du printemps* avait choqué le public en mettant en scène des corps lourds et des mouvements saccadés. On y voyait le sacrifice d'une fille au dieu du printemps dans l'espoir d'un renouveau.

— La Russie est à l'avant-garde de l'Europe, se rengorgea Nicolas II.

Là encore, personne pour le contredire alors que tout, dans cette œuvre, était symbole d'abandon des codes en vigueur, de modernité, voire de révolution. Le tsar pouvait-il être aveuglé à ce point ? Ou était-ce la petite eau qui embrouillait l'esprit des convives ? Je devais reconnaître qu'un morceau de viande chaude suivie d'un verre de vodka glacée laissait un arrière-goût inoubliable.

# 10

Alexandra de Russie se remit à tousser. Elle repoussa la pastila, cette meringue aux pommes confites dont elle était pourtant friande. Une toux quinteuse lui lacéra la trachée. Ses épaules se contractèrent douloureusement à chaque spasme.

— Grigori ! appela-t-elle.

À peine avait-elle prononcé ce nom qu'un homme en noir surgit, comme s'il était tapi dans l'ombre en attendant de pouvoir entrer dans la lumière. Les conversations cessèrent et Raspoutine apparut.

— Je l'aurais cru plus grand, révéla Paule, manifestement déçue.

— Et plus beau aussi, exprima Christiane.

— Plus soigné, ajouta Thérèse-Anne.

— Plus respectable, convins-je.

On m'avait tellement rebattu les oreilles avec ce prophète dont il fallait éviter le regard, que je fus surprise de découvrir un type voûté, avec des cheveux longs et une barbe clairsemée. Son nez épaté déviait sur la gauche. Il portait un manteau tout simple tombant au-dessous du genou. Si les saints étaient, par essence, la perfection absolue, on en était loin.

Il s'approcha de la tsarine prise d'une toux suffocante. Il posa une main dans son dos, et une main sur sa poitrine, comme pour former un étau. L'assemblée retint son souffle. J'observai le tsar, pensant qu'il allait réagir face à un geste aussi inconvenant. Or il ne broncha pas tandis que Raymond semblait scandalisé. Il n'était pas le seul. Certains hommes affichaient un air indigné. Le Sibérien était loin de faire l'unanimité. Ses détracteurs le considéraient comme un charlatan débauché, mû par un appétit sexuel démesuré. Ses ennemis le soupçonnaient d'être un espion à la solde des Allemands. Raspoutine avait fermé les yeux. Par intervalles, une secousse le parcourait, tandis que la toux impériale se calmait.

— Voilà… voilà… c'est fini, Votre Majesté, déclara-t-il en s'inclinant poliment devant la tsarine.

— Restez donc pour le dessert, l'invita-t-elle.

Il parut reconnaissant quand elle lui fit signe de prendre place à la table d'honneur, à la grande joie de certaines dames. De façon étrange, Raspoutine était à la mode auprès des femmes de la haute société. Il comptait parmi ses ferventes admiratrices l'impératrice elle-même. Que lui trouvait-elle ? Nul ne le savait. La maison de Russie était un monde à part, coupé du reste de la société par une phalange de courtisans qui se faisaient un devoir d'isoler la monarchie du peuple. Le tsar, son épouse, ses filles et l'héritier du trône étaient aussi invisibles pour leurs sujets que la famille d'un despote oriental. Beaucoup de gens ignoraient que le petit prince avait une maladie de sang qui mettait sa vie en danger à la moindre coupure. Et que penser de ce paysan sibérien qui se prétendait capable de le guérir ?

Il s'avança vers la place désignée par la tsarine en prenant le chemin le plus long. Alors que j'étais soulagée de le voir s'éloigner, il s'arrêta brusquement, fit demi-tour et dirigea ses pas vers nous quatre. Il nous évalua comme des génisses à la foire et dit à l'intention de la tsarine :

— Quelles bonnes gouvernantes à avoir chez soi !

Alexandra de Russie parut comprendre de quoi il retournait.

Raspoutine s'intéressa à Christiane derrière laquelle se cachait Thérèse-Anne. Il approcha son visage de celui de la couturière qui parut fléchir devant lui. Pendant quelques secondes, il la scruta et elle fit de son mieux pour regarder ailleurs. Elle leva le regard au plafond, mais ne put s'empêcher de baisser le menton et de croiser les yeux fiévreux du Sibérien. Elle mit sa main en visière au-dessus de ses prunelles pour se protéger de son regard halluciné.

— Il voit en moi, murmura-t-elle en s'écartant, effrayée.

Elle dévoila ainsi Thérèse-Anne qui se retrouvait sans rempart face au prophète. Quand elle chercha à brandir son parapluie à tête de perroquet, il lui saisit le poignet. L'air impénétrable, il chercha les battements dans sa veine de même que s'il voulait prendre le pouls d'un malade. Après quelques secondes, il secoua la tête comme si elle était condamnée, comme si un malheur allait lui arriver. Après quoi il relâcha son bras, se dirigea vers moi. Ses yeux hypnotiseurs me dévisagèrent. Je l'observai à la dérobée, lui trouvai des yeux de fouine. Curieux, méfiants, mobiles. Ou plutôt des yeux de renard. Rusés, enragés. L'assemblée retenait son souffle car il était visible qu'il s'apprêtait à prendre la parole.

— Vous possédez une belle nature, me traduit-on.

Le regard hypnotique parut s'adoucir, les yeux devinrent aimables quoique légèrement injectés de sang. Son compliment inattendu me fit le scruter. À l'instant où ses yeux se braquèrent sur moi, je ressentis leur effet brûlant, tels deux phares inquisiteurs qui perçaient les ténèbres de leur force brute. J'inspirai par le nez pour supporter la brûlure. Il émanait de lui une odeur désagréable. Une odeur de lubricité que je ne connaissais que trop bien. Il tenta de me saisir par le poignet. J'eus le réflexe de retirer mon bras d'un geste brusque pour échapper à son emprise. J'entendis dans la salle un murmure de stupeur couvert par la musique qui annonçait que le dessert était servi. Raspoutine s'éloigna, visiblement attiré par le sucre. N'ayant plus à éviter ses yeux fous, je pus enfin détourner la tête et mon regard tomba sur un homme qui m'observait avec intérêt.

Alors que tout le monde semblait soit craindre, soit admirer Raspoutine, Vadim de Russie le méprisait, sans prendre la peine de s'en cacher. Son attitude frondeuse trahissait un orgueil insolent. Ou une témérité excessive. Ou les deux. Il se leva et marcha dans ma direction.

— J'ai vu votre mouvement de recul, me glissa-t-il. Bravo d'avoir résisté à ce charlatan. Beaucoup de femmes auraient eu peur, mais pas vous.

— Pour tout vous dire, j'ai reculé en raison de l'odeur. C'est qu'il ne sent pas la rose !

Le grand-duc rit de surprise.

— En ce cas, acceptez que je vous conduise sur la terrasse pour y respirer le parfum des roses.

J'acceptai le bras de Vadim sous le regard envieux des demoiselles bien nées. Il émanait de lui un parfum d'une force hérétique. Citron, cuir, tabac blond. Je le respirai. Fleur d'oranger, écorce de bouleau et un soupçon de vanille pour la touche orientale. J'en chancelai presque. Dehors, il faisait sombre. L'air était tiède. Des torches éclairaient les allées du jardin. Des roses rouges débordaient sur la terrasse et des roses-thé s'enchevêtraient sur les murs. Devant le château, l'eau se précipitait en cascade sur six marches dorées. Elles conduisaient à un bassin au centre duquel se dressait, face à la fontaine de Neptune, la fontaine de Samson.

Vadim me raconta l'histoire de cette œuvre qui représentait Samson ouvrant la gueule d'un lion d'où jaillissait un jet d'eau de vingt-cinq mètres.

— Cette figure herculéenne symbolise la Russie victorieuse de la Suède lors de la bataille de…

Je l'interrompis :

— La guerre… Encore et toujours la guerre ! Quand elle ne plane pas au-dessus de nos têtes, elle se niche dans les plus beaux jardins.

Il me regarda tel un objet d'étonnement avant de répondre :

— Je dois reconnaître que je préférais la sculpture d'origine : un ange portant une corne d'abondance, d'où s'échappait de l'eau.

— Abondance… C'est le nom d'un village près de chez moi.

— Parlez-moi de votre région, mademoiselle Vittoz. J'ai eu l'occasion de voyager en France, mais pas encore dans les Alpes. J'ai l'intention de m'y rendre bientôt car on m'en a dit grand bien. Évian, ses bains et sa douceur de vivre au bord du Léman. Chamonix, un endroit spectaculaire avec ses glacières et dominé par le toit de l'Europe.

Je visualisai ces privilégiés qui voyageaient en première classe dans le train reliant Paris à la Méditerranée en passant par les Alpes. Le bourg montagnard de mes origines n'était pas le merveilleux lieu de villégiature qu'imaginait le grand-duc. Les chemins d'accès pour arriver à La Solitude étaient quasi impraticables et le climat était loin d'être méditerranéen. Parce que je gardais le silence, il posa une main enveloppante sur mon avant-bras :

— Quelque chose ne va pas ?

Je frissonnai tandis que son parfum d'homme raffiné me gagnait. J'aspirai l'air avidement, j'aspirai la pénombre. Son odeur mâle entra en moi, chemina jusqu'à ma poitrine.

— Je vous en parlerai une autre fois, finis-je par répondre, haletante.

Ce bel aristocrate me troublait. Je ne savais comment lui dire que chez moi, ça sentait le suif de mouton, le caillé du lait, la bouillie du cochon. Que quand j'avais gagné Chambéry, j'avais mis des semaines à me défaire de l'odeur de fermage imprégnée dans ma peau et mes cheveux. Que cette senteur d'alpage disait la pauvreté du milieu dont j'étais issue. Qu'aujourd'hui encore, cet effluve me faisait sentir l'écart entre mon niveau d'éducation et l'origine de ma condition.

— Quand vous voudrez, consentit-il en regardant le mouvement de mes seins qui haletaient sous le coton léger de ma robe.

Une rougeur me monta aux pommettes, moitié gêne, moitié plaisir.

— Voyez cette allée d'eau qui dévale ces marches dorées, commenta-t-il comme pour me laisser reprendre mon souffle. Elle me rappelle le Grand Canal de Versailles, à la différence qu'elle cascade jusqu'à la mer, toute proche. Les feux au loin sont sur les côtes de la Finlande et…

J'aurais pu écouter Vadim parler toute la nuit, mais la dame de compagnie vint me chercher. La Soupière avait fixé un couvre-feu. Je rejoignis les filles devant le château. Elles me taquinèrent sur mon escapade avec le grand-duc, me supplièrent de leur raconter ce qui s'était passé dans les jardins. Nous nous installâmes dans le confort d'une voiture attelée. Je me contentai de leur sourire de façon énigmatique. Le regard perdu dans le lointain, je convoquai l'image de Vadim : l'œil taquin, les lèvres amusées, le menton un brin hautain, la distinction d'une illustre lignée, la nonchalance d'un chat. Mon esprit s'échauffa en repensant à sa main qui remontait jusqu'à mon épaule, ses doigts qui effleuraient ma joue, replaçaient une mèche derrière mon oreille. J'entendais encore sa voix y murmurer des compliments sur ma force d'âme et ma beauté. Puis le serrement délicieux de mon cœur, le frôlement de ses lèvres sur les miennes, et la venue inopinée de la dame de compagnie me privant du baiser brûlant que j'espérais.

Il était minuit passé lorsque la voiture fit halte devant le pavillon. Dans le dortoir, toutes les filles sommeillaient à l'exception de Flore. Je perçus son irritabilité quand elle se retourna d'un mouvement brusque et me montra son dos. J'aurais pu lui murmurer quelque chose, mais mon esprit était déjà sur le lieu de mon prochain rendez-vous avec Vadim : le dîner d'au revoir que Raymond allait donner sur le *France*.

# 11

L'impératrice voulait revoir quelques-unes des Françaises laïques, ainsi qu'une novice qui saurait inculquer des valeurs de vertu à ses filles. Furent désignées Thérèse-Anne, Chantal et moi. La première sauta de joie, la seconde déclara forfait. Chantemesse était en proie à des flux de ventre – le chou à la russe nécessite un estomac d'acier. L'abbesse la remplaça par Flore. Moins docile mais très portée sur la charité. Celle-ci refusa sous prétexte qu'elle devait poster une lettre à son frère. Malgré ses protestations, elle fut contrainte de monter avec nous dans l'omnibus à capote de cuir.

Et là : surprise ! Le cocher nous fit asseoir à l'arrière vu que les places avant étaient occupées par Raymond, René et Bravo. Le cocher ouvrit les vitres car le soleil faisait monter la température dans la voiture. Durant le trajet, les 2R chuchotèrent entre eux, sans se douter que l'air qui entrait par les fenêtres portait leur voix vers nous. Ils faisaient l'inventaire des cadeaux pour la famille impériale : nécessaire d'automobile en or pour le tsar, tapisseries des Gobelins pour la tsarine, montres ornées de diamants pour les quatre duchesses et cordon de grand-croix de la Légion d'honneur pour l'héritier du trône. Nous nous regardions avec des yeux énormes, stupéfaites d'apprendre que quarante Françaises belles et instruites ne suffisaient pas.

Le cocher nous emmena à la gare de Peterhof où le couple impérial se trouvait avec ses quatre filles que leur mère surnommait son « trèfle à quatre feuilles ». Elles portaient la même toilette : manteaux blancs, robes roses, chapeaux fleuris. Leur petit frère n'était pas du voyage. Le moindre choc lui provoquait de dangereuses hémorragies sous-cutanées. C'était sa mère qui lui avait transmis cette maladie. Les femmes de la famille portaient le gène de l'hémophilie tandis que les hommes en souffraient. La tsarine en avait hérité de sa grand-mère, la reine Victoria de Grande-Bretagne. Quelle torture pour le jeune Alexeï ! Quand le sang s'infiltrait dans ses articulations, détruisant ses os et ses tendons, il hurlait de douleur au point que tout le monde se bouchait les oreilles au palais.

Nous nous répartîmes dans les compartiments du train. Durant la demi-heure que dura notre trajet entre Peterhof et Krasnoïe Selo, Flore maugréa contre cette visite qui l'empêchait de poster son courrier. À destination, les 2R montèrent dans une calèche de gala avec l'impératrice. Le trèfle à quatre feuilles grimpa dans notre omnibus, au grand bonheur de Thérèse-Anne qui côtoyait ainsi les jeunes filles dont elle espérait devenir la gouvernante.

Un fier cavalier approcha par la gauche. Mon

cœur rata un battement. Vadim de Russie salua notre convoi. Les duchesses lui firent des signes puérils de la main. Il répondit à ses cousines en souriant avant de rejoindre son oncle. Tous deux nous accompagnèrent à cheval sous un soleil de plomb. Nous suivîmes une longue route bordée d'hommes de tous les régiments. L'empereur envoyait à chaque unité le salut d'usage. Les soldats répondaient par le cri traditionnel. Cette revue d'une heure par une chaleur accablante eut raison de René qui tourna de l'œil. On fit mander une ambulance tandis qu'on portait l'évanoui à l'ombre d'un arbre. Je reçus l'ordre de descendre de voiture pour surveiller René avec Flore et Thérèse-Anne en attendant l'arrivée des secours. Cet incident n'empêcha pas la poursuite de la cérémonie militaire. La calèche de gala repartit avec l'omnibus et les cavaliers. Je suivis du regard Vadim qui s'en allait. Mon cœur s'emballa quand il se retourna pour me décocher un coup d'œil. On n'imagine pas ce que c'est troublant de voir un prince chevauchant un pur-sang vous faire un signe éloquent avant de s'éloigner parce que le devoir l'appelle.

Les musiques régimentaires jouèrent des morceaux russes et français pendant que des avions évoluaient dans le ciel autour d'un immense biplan pouvant accueillir jusqu'à douze passagers. Trois fusées donnèrent le signal de la prière où furent invoquées les déesses gardiennes. C'était poignant d'entendre les musiques exécuter un hymne religieux pendant que le soleil rougissait l'horizon. J'éventai René qui revint à lui. Flore lui donna à boire de l'eau. Thérèse-Anne, déçue d'avoir dû quitter les duchesses, grimpa sur une branche pour guetter l'ambulance dans la foule. Contre toute attente, les secours prirent la forme d'un cavalier en blouse blanche que la Tsarette guida jusqu'à nous en agitant son parapluie.

— Docteur Amaury, se présenta-t-il en descendant de cheval, faisant rebondir sur son torse le stéthoscope qu'il portait autour du cou.

Flore le mena auprès de René auquel il prit le pouls. J'observai plus précisément ce médecin. C'était un beau gars aux cheveux bien coupés et à l'allure studieuse. Il portait une paire de lunettes en écaille qu'il retirait de temps à autre pour se frictionner la racine du nez où l'on pouvait voir une petite marque rouge. Il me rappelait M. Tablonoir, sauf qu'il était un peu plus charpenté et, je l'espérais, moins enclin aux jeux interdits.

— Je n'ai rien mangé de la journée, gémit René.

Le Dr Amaury demanda au sous-aide d'aller lui chercher une collation. En attendant, il nous questionna avec intérêt, étonné de notre présence. De fil en aiguille, la discussion porta sur les tensions entre nations. Le médecin espérait que la raison prévaudrait sur les tendances belliqueuses, mais il était pessimiste car l'Allemagne ne faisait rien pour éviter d'aggraver les choses. La conversation glissa sur l'Enclos français où il allait souvent ausculter des malades. Il fut ravi d'apprendre que Flore viendrait en renfort. L'endroit manquait de personnes de bonne volonté. Ils s'y reverraient dans les jours prochains, c'était certain. Il lui proposa de mettre au courrier cette lettre qu'elle n'avait pu envoyer à son frère.

— Elle partira demain, lui promit-il, ses yeux plantés dans les siens.

La calèche de secours arriva. Nous rentrâmes toutes les trois à la tombée de la nuit avec René qui somnolait paisiblement. La maussaderie de Flore s'était envolée. Elle déclara même avoir passé une bonne journée.

— J'espère que tu seras prise comme gouvernante, dit-elle à Thérèse-Anne qui semblait se demander où était le piège.

Difficile d'imaginer combien un praticien répondant au nom d'Amaury pouvait améliorer l'humeur d'une blonde lunatique.

# 12

Le lendemain matin, nous apprîmes que le Dr Amaury était au chevet de René. Flore m'entraîna dans une promenade qui consistait à marcher lentement entre notre pavillon et le bâtiment où logeait le président du Conseil. Dès que le médecin apparut sur le perron, la blonde s'élança vers lui sous prétexte de lui demander des nouvelles de M. Viviani.

— Il est parfaitement remis, dit-il avec un charmant sourire. J'espère vous voir ce soir au dîner d'au revoir que donne notre président sur le *France*.

— J'y serai, lui assura Flore.

Je la regardai rougir jusqu'à la racine des cheveux en m'interrogeant : qu'en était-il de sa vocation ? J'eus envie de lui poser la question, mais elle semblait si joyeuse que j'y renonçai. N'étais-je pas moi-même excitée à l'idée de voir Vadim au dîner ? Depuis que je l'avais rencontré, il occupait toutes mes pensées, alors que je savais au fond de moi qu'il était illusoire d'espérer une relation amoureuse avec lui. Après tout, je n'étais qu'une montagnarde qui faisait l'école pour subsister.

Flore et moi passâmes cette journée de canicule chamboulées et godiches. Un orage épouvantable éclata dans l'après-midi. Il nous fit craindre l'annulation du dîner prévu sous une tente d'apparat dressée à l'arrière du cuirassé. Par chance, la pluie cessa une heure plus tard. Le ciel resta gris et brouillé mais la soirée fut confirmée par l'arrivée de tenues de gala. Au moment de les choisir, nous réalisâmes qu'il n'y en avait pas pour tout le monde. Une querelle s'éleva entre Christiane et Flore. Elles devinrent si agressives que l'abbesse, alertée par les cris, entra dans notre dortoir.

— Il n'y a pas lieu de vous disputer ! trancha-t-elle en donnant le vêtement convoité à la couturière. Vous n'avez pas besoin de robe, mademoiselle Brasier. Les sœurs ne sont pas conviées à cette soirée.

Le beau visage de la blondine se décomposa. Elle courut vers son lit et s'y jeta avec une telle ardeur que les ressorts en gémirent de douleur. La mère supérieure secoua la tête face à cette réaction puérile. Les filles se regardèrent en haussant les épaules puis choisirent les robes qu'elles préféraient. J'observai Flore qui se mouchait. Elle sécha ses larmes et finit par sortir son papier à lettres. Elle plia son oreiller en deux, se cala le dos et se mit à écrire en reniflant. À son frère, probablement. Je savais qu'elle se faisait de la bile pour Hugo vu la tension qui régnait entre les pays d'Europe.

Le calme revenu, les Françaises invitées au dîner d'au revoir se coiffèrent. J'avais hérité de la robe verte dont personne ne voulait en raison de sa couleur et de son grand décolleté. Cela ne me dérangeait pas ; j'étais heureuse de porter une tenue aussi luxueuse. À six heures, on vint nous chercher en calèche fermée. Je fis un signe à Flore qui me faisait de la peine.

— Amuse-toi bien, me dit-elle avec un sourire triste.

Je crus déceler une trace de reproche dans sa voix, mêlée d'amertume. Je me faisais peut-être des idées. Vu qu'elle rêvait de revêtir sa tenue de novice depuis des mois, je ne pouvais croire qu'elle soit déçue à ce point.

Le *France* était brillamment éclairé. Sur l'embarcadère où il mouillait l'ancre campaient des troupes en armes. Le tsar se tenait à cheval avec deux hommes de haute lignée : le chef des généraux et Vadim de Russie qui affichait sa belle vaillance. Je le trouvai magnifique dans ses habits princiers. Nos yeux se rencontrèrent. Il y eut un trouble auquel aucun de nous ne chercha à se soustraire. Dans mon cœur monta un émoi délicieux. Je me sentis dans une atmosphère de contes de fées.

L'impératrice, ses deux filles aînées, Raymond et René passèrent devant les officiers du *France* et du *Jean-Bart*. Certains caressèrent Bravo, apprécié pour son dévouement à la patrie. D'autres invités arrivèrent sur ces entrefaites, dont le Dr Amaury à qui j'appris que Flore n'était pas des nôtres.

— Qui ça ? me demanda-t-il avec un air surpris.

— Flore Brasier, la grande blonde que vous avez rencontrée hier. Elle m'a chargée de vous dire que…

— Je la verrai demain au dispensaire, me coupa-t-il

en faisant mine d'avoir reconnu quelqu'un parmi les invités.

Notre groupe de Françaises fut prié de monter à bord du cuirassé. Heureusement que la pluie avait cessé car notre table se trouvait hors de la tente d'apparat. Nous nous assîmes à nos places, tout humides des averses qu'elles avaient reçues. Mais peu nous importait ! Nous étions ravies d'en être. Paule était impatiente de découvrir le menu qu'elle espérait raffiné. De façon étonnante, le repas fut décevant. Non seulement le potage d'entrée se fit attendre, mais encore il arriva tiède. Les plats se succédèrent sans originalité ni réelle saveur. Les Russes n'en paraissaient pas moins satisfaits et les conversations allaient bon train. Mais Raymond était mécontent. Il fit venir le chef pour lui faire des reproches :

— Ce dîner ne serait pas un tel fiasco si vous aviez pris cette demoiselle aux fourneaux.

Il désigna Paule qui en rougit de plaisir !

Vadim, assis sous la tente, lui adressa un clappement de main silencieux pour corroborer les compliments qu'elle avait reçus. Il chercha ensuite à capter mon regard en levant trop haut sa coupe de champagne. J'avais beau savoir que je devais me comporter avec discrétion, je ne pus m'empêcher de lui sourire. La tsarine remarqua son manège. Elle suivit des yeux la direction dans laquelle le grand-duc était tourné, tomba sur les Françaises. Elle lança un regard aimable à Thérèse-Anne, puis jeta un coup d'œil réprobateur sur ma robe échancrée. Mal à l'aise, je tentai de rapprocher les pans de mon décolleté. Par chance,

Raymond détourna l'attention de l'impératrice en portant une dernière santé au tsar et à la Russie.

— Je ne veux m'éloigner de ces rivages sans remercier encore Votre Majesté de la cordialité qu'elle m'a témoignée pendant mon séjour.

L'empereur lui répondit en ces termes :

— Vous voudrez bien apporter à votre beau pays l'expression de la fidèle amitié de la Russie tout entière. La confraternité qui existe entre nos armées de terre et de mer aidera nos deux pays à maintenir l'équilibre européen.

L'amiral conduisit les deux chefs d'État sur la passerelle où René prépara le communiqué de presse d'usage. D'où j'étais, j'entendais la lecture qui en était faite en français. Je n'y aurais pas prêté plus d'attention si je n'avais reconnu la voix de Vadim :

— Il manque le mot paix.

Le texte fut modifié de manière à souligner les intentions pacifiques des deux nations. Il fut communiqué à la presse. Vint le moment des poignées de main, des compliments et des vœux. Vadim fit une courte halte à ma hauteur. Je devinai son odeur de cuir et de mandarine. Mes joues s'empourprèrent quand je m'aperçus que son regard plongeait dans le décolleté profond de ma robe.

— Ce vert met en valeur votre rousseur, me glissa-t-il d'une voix caressante en frôlant ma cuisse de ses doigts.

J'en tressaillis d'émoi. Mon cœur battait à grands coups. Cette robe avait fait son office, n'en déplaise à la tsarine.

Une vedette emporta la famille impériale et sa suite jusqu'à l'*Alexandria*. Le yacht leva l'ancre.

— Bonne chance, les Françaises ! nous salua Raymond au moment où nous débarquions.

Bravo nous accabla de coups de langue. On aurait dit que le chien du président voulait se faire pardonner de nous laisser en Russie.

## 13

Nous regagnâmes notre dortoir sur la pointe des pieds afin de ne pas déranger nos compagnes endormies. Pour une fois, je tombai de sommeil et m'assoupis à peine allongée. Je fus réveillée peu après par la voix chuchotée de Flore. J'ouvris les yeux en émettant un ronchonnement. Elle s'était rapprochée du bord de son lit pour me parler :

— Comment était le dîner ?

— Médiocre.

— Je ne te crois pas.

— Tu demanderas à Paule, marmonnai-je en refermant les paupières.

— As-tu vu le Dr Amaury ?

— Oui, il était là.

— A-t-il demandé après moi ?

Je la regardai, embarrassée. J'avais tellement envie de dormir et il y avait tellement d'espoir dans sa voix que je tordis la vérité :

— Il te donne rendez-vous demain, au dispensaire.

Je l'entendis soupirer de satisfaction dans la

pénombre. J'allais enfin pouvoir dormir. Demain matin, il nous faudrait quitter notre pavillon. Les religieuses s'installeraient à l'Asile de bienfaisance tandis que j'irais au Home d'institutrices, à un jet de pierre. Mais pas avant la visite médicale.

Toutes les Françaises étaient rassemblées au dispensaire de Peterhof. Une infirmière nous fit passer deux par deux derrière un rideau. Je me retrouvai avec Flore dans la salle d'auscultation. Elle se déshabilla sans manifester la moindre gêne. Embarrassée, je lui tournai le dos. Cela ne m'aidait en rien car mon regard tomba sur le miroir dans lequel je voyais la blonde. Blanche et nue. Son corps parfait, sans un poil. Son ventre caressé par la lumière dorée du matin.

— Qu'attendez-vous ? me demanda l'infirmière.

Je retirai mon caraco et défis ma jupe qui s'échoua sur le sol avant que j'aie le temps de la rattraper. J'en étais à la ramasser quand le Dr Amaury fit son entrée, stéthoscope autour du cou. Par réflexe, je me relevai d'un coup et pivotai pour dissimuler mes fesses. Ce faisant, il se retrouva face à mes seins sur lesquels il colla ses yeux. Je plaquai mes vêtements sur mon buste et mon pubis. Flore se racla la gorge pour attirer l'attention du praticien. Avec succès.

— Quand avez-vous eu vos dernières menstrues, mademoiselle Brasier ? demanda-t-il en examinant l'intérieur de sa bouche avec un glossocatoche.

— En chuin, éructa-t-elle.

Pas évident de parler avec un abaisse-langue dans le bec !

— Penchez-vous en avant en enroulant vos épaules.

Elle s'exécuta avec une lenteur calculée sans se préoccuper de ce que l'on pourrait en penser. Je fus de nouveau frappée de constater à quel point elle était belle.

Le médecin traça du doigt une ligne le long de sa colonne vertébrale.

— Pas de scoliose. Redressez-vous et respirez profondément.

Il lui posa le stéthoscope entre les omoplates. Elle inspira, gonfla sa poitrine, tourna la tête vers moi et me sourit malicieusement.

— Vous avez hérité d'une santé insolente, la complimenta-t-il en remontant ses lunettes sur l'arête de son nez. Nous nous reverrons à l'Enclos après votre installation.

L'œil azur de Flore s'illumina d'un rayon de joie. Sur un signe de l'infirmière, elle se rhabilla et sortit m'attendre dehors.

— À nous ! me dit le médecin.

Cet examen ne servait à rien car les Françaises formaient un beau troupeau de génisses pleines de santé. L'infirmière passa derrière le rideau pour appeler deux autres demoiselles et calmer le chahut. Je retrouvai Flore devant le dispensaire.

— Dis-moi, tu es drôlement prude pour une fille qui convoite un prince, me chuchota-t-elle, afin que personne ne l'entende.

— Et toi, drôlement dévergondée pour une novice !

— Ne le prends pas mal, c'est juste que j'ai vu ta gêne.

— Et moi, j'ai vu que tu es diablement intéressée par le docteur pour quelqu'un qui s'apprête à faire vœu de chasteté.

— Comme l'a si bien dit la Soupière : rien n'est encore fait.

— Tu ne songes tout de même pas à renoncer à ta vocation ? m'étonnai-je.

— Où est l'intérêt d'entrer dans les ordres si je ne peux porter l'habit ?

— Serait-ce à cause de ta rencontre avec le Dr Amaury ?

— Va savoir...

Sa réponse me chiffonna car j'avais constaté que le médecin était loin de la chercher, au dîner de la veille.

— Mais enfin, Flore, tu le connais à peine.

— Et alors ?

— Je ne voudrais pas que tu sois déçue si, après avoir changé tes plans, il venait à se montrer sous un jour différent.

— Et toi, Vitaline, qu'en est-il de tes projets ? J'ai bien vu hier que l'atmosphère impériale n'était pas pour te déplaire. As-tu l'intention d'entrer au service de la tsarine pour te rapprocher de Vadim ?

— Pas du tout ! rétorquai-je. Je vais intégrer l'école Sainte-Catherine, comme prévu.

— Contente de l'apprendre !

Alors que nous rentrions au pavillon chercher nos valises, elle me prit le bras en se penchant vers moi.

— Paule m'a dit que le grand-duc t'avait approchée hier soir. Il paraît même qu'il t'a glissé quelque chose à l'oreille. Je ne voudrais pas tu sois déçue si tu découvrais qu'il n'a fait que jouer avec toi.

Flore me sourit avec malice. Je fis en sorte de lui sourire en retour malgré le pic dans ma poitrine, comme si la pointe d'un Opinel était appuyée entre mes seins, préfigurant la douleur qui ne manquerait pas de s'ensuivre.

*Apte* figurait maintenant sur tous les dossiers. Nous quittâmes le pavillon sans que personne ne vienne nous saluer. Et à nous de nous débrouiller pour nous rendre à l'Enclos avec nos bagages. Raymond reparti avec Bravo, plus personne ne s'intéressait aux Françaises. Nous prîmes le tramway qui s'arrêta en chemin en raison d'une grève surprise des traminots. Il fallut poursuivre à pied par une chaleur de plomb.

Quelle ne fut pas notre déception de découvrir que Sainte-Catherine était dans un état de délabrement navrant. Une nouvelle école était en projet mais en attendant, cet établissement censé être l'honneur de la colonie française était aux antipodes de l'idée que nous nous en faisions. Ce n'était guère mieux au Home d'institutrices. En fait de chambres individuelles : un dortoir aux matelas garnis de varech. En lieu et place d'une salle d'eau : un alignement de lavabos. En guise de toilettes : une planche percée dans un cabanon à l'extérieur.

— C'est ça, le Home ? m'enquis-je, toute déconvenue.

La déception fut immense pour nous toutes, y compris pour mère Javotte-du-Saint-Sacrement qui eut du mal à cacher son dépit. Après un dîner composé d'une queue d'agneau dans une soupe d'orge, j'arpentai les locaux vétustes pour apprendre à m'y repérer. Je n'étais pas pressée de me coucher dans un lit qui sentait les algues. Jamais au grand jamais, je ne pourrais oublier ma première nuit à l'Enclos français. Si j'avais su ce qui m'attendait, j'aurais fait demi-tour et serais repartie avec hâte.

# 14

Le lendemain, je fus contrainte d'observer en silence la méthode de classe d'une religieuse plus vieille que les chemins. Les élèves, au nombre de cinquante, se mirent en rang. Je les trouvai disciplinés compte tenu de leur jeune âge, mais la sœur estima que les rangs formés étaient brouillons. Elle poussa une fillette par-derrière pour la faire avancer d'un pas. Une autre reçut une bourrade, après quoi les rangs n'avaient l'air ni mieux ni moins bien ordonnés qu'avant. Sans doute mon œil de débutante n'avait-il pas les mêmes aptitudes que son regard expérimenté.

La classe débuta par une prière, suivie de calcul mental et d'une récitation. Les élèves sortirent ensuite dans la cour pour faire de l'exercice physique : quelques étirements après quoi ils trottinèrent sur place. Une nouvelle mise en rangs prit dix minutes pendant lesquelles leurs répliques inattendues et leur spontanéité m'enchantèrent.

Mère Javotte se démena pour dégoter un financement afin d'arracher Sainte-Catherine à sa médiocrité. L'Association française de bienfaisance et la Société de secours mutuel mirent la main à la poche. À peine les fonds trouvés que les premières pelletées de terre furent soulevées sous les applaudissements de la communauté, réunie à cette occasion. Le Dr Amaury était présent, au grand bonheur de Flore. Il nous apprit qu'en France, les préfets étaient en alerte et les fonctionnaires avaient ordre de rester à leurs postes. Les permissionnaires de l'armée avaient été rappelés. Les bataillons présents dans les camps d'instruction avaient rejoint leurs garnisons. Une partie des troupes algériennes et marocaines allaient être rapatriées. Et pour cause : des nouvelles alarmantes étaient parvenues via le service de renseignements du 20e corps d'armée. Des officiers allemands parcouraient la frontière française en automobile. Les forts de Metz étaient occupés. Partout, on installait des lignes téléphoniques.

Ce 1er août 1914, à Saint-Pétersbourg, les premières pierres de la nouvelle école furent posées. Nous envisagions l'avenir de l'Enclos français avec plus de sérénité. Le soir même, nous apprîmes que, dans l'engrenage des alliances, l'Allemagne venait de déclarer la guerre à la Russie. Malgré les liens du sang, Guillaume II attaquait son cousin Nicolas II. Y aurait-il un effet cascade avec l'Angleterre ? George V choisirait-il de rallier l'un ou l'autre de ses cousins ? Cette guerre semblait être une affaire de famille. Qu'en était-il de Vadim ? Allait-il partir se battre avec son oncle pour bouter leur parent allemand hors de Russie ?

Avec cette terrible appréhension d'un lendemain incertain, je passai une nuit sans que le sommeil ne s'attarde plus d'une heure dans mon lit. Au matin, une procession s'avança dans les rues de Saint-Pétersbourg. Le tsar, occupé à préparer la riposte avec ses généraux, avait envoyé son neveu préféré pour représenter la couronne. J'y assistai dans l'espoir d'y apercevoir le grand-duc. En tête, des prêtres défilaient, vêtus de surplis richement brodés et coiffés de lourdes mitres. Certains portaient des icônes, d'autres des bannières. Un chœur les accompagnait.

Mon cœur se mit à battre à grands coups : au centre du défilé, Vadim chevauchait fort noblement en uniforme. Sur son passage, la foule se signa. Les Russes joignirent leurs mains et baissèrent leurs fronts. Je n'en fis rien. Au contraire, je levai le menton car je voulais que le prince me remarque. Il dut percevoir mon regard insistant posé sur lui car il jeta un œil dans ma direction. M'apercevant, il fit un imperceptible signe de tête. Mon menton trembla. La déclaration de guerre, la procession, les chants pénétrants, la ferveur de la foule… j'éclatai en sanglots. Je me sentis ridicule, mais j'étais incapable de contenir le flot de mes larmes. Autour de moi, beaucoup de femmes pleuraient, subodorant qu'un désastre se profilait à l'horizon.

Elles avaient vu clair. Trois jours plus tard, alors qu'un léger vent poussait dans le ciel des nuages d'été, Berlin envoya une lettre de déclaration de guerre à la France. L'Angleterre n'allait pas rester neutre. Avec cette querelle de famille, c'était toute l'Europe qui était impliquée dans un conflit guerrier. Prévenue par un télégramme de son frère, Flore se précipita au Home, assaillie d'idées noires :

— Hugo a déjà reçu son ordre de mobilisation. Il va rejoindre le 11e bataillon de chasseurs. Il attend ses ordres de transport pour Annecy. Je ne peux le croire.

— Ce sera une guerre courte, arguai-je pour la réconforter. Jamais l'Allemagne ne pourra combattre sur les deux fronts en même temps. Elle devra capituler. Dans les ambassades, on s'accorde à dire que tout sera fini avant Noël. Le temps que ton frère fasse ses classes, ce sera terminé. Il n'aura probablement pas à se battre.

J'argumentai si bien que Flore admit que son frère défende le pays contre les boches. Elle était même fière de savoir qu'il portait l'uniforme des Alpins : large béret orné du cor de chasse argent et galons en chevrons – portés à l'envers des autres armées. Rassurée, elle me prit dans ses bras comme si nous avions l'habitude de le faire. Comme si nous nous connaissions depuis toujours.

— Je suis contente d'avoir une amie comme toi ici, murmura-t-elle dans un sanglot retenu.

Pourquoi les gens apprennent-ils à s'aimer qu'à partir du moment où une menace terrible plane au-dessus de leur vie ?

# III

## *Son histoire*

Pays de Savoie, 15 août 1920

# 1

— Je suis Hugo Brasier, répète l'homme debout devant moi au Café des Alpes. Nous avons rendez-vous.

Il attend que je lui lâche la main, or je me contente de le regarder, le souffle bloqué. Les yeux rivés sur sa cotte à bretelles, je sens mon cœur se soulever d'appréhension. Cette tenue de travail m'évoque celle de mon frère Adolphe. Un flux d'effroi se met soudain à me parcourir les veines. Et si le frère de Flore était ce genre de gars ? Non, c'est impossible ; la blonde m'a fait de grands éloges de lui.

— Puis-je m'asseoir à votre table ?

— Oui, bien sûr, réponds-je en relâchant ses doigts. Excusez-moi. Asseyez-vous, monsieur Brasier.

Je désigne la chaise en face de moi d'un geste tremblant. Il la tire, s'installe, les mains croisées sur le rebord de table. Des mains marquées de blessures et de sillons, des mains de travailleur. Dans quel domaine ? Le bois, si j'en crois la sciure sur ses chaussures de cuir noir. Je n'engage pas la conversation, ainsi qu'il sied à une jeune femme éduquée. Lui, commence par s'excuser de m'avoir fait attendre. Je mens par politesse en refermant mon magazine :

— Je viens d'arriver.

— Mon chien a fugué du chantier. Il adore que je lui coure après. C'est son jeu préféré.

Je l'observe. C'est un de ces grands blonds au teint un peu hâlé, avec des yeux mobiles et rieurs, d'un bleu profond. Il porte un maillot de tricot sans manches sous sa salopette. Ce débardeur, qui faisait partie du paquetage des soldats, a hérité du prénom de Marcel Eisenberg, propriétaire de la bonneterie Marcel où il est fabriqué – près de Roanne. C'est une activité prospère car les Alliés ont adopté ce maillot fourni aux armées françaises et les démobilisés n'ont jamais cessé de le porter.

— J'espère que vous avez trouvé le café sans trop de difficultés, poursuit Hugo en me souriant aimablement.

— Je suis passée devant en me rendant à mon hébergement hier.

Mes yeux ne peuvent se détacher de son débardeur qui laisse voir des bras de bûcheur. Je remarque alors le cor de chasse argent épinglé à sa bretelle : l'emblème des chasseurs alpins.

— Qu'est-ce que vous voulez boire ? me demande-t-il en attirant l'attention de la serveuse.

— Que me conseillez-vous ?

— Une bière du Mont-Blanc.

J'acquiesce. Enfin quelqu'un qui me prend au sérieux !

— Deux Mont-Blanc, s'il te plaît, Fanny, commande-t-il.

— Avec de la limonade et du sirop pour la dame ? interroge la fille.

— Elle est si mauvaise que ça ? lui demandé-je sur un ton taquin.

La serveuse repart en haussant les épaules tandis qu'Hugo rit, dévoilant des dents blanches et bien rangées.

— Excusez-moi un instant, m'annonce-t-il de sa voix grave et chaude. J'ai besoin de me laver les mains.

Je regarde ce dos d'Hercule se diriger vers une porte dissimulée derrière un rideau. Fanny revient avec les bières qu'elle pose sur la table.

— Sacré gaillard, hein ! lance-t-elle avec un air entendu qui éveille des suppositions.

Pendant que j'attends Hugo, deux jeunes hommes entrent d'un pas dégingandé. Tout le monde regarde leurs costumes cubistes. Ce sont probablement des membres du mouvement Dada. J'en ai déjà vu à Paris où ils organisent des concerts de casseroles pour se moquer des conventions établies. Ils se rebellent contre l'esthétique, avec succès d'ailleurs : leurs vêtements sont laids à faire peur.

Les Dadas s'assoient à la table d'à côté sous les regards goguenards des Savoyards. Je discerne une balafre rose et gonflée sur la pommette du plus grand des deux. J'ai un coup au cœur : la même cicatrice court sur la joue de Vadim. Il est revenu avec cette estafilade le soir où j'ai fugué avec lui en traîneau. Il n'en a jamais parlé et je n'ai jamais osé l'interroger à ce sujet.

Vadim...

Je me demande ce qu'il fait aujourd'hui. Est-il avec Coco qui se fait désormais appeler mademoiselle ? L'a-t-elle convié à tartiner du caviar, ou est-ce au tour de Misia Sert de les recevoir rue de Rivoli avec son mari ? À quel point faut-il être riche pour louer une suite au Meurice à l'année quand on est propriétaire d'hôtels particuliers dans la capitale ? Pas étonnant que le grand-duc soit attiré par leur fortune, maintenant qu'il a perdu tout le faste de la monarchie. Ces gens jettent l'argent par les fenêtres tandis que le reste de la population peine à joindre les deux bouts. J'ai beau travailler comme une forcenée, avoir des idées que ma patronne qualifie de génie, je vis dans une chambre de bonne sous les toits de Paris. Dessiner, peindre ou écrire nourrit rarement son homme – et encore moins sa femme.

Je chasse cette pensée en regardant ce qui se passe dans la rue. Des écolières défilent en rang par deux devant le café. Une trentaine de fillettes en tablier-blouse très couvrant marchent main dans la main. Leur uniforme scolaire est boutonné dans le dos. Avec cette tenue qui leur sert de robe, il leur est impossible de s'habiller sans aide, contrairement à l'uniforme des garçons – un sarrau et une culotte courte. Celui-ci apporte autre chose que l'aisance corporelle aux futurs hommes. Il leur donne ce qui est retiré aux filles dès leur plus jeune âge : la liberté de mouvement. Une réalité que Gabrielle Chanel a intégrée bien avant moi en s'inspirant du vestiaire masculin pour briser les chaînes des femmes : jupe entravée, époux, chapeau encombrant, enfant, voilette et corset – ce dernier se vendait encore à six millions d'exemplaires par an en 1900. Coco n'a jamais caché combien elle déteste ce sous-vêtement baleiné et lacé qui sert à « rentrer tout sauf le cul et les seins », selon l'expression de la célèbre mondaine Neil Kimbell.

— Je réclame la permission de porter un toast, dit Hugo en reprenant sa place en face à moi.

— Accordée !

Il lève son verre d'une main encore humide :

— À la santé de la belle dame rousse !

— À votre santé, réponds-je, flattée par son compliment.

Pendant que nous trinquons, le grand Dada lâche :

— Merdre !

Le petit Dada éclate d'un rire aigu en entendant le mot de Cambronne enrichi d'un *r* supplémentaire. Hugo tourne la tête vers eux. Avec l'air d'un ours réveillé en plein sommeil, il leur fait signe de dégager. Les yeux des deux déguisés tombent sur le cor de chasse argent. Il me vient à l'idée qu'ils craignent les ours car ils se lèvent pour aller occuper une table éloignée de la nôtre. Cela peut se comprendre. Qui aurait envie de se frotter à un plantigrade haut et carré dont les paumes sont larges comme des battoirs ?

— Vous les connaissez ? lui demandé-je.

Il esquisse une moue.

— Non, mais je sais qui ils sont : des anarchistes, des déserteurs, des réformés, des réfractaires qui faisaient tout pour détruire la société pendant que les poilus se battaient dans les tranchées.

Je bois une gorgée de bière pour digérer ce qu'il vient de dire. Jusqu'à présent, j'ai plutôt vu dans le mouvement Dada un esprit mutin destiné à contrer l'absurdité de la guerre et donner un espoir. Leur mot d'ordre est « merdre ». Je le trouve amusant, mais je me garde d'en parler.

Hugo tire un fagot de cigarette de sa poche. Ce ligotage me fait penser à Raoulette, mais c'est improbable. La Rouleuse n'en vend qu'aux estropiés et mon vis-à-vis respire la santé. Il m'offre une tige. Je suis sur le point d'accepter, puis change d'avis, et refuse finalement d'un signe de tête.

— Vous ne fumez pas ? me demande-t-il.

— Si, parfois. Mais pas maintenant.

— Dans ce cas, je fumerai plus tard, quand nous irons marcher. Si vous voulez bien m'accompagner, évidemment, ajoute-t-il, comme s'il était gêné par son audace.

— Volontiers.

Je détourne la tête, embarrassée à mon tour d'avoir accepté sans même y réfléchir. Mes yeux croisent ceux du grand Dada assis au fond de la salle. J'ai l'impression qu'il me zieute avec un air soupçonneux avant de disparaître. Il lui suffit d'appuyer son dos contre le dossier de sa chaise pour qu'un pilier le dissimule à ma vue. Un flux glacé me parcourt les veines. Je serais sans doute moins soucieuse si je n'avais déjà fait l'objet d'une surveillance. Je soulève mes fesses de ma chaise pour voir derrière le pilier. Et d'apercevoir les Dadas qui se payent une fricassée de museaux ! Le petit Dada, que j'ai pris pour un garçon, est en fait une fille. Elle est mise avec tellement de mauvais goût que je ne l'ai pas réalisé avant. J'expulse un soupir de soulagement en voyant les amoureux s'embrasser à pleine bouche. Je suis en France. Les bolcheviks sont loin. Je suis en sécurité. Je n'ai plus de raisons d'avoir peur.

## 2

— Avez-vous fait bon voyage ? me demande Hugo.

— Mon train avait beaucoup de retard, mais il a fini par arriver.

Je passe sous silence qu'une femme de ma connaissance se trouvait dans le même wagon que moi. Je n'ai aucune envie d'évoquer Misia.

— La guerre a beau être finie depuis une vingtaine de mois, on ne peut toujours pas se fier aux chemins de fer, regrette-t-il.

— C'est à se demander si les choses redeviendront comme avant.

Il me regarde avec une curieuse expression – un mélange de souffrance, de résignation et de rage.

— Le monde d'avant n'existe plus, mademoiselle Vittoz.

Un silence s'installe entre nous, ce qui me donne l'occasion de l'observer plus précisément. Il ne porte pas d'alliance, alors qu'il est évident qu'il pourrait faire perdre la tête à bien des femmes.

— Vous dites cela à cause des Dadas ?

Le succès de ma tentative pour alléger l'atmosphère dépend de lui.

— Est-ce trop demander que les gens soient correctement vêtus ? m'interroge-t-il en faisant le scandalisé.

Il a un air sérieux sur le visage qu'un sourire semble sans cesse vouloir creuser d'une fossette. Je pouffe derrière ma main.

— Je peux savoir ce qu'il y a de drôle ?

— Vous entendre reprocher à ces jeunes gens leur tenue alors que vous êtes venu à notre rendez-vous en cotte de travailleur.

— C'est parce que je sors tout juste du travail.

Des plis de malice apparaissent à la commissure de ses paupières.

— Peut-être que les Dadas sortent tout juste d'une exposition cubiste.

— Et vous, tout juste d'un défilé de mode.

J'ai un instant d'hésitation, m'interrogeant sur le véritable sens de ses propos, avant de voir qu'il louche sur mon magazine.

— C'est pour patienter quand l'homme qui m'a donné rendez-vous se permet d'être en retard.

— Je ne l'ai pas volé ! s'esclaffe-t-il. Mais tout de même, je pensais que vous étiez plutôt du genre à lire des romans.

— En général, oui. Mais étant en vacances, j'allège mes lectures.

— Et qu'y a-t-il de léger dans ce magazine ?

— Les potins mondains.

— Vous m'en direz tant !

— Oh, ne prenez pas cet air goguenard ! m'exclamé-je.

— Je n'aurais jamais cru ça d'une maîtresse d'école !

— Ça, c'était avant. Aujourd'hui, je travaille dans un atelier de broderie au service des maisons de couture.

Je passe sous silence que broder m'occupe l'esprit, me permet d'orner la vie sans penser à l'avenir.

— Ainsi, vous suivez la mode ?

— Je pensais que vous l'aviez décelé à ma robe, mais vu que vous ne m'avez adressé aucun compliment alors qu'elle est remarquable, je sais maintenant que votre intention n'est pas de me courtiser.

— Avec moi, vous ne craignez rien. Même si je m'étais risqué à vous faire la cour, vous ne vous en seriez pas aperçu. Je suis incapable de complimenter une femme.

— Voilà comment un beau garçon finit vieux garçon !

Je me mords la lèvre inférieure en me demandant comment j'ai pu être aussi familière. Il m'adresse un regard de connivence. C'est curieux. Un peu comme si nous nous étions déjà rencontrés dans le passé. Comme si nous nous connaissions depuis des années.

— J'aimerais parfois faire des compliments, mais je ne sais pas quoi dire, me confie-t-il. Je n'y connais rien en matière de toilette, de coiffure et de chapeau.

— Dans ce cas, je peux vous montrer ce qu'il faut savoir en quelques images seulement.

Je feuillette les pages à la recherche du carnet mondain quand la serveuse s'approche de notre table.

— Prêts à vous caler les joues, les amoureux ?

Je relève la tête de mon magazine. Non, mais quelle lourdaude !

— Pas tout de suite, Fanny, rétorque Hugo sans attendre ma réponse. Remets-nous plutôt deux Mont-Blanc. À moins que vous n'ayez plus envie de manger que de boire ?

Il s'est tourné vers moi pour cette question maladroite survenue de manière un peu tardive à mon goût. Je fais « non » de la tête, surprise par ses manières bourrues. Est-ce sa façon de faire durer l'instant ? De me dire qu'il apprécie ma compagnie malgré la raison de ma visite ? Cela me fait drôle de penser que nous échangeons des banalités alors que nous sommes tous deux conscients de la gravité du sujet à l'origine de notre rencontre.

— Je vous apporte ça, répond la fille en m'adressant un clin d'œil.

— T'auras bientôt fini de regarder mon invitée comme ça, espèce de malapprise ! la gronde Hugo tandis qu'elle s'éloigne en pouffant.

— Vous vous connaissez bien, à ce qu'on dirait, fais-je semblant de m'étonner.

— Que oui ! Fanny est ma cousine. Elle ne peut s'empêcher de me taquiner.

— Je comprends mieux !

Je dois admettre que je suis soulagée de consentir à cette explication.

— Et maintenant, donnez-moi une leçon de style, supplie-t-il en se penchant sur ma revue ouverte à la page où Coco pose avec Vadim.

— Voici la dernière mode, lui indiqué-je. Cette marinière est suffisamment souple pour se passer par la tête et ce pantalon à pont fait le ventre plat. Vous remarquerez que la femme ne porte pas de chapeau et que ses cheveux sont coupés très court. Aujourd'hui, l'élégance, c'est la simplicité.

— Je trouve cet ensemble trop androgyne. Je préfère votre tenue, beaucoup plus féminine. Cette robe vous va à ravir. Et ce vert met en valeur le roux de votre chevelure.

Il a dit ça avec tant de joie dans sa voix chaude, tant de douceur dans ses yeux bleus qu'il est impossible de ne pas lui rendre son franc sourire. Il semble m'apprécier. On dirait même que je lui plais. Pourtant, ce n'est pas pour ça que je suis venue à Chambéry. Ou peut-être que si. Un peu.

— Vous apprenez vite ! déclaré-je.

— C'est que j'ai été déniaisé par une maîtresse expérimentée, lâche-t-il, avec, dans le regard, un frisson de polissonnerie.

— Voilà une phrase qui vient ruiner tous vos efforts ! N'oubliez jamais que complimenter une femme émancipée est un art délicat.

— À propos de femme émancipée, pourriez-vous m'expliquer ce que vous trouvez à ces pages mondaines ?

— Que voulez-vous dire ? me raidis-je.

— Je ne vois pas l'intérêt de lire quoi que ce soit sur des gens qu'on ne connaît pas.

— Je m'y intéresse parce que je les connais, justement.

— Vous me dites que vous connaissez ce Russe à la moustache démodée et sa femme ?

Il lève les sourcils en posant son index sur le couple fraternel.

— Il ne s'agit pas de sa femme mais de sa sœur, son altesse impériale Isadora. C'est ma patronne. Quant au grand-duc Vadim, j'ai habité dans son palais quand je vivais en Russie. J'ai été sa…

Je m'interromps à temps en voyant son air estomaqué.

— Vous avez habité le palais des derniers tsars… répète-t-il en plissant les yeux de même que s'il hésitait encore sur ce qu'il devait penser de moi.

J'en ai le souffle coupé. Ce sillon qui se creuse entre ses sourcils blonds, arqués comme s'il me jaugeait, c'est elle. La même expression perplexe. Ce regard d'un bleu irrésolu, c'est Flore.

# 3

— Au fait, me demande Hugo, où êtes-vous descendue ?

— À la pension Vichy, rue Basse-du-Château.

— Je vois où c'est. J'espère que c'est convenable.

— Eh bien, les chambres sont propres, mais mademoiselle Vichy a tendance à mettre son nez dans les affaires des autres.

— Un peu comme ma cousine ? plaisante-t-il.

— Ce n'est pas moi qui l'ai dit.

— Et à Paris, où vivez-vous ?

— Place Saint-Germain-des-Prés.

Il me vient à l'idée que cela ne lui évoque rien car il regarde du côté du comptoir où il n'y a aucun signe de nos bières.

— Je me demande où est passée Fanny.

À cet instant, le couple drôlement attifé traverse le café en direction de la porte. Juste avant de sortir, le grand Dada écrase une cigarette à moitié fumée dans le cendrier de l'entrée.

— Quel gâchis ! peste Hugo.

— On voit qu'il n'a jamais manqué, celui-là ! médis-je, taraudée par mon envie de fumer.

— Quand j'étais au front, trouver un mégot de cette taille, c'était comme découvrir une pépite au fond d'un tamis. Je le gardais caché sur moi pour un soir où tout allait de guingois. La nuit venue, je tirais dessus, tapi dans la tranchée, jusqu'à m'en brûler les doigts. Mais pourquoi je vous raconte ça, moi ? Voilà que je tombe en radoterie alors que la guerre est finie ! De nos jours, plus personne ne s'en soucie.

— Moi, si ! J'y pense chaque jour. Et puis, sans la guerre, nous ne serions pas ensemble aujourd'hui, attablés au café.

Hugo m'observe avec un air dubitatif, puis acquiesce de la tête. Il regarde de nouveau du côté du comptoir désert avec cette fébrilité qui naît de la sombre perspective du sujet à aborder.

— J'aurais dû commander à manger plutôt qu'à boire. Vous devez avoir faim.

— J'avoue que je suis affamée.

— Je crois que je vais vous emmener ailleurs. Je connais un bon restaurant. C'est important de manger. Surtout quand on a subi des années de privations. Vous savez de quoi je parle, vous avez manqué, vous aussi. Flore me l'a dit dans une lettre. Elle avait écrit *On crève la faim en Russie !* Avec un point d'exclamation. Et aussi que vous vous priviez de votre nécessaire pour qu'elle ait quelque chose dans le ventre. Que sans vous, elle serait morte de faim.

J'ouvre la bouche en grand, telle une truite sortie du

torrent. Il a dit ça d'un seul jet, sans même reprendre sa respiration et c'est moi qui en ai le souffle coupé. Je suis là, à le fixer, hébétée, sans parvenir à prononcer un mot. Cette fois, on y est. Le moment épineux de notre rencontre est venu : évoquer Flore. J'avais plusieurs fois pensé que ce serait pénible pour moi, mais je n'avais pas envisagé à quel point parler d'elle pourrait être douloureux pour lui. Nous secouons la tête d'un même mouvement. Moi, parce que je m'en veux d'être aussi égoïste. Lui, comme pour effacer ce qu'il vient de me raconter.

— Pardon, mademoiselle Vichy. Ce n'est pas ce que je voulais dire.

— Vous êtes pardonné, monsieur Baiser, dis-je avec un air espiègle.

— Mon nom, c'est Brasier, pas Baiser, me reprend-il.

— Et le mien c'est Vittoz, pas Vichy.

— Je vous ai appelée Vichy ?

Il m'offre une grimace contrite et nous éclatons d'un même rire libérateur.

— Et si vous m'appeliez Vitaline ?

— Enchanté, Vitaline, articule-t-il en me tendant la main comme si nous venions de nous rencontrer. Moi, c'est Hugo.

Le bel Hugo porte bien son surnom, me dis-je en lui serrant la main. Il garde la mienne dans sa grande paluche, ses yeux bleu marine plantés dans les miens. Longtemps. Trop longtemps pour les convenances.

— Puis-je vous inviter à déjeuner, Vitaline ?

— Volontiers, réponds-je en quittant sa paume

chaude à regret. Le temps de passer aux commodités, et je suis à vous.

Dans les toilettes, je suis surprise de tomber sur Fanny qui somnole, assise sur l'abattant. Je la réveille en entrant, sans le vouloir.

— Je crois que je me suis endormie, m'avoue-t-elle en s'étirant. Mon bébé ne fait pas encore ses nuits.

— Vous devez être épuisée, compatis-je alors qu'elle me laisse la place.

— Alors, comme ça, vous êtes une amie de mon cousin ?

— J'étais une amie de sa sœur.

— C'est honteux ce qui est arrivé à Flore ! s'émeut-elle. Mais en même temps, ça ne m'a pas étonnée. Je la connaissais bien. Je savais quel genre de femme elle était. Toujours à se fourrer dans le pétrin ! Hugo ne se remet pas de son décès. Ils étaient très proches.

J'ai la gorge nouée en refermant la porte des toilettes. Je sors mon poudrier de mon sac pour me refaire la mine, puis le replace avec les photos. Elles sont encore avec moi, mais plus pour longtemps.

Je rejoins Hugo qui m'ouvre la porte. Dehors, le soleil d'août s'abat d'aplomb sur la devanture du Café des Alpes.

— Pourquoi avez-vous mis si longtemps à me faire signe ? me demande-t-il à brûle-pourpoint.

## 4

Hugo vient d'entrer dans le vif de la question. Flore m'avait prévenue : « Il est doté d'une franchise à toute épreuve. Ce qu'il pense, il le dit. » J'en ai la preuve aujourd'hui. Ses yeux vifs me scrutent dans l'attente d'une réponse. Comment lui présenter les choses ? C'est embarrassant.

— J'ai beaucoup hésité à vous contacter. Après tout, je ne vous connaissais pas. Et je n'ai pas pour habitude d'écrire à un homme que je n'ai jamais rencontré auparavant.

C'est dit ! Mais il ne réagit pas. Son visage exprime son désarroi. Sa souffrance muette me fend le cœur. Pour rompre le silence, je reprends :

— Comprenez que ce n'est pas évident d'aller au-devant d'un inconnu.

— Comment pouvez-vous dire que je suis un inconnu ? On se connaissait par le biais de ma sœur. J'avais entendu parler de vous et vous aviez également connaissance de mon existence, me semble-t-il.

J'acquiesce, le ventre noué. Jamais je ne me suis

sentie aussi mal à l'aise. J'ai devant moi ce bel homme dont le regard exprime la douleur.

— Flore parlait très souvent de vous, en effet, le rassuré-je.

— J'ai tellement espéré de vos nouvelles que je n'y croyais plus quand j'ai reçu votre courrier.

— J'ai maintes fois pensé à me manifester. J'ai fait des brouillons de lettres qui ont tous fini à la corbeille.

Il s'éclaircit la voix et poursuit d'un ton mal assuré :

— Votre lettre m'a plus ému que vous ne pouvez l'imaginer.

Je lui rends son regard. Nous marchons côte à côte, lentement.

— Flore m'écrivait souvent, s'épanche-t-il après un long silence. Elle me racontait son quotidien, me parlait des personnes avec qui elle travaillait, comme ce docteur… Comment s'appelait-il déjà ? Ça ne me revient pas. Ah, si ! Ça y est ! C'est Amaury ! s'exclame-t-il avec un air content.

Je me crispe en entendant ce nom. Je m'interroge sur ce que Hugo sait de ce médecin et de son implication dans cette histoire. Notre histoire.

— Dr Amaury, en effet. C'est lui qui a monté l'hôpital de campagne sur le front prussien.

— Flore le surnommait Dr Damour, se gausse-t-il.

— Je ne l'ai jamais entendu l'appeler comme ça !

— Je pourrais vous le prouver avec ses lettres, mais elle m'a fait promettre de ne jamais les montrer à personne. Surtout, ne le prenez pas mal.

Je secoue la tête en signe de dénégation.

— Vous respectez votre promesse. C'est tout à votre honneur.

En réalité, je suis vexée de savoir qu'il ne me fait pas assez confiance, après tout ce que j'avais vécu avec sa sœur en Russie.

— Flore évoquait aussi la mère supérieure qu'elle surnommait la Soupière, ajoute-t-il. C'était une vraie virago, à ce qu'elle disait.

— Mère Javotte n'était pas facile à vivre, en effet. Surtout au début. Mais pendant la guerre, elle a été d'un grand secours pour beaucoup.

— Je l'ignorais. Ma sœur n'était pas toujours tendre, vous avez dû vous en apercevoir. Elle se moquait aussi d'une certaine Thérèse-Anne qui trimballait partout un parapluie à tête de perroquet.

Un sentiment de tristesse poigne mon cœur en pensant à la Tsarette.

— Mais c'est de vous dont Flore parlait le plus souvent, poursuit-il. Elle m'écrivait qu'elle avait de la chance d'être tombée sur quelqu'un comme vous. Que vous étiez la seule à qui elle pouvait se confier. Que les autres filles étaient superficielles et arrogantes.

Malgré le sujet épineux de notre conversation, je m'apaise en marchant aux côtés du chasseur alpin. Je me laisse conduire vers la rue de Boigne en attendant qu'il me fasse d'autres révélations.

— Donnez-moi le bras !

C'est si direct, si imprévu que j'en reste interloquée.

— Accrochez-vous à moi ! insiste-t-il.

— Mais qu'est-ce qui vous prend ? m'écrié-je quand il saisit ma main.

À peine a-t-il enveloppé ma main dans la sienne qu'une fille tout endimanchée se poste devant nous, les poings sur les hanches. Elle est plus petite que moi, avec des fleurs piquées dans ses cheveux bruns. Ses yeux lancent des éclairs.

— Hugo Brasier ! Tiens donc ! C'est à cause de cette roulure que je n'ai pas de tes nouvelles ?

— Quelle charmante demoiselle, dis-je sur un ton ironique.

— Toi, ramène pas ta pastille ! tonne-t-elle.

— Vas-y mollo, Camille, tente de la calmer Hugo. Elle n'a rien à voir dans cette histoire.

— Alors pourquoi tu t'affiches avec elle, alors que tu refuses de me voir ? C'est parce qu'elle a des sous alors que j'en ai point ?

— Entre nous, tout est fini. Tu le sais très bien. En plus, ce n'est pas ce que tu crois. Mlle Vittoz est une amie.

— Dans ce cas, pourquoi tu lui tiens la main ?

Je lâche aussitôt celle d'Hugo en pensant que c'est ma robe qui lui fait croire que je suis riche. Je recule de quelques pas afin de les laisser s'expliquer.

— C'est ça, dégage, morue !

C'est à moi que cette injonction est adressée. Roulure, passe encore. Mais morue ! C'est un peu fort. Je reviens sur elle, la prends fermement par le bras pour la faire battre en retraite. Elle se dégage.

— Je m'en vais te dessaler ! éructe-t-elle en tentant de me gifler.

Je lui saisis les poignets et la plaque contre le mur en lui faisant une clef. J'ai appris ce geste de défense dans les prisons de Lénine. J'approche mon visage du sien et lui murmure à l'oreille quelque chose qui la décontenance. Des badauds s'arrêtent à notre hauteur pour nous observer, blâme et voyeurisme mêlés. Une mère de famille émet un cri d'indignation :

— Ah çà ! Se battre le jour de la Vierge !

Une commère fait le signe de croix d'un mouvement nerveux.

— Si c'est pas honteux !

D'autres femmes arrivent, suivies d'hommes et même d'enfants. En ce jour férié, la perspective d'un divertissement les galvanise.

— Mais c'est Camille ! s'écrie quelqu'un qui a reconnu la brune. C'est Camille qui se bat pour avoir les faveurs du beau blond.

Je la relâche. D'un geste nerveux, elle lisse sa robe qui s'est tire-bouchonnée autour de sa taille dans la bagarre.

— Tu ne me mérites pas ! assène-t-elle à Hugo d'une voix mâtinée d'une pointe de dignité. Et au moins, je suis débarrassée de ton chien.

Elle fend la foule et s'éloigne, les joues encore empourprées de colère. Je me demande ce qu'elle a voulu dire à propos du chien. Hugo m'emmène à distance de l'attroupement, mais ce n'est pas suffisant pour que les gens cessent de coller leurs yeux sur nous. Je réalise alors qu'entre sa cotte de travail et ma tenue de grand couturier, nous formons un couple extravagant. Donnons-nous à la foule une image si différente que le couple de Dadas ?

— Je suis impressionné par votre technique de défense ! me félicite-t-il.

— Vous savez ce qui vous attend si vous vous risquez encore à me faire passer pour l'une de vos conquêtes.

J'ai lancé cela en arrangeant la bandoulière de mon sac autour de mon buste comme s'il s'agissait d'un fusil.

— Je suis désolé, dit-il d'un air un peu contrit, avant de me demander dans la foulée : Que lui avez-vous dit ?

J'hésite à lui révéler la vérité, mais vu qu'il n'a pas l'intention de me laisser lire les lettres de sa sœur, je décide de garder pour moi les deux secrets que j'ai murmurés à Camille : je rentrerai à Paris sitôt après avoir honoré la promesse faite à Flore sur son lit de mort et je porte une robe de prêt. J'élude donc la question d'Hugo en faisant la mystérieuse :

— Quelque chose qu'elle avait besoin d'entendre.

— Je vous dois des explications. Camille était ma petite amie, mais elle ne supportait pas mon chien. Elle m'a dit de choisir : c'était elle ou lui.

— Si je comprends bien, le chien a gagné.

Il hausse les épaules comme s'il éprouvait un malaise indéfinissable.

— Dois-je m'attendre à rencontrer d'autres amis à vous de cet acabit ?

Le visage de mon interlocuteur se décrispe. Il esquisse un sourire.

— Puisque vous en parlez, je voudrais vous présenter quatre gaillards qui demeurent tout près du restaurant.

Désarçonnée, j'acquiesce comme si je savais où il voulait aller. Je n'ai pourtant pas la moindre idée de ce qu'il a en tête.

Au croisement de la rue de Boigne et du boulevard du Théâtre, je lâche un cri de surprise. Quatre éléphants sans arrière-train forment une gigantesque fontaine ornée d'armes persanes et mogholes. Hugo épie ma réaction. Je demeure baba face à ce monstre animalier de dix-huit mètres de haut. Je m'étonne de voir ces pachydermes souffler l'eau par la trompe dans la capitale des Pays de Savoie.

— C'est un monument érigé à la mémoire du comte de Boigne, m'explique-t-il. Ses exploits en Hindoustan auprès d'un prince lui ont valu une opulente fortune dont il a en partie fait don à sa ville natale.

Au seul mot de « prince », je me trouve reportée à des jours de bonheur sous un autre ciel, un autre soleil. Dans les jardins d'un palais avec Vadim. Un parfum de cuir de Russie. Des instants si courts et si lointains.

# 5

— C'est ici, m'annonce Hugo en désignant un restaurant bien fréquenté.

Il pousse la porte et s'efface pour me laisser passer. À l'intérieur, une bonne odeur de rôti et des conversations animées. Un serveur du genre rêveur vient au-devant de nous, nous conduit à la seule table encore libre. Je prends place face à la salle, accroche mon sac au dossier de ma chaise. Le garçon nous écoute de façon distraite commander du vin et des diots, ces saucisses savoyardes mijotées avec des oignons. À présent, je souhaite revenir à ce dont nous parlions avant l'incident. Hugo a commencé à me raconter ce que Flore disait de moi dans ses lettres, et j'ai envie d'en apprendre davantage.

— Camille a interrompu notre conversation et je ne sais plus où nous en étions, fais-je semblant de chercher à me souvenir.

— Nous parlions du fait que Flore évoquait votre amitié dans ses courriers. Et j'ai justement une question à vous poser car quelque chose m'intrigue.

— Dites-moi.

— Sa première lettre a été écrite dans le train pour Dunkerque. La deuxième sur le cuirassé, la troisième au pavillon de Peterhof, la quatrième à l'école Sainte-Catherine. Elle me raconte votre rencontre, vos découvertes, vos fous rires, vos bêtises. On aurait dit une gamine partie en vacances avec sa meilleure amie. Au début, j'étais content de savoir qu'elle avait réussi à se lier avec quelqu'un car ici, c'était une vraie sauvage. Quand la guerre a éclaté, j'étais soulagé de savoir qu'elle n'était pas seule là-bas.

Décidément, personne n'est capable d'appeler un chat un chat ! me dis-je en l'entendant dire « là-bas » lui aussi.

— Ensuite, j'ai compris que vous n'aviez pas suivi l'ambulance française, poursuit-il. Je me suis fait un sang d'encre de la savoir sans vous sur le front prussien. Vous allez trouver ça stupide, mais j'avais le sentiment que, tant que vous étiez toutes les deux, il ne pouvait rien vous arriver.

Je sens se former une boule dans ma gorge.

— Elle vous a écrit que je ne l'avais pas suivie ? dis-je d'une voix asséchée par la surprise.

— Non, mais je l'ai compris quand elle a cessé de mentionner votre nom dans ses lettres. Elle ne parlait plus que du Dr Amaury qu'elle secondait à l'hôpital de campagne.

Il s'interrompt un instant, comme s'il était embarrassé par la question qui lui brûlait les lèvres :

— Si Flore était votre amie, pourquoi êtes-vous

restée à l'abri à Saint-Pétersbourg, tandis qu'elle risquait sa vie ?

À l'abri ? me dis-je. Mais je n'ai jamais été à l'abri de ma vie ! C'étaient mes frères qui dormaient à l'abri du chalet familial tandis que mon père m'abandonnait dans les bois sous prétexte de m'aguerrir.

Je ne réponds pas immédiatement. Le temps de rassembler un peu de salive dans ma bouche desséchée par la contrariété, je lâche :

— J'y étais.

En le voyant cligner des yeux sous l'étonnement, je précise :

— Sur le front prussien. J'y étais. J'ai accompagné Flore qui avait décidé sur un coup de tête de suivre le Dr Amaury. Nous n'avons jamais été séparées, pas même dans le camp de prisonniers.

Je regarde du côté du comptoir avec un furieux besoin de désaltérer mes lèvres. Pas de serveur en vue. Que faut-il faire pour se faire servir à boire ou à manger dans cette ville ? Ma mine sombre est aux antipodes de la tête hébétée qu'Hugo Brasier affiche. Ainsi, il pense que j'ai abandonné sa sœur pour me cacher au palais, alors que j'ai quitté Saint-Pétersbourg à contrecœur pour l'accompagner. Quelle déconvenue !

Je me penche en faisant mine de rattacher la bride de ma chaussure pour cacher les larmes qui me montent aux yeux. Des larmes de tristesse, mais aussi de culpabilité quant au rôle que j'ai joué dans cette histoire. Depuis mon retour en France, j'ai éprouvé tellement de peine et de remords à propos de ce qui est arrivé à Flore qu'il m'a fallu rassembler mon courage pour venir à Chambéry.

— Je suis confus, balbutie-t-il. Comme Flore ne me disait pas tout, certainement pour ne pas m'inquiéter, j'ai voulu lire entre les lignes. À tort.

Il me regarde avec un air navré, sans savoir que dire ou que faire pour rattraper la situation. Finalement, sa main large et chaude se pose sur mon avant-bras, comme pour s'excuser de m'avoir blessée. Je tressaille telle une gamine qui redoute d'être prise en faute. Je cherche à me reprendre malgré le sang qui martèle mes tempes.

— C'est à mon tour d'être intriguée par quelque chose, lui indiqué-je en me redressant avec autant de dignité que je le peux.

— Je vous écoute.

— Si vous pensiez que j'étais aussi lâche, pourquoi avoir voulu me rencontrer ? Je vous avais proposé de vous poster les photos de Flore.

— Au fond de moi, je ne pouvais me résoudre à vous croire déloyale envers ma sœur après tout le bien qu'elle m'avait dit de vous. Je me disais qu'il devait y avoir une explication. En vérité, j'ai envie de vous rencontrer depuis qu'elle m'a parlé de vous, la première fois.

Bien sûr, je connaissais la teneur des lettres les plus récentes, mais j'ignorais le contenu de celles qu'elle lui avait envoyées en 1914. Incapable de résister davantage à ma curiosité, je le questionne d'un ton que je tâche de rendre détaché mais qui, en fait, se révèle plein de tourment :

— Puis-je savoir ce qu'elle écrivait à mon sujet ?

— Que vous étiez belle, drôle, intelligente. Que vous étiez…

Il suspend sa phrase pour jeter un regard aux autres convives avant de poursuivre avec une légère hésitation, comme pour s'excuser de se conduire de la manière la plus indélicate :

— Que vous étiez faite pour moi. Et quel bonheur ce serait pour elle de vous avoir pour belle-sœur. Vu comme elle était exigeante, j'ai compris que vous étiez une perle. Après ça, je n'ai fait que penser à vous. Vous ne pouvez pas le savoir, mais c'est vous qui m'avez permis de tenir, l'hiver, dans les tranchées. C'est l'espoir de vous rencontrer qui m'a fait rester vivant dans cet enfer. À chaque assaut, je cherchais mon chemin dans l'invivable en répétant votre prénom comme une formule sacrée dotée d'un pouvoir spirituel. Vitaline. C'est un prénom par lequel se manifeste la vie, quels que soient les obstacles. Dans les pires moments, vous avez été ma respiration, mon souffle vital.

Je reste sans voix. Je n'en reviens pas de la sincérité de cet homme qui tente, à l'évidence, de m'expliquer avec justesse ce qu'il a éprouvé durant le conflit. Et aussi ce sentiment de crainte mêlée d'impatience qui était le sien quand il espérait un signe de moi après-guerre.

## 6

— Il va falloir que vous m'excusiez.

Je me lève sur des jambes en pâté de foie, me dirige vers les toilettes pour dames où je me passe de l'eau sur les tempes et dans la nuque. Je compte sur sa fraîcheur pour effacer la dernière image de Flore qui surgit sans cesse devant mes yeux depuis que son frère m'a fait une déclaration à travers elle, comme pour la faire revivre. Tout cela est si bizarre que je dois prendre sur moi pour retourner à table.

— Je suis désolé, Vitaline, s'excuse-t-il quand je reprends ma place.

Son regard bleuté se pose sur moi avec une expression de tendresse et d'incertitude qui me frappe. Derrière son physique avantageux, je viens de percevoir ce qu'il y a en lui de singulier et de fascinant à la fois.

— Ne soyez pas désolé, Hugo. Il est évident que nous sommes tous les deux ici du fait de la volonté de Flore. Ce n'est pas une situation des plus courantes pour une première rencontre.

— Vous avez raison. C'est déroutant pour vous comme pour moi. Nous aurions bien besoin de boire un coup pour nous remettre de nos émotions.

— Où est passé ce *niolu* de serveur ? m'exaspéré-je.

Je porte une main à ma bouche, gênée. Contre ma volonté, des mots d'arpitan m'échappent quand je suis agacée, ou mal à l'aise. Ou les deux.

— Secouer la gouvernante des tsars, il en sortira du parler savoyard ! s'esclaffe-t-il en se levant d'un coup.

Je le regarde avec étonnement se diriger vers le comptoir. La nudité de ses épaules dorées par le soleil me trouble les sens. Il saisit une bouteille de vin et remplit deux verres. Du coin de l'œil, je vois le serveur sortir des cuisines avec nos plats du jour, le regard ahuri de tomber sur Hugo qui revient avec un ballon de blanc dans chaque main. J'apostrophe le garçon pour ne pas lui laisser le temps de protester :

— On a moins souffert de la soif au front que dans votre auberge !

Hugo réprime un rire tandis que les yeux du serveur découvrent ma cocarde. Il garde le silence en déposant nos assiettes sur la table et s'éloigne avec son air de rêveur éveillé. Le chasseur alpin lève son verre.

— À notre étrange rencontre !

— À la santé du beau blond !

Cette fois, il laisse éclater son rire franc.

Je porte le ballon à mes lèvres et bois une gorgée de vin avec délectation. Ce blanc d'une acidité fine et fraîche, cette odeur soufrée qui rappelle celle de deux silex entrechoqués, c'est du chasselas de

Haute-Savoie. À n'en pas douter. C'était le vin que mon père sortait pour les grandes occasions : Avent, Noël, Épiphanie, Annonciation, Pâques, Ascension, Pentecôte, Assomption, Toussaint, montée aux alpages, démontagnée, tuaison de cochon, Saint-Jean. Autant d'occasions de lever le coude, pour lui et Adolphe qui buvait plus que de raison. Je reconnaîtrais ce vin les yeux bandés tant il me rappelle ces fêtes où personne ne voyait que les gamines devenaient des proies faciles. Son goût de pierre à fusil se faisait sentir jusque dans l'haleine des abuseurs, conscients qu'une sorte d'impunité régnait dans le trouble d'une soirée arrosée, tout comme dans le chambard d'un conflit armé.

— Vous n'êtes pas obligée de…

— Pas obligée ? me raidis-je, à fleur de peau. C'est facile à dire quand on est un grand costaud.

Il me regarde avec étonnement et je me sens aussitôt honteuse de m'être conduite de la sorte – bien que je ne sois pas certaine qu'il ait remarqué à quel point je suis ébranlée par cette réminiscence gustative. Au risque de me froisser les vertèbres, je dodeline de la tête pour chasser ces sombres souvenirs.

— Pas obligée de boire le vin s'il n'est pas à votre goût, reprend-il comme si de rien. J'ai attrapé la première bouteille sur le comptoir, mais je peux commander autre chose.

— Je crains que le serveur ne soit fâché.

— Je ne pense pas. Je le connais un peu. C'est un garçon rêveur. Il en pinçait pour ma sœur dans le temps. Il n'était pas le seul, d'ailleurs. Flore plaisait beaucoup. On ne pouvait pas aller en ville sans que quelqu'un l'importune.

— Un peu comme quand on se promène avec vous, le taquiné-je.

Il grimace un sourire qui dévoile ses dents blanches.

— Je prends conscience que vous devez avoir une drôle d'opinion de la famille Brasier.

— Que non ! Il n'y a rien d'étonnant à ça. Flore était une jeune fille ravissante et vous êtes un homme séduisant.

Je sens mes tempes s'empourprer de ce que je viens de lui dire.

— Ainsi, je ne vous laisse pas indifférente ?

## 7

— En dessert, je vous suggère le biscuit de Savoie, propose le garçon.

— Mettez-nous deux parts, dis-je sans attendre la réponse d'Hugo. À moins que vous n'ayez plus envie de partir que de manger du gâteau ?

Je me tourne vers lui pour cette question posée de façon tardive à dessein. Après un bref instant d'hésitation, il fait « non » de la tête, visiblement amusé par mon aplomb.

— Et donc ? m'interroge-t-il car sa question est restée en suspens. Je ne vous laisse pas indifférente ?

Il adresse un sourire au serveur qui pose devant nous deux parts d'un gâteau savoyard aussi aérien qu'ancestral. Une véritable institution !

— Je croyais que Flore avait un fiancé, réponds-je pour me tirer d'embarras.

Hugo appuie son dos contre les barreaux de sa chaise pour me faire comprendre que je ne vais pas m'en tirer aussi facilement.

— Elle n'a été fiancée que peu de temps, me fait-il savoir. Ça n'a pas fonctionné entre eux.

— Flore m'a dit qu'il l'avait quittée pour une autre.

— Non, pas du tout. Il n'aurait jamais fait une chose pareille. C'était un chic type, avec une bonne situation. C'est elle qui a rompu leurs fiançailles.

Je fronce les sourcils car cette version ne correspond pas à celle que la blonde m'a racontée. Peut-être ai-je mal compris.

— Elle aurait pu le mener par le bout du nez, poursuit-il. Profiter de son argent, mais ce n'était pas son genre. Elle n'était pas vraiment attachée à lui, alors elle a préféré rompre. C'était plutôt honnête de sa part. Souvent, les filles gâtées par la nature ont tendance à manipuler les hommes, pas vrai ?

— Je ne sais pas quoi vous répondre.

Où veut-il en venir ? S'il insinue que j'ai profité de la fortune des Romanov en m'installant au palais, il se trompe sur toute la ligne. Je n'étais pas leur invitée, mais leur employée. J'ai travaillé sans relâche dans cette demeure qui allait à vau-l'eau après le départ de la grande-duchesse. Et Vadim ne m'a pas ménagée non plus.

— Pourtant, vous en faites partie, décrète-t-il.

— De quoi donc ?

— Des filles faites à ravir. Je pense que beaucoup de gars se damneraient pour vous avoir à leur bras. Avec vos yeux de miel, vos cheveux de feu, vos courbes, vous avez un charme fou. Et pourtant vous n'en abusez pas. Vous semblez même ignorer que vous en êtes dotée.

Je m'empourpre jusqu'à la racine de mes cheveux. Ah, cette maudite tendance à s'enflammer des rousses ! J'en balbutie presque, les yeux rivés sur l'assiette à moitié mangée devant moi.

— C'est très gentil à vous. Mais la réalité est que je suis toujours célibataire à trente ans.

— Vous avez le temps. Moi aussi, je suis célibataire.

— Pour les hommes, c'est moins pressant. Voyez, à votre âge, vous pouvez encore vous caser. Enfin… je crois, quel âge avez-vous ?

— Oh, mais quelle goujate ! s'écrie-t-il en faisant mine d'être scandalisé. On ne demande jamais son âge à un chasseur alpin. Votre mère ne vous a-t-elle donc rien appris ?

Mes yeux au ciel en guise de réponse.

Ma mère… avec son bon sens paysan, elle m'a beaucoup appris au contraire. Que ma vie n'était pas forcément là où j'étais née. Que ma destinée n'était pas toute tracée. À l'époque, je pensais qu'elle voulait me chasser de la maison, mais depuis peu, je m'interroge. Cherchait-elle à m'en éloigner pour mon bien ? Se méfiait-elle de son propre fils ? Subodorait-elle, avec son instinct maternel, une vérité compromettante ? Ou était-ce parce qu'elle me voulait instruite ? Je la savais à même de lire correctement et pourtant elle ânonnait à haute voix quand mon père était dans les parages. Il faut dire qu'il ne cachait pas son mépris à l'encontre des femmes averties. Je me doute aujourd'hui qu'elle hachait volontairement les phrases en sa présence. De cette façon, mon père ne pouvait rien reprocher à cette épouse soumise au joug du mari. Elle profitait ensuite d'avoir la paix pour travailler à l'émancipation de son unique fille : moi. Et cela passait par mon éducation. Voilà certainement pourquoi elle a tout fait pour que je parte faire des études. J'ignore pourquoi je ne l'ai pas envisagé avant. Je commence à craindre de l'avoir jugée trop vite. Que ne lui ai-je rendu son petit sourire navré le jour où mon père m'a chassée de la maison !

J'en suis là de mes regrets lorsque la voix d'Hugo me tire de mes pensées :

— Je vais sur mes quarante ans.

— Et toujours pas marié ! l'asticoté-je. Mais amoureux, peut-être ?

Je me focalise sur l'expression de son visage, sur ses lèvres qui s'ourlent en une vague pour former un minuscule sourire. Le serveur, moins rêveur et donc plus enquiquineur, nous interrompt pour nous proposer des cafés. Parce que je fais signe que non, Hugo demande l'addition.

— Si nous allions nous promener ? propose-t-il. Il fait si beau. Je vous retrouve dehors, le temps pour moi de passer au comptoir.

— Je n'irai nulle part sans savoir si votre cœur est pris.

Il passe une main nerveuse dans ses cheveux tandis que je me lève pour prendre mon sac.

— Vous le savez, Vitaline. Je vous l'ai dit.

Je change tout d'un coup de visage. Plus que les mots prononcés, c'est son ton convaincu qui m'a frappée, comme si notre avenir était joué d'avance.

# 8

Dans la rue, Hugo se place de façon à marcher le long de moi. Il fait des efforts pour ralentir son rythme, lui qui a l'habitude d'aller à grands pas. Il me présente son bras que j'accepte. C'est un petit plaisir, tout simple, sans faux-semblant.

— Vous êtes bien silencieuse, observe-t-il. Vous ai-je effrayée en vous parlant d'amour dès le premier jour ?

— Un peu, je dois l'admettre. Certainement parce que l'expérience m'a montré que les jeux amoureux font beaucoup plus de dupes que d'heureux.

— Et si vous me laissiez vous prouver le contraire ?

— J'ignore si c'est possible de faire de nouveau confiance quand on a été trompée.

— Qui a pu vous faire du mal à ce point ?

Les yeux baissés, je réfléchis aux personnes qui m'ont blessée. Je voudrais faire preuve de franchise avec lui, mais comment lui dire que sa sœur en fait partie ?

— Tous les hommes ne sont pas des trompoirs,

m'assure-t-il, usant à son tour du parler savoyard, comme pour me raccrocher à la conversation. Voyez, moi, par exemple, j'étais sensible à la cause des femmes grâce à ma sœur. Et puis il y a eu Camille. Avant-guerre, je pensais savoir qui elle était. J'avais des sentiments pour elle. Je croyais qu'elle éprouvait les mêmes sentiments pour moi. Je me trompais. Elle n'avait d'yeux que pour le bel uniforme galonné, le prestige, la solde d'officier. Mais au retour, rien n'était plus pareil. Elle n'acceptait pas que j'aie changé. Que je ne sois plus le même homme.

— Que voulez-vous dire ?

— Je suis différent, aujourd'hui, à bien des égards. J'ai mûri au fil du conflit. Je comprends davantage de choses depuis que j'ai rencontré les situations dont Flore me parlait. J'ai vécu des émotions que je n'avais jamais éprouvées avant d'aller là-bas.

— Qu'avez-vous découvert ?

— La crainte d'être capturé, de représenter une cible pour l'ennemi, d'être vulnérable, d'être une proie facile.

Une proie facile… Ces derniers mots se brouillent devant mes yeux assombris. Je l'examine à la dérobée, surprise par ses paroles. Mon étonnement augmente quand je l'interroge :

— Vous me dites qu'avoir connu l'enfer de la guerre vous permet aujourd'hui de percevoir ce que les femmes ont toujours ressenti ?

— En effet. La guerre m'a transformé, pour le meilleur. J'ai enfin découvert ce que les femmes savent d'instinct : la vie est fragile. C'est un cadeau que le ciel nous a fait. J'ai compris qu'il faut profiter de l'instant présent. Que les sentiments sont essentiels. Que sans amour, nous ne sommes rien. Si vous me faites assez confiance pour me raconter ce qui vous est arrivé, alors je vous dirai en retour ce que j'ai vécu.

Je réfléchis, indécise. Mais par-dessus tout, je meurs d'envie d'en apprendre plus sur lui. Aussi je me lance dans un récit en pointillé, ne sachant comment évoquer mon coup de foudre amical pour Flore, mon admiration pour sa liberté de penser, son combat pour porter l'habit religieux malgré l'interdiction, ses sautes d'humeur, notre groupe de filles si disparate, notre étrange statut de cadeau diplomatique, la découverte d'un monde inconnu.

— Quelque temps après mon arrivée à Saint-Pétersbourg, j'ai perçu les divers aspects de l'empire. L'immensité du territoire qui s'étend de la frontière polonaise aux rives de l'océan Pacifique, la corruption des petits fonctionnaires, le train de vie fastueux de la noblesse, l'indéchiffrable mentalité slave, la violence de l'opposition politique, la misère des moujiks qui sont des serfs plus que des paysans. Tout cela semait la confusion dans la communauté française. Alors imaginez un peu notre affolement quand la guerre a éclaté, suivie de la révolution bolchevique. On se demandait toutes ce qui nous était passé par la tête d'être venues en Russie, ce pays maudit.

Figé comme une statue, Hugo paraît se retenir de respirer, peut-être par crainte de rompre le fil de mon histoire.

J'effleure les autres sujets : la pénurie de nourriture, le marché noir, le maraudage. Je trouvais çà et là des groseilles blanches que je chapardais au péril de ma peau car les bolcheviks veillaient sur ce qu'ils appellent « raisins du nord » pour leur résistance aux gelées. Les Russes en raffolent en confiture pour sucrer le thé. Je passe sous silence un autre pan de ma vie : mon amitié sans bornes pour Flore, sa façon heurtée et chaotique de se confier à moi, son indécence, son incohérence. Son ambivalence.

J'en ai terminé de mon récit. Attentif à chacun de mes soupirs, Hugo m'a écoutée en silence. Il semble avoir compris que je ne lui révélerai rien de plus, car il ne pose aucune question. L'air grave et les sourcils froncés, il se dévoile sur ce qui le hante à son tour.

— Quand a retenti l'appel aux armes le 4 août, je suis parti avec les gars du 11ᵉ BCA. Les gradés ont dit que tous les bataillons de chasseurs alpins reviendraient à la maison. Sur le moment, on y a cru, vu qu'on a été victorieux le 13 au sommet de l'Immerling, et le 20 au col des Charbonnières. Puis on a dû repousser les troupes du IIᵉ Reich au prix de corps-à-corps sauvages. Le sol était jonché de cadavres aux genoux repliés, un bras sur la tête et l'autre manquant, contorsionnés jusqu'à l'impossible. Les brancardiers ne parvenaient plus à évacuer les blessés. Il y avait cette charrette gémissante, arrêtée au milieu de nulle part, remplie de mutilés qui tachaient de rouge la boue jaune du sol.

Les muscles de sa mâchoire se contractent comme si, en serrant les dents, Hugo essayait de juguler la colère et la tristesse qui montaient en lui face à l'absurdité de cette boucherie. Le silence s'abat sur nous malgré la rumeur des festivités qui ont cours en ville.

— De notre côté, on ne nous a pas appris à nous battre, dis-je en faisant un pas, puis deux pour nous remettre à marcher. Mais plutôt à rester en vie pour porter secours aux blessés. C'est peut-être grâce à ça que je suis encore là pour en parler aujourd'hui. Je fais partie des onze chanceuses qui sont rentrées en France. On était quarante au départ de Dunkerque.

— Vous et moi avons en commun d'être revenus de l'enfer.

Un soupir s'échappe de ma bouche :

— Je ne suis peut-être pas enterrée en Russie, mais j'y suis restée, d'une certaine façon. Mon âme est restée là-bas. Avec Flore et les autres filles. Je respire, mais je ne me sens pas vivante pour autant.

Hugo met sa main sur la mienne qui repose sur son avant-bras d'airain.

— Nous avons survécu, Vitaline. C'est une chance que nous partageons, tout comme les sentiments sincères que nous avions pour Flore. C'est pour elle que je veux croire encore en des lendemains qui chantent. Que je veux croire encore en l'amour. Sans quoi, à quoi bon avoir survécu ?

Ses mots me font venir des lentilles d'eau au coin des yeux.

— Je ne sais pas pourquoi je vous ai dit ça, regrette-t-il. Je suis allé trop loin. C'est stupide et ingrat de ma part. Vous venez gentiment jusqu'ici pour m'apporter des photos, et voilà comment je me conduis ! Quel mufle je fais !

— Vous êtes dans le vrai, réponds-je en reniflant.

— Vous me confirmez que je suis un mufle ?

— Mais non ! Je dis que vous avez raison de croire encore en l'amour. D'une certaine façon, j'imagine que j'y crois encore un peu, moi aussi. C'est juste qu'à chaque fois que je repense à ce qui s'est passé en Russie, ça me met dans tous mes états.

Ses yeux se posent sur moi avec une expression de tendresse qui me remue. Il prend ma main, porte mes doigts à ses lèvres, les couvre de baisers. Sa façon de faire, pleine de douceur, agit à la manière d'un baume apaisant. Ces légers bécots disent que cet homme comprend, à défaut de tout savoir.

— Et si nous allions enfin faire cette promenade, dis-je, soucieuse de faire disparaître l'incommodité suscitée par la situation.

Alors que je marche à son bras en l'écoutant raconter des anecdotes sur sa ville natale, je me mets à compter le temps qui me reste avant de repartir. J'ai quelques heures encore à passer avec Hugo. Après quoi, je rentrerai à Paris retrouver ma patronne. Et Vadim. À moins qu'il ne préfère la compagnie de Coco. Quelle est la véritable nature de leur relation ? Je ne sais pas grand-chose de ce qui les attache l'un à l'autre. Est-ce la solitude de Gabrielle depuis la mort de Boy qui l'a poussée dans ses bras ? Est-ce le besoin d'argent de Vadim qui l'emporte sur les sentiments ? Je sais combien il est dépensier. Et moi, dans tout ça ? Où est ma place ? En ai-je encore une dans le cœur du prince ? Ou ai-je déjà été remplacée par cette riche modiste qui marche en même temps à la vapeur et à la voile ? Des larmes amères me montent aux yeux. Hugo s'en aperçoit. Il fronce les sourcils en me voyant bouleversée. Sous ce ciel limpide et ce bleu sans mélange, il me caresse la joue si doucement que c'est à peine un effleurement.

— Vitaline, je connais un endroit fameux pour ses fêtes où nous pourrions nous amuser ce soir.

— Mon train est à sept heures ce soir, lui indiqué-je en consultant ma montre-bracelet, tout à coup ennemie.

# IV

## *L'amour à la russe*

Automne 1914

# 1

L'Enclos était devenu une sorte de caserne. L'Asile hébergeait des militaires et l'école accueillait des blessés. Toutes les Françaises dormaient désormais au Home d'institutrices. Faute d'élèves, nous étions en charge des pansements. Les laïques et les religieuses s'occupaient ensemble des éclopés sous la supervision du Dr Amaury.

— Si j'avais su que j'allais devoir panser des étrangers, je n'aurais pas quitté la France, me confia Flore. Ainsi, j'aurais pu soigner nos blessés.

Elle maugréait en effilant des vieux linges pour en faire de la charpie à pansement. Son comportement envers moi avait changé. Je parvenais enfin à me hisser par-dessus les barrières qu'elle avait érigées entre nous. Elle se faisait du souci pour son frère dont elle ne recevait que peu de courrier. L'exil était pesant pour les Françaises qui priaient pour leurs proches mobilisés. Moi-même, j'implorais chaque soir pour qu'un éclat d'obus mutile Adolphe à l'entrejambe.

— Saleté de boches qui mettent l'Europe à feu et à sang ! jeta Flore.

Elle avait cherché à rentrer en France, mais le Dr Amaury l'en avait dissuadée – à croire qu'il en pinçait pour elle. Avec la fermeture des Dardanelles, le seul passage était un périple en train à travers les Balkans ravagés par les combats. Trop dangereux. Flore était tellement furieuse contre les Allemands qu'elle en avait oublié la contrariété de ne pouvoir porter l'habit. J'avais remarqué qu'elle était moins exacte à ses exercices de piété depuis que le praticien lui tournait autour.

Alors que l'automne était là, celui-ci chercha des volontaires pour accompagner l'ambulance française sur le front prussien. Il s'adressa à mère Javotte qui réunit les Françaises. Elle désigna d'une voix forte trois filles dont elle voulait bien se séparer pour cette noble cause :

— Thérèse-Anne, Flore et Vitaline.

— Pourquoi moi ? se rebella la Tsarette. Je ne vais pas quitter Saint-Pétersbourg alors qu'une place de gouvernante m'attend au palais.

En fait, la famille impériale était barricadée derrière les murs du château depuis que le peuple grondait parce qu'il avait faim. Toute sa vie, Thérèse-Anne avait souhaité entrer au service de la tsarine. Voilà qu'elle en était tout près, et pourtant elle n'en avait jamais été aussi loin.

— Vous n'y pensez pas ? m'indignai-je d'une voix aiguë.

Quitter la ville signifiait m'éloigner de Vadim, aussi

tentai-je de convaincre l'abbesse que nous devions rester à Saint-Pétersbourg où les blessés affluaient.

— C'est d'accord, accepta Flore a contrario.

— Comme de bien entendu ! médis-je.

— Qu'est-ce que tu insinues ?

J'ouvris la bouche pour lui répondre qu'elle irait partout où le Dr Amaury irait, mais l'abbesse me scrutait. Je préférai passer sous silence que l'emprise que cet homme avait sur la blonde condamnait son cœur et avilissait son caractère. Certes, elle était parfois exaspérante, mais c'était mon amie. Je me refusai à laisser le médecin exercer son ascendant sur elle. Après tergiversations, je pris la décision de la suivre.

Le lendemain matin, la mère supérieure convoqua toutes les Françaises au Home. Elle voulait réunir les affaires dont les partantes auraient besoin avant le départ. Et là, coup de Trafalgar : non seulement la Tsarette manquait à l'appel, mais encore elle était introuvable.

— Où est passée Thérèse-Anne ? demanda l'abbesse à la cantonade.

— Certainement partie se cacher au palais, répondit Flore.

— Je suis sûre qu'elle va reparaître avec une explication, tempérai-je.

J'observai la réaction des autres filles. Paule se trouvait avec Christiane et Chantal. Elles semblaient approuver mes propos. Je reportai mon attention sur Flore qui attacha son regard au mien avec un sourire en coin. Je savais pourquoi elle faisait ça : elle n'avait jamais supporté que je défende Thérèse-Anne.

Certes, aujourd'hui, les apparences jouaient en sa défaveur, mais la Tsarette n'était pas du genre à s'enfuir. Du moins, je l'espérais, car Javotte était furieuse contre elle et Flore n'attendait qu'une chose : pouvoir me dire qu'elle avait raison. Elle m'assénerait que je ne savais pas jauger les gens, que j'avais le don de faire confiance aux mauvaises personnes. Et elle ajouterait, comme à chaque fois qu'on parlait de Thérèse-Anne : « Je ne vois vraiment pas ce que tu lui trouves ! »

Après le déjeuner, je regagnai le dortoir pour faire ma valise. Chantal se précipita vers moi, aussitôt rejointe par Paule et Christiane que nous surnommions « Christ » depuis que Celui-ci nous avait laissé tomber – déclencher une grève générale, une pénurie et une guerre la semaine de notre arrivée en Russie, ce n'était pas ce qu'on pouvait appeler du soutien divin.

— Que se passe-t-il, les filles ? s'enquit Paule.

— La guerre est finie ? s'emballa Flore, pleine d'espoir pour son frère.

— Ils ont retrouvé Thérèse-Anne, déclara Chantal.

— Ah bon, exprima Flore, déçue. C'est tout ? Où était-elle ?

— Sous un tramway.

— Quelle idée de se cacher sous un tramway ! glapit Christiane.

— Tu as la comprenotte difficile, la talocha Chantal qui n'avait pas encore la patience à la hauteur de ses vœux religieux. La Tsarette ne se cachait pas sous le tramway. Elle est passée dessous.

— Comment est-ce possible ? m'étonnai-je. Aucun tramway ne circule.

— Si, un, justement. Un seul. C'est d'ailleurs comme ça qu'elle s'est fait avoir. D'après les témoins, elle marchait sur les rails, comme beaucoup de gens le font depuis le début de la grève. Le tramway est arrivé sur elle à un carrefour. Et vu qu'il est électrique, elle ne l'a pas entendu.

— Saleté de véhicule électrique ! maugréa Paule. Ces engins silencieux sont de véritables dangers publics. Sans parler de leur cherté !

— Et comment va Thérèse-Anne ? s'enquit la couturière.

— Le tram lui est passé dessus, Christ, comment tu crois qu'elle va ? lui répondis-je, avec un brin d'exaspération dans la voix.

Christiane occupait une place singulière parmi les Françaises. Certes, cette couturière nous rendait sinoques en raison de sa niaiserie, mais il y avait quelque chose de spontané et de généreux en elle qui faisait qu'on l'aimait bien. Personne ne parvenait à lui en vouloir. Et puis, elle usait son peu de temps libre à confectionner des vêtements pour les plus nécessiteux.

— D'après les témoins, la Tsarette marchait en direction du Home avec un sac plein de provisions, nous révéla Chantal. Tous se sont précipités quand ils ont vu des légumes voler en l'air. Pour les ramasser.

Un pas traînant nous avertit de l'arrivée imminente de mère Javotte dans notre dortoir. Sur un ton grave, elle nous fit part d'informations en provenance des autorités russes :

— Il semblerait que Thérèse-Anne se soit levée avant l'aube pour être la première à faire la queue à l'épicerie. Elle aurait dit à la marchande que c'était pour ses camarades de l'ambulance française.

— Où est-elle à présent ? demanda doucement Christ, déconcertée.

— Un peu partout. Elle est si éparpillée que les grévistes ont renoncé à la ramasser. En fait, il ne reste que son parapluie. C'est grâce à la tête de perroquet qu'ils ont pu l'identifier.

Sur ces mots, la Soupière repartit, la tête basse, le pas traînant, l'air mortifié. Ainsi, j'avais raison. La Tsarette n'avait pas fui. Je plantai mes yeux dans ceux de Flore qui soutint mon regard.

— La couturière s'est fait battre à plates coutures ! osa-t-elle.

— Ça ne se fait pas de moquer une morte, lui reprocha Paule.

Piquée au vif, la blonde tourna les talons, le visage chargé de mauvaise humeur. Elle ne supportait pas d'avoir tort, et encore moins qu'on la reprenne en public. Mieux valait la laisser seule. Je lui parlerais ce soir.

## 2

Le soir venu, Flore brilla par son absence alors que nous avions quartier libre pour notre dernière soirée à Saint-Pétersbourg. Nous étions autorisées à sortir en ville, à condition d'être de retour à huit heures – l'horaire du couvre-feu grâce auquel la Russie espérait économiser du gaz, du bois et du charbon qui serviraient à l'effort de guerre.

Les aspirantes religieuses décidèrent de rester à l'Enclos tandis que j'accompagnai les autres filles à la confiserie Wolf où j'espérais trouver Flore. L'endroit était devenu un célèbre café en 1837 quand le poète Pouchkine était venu y boire un chocolat juste avant d'être tué en duel. Nous y étions allées les rares fois où nous avions eu du temps libre. Piotr, le patron, Russe d'origine allemande, était une vraie jacasse, toujours au courant des ragots sur la famille impériale. Paule voulut savoir ce qu'il parvenait encore à servir malgré les pénuries.

Piotr m'apprit que Vadim de Russie était parti se battre et que Flore était venue un peu plus tôt, pleurant dans ses manches comme une petite fille. Faute de thé et de café, il lui avait préparé une boisson acidulée et légèrement alcoolisée à base de pain de Borodino – du pain noir de seigle.

— Elle est repartie sans même avoir touché à son kvas.

— C'est quoi, du kvas ? demanda Paule.

— Un truc que les Français détestent, l'avertit Piotr en la servant.

La cuisinière fit claquer sa langue :

— On dirait du lait aigre de jument !

— Il faut être moine pour aimer cette boisson fermentée, plaisanta Piotr.

Laissant ces deux épicuriens disserter des vertus du kvas sur le tractus digestif, je quittai le café. Je craignais que, après le drame survenu aujourd'hui, Flore en vienne à se mépriser elle-même d'avoir dénigré la Tsarette. Elle risquait de ne pas oser reparaître à l'Enclos. Quelle cabocharde ! me dis-je, consciente que je me retrouverais ainsi à devoir suivre le Dr Amaury. Sans elle, c'était hors de question. Il fallait absolument que je la revoie avant le matin pour la coller de force dans le convoi.

Je me lançai à sa recherche en me demandant où pouvait se cacher celle qui reprochait à Thérèse-Anne de se planquer. Quelques rues plus loin, j'aperçus une patrouille militaire. J'avais laissé mes papiers d'identité dans ma valise. Je me perdis en faisant un détour pour l'éviter. En cherchant à me remettre sur la bonne route, je passai devant un bâtiment en forme de croix grecque qui appela mon attention sur lui. Et pour cause : il était surmonté d'un oignon. Comme l'église de mon village. Au centre de l'édifice se trouvait une cathédrale baroque aux murs bleu ciel dont la façade faisait davantage penser à un palais qu'à un lieu saint. Les quatre coins étaient formés de quatre clochers. La remarquable coupole centrale était couronnée par un lanterneau surmonté d'un clocher à bulbe. *Institut Smolny* était gravé sur la plaque fixée à la grille d'entrée. L'institut de prestige dirigé par une Française dont parlait Thérèse-Anne, songeai-je. C'est donc ici !

La grille n'était pas complètement refermée. Comme si quelqu'un venait de passer. Flore ! S'était-elle réfugiée au sein de cet institut ? Dans cet endroit, la blonde serait à l'abri du courroux de l'abbesse, du regard réprobateur des filles et de mon irritation. Personne ne penserait à venir la chercher ici. Pourquoi n'y avais-je pas pensé avant ?

Le jour baissait quand je poussai la grille. Je m'introduisis dans le parc, le cœur affolé. Il était évident que je n'avais rien à y faire. Devant la porte de la cathédrale, je réalisai qu'elle était verrouillée. N'ayant jamais vu une église fermée, j'en fis le tour pour trouver une autre entrée. Je poussai la porte nord et pénétrai dans le sanctuaire. Outre l'encens, il y avait une odeur de cire. Deux lampes rouges luisaient au bout de longues chaînes d'argent devant l'icône du Sauveur. Je devinai les ors bruns, les vert-jaune, les ocres, les vermillons. Des pleurs m'incitèrent à avancer vers un coin ombreux formé par un pilier en saillie. Des tapis amoncelés étouffaient le bruit de mes pas. Flore était là, à sangloter, son visage marqué par les pleurs. Je tirai de ma poche mon mouchoir et vins me placer à côté d'elle.

— Je préférerais que tu ne me suives pas, me signifia-t-elle en prenant le carré de coton que je lui tendais.

— Je ne te suis pas. Je suis arrivée là par hasard, après m'être perdue.

— Je veux dire demain, précisa-t-elle. L'hôpital de campagne est près de la ligne de front. Il y a de grands risques qu'on se fasse tuer là-bas.

— Là-bas, ou ici, la mort peut survenir partout. Regarde, on n'a pas encore quitté Saint-Pétersbourg qu'une personne manque déjà à l'appel.

Je regrettai aussitôt mes propos en la voyant tourner la tête pour m'empêcher de voir à quel point elle était bouleversée.

— Ça n'a rien à voir, répondit-elle en étouffant une reprise de sanglots. La Tsarette est passée sous un tramway. C'est un accident. Un terrible accident, ajouta-t-elle en pressant mon mouchoir sur ses lèvres enflées.

— Cet accident est survenu parce que c'est la guerre. Tout est chaotique.

— Ouvre les yeux, Vita. Le risque est bien plus grand en se rapprochant du front qu'en restant en ville. Je préférerais te savoir à l'Enclos.

Elle avait dit « Vita » avec de la douceur dans la voix, ce qui arrivait rarement. La fois d'avant, c'était quand elle avait dormi lovée contre mon flanc sur le pont du cuirassé. Juste après m'avoir reproché de trop souvent prendre la défense de Thérèse-Anne. Depuis, elle avait maintes fois soufflé le chaud et le froid et j'en avais souffert. Cette fois, je n'allais pas me faire avoir. J'avais compris pourquoi elle voulait me tenir éloignée.

— De cette façon, tu auras le champ libre pour fricoter avec le Dr Amaury.

Mes larmes n'étaient pas loin, mais je les contins.

— Ça n'a rien à voir avec lui, prononça-t-elle d'une voix lasse. Je veux juste que tu restes à l'abri.

— Pendant que tu risques ta vie ? Si tu pars, je te suis.

— Ce n'est pas parce que tu viens avec moi qu'il ne m'arrivera rien.

— Bien sûr que si ! Je suis ton ange gardien.

Je fis mine d'avoir l'air absolument sûre de mon fait.

— Te voilà de nouveau en pleine crise d'optimisme béat ! lança-t-elle, son sens de l'humour soudain revenu. Nous n'en sortirons donc jamais ?

Je haussai les épaules, un peu agacée :

— Tu ne vas tout de même pas me reprocher ça !

— Bien sûr que non, Vita. D'ailleurs je n'ai aucun reproche à te faire. Bien au contraire.

Elle s'exprimait avec tant de culpabilité envers la Tsarette, d'angoisse pour son frère et de crainte pour moi que j'eus envie de la prendre dans mes bras pour la réconforter. Mais je m'abstins car il y avait de grandes chances qu'elle me repousse d'un geste brusque. Avec Flore, tout était possible. Était-ce parce que je ne bronchais pas ? Toujours est-il qu'elle se rapprocha de moi sur le banc et posa sa tête sur mon épaule. Incertaine de la conduite à tenir, je restai immobile et silencieuse.

— Je ne sais pas si j'aurais le courage de retourner à l'Enclos, me confia-t-elle entre deux hoquets. Les filles doivent me détester d'avoir médit de Thérèse-Anne après ce qui lui est arrivé.

— Absolument pas, tentai-je de la rassurer. Tout le monde pensait qu'elle était partie se cacher au palais.

— Tout le monde sauf toi. Tu l'as défendue et tu avais raison. Tu lui as fait confiance alors que les apparences étaient contre elle.

L'instant suivant, elle se redressa, tourna la tête vers moi. Un frisson me parcourut l'échine.

Embrassée ! Elle m'avait embrassée !

Cette fois, ce n'était pas un baiser à la commissure des lèvres pour me mettre mal à l'aise, comme sur le cuirassé. C'était un vrai baiser. Je la dévisageai, incapable de trouver les mots qui exprimeraient mon incompréhension, quand j'entendis jouer les verrous de la porte principale. Des dévotes investirent la place pour allumer des veilleuses tandis que des fidèles prenaient des cierges à l'entrée. Des kopecks tintèrent dans le tronc. Des silhouettes se signèrent, d'autres se prosternèrent devant les icônes. Quelques adorateurs se déplacèrent de chandelier en chandelier, une botte de cierges à la main, marchant lentement sous les bannières. Des gens âgés vinrent s'asseoir sur les bancs devant nous. Il fallut faire silence.

Les autres personnes prirent place, les hommes à gauche et les femmes à droite. Je suivis l'office à la demande de Flore qui priait avec ferveur, les mains jointes. Des litanies furent psalmodiées et des antiennes chantées. Derrière un paravent de bois sculpté, un pope distribuait des pénitences et des absolutions aux personnes venues se confesser. Soudain lassée de me conformer aux désirs de la blonde, je me levai. Cette comédie avait assez duré. Elle m'interrogea du regard car l'office n'était pas terminé.

— Le couvre-feu, chuchotai-je en guise d'explication.

Je gagnai la sortie, suivie de Flore qui chaparda un cierge dans l'entrée. Nous nous glissâmes dehors sans être remarquées. Nous hâtâmes le pas pour rentrer, chacune observant un silence gêné. Alors que sonnait la cloche du couvre-feu, la neige posait ses premiers flocons sur l'Enclos.

## 3

La neige s'abattait par paquet sur la ville. Je réfléchissais à ce qui était plus important que toute autre chose : ne pas perdre ma meilleure amie après ce qui s'était passé à l'Institut Smolny. Je repensais à ce baiser que Flore m'avait donné. Il me semblait à présent qu'elle m'avait embrassée à la russe. Ce baiser sur la bouche avec une personne du même sexe faisait partie des mœurs sociales. C'était l'expression d'un lien fraternel et non d'un lien sentimental. Je m'étais effarouchée à tort.

À l'aube, j'entendis du bruit. Je balayai le dortoir des yeux. Mon regard épuisé tomba sur une blonde aux paupières bouffies d'avoir trop pleuré. Elle recollait le cierge volé qu'elle avait cassé en voulant le glisser dans sa valise. À la voir si alarmée du mauvais présage que cela représentait, je m'approchai d'elle. J'en étais à la rassurer quand la porte s'ouvrit sur un menton à étages. C'était mère Javotte, venue nous apprendre que notre départ était retardé. Nous ne pouvions accompagner l'ambulance française sans avoir suivi la formation médicale.

— Tout le monde vous attend à l'hôpital, nous informa-t-elle.

Après une toilette rapide, je glissai un flacon de sel d'Angleterre dans ma poche pour me tirer d'affaire si les choses prenaient un tour trop sanguinolent. Puis je rejoignis le groupe de volontaires à Sainte-Marie-Magdeleine avec Flore. Les hommes fumaient une cigarette le long du mur ; les femmes conversaient à voix contenue. D'après ce que j'entendais, les pantalons seraient formés à être brancardiers et les jupons deviendraient infirmières. À l'arrivée du médecin, Flore redressa le buste.

— Pour ceux qui ne me connaissent pas encore, je suis le Dr Amaury. Certains d'entre vous sont ici de leur plein gré. D'autres, un peu moins. Pour ceux qui ont le sentiment d'être pris dans un traquenard, dites-vous que vous êtes en mission pour la France. Pendant les jours à venir, je vous préparerai à vos activités, lesquelles requièrent autant de jugeote que de nerfs et d'endurance. Sous peu, nous débarquerons près du front et ça ne sera pas de la rigolade, même pour ceux qui font déjà partie du corps médical.

Il parlait avec humilité, démentant le cliché habituel du chirurgien. Il s'approcha de moi avec un sourire interrogateur.

— Mademoiselle Vittoz, j'ai appris que vous ne vouliez pas vous joindre à nous. Vous avez peur du sang, c'est ça ?

— Du sang, non ! Gamine, je faisais du boudin

avec le sang du cochon que mon père égorgeait chaque hiver. C'est la souffrance qui me fait peur.

Son sourire s'évanouit tandis qu'un murmure se répandait dans le groupe de volontaires. Flore me fixait, la mâchoire serrée.

— Vous avez de la trempe et j'ai besoin de personnes comme vous pour m'accompagner ! claironna-t-il avec un air satisfait. Et vous, mademoiselle Brasier ? Vous en avez, de la trempe ?

— Plus qu'il n'en faut ! répondit Flore en prenant un ton de légèreté qui faisait deviner son embarras.

— À la bonne heure !

Il se détourna d'elle pour s'adresser au groupe en gonflant sa voix :

— Vous devrez nettoyer chaque jour les lampes pour que les chirurgiens aient assez de lumière. Vous devrez également tenir des registres en notant les noms que portent les soldats sur leur plaque militaire. Vous n'aurez aucun jour de repos. Ceux qui exerceront sans faute leurs fonctions verront leur pension augmentée de cinq centimes. Les femmes qui fument et boivent de l'alcool s'exposent à la confiscation de leur pension.

Aucune d'entre nous ne broncha. La différence de traitement entre les pantalons et les jupons était monnaie courante.

Le surlendemain, Christiane rejoignit notre groupe. C'était elle que la mère Javotte avait désignée pour remplacer feu Thérèse-Anne. La pauvre Christ découvrit que notre entraînement relevait davantage d'un soldat d'infanterie que celui d'une infirmière. Le réveil avait lieu à l'aube chaque jour. En l'espace de quinze minutes, nous étions censés extraire nos corps endoloris des lits, nous débarbouiller, nous habiller, nous rendre à l'hôpital et nous ranger devant la porte principale. Et c'était parti pour de l'exercice physique que nous, les femmes, devions faire dans nos robes inadaptées aux mouvements de grande ampleur et aux contorsions. Après quoi, nous apprenions un nouveau geste médical.

Aujourd'hui, il s'agissait des injections de morphine à la seringue. Je m'approchai de Flore mais elle proposa au Dr Amaury de l'assister. Elle m'évitait, comme si ma présence l'indisposait. Je me retrouvai donc avec Christiane qui faisait l'importante depuis que le médecin lui avait affirmé que ses talents de couturière seraient précieux pour recoudre les blessés. Le matin suivant, la salle de travail était garnie de cadavres. Le silence se fit quand on nous remit à chacun un scalpel et une scie à découper les os. Une atmosphère pesante emplit la pièce à l'idée que nous allions bientôt devoir nous en servir sur des hommes vivants.

— Je vais vous apprendre à manier le scalpel, annonça le Dr Amaury en caressant le manche de son inciseur de façon obscène. Mais attention ! Pas de gestes brusques. Au moindre mouvement, vous risquez de trancher la carotide de votre voisin, ou de lui crever un œil. C'est bien compris ?

Un oui collectif en guise de réponse.

Je commençai à manier l'inciseur sur un corps mort. C'était plus difficile que ça en avait l'air. Christiane se sentit mal en faisant une incision en zigzag. Je lui fis respirer mon flacon de sel d'Angleterre. J'entendis un rire étouffé dans mon dos. C'était Flore. Comment le Dr Amaury parvenait-il à la faire rire à un moment pareil alors qu'elle boudait depuis des jours ? Parce que la blonde me lança un regard à la dérobée, je me persuadai aussitôt qu'ils parlaient de moi. Qu'ils se moquaient de moi.

— Comment te sens-tu ? demandai-je à Christ, blanche comme un linge.

— Mieux, merci, Vitaline. J'ai eu un coup de chaud en perçant mon mort, ajouta-t-elle en s'essuyant le front, scalpel en main.

Et de s'inciser le cuir chevelu sur une dizaine de centimètres !

Elle poussa un cri long et aigu. Et comme si c'était moi qui avais crié, Flore se tourna vers moi, l'air affolée. Je vis qu'elle était inquiète de ce qui avait pu m'arriver. Et rien que pour ça, faire équipe avec ce fléau de Christiane en valait la peine.

# 4

L'entraînement militaire que le Dr Amaury nous imposait portait ses fruits. Les corps de Flore et de Christiane s'étaient transformés : cuisses musclées pour l'une, ventre affermi pour l'autre. Aucun changement pour moi : fesses toujours aussi dodues et poitrine toujours aussi pleine. Mais j'avais d'autres soucis ; nous étions sur le départ. Maintes questions se bousculaient dans mon esprit. Serions-nous envoyées vers la Baltique ? À quel point serions-nous près des combats ? Serais-je encore en vie dans une semaine, dans un mois ? Et Vadim ? Où se battait-il ?

Nous partîmes en train, vêtues d'un manteau de gros drap, d'une robe de laine sombre, d'une coiffe blanche et chaussées de bottines montantes. Nous nous déplaçâmes sans trop d'encombre grâce à un sauf-conduit de la Croix-Rouge et aux cocardes tricolores épinglées au col de nos manteaux. Nous arrivâmes près du front dans la nuit du 1er octobre. Le temps balançait déjà du côté de l'hiver. Un vent froid balayait la région, s'insinuait entre les vêtements et la peau. Il n'y eut aucune période d'adaptation. On avait besoin de nous en urgence dans ce poste médical avancé. Notre train fut transformé en salle d'opération mobile, tandis que les premiers soins aux blessés se faisaient sous des tentes. Le choc fut rude. Notre formation ne nous avait pas préparées à panser des corps déchiquetés, à entendre des hurlements de forcenés, à sentir l'odeur ferrugineuse du sang avant même d'avoir bu le premier café du matin.

— Si j'avais encore des illusions quant à la religion, elles viennent de tomber, m'avoua Flore le jour de sa première amputation.

Christiane était de son avis depuis qu'elle passait son temps à recoudre des gars. Elle était si horrifiée que Dieu laisse les hommes se comporter comme des sauvages qu'elle nous avait interdit de la surnommer Christ. Nous avions donc opté pour Cricri. Une solidarité réciproque unissait les volontaires dont le quotidien était une menace terrible. Certains brancardiers fanfaronnaient en ricanant tout haut dans leur angoisse. D'autres, fiers-à-bras en public, pleuraient lorsqu'ils se croyaient seuls.

Pendant des mois, nous suivîmes en train les fluctuations du front germano-russe : Insterburg, Gumbinnen, Wirballen. Les tentes nous suivaient également avec la popote, cette cuisine roulante de neuf cents kilos, tractée par deux chevaux. Arriva Noël où l'on fit un bout de prière sous la tente des Françaises, faute d'avoir trouvé une église encore debout. Puis ce fut le bout de l'an que l'on célébra un verre de mauvais vin à la main, debout devant la popote où officiait un cuisinier que les volontaires surnommaient « Cuistot ». Je me disais que si Paule était là, elle nous concocterait une tambouille odorante et non une cuistance de soldats. Cette cuisinière pleine de gouaille et de générosité me manquait.

Début 1915, l'idée d'une guerre courte n'était plus. L'optimisme s'était émoussé. La tristesse avait pris le dessus. La durée et la violence du conflit nous effrayaient un peu plus chaque jour. Nous dormions sur des lits de camp, parfois à quatre cents mètres seulement des tranchées ennemies. La nuit, quand les canons cessaient de tonner, nous entendions les voix des boches qui chantaient pour se donner du courage. Nous faisions de même pour ne pas céder au désespoir. Quand prendrait fin cette barbarie ?

Chaque jour, des blessés bénéficiaient de soins grâce au courage des brancardiers dont beaucoup manquaient à l'appel. Jusqu'à présent, la mort avait épargné les infirmières. Mais pour combien de temps encore ? Parfois, l'absurdité d'une situation faisait que l'on oubliait qu'elle rôdait. Comme cet après-midi où le Dr Amaury agitait les bras pour attirer mon attention alors que je donnais les premiers soins.

— Vittoz ! gueula-t-il.

Depuis quelque temps, il nous appelait, Flore et moi, par nos noms de famille. Comme si nous étions des soldats. Au début, je n'aimais pas ça, car nous étions des volontaires et non des mobilisés. Mais nous étions si fatiguées, si sales et si affamées que je commençais à penser qu'il avait raison. Nous étions des soldats en décolleté vert, engagés dans la guerre.

J'interrompis mon pansement pour observer le médecin posté devant les latrines. Il me criait des mots d'une voix péremptoire, mais ses ordres ne parvenaient pas jusqu'à moi en raison d'une canonnade par-delà le parapet de protection. Je le regardai s'agiter en tous sens, les cuisses à l'air.

— Bordel de bon sang, Vittoz ! brama-t-il. Apportez-moi du rechange.

Cette fois, j'avais compris, mais je secouai la tête en montrant mes oreilles pour lui faire croire que je n'entendais pas. C'était à son tour d'être en proie à la colique qui faisait des ravages. Mais quand c'était moi qui étais pliée en deux avec une forte fièvre, il n'avait eu aucune compassion.

Ne sachant quoi faire d'autre, il avança vers la tente, jambes nues. À mi-chemin, il grimaça, les bras croisés sur son estomac. Il fit demi-tour, probablement pris par un flux de ventre impérieux. Je réalisai alors que sa fesse gauche était apparente. Dans sa précipitation, il avait coincé le bas de sa blouse dans son caleçon tout tire-bouchonné. Je serais restée à admirer le galbe de son fessier sans les gémissements du corps mutilé dont je m'occupais. J'en étais à lui allumer une cigarette – sa dernière – quand j'aperçus Flore sortant de la tente des Françaises avec notre gaffeuse de couturière. J'étais contente de voir la relève arriver. Surtout que nous n'étions plus que trois infirmières sur place, les autres ayant été réparties sur la ligne de front. Mais seule Christiane vint jusqu'à moi.

— Ouh là là, Vitaline ! s'exclama-t-elle. Quelle tête tu as ! Tu devrais aller dormir un peu.

Flore passa devant la tente sans s'arrêter, un pantalon plié sur son avant-bras. Je croisai son regard clair, perçus l'ébauche d'un salut amical avant de la voir voler au secours du Dr Amaury.

# 5

— Vitaline ?

Je sursautai. Une odeur de brûlé me monta au nez.

— Vitaline, insista Christiane. Ton blessé flambe.

Je me précipitai pour retirer la cigarette tombée sur la poitrine du gars dont la toison avait pris feu. J'éteignis son pelage pectoral avec ma paume en poussant de petits cris. Lui, ne disait rien. En temps normal, on l'aurait entendu gueuler, mais la camarde l'avait délivré de la douleur. Je lui fermai la bouche et les yeux d'un même geste. À croire que j'avais fait ça toute ma vie ! Je ramassai la clope, la gardai entre les doigts.

— On n'a pas le droit de fumer, me rappela la couturière.

Je jetai la cigarette d'un geste de dépit. À vingt-quatre ans, j'avais l'impression d'être centenaire tellement j'étais lasse de voir tous ces jeunes en lambeaux. Lasse de voir Flore manger dans la main du médecin. Lasse d'avoir peur, d'avoir froid et d'avoir faim.

— Tu devrais aller dormir, me répéta Christiane en agitant les bras pour dissiper l'odeur de roussi.

— Avec les blessés qui affluent, tu n'y arriveras pas toute seule, lui répondis-je en tirant sur les pans de ma blouse pour les rapprocher. J'irai me reposer quand Flore viendra me relever.

Nos blouses blanches avaient été remplacées par des blouses vertes dont la couleur devait atténuer l'impact visuel des taches de sang. Ces blouses faisaient briller les yeux des blessés en raison de leur échancrure qui bâillait à chaque fois que l'on se penchait sur eux. Les gars surnommaient notre nouvel uniforme « vert-galant » et celles qui le portaient « les Miss ».

Je revins à ce qui était devenu ma routine : découper l'uniforme pour constater les blessures, estimer s'il y avait un espoir. Si la réponse était non, j'avais ordre de ne pas gâcher la gaze à pansements. Alors je proposais une cigarette au condamné, voire un baiser. Je lui tenais la main – quand il en restait une. Si le soldat était sauvable, je lui administrais une piqûre de morphine. Quand l'aiguille crissait dans la chair, je la retirais légèrement pour infiltrer les tissus de l'os vers la peau. Mes mains agissaient de façon automatique, quasi sans intervention de la pensée. Ensuite, soit le blessé était acheminé jusqu'au train pour être amputé, soit je pansais ses plaies. Quelques mots de réconfort et je recommençais avec un autre. Sûr que comme ça, le temps finirait par s'écouler. Ce cauchemar cesserait bien un jour. Alors je me réveillerais chez ma grand-mère qui cuisinerait son délicieux plat de crève-à-fous. Et, comme quand j'étais gamine, je me réfugierais dans son giron, me blottirais dans sa chaleur.

À cet instant retentit le fracas d'un obus. Christiane lâcha un cri craintif.

— Il n'est pas tombé loin, celui-là, chevrota-t-elle.

Par habitude, je regardai par l'entrée de la tente pour voir de quel côté il avait frappé, mais il commençait à faire sombre et je ne vis qu'une colonne de fumée. Je jetai un œil en direction des latrines où Flore avait disparu. Pour m'assurer que les lieux d'aisances n'avaient pas été touchés, que la blonde avait été épargnée. Tout semblait intact.

— Oh ! Oh ! se rembrunit Christiane en voyant le Dr Amaury en sortir. Oh ! Oh ! répéta-t-elle parce qu'il se dirigeait vers nous, les sourcils froncés.

— Arrête avec tes « Oh ! Oh ! », m'exclamai-je, une cordialité rude dans le ton.

— Allez vous reposer, Vittoz ! m'ordonna le médecin. Je fais la garde avec Christiane. Vous nous remplacerez avec Brasier au matin.

Il avala en grimaçant de petites gorgées d'eau au goût prononcé de javel. Je protestai, ciseaux en main :

— Je n'ai pas fini mon découpage.

— Allez dormir, bon sang ! Vous faites peur aux blessés avec votre tête de déterrée.

— Elle est tellement crevée qu'elle a foutu le feu à un sous-officier ! balança Christiane.

— Dégagez-moi le plancher, Vittoz ! beugla le Dr Amaury. Ou je vous vaccine contre la typhoïde avec la dose destinée au cheval du général.

Sachant que cette vaccination n'était encore qu'expérimentale, je préférai obtempérer. J'enfilai la vareuse militaire au col empesé que l'armée venait enfin de nous fournir après cinq mois sur le front. Christiane s'exaspéra de voir que mes rondeurs de poitrine m'empêchaient de la fermer. Elle le fit aussitôt savoir au préposé à l'équipement :

— Mais enfin, vous voyez bien que cette veste est trop petite pour Vitaline. Elle va attraper la mort à sortir ainsi dépoitraillée !

— Ce n'est pas un grand magasin, ici, miss Christiane, rétorqua-t-il.

— Entre les blouses vert-galant échancrées jusqu'au nombril et les vestes qui ne boutonnent pas, je me demande où l'état-major a la tête !

— Ça ne fait rien, Cricri, lui dis-je avec un geste désabusé de la main – je l'appelais « Cricri » depuis qu'elle avait rejeté le surnom de Christ.

— Écoute, Vitaline, quand tout sera fini, nous irons toutes les deux dans un grand magasin parisien nous acheter des belles robes, des dessous en soie et des souliers de bal.

— Et du parfum, ajoutai-je en m'éloignant pour aller m'allonger.

Dans la tente des Françaises, je me trouvai nez à nez avec Flore, immobile, une lettre dans une main, un broc de thé fumant dans l'autre. Je lorgnai sur sa boisson chaude. J'aurais dû m'arrêter à la popote.

— Est-ce que le docteur a fini de piquer sa crise ? me demanda-t-elle comme si elle m'attendait pour en discuter.

Étouffant un petit rire de surprise à l'idée de cette antipathie partagée, je sentis ma tension céder un peu. Même si je reconnaissais que le Dr Amaury se démenait sans compter pour sauver le plus de gars possible, se gausser de lui était la meilleure des détentes pour moi – détente dont je ne pensais pas pouvoir jouir en compagnie de la blonde.

— Je doute qu'il se calme ce soir, vu qu'il fait la garde avec Cricri.

Un petit sourire perla sur ses lèvres.

— Le vaguemestre m'a remis une lettre d'Hugo, m'annonça-t-elle tout à trac. Je t'ai attendue pour l'ouvrir.

Décidément, Flore était d'une complexité déroutante ! Elle glissa son index au coin du rabat, décacheta l'enveloppe dans cette tente qui nous servait de cabinet de toilette et de dortoir. La blonde était restée si longtemps sans recevoir de courrier de son frère qu'elle en avait les gestes maladroits. Elle prit connaissance du contenu, les doigts crispés sur le papier.

— Alors ? m'enquis-je pour rompre ce silence pesant.

J'ignorais pourquoi, mais quand elle recevait une lettre de ce chasseur alpin que je ne connaissais pas, c'était comme si j'en recevais une de Vadim dont j'étais sans nouvelles depuis des mois.

— Il est dans la Somme. Il a touché son nouvel équipement. Il trouve sa vareuse-dolman bien plus résistante que le manteau de faible protection. Le pantalon en drap bleu passepoilé jonquille est resserré en dessous du genou pour faciliter le port des bandes molletières. Il dit porter avec fierté la tenue des Alpins dont l'impact psychologique sur les Allemands est reconnu.

Le contenu de sa lettre était étrange venant d'un soldat dont le quotidien devait davantage ressembler à une boucherie qu'à un magasin de vêtements. Il devait chercher à épargner sa sœur des horreurs de la guerre.

— Ton frère a l'air d'aller bien.

Je me persuadai que si Hugo était en vie, Vadim l'était également.

— Tu devrais écrire à ta famille, Vita. Ils doivent s'inquiéter pour toi.

— Je l'ai fait, mais je n'ai pas encore reçu de réponse.

Flore acquiesça d'un signe de tête, consciente que j'avais mis dans ma confidence tout mon tracas.

— Si ça ne t'embête pas, je voudrais répondre à Hugo tout de suite.

J'acceptai le thé qu'elle me proposa de finir tandis qu'elle écrivait sur ses genoux, à la lumière d'une lampe à pétrole. Dans le calme relatif de notre tente, j'observai à la dérobée son visage éclairé par la flamme prisonnière de la cheminée de verre. Une mèche de cheveux blonds s'était échappée de sa tresse, avait glissé le long de sa joue et était venue se loger dans le décolleté de son vert-galant. Le silence était de toute beauté.

Je bus à petites gorgées la boisson sucrée qui me réchauffa le corps et le cœur à la fois. Son geste de partager sa boisson – affaibli par l'usage en temps de paix, mais si généreux quand tout manquait – me toucha. Je l'écoutai relire ce qu'elle avait écrit. Tout comme son frère l'avait fait pour elle avec tendresse, la blonde tordait la réalité pour éviter de l'inquiéter. Elle mit sa lettre dans une enveloppe sur laquelle elle écrivit *Hugo Brasier, 11e BCA*. Puis elle sortit dans le froid et se fondit dans la nuit.

Quand elle revint dans la tente, j'étais blottie sous une couverture, au creux de mon lit de camp. Je la regardai se déshabiller. Je vis qu'elle me souriait car je devinai le blanc de ses dents. Elle éteignit la lampe en rentrant la mèche dans le brûleur. Au lieu de regagner son couchage, elle se glissa sous ma couverture, se colla dans mon dos. Son corps, encore chaud de l'effort qu'elle venait de fournir pour courir après le vaguemestre, se courba pour épouser ma position en chien de fusil. Elle respirait fort au début, puis son souffle s'apaisa. Elle profita que nous soyons installées comme deux cuillères dans une ménagère pour me chuchoter des choses à l'oreille. L'obscurité aidant, elle se livra à des épanchements, me fit des révélations personnelles. Elle avait mauvaise conscience et aspirait à l'aveu. Dans l'abandon de la nuit, je reçus la confidence d'un secret qui me remua. Elle pleura, me remercia de lui avoir permis d'alléger son esprit par la confession. Lovée contre mon échine, elle finit par s'endormir, contrairement à moi, étourdie par ses paroles et perturbée par ses bras qui m'enveloppaient. Le sommeil n'arrivant pas, j'écoutai les bruits extérieurs. À cette heure, on entendait surtout l'activité de la popote : choquement de casseroles et bruit des fourchettes plongeant dans les gamelles en fer.

Les paupières fermées, je me crus transportée dans un autre monde. L'intérieur d'un chalet m'apparut.

Mes yeux s'arrêtèrent sur un point qui brillait au fond de la pièce. Par la pensée, je quittai la tente, volai jusqu'à cette cheminée savoyarde où des croix étaient tracées. Je m'approchai de ce feu réconfortant que j'associai à ma mère. Elle m'annonça des jours meilleurs. Je me sentis suffisamment apaisée pour rejoindre Flore dans le sommeil.

# 6

Le froid de l'aube nous réveilla juste avant le son du clairon. Flore sauta du lit et me regarda avec une expression où se mêlaient le reproche et la gêne. Je me levai à mon tour, allumai la lampe à pétrole tandis qu'elle s'habillait à la hâte. Je tentai de la retenir par le bras.

— C'est l'heure de la relève, dit-elle en se dégageant.

Un vent glacial s'engouffra dans la tente quand elle en sortit. Le remous d'air vint se frotter contre le verre de la lampe. J'observai la flamme qui battait de l'aile, l'esprit engourdi par ma réflexion. Pourquoi ce regard de reproche alors que je l'avais écoutée épancher son cœur sans porter de jugement ? Il fallait que l'on parle. Après une toilette rapide, je franchis à mon tour la porte en toile de la tente. Des bourrades de vent me décoiffèrent. J'avais renoncé à porter ma coiffe tant le blanc était salissant. Le soleil levant baignait d'une lueur rosée les bancs de nuages crevassés. Des arbres calcinés se détachaient sur le ciel.

Je me rendis à la cuisine ambulante. Ce matin, il n'y avait ni café, ni chicorée, ni thé, mais une boisson transparente.

— C'est de la sève de bouleau, me précisa Cuistot. Elle est sucrée car c'est la pleine saison. Elle se récolte de mars à avril.

Le printemps approchait, même si le thermomètre disait le contraire. J'essayai de compter les mois depuis notre départ de Saint-Pétersbourg, mais je m'y perdis. Je décidai qu'il y en avait sept. Ou huit.

— Ça goûte le jus de poteau, dis-je en grimaçant.

Cette saveur aigrelette fit ressurgir un souvenir de mon enfance. Le petit-lait, résidu de la fabrication du fromage, était donné aux cochons chez les paysans. Mais ceux de montagne étaient si pauvres qu'ils le chauffaient, l'acidifiaient avec de l'aisy – un résidu fermenté de lait cuit. Ils retiraient ensuite les flocons nageant à la surface avec une poche percée pour les mettre en moules, les égoutter et les presser. Parfois, ils le lissaient ; d'autres fois, ils le trituraient. Mon père trouvait les séracs fades, aussi étais-je chargée de leur ajouter de la saveur. J'en fumais quelques-uns dans la cheminée, avant de les saler. Mon paternel raffolait de cette saveur de gibier faisandé. Il partageait ce goût pour le frelaté avec Adolphe dont les penchants dénaturés m'avaient fait perdre ce que j'avais de pur.

— Goûtez-moi ça, me dit le cuisinier en me tendant du pain recouvert d'une substance rosâtre.

— C'est du blaireau ? me hasardai-je après mastication.

— Corn'd beef, articula-t-il. C'est du bœuf demi-sel.

J'opinai de la tête pour ne pas le froisser, mais je n'étais pas dupe. Le blaireau avalé tout rond, je saluai Cuistot qui me répondit en russe :

— Ty krassivaïa.

Je savais que ça voulait dire : « Tu es belle. » Je savais aussi que c'était faux. Il avait dit ça en souriant parce que j'étais drôlement attifée. Je me mis à rire. D'un rire machinal, qui ressemble au reniflement après avoir pleuré. J'avais mis mes bottines, mais pas ma robe. J'étais en jupon sous ma vareuse dont l'ouverture laissait passer ma blouse verte. Cuistot se mit à rire à son tour. N'ayant pas le temps d'aller me changer, je me rajustai devant lui, arrangeai mes cheveux emmêlés par le vent.

Après ce moment de privauté avec cet homme que je connaissais à peine, je partis relever Christiane. Des éclats de voix montaient de la tente.

— Bon sang de bois, Christiane ! cria le Dr Amaury. Arrêtez d'injecter de la morphine aux morts.

La couturière tentait de se défendre. Elle ne supportait pas de voir les gens souffrir. Elle distribuait des antidouleurs à tout va, sans même vérifier si les gars respiraient encore. Leurs échanges tonitruants résonnèrent à mes oreilles tandis que je m'éloignais un peu d'eux. Je me disposais à effectuer mon découpage aux ciseaux avec autant de calme qu'un mécanicien appelé à ouvrir un carter de plus. Habituellement, c'était un soulagement que de céder aux nécessités de ma tâche de soignante, d'abandonner toute pensée personnelle dans les exigences de l'action médicale qui était devenue presque machinale. Mais aujourd'hui, cela ne fonctionna pas. Je n'étais pas à ce que je faisais. J'avais du mal à déterminer quelle lettre je devais écrire sur les soldats – S pour sauvable, F pour fichu, M pour mort. Après examen, je traçai à l'encre la lettre M sur la poitrine des trois gars arrivés pendant que je dormais avec Flore. Mon esprit était occupé par la nuit passée dans les bras de la blonde. J'en étais à me demander si c'était vraiment ce que font les amies quand le Dr Amaury vint signer les documents pour l'évacuation des corps dont les noms figuraient sur le registre *Tombés au champ d'honneur*. Il eut l'air surpris de me trouver au marquage des blessés.

— Qu'est-ce que vous foutez là, Vittoz ? Brasier vous attend au vestibule. Et magnez-vous de revenir, toutes les deux. J'aimerais bien être relevé avant demain.

Je voulus lui demander pourquoi Flore était à l'entrée de l'hôpital de campagne, mais il était déjà reparti disputer Christiane.

— Nom de Dieu ! Vous êtes en train de soulager deux fois le même blessé. Combien de fois vous ai-je dit de faire une marque sur ceux que vous avez déjà morphinés ?

— Je ne sais plus où j'en suis, balbutia la couturière qui écrivit M – pour morphine – sur un estropié.

C'était difficile pour elle qui se languissait de son Ukrainien rencontré au Café Pouchkine. Cette grande sensible enchaînait les maladresses malgré sa bonne volonté, mais je n'avais guère le temps de la plaindre.

J'aurais voulu leur signaler qu'utiliser la lettre M à la fois pour « mort » et pour « morphine » n'irait pas sans poser de problème, mais j'avais ordre de me rendre à l'entrée du poste médical. Je traversai le camp en regardant de tous les côtés, avec l'espoir d'apercevoir Flore dans cette rivière humaine qui coulait : carabiniers, cavaliers, chasseurs à pied, grenadiers, hussards de la garde impériale. Je sursautai quand j'entendis sa voix essoufflée dans mon dos :

— Bon sang, Vita, j'ai cru que tu ne viendrais jamais !

— Qu'est-ce qui se passe ? m'enquis-je, soulagée de l'avoir retrouvée.

— L'état-major a fait venir des camions, m'expliqua-t-elle en scrutant l'horizon, main en visière. On doit les diriger à l'intérieur du camp. Ils vont emporter les corps qu'on n'arrive plus à enterrer. Il y en a trop.

J'aurais voulu l'entretenir de ce qui me tourmentait, mais elle fit signe à un camion qui cahotait dans les ornières. En descendirent deux brancardiers et un chauffeur.

— Pierre-Paul Jacques, se présenta ce dernier avec un accent de chez nous. Je ne m'attendais pas à trouver des Savoyardes aussi près du front.

— Vitaline Vittoz. Enchantée ! De quel coin êtes-vous ?

— De Bernex.

— Pas possible ! m'étonnai-je. Je suis originaire de La Solitude.

— Vittoz... Vous ne seriez pas la sœur d'Adolphe, quand même ?

Entendre parler de mon frère, ici, en Russie, m'étourdit. Son prénom me cercla la tête comme pour la faire éclater. Incapable de prononcer un mot, je fis oui du menton, en tâchant de reprendre contenance.

— Vous le connaissez ? l'interrogea Flore qui avait remarqué mon trouble.

— Non, mais tout le monde sait ce qui lui est arrivé, au pays.

Je me sentis blêmir. Parce qu'il me regardait fixement, je pris conscience de sa perplexité.

— Vitaline n'a pas de nouvelles de sa famille, intervint Flore. Ici, le courrier n'arrive pas. Que s'est-il passé ?

Je lui adressai un regard reconnaissant, tandis que le chauffeur affichait l'air de quelqu'un qui s'était aventuré dans des sables mouvants.

— Il s'est fait hacher menu le saucisson par des éclats d'obus.

Je restai sidérée, à l'observer faire des gestes qui tranchaient l'air. Dieu avait-il exaucé mes prières ? J'imaginai Adolphe, condamné à chanter dans les aigus pour le restant de ses jours. J'irais mettre un cierge pour remercier.

— Vita, ça va ? me demanda Flore.

Je hochai la tête avec une sensation de stupeur vertigineuse.

— Ce doit être vraiment affreux pour vos parents, dit Pierre-Paul. Deux fils seulement, l'aîné blessé et le cadet porté disparu.

— C'est bien triste, reconnut Flore, mais il leur reste Vitaline.

— C'est une fille, c'est pas pareil. Vous savez comment c'est.

La blonde afficha une mine offusquée.

— Vous n'êtes pas la seule famille dans cette situation, reprit le chauffeur, pensant sans doute me réconforter. Beaucoup de gars du pays sont tombés, vous savez. Vous connaissiez sûrement l'instituteur, M. Tablonoir. Le pauvre n'a pas tenu longtemps sous la mitraille. Et sa femme n'a pas supporté sa disparition. Elle s'est jetée dans la Dranse en crue.

— Aglaé… murmurai-je en comprenant qu'elle s'était noyée.

Je sentis le regard interrogateur de Flore sur moi.

— On était à l'école ensemble, dis-je en tentant de maîtriser le tremblement de ma voix. C'était une amie d'enfance. Peut-être la seule amie que je n'ai jamais eue, ajoutai-je dans un murmure.

Flore se raidit. Elle me planta en plein visage le bleu de ses yeux. Il n'y avait pas de jalousie dans ce regard, c'était autre chose : de la surprise et du scepticisme, avec un tréfonds de vexation et une pointe de rebuffade. Je n'aurais peut-être pas dû dire ça, mais tant pis. Je le pensais. Car malgré ce qu'elle m'avait fait endurer, Aglaé n'était peut-être pas pire que cette blonde et ses sautes d'humeur faites pour me blesser.

Mes yeux se remplirent de larmes. Je détournai la tête, fis mine de regarder au loin comme pour scruter l'arrivée du camion suivant. J'eus alors l'impression que le sol en train de dégeler vacillait sous mes semelles.

— Navré, dit Pierre-Paul en me voyant trembler comme un lapin.

Il prit le prétexte de devoir conduire son camion au centre du camp pour s'éloigner de nous.

Flore chercha à me réconforter, mais je ne voulais pas être consolée. Elle allait souffler chaud pendant un instant et quand je baisserais ma garde, elle soufflerait froid sur notre amitié.

— Qu'est-ce qui se passe avec ta famille ? m'interrogea-t-elle.

Accablée, je lui répondis d'un haussement d'épaules. Je vis alors des perles d'eau sourdre dans ses yeux. Parce qu'elle semblait prise d'une immense tristesse elle aussi, j'eus envie de lui tendre les bras et de lui dire que si elle voulait bien continuer à être mon amie, j'en serais heureuse. Je n'osai pas, par crainte de la faire fuir. Et de souffrir aussi. De manière inattendue, ce fut elle qui se coula près de moi. Elle m'enlaça avec affection. À cet instant, j'entendis ma voix intérieure qui m'alertait, me prévenait que cet instant de répit me coûterait des jours de bouderie. Mais je parvins à me convaincre que ces quelques secondes d'amitié en valaient la peine.

— Tu n'as rien besoin d'expliquer, j'ai compris, me murmura Flore.

À ce moment-là, nous entendîmes la voix furibonde du Dr Amaury nous reprocher nos manques, nos défauts et même notre naissance. Je quittai la chaleur de Flore à regret, et à retardement également car elle mit du temps à relâcher sa douce étreinte. Je regardai du côté du médecin qui faisait de grandes enjambées vers nous. Avait-il vu que nous étions dans les bras l'une de l'autre ? À voir son air ahuri, il fallait croire que oui.

# 7

Je me rendis à la cuisine roulante en titubant de fatigue après une interminable garde. Il avait beaucoup plu. Le chemin entre la tente et la popote était quasi impraticable. Le sol avait tourné en boue. La cuisine était plongée dans la pénombre car on s'attendait à un bombardement nocturne. Je me servis du thé qui n'en avait que le nom, mais la boisson tiède et sucrée me réconforta. L'endroit semblait étonnamment désert ; même Cuistot était absent. Il devait dormir quelque part. Je me retournai pour scruter alentour, certaine d'avoir entendu du bruit.

Je devinai la silhouette de quelqu'un assis dans le noir. Contente d'avoir de la compagnie, je m'approchai pour échanger quelques mots. Bavarder un peu avant d'aller dormir me permettrait peut-être d'effacer en partie les horreurs de la journée. C'était Flore. J'aurais beaucoup aimé lui parler, mais elle ronflait sur une caisse en bois, le dos appuyé contre un tonneau. Elle avait l'air épuisée et je n'eus pas le cœur de la réveiller. Je rebroussai chemin. Le bruit de succion de mes bottines dans la gadoue trahit ma présence malgré mes efforts pour m'éloigner avec discrétion.

— Vita, c'est toi ? hasarda-t-elle.

— Je ne voulais pas te déranger.

— Tu ne veux pas me tenir compagnie un moment ? Je viens de marquer les morts et je serais contente de parler à quelqu'un de vivant.

Elle me désigna de la main la caisse à côté de la sienne.

— Tu as des nouvelles de tes parents ? lui demandai-je.

Elle baissa la tête, l'air accablée.

— Tu sais, ma mère est morte il y a quelques années. Il ne reste que mon père, et ce n'est pas le genre d'homme à m'écrire.

— Excuse-moi. Je ne savais pas.

Aussitôt je m'en voulus d'avoir pensé, dès le début, qu'elle était une enfant choyée, qu'elle avait été élevée au sein d'une famille aisée, unie et aimante. Je l'avais jugée sans savoir.

— C'est comme ça. On ne choisit pas. Mais je peux compter sur Hugo. Tiens, à son propos, je lui ai parlé de toi dans ma dernière lettre.

— Mais pourquoi ?

— Pour lui dire que j'avais une amie ici. Une fille formidable.

— Ce n'est pas beau de mentir.

— Si je lui dis la vérité, il va se faire du souci, plaisanta-t-elle.

— Comment va-t-il ?

— Je l'ignore, vu qu'il fait comme moi. Ses lettres

ne sont que des bavardages, mais tant qu'il écrit, c'est qu'il est vivant.

J'acquiesçai d'un signe approbateur de la tête. Comme j'aurais aimé avoir des nouvelles de Vadim ! Mais nous n'en avions même pas de l'Enclos. Saint-Pétersbourg semblait si loin.

Soudain, des tirs d'artillerie se firent entendre, suivis de bombardements à l'avant. La course lumineuse des balles transperça l'obscurité, puis ce fut l'éclatement flamboyant des obus. Ce son et lumière remua Flore dont le menton se mit à trembler. Son beau visage se décomposa et elle éclata en sanglots. Émue par ses larmes, je la pris contre moi. Elle pleura, la tête appuyée contre ma blouse verte, si pleine de boue qu'elle est devenue jaune, et si raide qu'elle formait une carapace entre nous. Après de longues minutes, la blonde se redressa, s'essuya le visage à coups de manche. Je fis un bout de prière avec elle pour la paix tandis qu'une aube livide se levait. Pourquoi n'y avait-il personne à la popote, pas même Cuistot ? D'habitude, il était là avant la naissance du jour.

À cet instant, Amaury passa à proximité de nous, l'air hirsute – depuis quelque temps, je l'appelais moi aussi par son nom de famille, tout court. Sa blouse boueuse semblait peser lourdement. Nous voyant, il s'approcha et tendit à Flore un amas de Cellucoton, cette ouate faite avec des copeaux de bois. Devenue un matériau médical incontournable dans les hôpitaux militaires, cette cellulose se substituait au coton devenu introuvable.

— Qu'est-ce qu'il y a ? l'interrogea la blonde en faisant disparaître la ouate dans la poche de sa blouse.

— Venez avec moi, vous deux ! Dépêchez-vous.

J'échangeai avec Flore un regard intrigué. Notre hésitation ne dura que quelques secondes, le temps de lui emboîter le pas. Un peu par obéissance, beaucoup par curiosité. Le ciel au-dessus de nous était menaçant : d'énormes dirigeables nous observaient.

— Pourquoi est-ce qu'Amaury t'a donné du Cellucoton ? demandai-je.

— Parce que j'ai mes ours.

Je découvris ainsi que la novice se calait de la ouate entre les cuisses quand elle était indisposée, tandis que moi, je lavais mes chiffes ensanglantées à la main, hiver comme été. Amaury m'apparut sous un jour différent, même si je regrettais que personne n'ait jugé bon de m'en parler.

Malgré la colle du sol, Flore et moi suivîmes le médecin jusqu'à l'arrière du camp où tous les volontaires français étaient déjà réunis. Voilà qui expliquait pourquoi la popote était déserte ! Nous rejoignîmes Christiane dont la blouse déchirée du décolleté au nombril tenait avec un lacet de chaussure. Quand les estropiés étaient près de rejoindre le Puissant, certains s'accrochaient au col de la première venue, comme si nous étions le dernier point d'ancrage sur Terre.

— J'ai reçu une dépêche, nous apprit Amaury sur un ton grave.

Tous, nous le dévisagions. Sans savoir de quoi il était question, nous espérions un cessez-le-feu. À voir nos figures pleines d'espoir, le médecin prit alors conscience de nos attentes et secoua la tête pour nous détromper :

— Les Allemands lancent une offensive pour dégager la Prusse-Orientale. Nous avons reçu l'ordre d'évacuer.

Un vent de panique souffla sur l'hôpital de campagne, car reculer signifiait que les boches avançaient. Nous rassemblâmes en toute hâte les blessés sur des civières tandis que le sifflement des balles se rapprochait. La peur au ventre, nous évacuâmes les estropiés en train. Malheureusement, notre convoi s'arrêta en chemin. Les rails bombardés avaient disparu dans la terre. Faute de moyens de transport, il nous fut impossible de rejoindre la ligne de repli. Alors que des canonnades s'engageaient de toutes parts, nous étions bloqués en pleine campagne, avec la mort aux trousses.

— Qu'est-ce qu'on va devenir ? s'affola Christiane.

Elle perdit son sang-froid et tira de sa poche la flasque de vodka qu'elle réservait aux souffrants quand la morphine venait à manquer.

— Range ça ! lui dis-je sur un ton péremptoire. Si quelqu'un te prend à boire, tu n'auras pas ta solde.

Cricri haussa les épaules et retira le bouchon de bois avec les dents. Elle plissa les yeux en se rinçant le gosier, puis me tendit la flasque. J'hésitai, mais vu qu'on allait mourir, à quoi bon être sobre ? Je bus une goulée. Puis ce fut au tour de Flore qui s'ébroua d'un mouvement réflexe sous les cinquante degrés d'alcool. Amaury nous rejoignit, mi-impressionné par notre culot, mi-désireux d'accéder à la petite eau.

Nous fûmes faits prisonniers.

Je m'angoissais de savoir ce que nous allions endurer dans cette prison où les femmes et les hommes étaient retenus dans des bâtiments distants. On m'avait tellement parlé des cruautés teutonnes que j'étais convaincue d'être torturée avant d'être fusillée. Quelle ne fut pas ma surprise de découvrir que nos geôliers étaient des hommes respectueux. Et pour cause : il s'agissait des soldats hanovriens et non prussiens. Les conditions de détention étaient rudes, mais nous dormions dans des bâtiments en dur et mangions de la soupe de gruau grâce à la Croix-Rouge.

À quelques jours de là, on nous autorisa à reprendre du service en tant qu'aides-soignantes, car les blessés affluaient ici aussi. La cocarde tricolore épinglée sur nos tenues de détenues, chacune reprit ses habitudes, sauf Christiane. La couturière n'avait plus le droit de marquer les estropiés depuis que des gars morphinés s'étaient réveillés en hurlant dans la fosse commune, avec le M de mort écrit sur la poitrine.

# 8

Il fallut deux mois aux diplomates pour obtenir la libération de tous les volontaires français. Nous fûmes transférés en Allemagne dans des wagons où l'on nous insultait à chaque halte. Les boches n'hésitaient pas à nous cracher dessus. Après un bref séjour à la forteresse de Stralsund, on nous conduisit au port de Sassnitz sur la Baltique. Nous embarquâmes alors pour la Suède où Flore, Cricri et moi fûmes reçues en héroïnes.

L'accueil fut plus triomphal encore à Saint-Pétersbourg où les habitants firent de nous le symbole de l'alliance franco-russe. Nous n'en revenions pas de les voir se précipiter hors des maisons. Certains cherchèrent à toucher nos cocardes, comme si elles portaient bonheur. Des notables firent cortège pour nous accompagner à l'Enclos que nous mîmes des heures à rejoindre tant était nombreuse la foule bordant la route. Nous, les infirmières, fûmes assaillies de tous côtés, contrairement aux hommes qui nous accompagnaient. De façon incompréhensible, les gens les ignoraient, ce qui exaspérait Amaury au plus haut point.

— C'est moi qui ai créé l'ambulance française, disait-il à qui voulait l'entendre.

Certes, c'était injuste car il était à l'origine de cet élan de solidarité. Mais était-ce plus injuste que de confisquer aux femmes leur pension si elles fumaient une cigarette, ou buvaient un verre de vin ? Les soignantes avaient enduré les mêmes tourments que les volontaires masculins, voire pire.

Ce premier jour d'été 1915, les retrouvailles avec l'abbesse et les autres filles se passèrent dans l'effusion d'une embrassade générale. Même Chantemesse parut contente de nous revoir.

— Vous représentez dignement notre mère patrie, nous félicita mère Javotte, le menton tremblant, les lèvres un peu saillantes.

Je fus toutefois déçue de ne pas revoir Paule, partie travailler au palais où elle cuisinait pour la famille impériale. Officiellement parce qu'elle avait remplacé la Tsarette. Officieusement pour faire suivre au Home tous les restes de repas. Voilà comment notre dîner se composa d'un paon farci et d'esturgeons rôtis dans du miel. Quel festin ! Et quel plaisir de dormir dans les draps propres d'un lit, à l'abri ! Un luxe après des mois à manger du blaireau et à dormir enroulées dans des couvertures crasseuses, sous des tentes.

Le lendemain, je pris du relâche avec Cricri et Flore : bain russe à la vapeur et collation au Café Pouchkine pour fêter notre retour en ville. Je comptais bien récolter des ragots sur la famille impériale de la bouche même du patron. Quelle stupéfaction pour nous de découvrir la violence exercée en ville contre les commerçants d'origine allemande, véritables boucs émissaires de la guerre !

— On est considérés comme des boches avec un passeport russe, nous expliqua Piotr dont l'œil était poché.

Mon cœur s'emballa quand il m'apprit que Vadim était de retour au palais après une campagne militaire glorieuse. J'étais soulagée de le savoir en vie tandis que Christiane se faisait du mouron pour son Ukrainien, mobilisé malgré son jeune âge.

Piotr fut ravi de nous traduire le journal *Novoïé Vrémia* dans lequel figurait un article de propagande sur notre retour.

*Des femmes vibrantes d'abnégation et de courage !*

*Depuis le début de la guerre, aucun événement n'a créé une telle joie : des femmes, capturées par les boches sur le front prussien où elles soignaient des blessés russes, se sont échappées de prison. Il s'agit de Françaises. Nous louons leur courage face aux cruautés des Allemands. Jamais la bassesse teutonique n'aura été plus cruellement flagellée !*

Tout cela était exagéré car nous ne nous étions pas échappées ; nous avions été libérées grâce aux diplomates. Mais l'important était d'être de retour à Saint-Pétersbourg. Ce soir, j'avais le sourire à la bouche, car Vadim de Russie s'y trouvait aussi.

Quelques heures plus tard, dans l'obscurité du dortoir, je convoquai son image. Je voyais le noble châtain tel qu'il était : le visage racé, les yeux gris, le sourire un brin moqueur, les dents brillantes, la stature haute, l'allure élégante. Sa silhouette distinguée faisait mes délices. Maintenant que nous étions tous deux de retour en ville, je ne pouvais m'empêcher de vouloir le fréquenter. Plus que n'importe qui.

# 9

Notre joie fut de courte durée. Les grèves dans les usines, le prix exorbitant des denrées et la crainte du front qui se rapprochait conduisirent à la fermeture de l'école Sainte-Catherine le 30 juin 1915. Nous pouvions continuer à vivre au Home, mais il n'y aurait pas classe cette année. À cela s'ajoutaient la chasse aux Russes d'origine allemande et la persécution des Juifs accusés de spéculer sur les biens de première nécessité. Et c'était sans parler d'Amaury qui boudait, au grand désespoir de Flore. Elle devait à la fois faire face au dédain du médecin qui n'avait pas digéré d'être dans l'ombre des Françaises et aux critiques de mère Javotte. Celle-ci lui reprochait d'avoir perdu de vue le vrai sens de la vie religieuse. Les conflits se multiplièrent et j'étais lasse de les entendre s'invectiver. Face aux difficultés, j'estimais qu'on devait se serrer les coudes. Mais l'abbesse n'en démordait pas tandis que la blonde cédait au découragement entre Amaury qui l'évitait et Hugo dont elle était sans nouvelles.

De mon côté, je n'avais pas revu Vadim. Je commençai à penser qu'il m'avait oubliée quand Piotr m'apprit qu'il serait présent à la cérémonie en l'honneur de sa sœur. Envoyée à Insterbourg, elle avait fait preuve d'un courage remarquable. Pour sa bravoure sous le feu de l'aviation ennemie, Isadora de Russie allait recevoir la médaille de Saint-Georges. Un défilé militaire aurait lieu à cette occasion. J'espérais y apercevoir le grand-duc.

En attendant, je devais endurer l'humeur de Flore qui se dégradait au fil des jours. Il lui prenait des accès de tristesse auxquels succédaient des crises de colère contre cette Russie qu'elle détestait et qu'elle ne pouvait quitter pour le moment. La nostalgie de sa terre savoyarde se faisait poignante et j'en faisais parfois les frais. Je trouvais cela d'autant plus égoïste que je souffrais moi-même d'être sans nouvelles de ma mère et de ma grand-mère – avec toutefois la consolation de savoir qu'Adolphe s'était fait confisquer ses bijoux de famille. Voilà la justice un peu rétablie !

Un matin de septembre 1915, une camériste se présenta à l'Enclos. Je reconnus la dame de compagnie dont la venue inopinée dans les jardins m'avait privée du baiser brûlant que le grand-duc allait me donner. Je revoyais l'allée d'eau qui cascadait jusqu'à la mer toute proche, les feux au loin sur les côtes de la Finlande. Mon cœur s'échauffa en repensant aux doigts de Vadim qui replaçaient une mèche derrière mon oreille. J'entendais encore sa voix basse y murmurer des mots doux. Et puis le serrement délicieux de ma poitrine, le frôlement de ses lèvres sur les miennes. La prochaine fois que je le verrais, je l'étoufferais de mes embrassements.

J'accueillis la noble visiteuse avec entrain et politesse, persuadée qu'elle allait nous inviter à la remise de médaille à la grande-duchesse. Or je me trompais : la cérémonie avait déjà eu lieu en petit comité. La dame de compagnie était venue recruter une préceptrice pour le fils d'Isadora parmi les Françaises revenues triomphantes. Ladite préceptrice devrait s'installer au palais Anitchkov à Saint-Pétersbourg. Ce château, situé au croisement de la perspective Nevski et du canal de la Fontanka, était parfois préféré par la famille impériale à la résidence officielle qu'était le palais d'hiver.

La dame nous informa que le choix de la préceptrice était déjà fait :

— Il s'agit de Mlle Vitaline Vittoz. Son altesse le grand-duc Vadim de Russie a besoin de ses services.

Ma bouche s'arrondit de surprise. Non seulement le prince ne m'avait pas jetée dans les oubliettes, mais encore il me voulait au palais. L'occasion était tentante, à certains égards. Alléchante même, par son inattendu. Vadim avait besoin de moi. Des pensées grisantes volèrent dans mon esprit. Après en avoir parlé avec l'abbesse – qui avait mis de l'eau dans son vin de messe à ce sujet –, je décidai d'accepter le poste. Sans réellement peser toutes les conséquences de mes actes.

Le soir même, Christiane vint me dire qu'elle avait entendu parler du palais Anitchkov en raison d'un mariage fastueux. La cérémonie avait eu lieu en février 1914, quelques mois avant notre arrivée. Les mariés étaient le prince Fiodor, réputé être le plus bel homme de l'Empire, et Ekaterina de Russie, nièce du tsar et considérée comme la plus belle princesse d'Europe.

— Comment sais-tu tout ça ? m'enquis-je, épatée.

— La robe de mariée était dans toutes les revues de mode françaises. Figure-toi que la princesse Ekaterina a, du haut de ses dix-neuf ans, refusé de revêtir la traditionnelle robe de cour russe. Elle a préféré porter une robe blanche, un voile ayant appartenu à la reine Marie-Antoinette et une tiare de diamants commandée à la bijouterie Cartier à Paris.

— Belle et intelligente ! Ekaterina mériterait d'être française.

— Et riche, avec ça. Du tsar, elle a reçu en cadeau de mariage un coffret contenant une trentaine de diamants bruts de trois à sept carats, et des pierres précieuses de la part des invités.

— Peut-être que nous en recevrons aussi quand nous nous marierons à notre tour avec des princes russes, plaisantai-je.

— Ce que tu peux être naïve ! me talocha Flore qui avait écouté notre conversation.

Je tentai de définir ce qu'était ce sentiment de vide que j'éprouvais. Puis je compris : du désenchantement. Je ressentais une déception doublée d'un irrépressible agacement. Depuis que j'avais répondu oui à la dame de compagnie, Flore voulait me dissuader de quitter le Home. C'était comme si cet emploi de préceptrice portait déjà au plus haut point d'ébullition les rivalités entre la blonde et moi. Or elle perdait son temps : rien ne me détournerait de mon idée fixe. Quelques semaines plus tôt, j'étais revenue du front avec cet objectif fou à l'esprit : revoir Vadim de Russie. Je voulais reprendre notre relation là où elle s'était arrêtée à cause de la guerre. Et pour ce faire, quoi de mieux que de m'installer au palais Anitchkov ?

Voyant que j'essayais la tenue de gouvernante que la dame de compagnie avait laissée pour moi, Flore chercha à me dégoûter :

— Le grand-duc ne veut pas t'épouser, mais seulement te déshonorer.

— J'ai parlé de mariage pour plaisanter. Rien d'autre.

— Ce n'est pas un anneau nuptial qu'il veut te mettre au doigt, mais le poivre aux jambes.

Je souris comme si elle plaisantait à son tour, mais au fond, sa menace me tarabusta. Une pensée alarmiste traversa mon esprit. Se pouvait-il que les intentions de Vadim soient de cette nature ? J'en doutais, car à chaque fois que je l'avais vu, il n'avait jamais eu un geste déplacé. En imaginant que Flore ait raison, cela ne changeait rien. Mes pensées me ramenaient toujours vers lui. Il était d'un naturel généreux, en plus d'être avenant d'apparence et de façons. Il représentait l'espoir d'un avenir autre que celui de rester au Home où je ne pouvais enseigner.

— Et la pauvre Thérèse-Anne, tu y penses ? m'interrogea la blonde.

— Je te trouve drôlement hypocrite de te servir de la Tsarette après tout ce que tu as médit d'elle !

— Tu profites qu'elle soit morte pour lui voler son rêve.

— Tu n'y es pas du tout, répliquai-je, piquée au vif.

— Dans ce cas, donne-moi une seule bonne raison de quitter l'Enclos.

Je tentai d'expliquer la situation à ce visage sévère et réprobateur.

— Mère Javotte m'a demandé d'accepter le poste. Elle espère que je vais pouvoir vous aider, comme le fait Paule avec la nourriture. Peut-être avec des dons en vêtements. Ou du bois de chauffage.

— Menteuse ! m'accusa Flore.

Je repensai à tous ces moments avec elle depuis notre rencontre dans le train pour Dunkerque. Au début, elle était amusante, à faire sa soupe au lait. Mais aujourd'hui, je n'avais que la force d'un sourire contrit en l'entendant mettre en doute mes propos. Ces bouderies, c'était justement tout ce que je détestais. Tout ce que je redoutais. Ne jamais savoir dans quelle disposition elle était, tenter de deviner à quel moment elle serait tournée vers la gaîté, ou l'irritation. Ses sautes d'humeur m'avaient toujours trouvée pleine d'indulgence, mais les choses avaient changé. Ses caprices, que j'avais supportés jusqu'à présent, m'avaient lassée.

— Flore, tu m'ennuies !

— Tu seras encore plus ennuyée quand tu auras un polichinelle dans le tiroir. Quand ton prince te jettera, il ne faudra pas venir pleurer.

Je n'en revenais pas de l'arrogance de cette fille qui avait larmé sur mon épaule plus souvent qu'à son tour ces derniers mois.

— Je ne te ferai pas ce plaisir, rétorquai-je.

— Le fond de tout, ça n'est pas l'enseignement ni l'argent. C'est que tu as succombé à la séduction exercée par le grand-duc.

— Tu es jalouse, ma parole !

Un petit ricanement lui échappa.

— Tu as tort de ramper devant cet homme alors que rien ne t'y oblige.

— C'est ce qui me vient à l'esprit quand je te vois mendier l'affection d'Amaury.

La blonde fronça les sourcils face à ma rébellion. Autour de nous, les autres filles se gardaient d'intervenir, tout en restant à proximité de notre querelle. Elles étaient curieuses de savoir qui de nous deux céderait. Flore tenta de me convaincre de m'engager comme infirmière à l'hôpital Sainte-Marie-Magdeleine. Beaucoup plus utile et moins dangereux que cette folie que je m'apprêtais à commettre, d'après elle.

— Inutile d'insister ! coupai-je court. Ma décision est prise.

# 10

Je bouclais ma valise quand j'appris que le grand-duc avait dépêché une voiture. J'embrassai les filles avec une affectueuse brusquerie. Mes cheveux retenus en chignon, je sortis de l'Enclos dans ma robe bleu nuit à collerette blanche, ceinturée d'un ruban de taille – tenue fournie par la dame de compagnie. Alors que je cherchais du regard une calèche à deux chevaux, je vis une limousine : une Delaunay-Belleville toute neuve. Cette prestigieuse marque française d'automobile, reconnaissable à son radiateur rond, était la préférée du tsar.

Le chauffeur m'ouvrit la portière. Quelle surprise ! Vadim à l'intérieur ! Aussi séduisant que dans mon souvenir. Il me tendit la main pour m'aider à monter en voiture. Je remarquai ses mains blanches, ses doigts aux ongles polis – surprenant pour un homme qui revenait du front. Il m'adressa un sourire au charme quasi criminel. Et de me retrouver en godiche anxieuse, la gorge palpitante, les joues cramoisies et le cœur affolé ! Après avoir si souvent pensé à lui, voilà maintenant que je craignais de grimper avec lui dans la Delaunay. La réalité de sa présence m'intimidait. J'avais l'imagination plus hardie que les actes. Mais je n'allais tout de même pas faire attendre un prince. Et puis, la situation était moins impressionnante que romantique tant il avait de charmantes façons avec moi.

Le chauffeur démarra le moteur. Et me voilà assise face à Vadim dans l'intimité de l'habitacle, en route pour aller vivre dans un palais dont je ne connaissais que le nom. La mise en garde de Flore me traversa l'esprit. Mon cœur tambourinait dans ma poitrine d'être seule avec le grand-duc sur une route inconnue. Quand il me baisa la main pour me remercier d'avoir accepté le poste, je me sentis déjà rassurée. Je rosis de plaisir en percevant la chaleur de son souffle sur mon poignet. Mais ce qui me frappa le plus, ce fut qu'il m'exposa l'affaire comme une sorte de faveur que je lui ferais. Une obligation qu'il contracterait envers moi. Il me promit qu'un jour, il me rendrait la pareille. Et puis, je n'avais jamais entendu un homme de sa condition parler de la sorte au sujet de sa famille :

— À la mort de nos parents, je suis devenu tuteur de ma sœur.

J'appris avec stupéfaction qu'Isadora était une femme divorcée avec un enfant. En 1908, elle avait épousé par obéissance un jeune duc suédois, aussi inexpérimenté que maladroit. Malgré la naissance d'un garçon l'année suivante, elle était malheureuse à la cour de Suède, rigoriste et fermée par rapport à celle de Saint-Pétersbourg, fastueuse et bigarrée.

Elle avait donc fui la Suède pour retourner en Russie auprès de son frère, provoquant un scandale jamais vu à Stockholm.

Contrairement à tout ce que j'avais pensé auparavant, je me sentis à l'aise en dépit du discours déconcertant de Vadim. En traversant la ville avec lui dans la douceur de cette journée d'automne ensoleillée, j'eus le sentiment que la Russie m'adressait enfin un signe chaleureux et prometteur. Le signe que j'attendais depuis mon arrivée, un an plus tôt.

— Ce qu'il y a d'ennuyeux, c'est que ma sœur n'a pas un grain de patience avec son fils, poursuivit-il sur le ton de la confidence. Et que mes propres affaires me prennent tout mon temps, sans compter la guerre.

— J'ai entendu parler de vos faits d'armes, mentis-je pour le flatter.

En réalité, le bruit courait qu'il était resté planqué à l'arrière, pour éviter le danger. Le conflit avait fait fleurir de nouvelles catégories de citoyens : l'embusqué au bel uniforme galonné, le profiteur s'enrichissant sur l'industrie de guerre, le commerçant exploitant les pénuries. La société était divisée entre le camp de ceux auxquels les hostilités profitaient, et celui de ceux qui payaient un lourd tribut – ouvriers et moujiks.

— Il manque à mon neveu une préceptrice française. Vous aurez bien sûr autorité sur son éducation, avec l'aide d'une bonne d'enfant, d'une femme de chambre et d'une cuisinière que vous connaissez, je crois. Il faut toutefois que je vous prévienne d'une chose : ma sœur n'a pas bon caractère.

Vadim en était là de sa présentation du tableau quand la limousine s'engagea dans l'allée du palais. J'éprouvai alors une détente qui n'était que le pendant qu'avait atteint mon inquiétude suite à l'avertissement de Flore. J'avais tellement redouté quelque chose de décevant, voire de dramatique que l'avenir dans cette fastueuse demeure ne pouvait être qu'une vie meilleure. Je soupirai d'aise en découvrant la façade néoclassique précédée d'un vaste perron, les fenêtres ouvertes sur des jardins fleuris, les frais rideaux ondulant dans la brise d'automne. Les roues crissèrent sur le gravier de l'entrée où deux servantes semblaient guetter notre arrivée.

— Bienvenue au palais Anitchkov ! s'exclama Vadim en affichant un sourire à n'en plus finir. Il tient son nom du pont qui enjambe la rivière Fontanka au milieu du parc. C'est là que mon oncle a passé son enfance. C'est aussi là qu'a eu lieu le mariage de mon meilleur ami, Fiodor.

Le grand-duc me prit la main pour m'aider à descendre de voiture. Il me parut être encore plus prévenant que dans mes souvenirs. À peine avais-je monté les premières marches qu'apparut sur le perron une femme de chambre qui me fit une révérence aussi courtoise que si j'étais une visiteuse distinguée. Vadim me laissa aux bons soins d'Olga.

La chambrière me fit visiter les lieux tout en me donnant des conseils sur les impairs à éviter.

— Ne parlez jamais de Grigori Raspoutine dans l'enceinte du palais. Ne prononcez jamais son nom, ne faites jamais allusion à lui.

En plus du peuple qui s'en méfiait comme de la peste, l'aristocratie lui reprochait d'envoûter la tsarine pour mettre en péril le trône de Russie. Sans compter l'insatiable appétit sexuel du Sibérien mêlé d'un sentiment de toute-puissance qui le poussait à convoiter les dames de la cour tel un renard les poules d'un poulailler. Y compris la grande-duchesse Isadora dont la joliesse et la haute naissance l'attiraient.

Ce soir-là, j'avais l'esprit en ébullition, entre mes rencontres du jour et mon installation dans cet endroit fastueux. J'avais été présentée à la grande-duchesse qui m'avait réservé bon accueil. Je considérai comme un privilège que d'avoir à m'occuper de son fils qui, malheureusement, était absent. Ma vaste chambre et son riche mobilier ajoutaient à mon sentiment d'être traitée avec générosité : lit à baldaquin, draperies de velours, larges fenêtres, psyché en citronnier, secrétaire en marqueterie, nécessaire à écrire, tapis caucasien. J'avais également reçu du rechange pour ma tenue de préceptrice : longue jupe en lainage gris, chemisier blanc à manchettes et col plissé, châle de laine assorti. Ce dont je disposais dépassait ce que Vadim m'avait promis.

Je dormis peu cette nuit-là tant tout semblait si parfait. Une seule chose m'étonnait : Isadora paraissait contente de mon arrivée, mais peu pressée que je rencontre son fils. Je me demandais pourquoi, avec quelque soupçon, je devais l'avouer. On aurait dit qu'elle prenait garde de ne pas trop me faire confiance et cela me mettait mal à l'aise. Je décidai donc d'employer l'art le plus subtil pour la gagner.

Plusieurs jours s'écoulèrent. Je n'avais toujours pas rencontré mon petit élève. Sa mère avait l'air aussi embarrassée que moi de la situation, sans que je comprenne pourquoi. En attendant que la grande-duchesse me fasse assez confiance pour me présenter son fils, c'était à elle que j'enseignais le français. Elle le parlait déjà bien, mais souhaitait améliorer son niveau. Naturellement, j'étais déroutée de ne pas exercer mes fonctions de préceptrice, mais mon sentiment de gêne était adouci par le fait d'avoir retrouvé Paule qui officiait aux fourneaux.

Pour fêter nos retrouvailles, elle me fit asseoir à la table de cuisine éclairée par un grand chandelier. Une bonne odeur de beurre chaud régnait dans la pièce.

— Voilà pour toi, Vitaline, me dit-elle en me servant un chocolat au lait battu au fouet pour le rendre mousseux.

Une douceur tout droit sortie du paradis. C'était probablement indécent de se délecter ainsi en temps de guerre, mais j'avais tellement souffert de privations sur le front que j'en ronronnai de plaisir en passant ma langue sur mes lèvres, comme un chat.

— C'est un délice, Paule, merci.

— Tu l'as bien mérité.

— Je n'ai toujours pas rencontré le petit prince, lui confiai-je.

— Il faut l'appeler « le petit monsieur », me corrigea-t-elle.

— Tu fais bien de me le dire. Comment est-il ? Est-ce qu'il ressemble à sa maman ?

— Je ne sais pas. Ça fait des mois que je travaille

au palais, et je ne l'ai jamais vu. À croire qu'il n'habite pas ici.

— J'espère que si, car c'est quand même pour lui que je suis venue.

— Et un peu pour le grand-duc aussi, non ?

— Qu'est-ce que tu vas chercher ?

— Tss... Tss... On ne me la fait pas, à moi. J'ai vu comment il te regarde. Tiens, justement, j'entends qu'il arrive à cheval. Ce serait gentil de ta part d'aller lui dire que j'ai fait du chocolat au lait.

— Jamais je n'oserai aller ainsi au-devant de lui, lui répondis-je tandis qu'elle me poussait hors de la pièce.

Et de me retrouver nez à nez avec Vadim !

— Ah, bonjour, mademoiselle Vittoz ! Je vois que nous fréquentons le même salon de thé. Le meilleur de la ville, grâce à notre cordon-bleu qui peut également se vanter d'être la plus belle cuisinière de Saint-Pétersbourg.

Paule devint cramoisie de plaisir et protesta avec une modestie enchantée. Paule et son port de reine. Belle, elle l'était, assurément, comme toutes les Françaises débarquées du cuirassé avec Raymond Poincaré. L'idée que Vadim puisse badiner avec elle me fit éprouver un sentiment pénible. Un sentiment honteux : la jalousie. Un des sept péchés capitaux. Ni ma mère ni ma grand-mère ne m'avaient élevée ainsi.

— Qu'est-ce que je vous sers aujourd'hui, Votre Majesté ? s'enquit Paule comme si c'était normal d'avoir un prince assis à sa table de cuisine.

Les joues enflammées par la rivalité, je déclarai,

pour me tirer de ma gêne, qu'il était temps pour moi d'aller rejoindre la grande-duchesse.

— Ma sœur est sortie, m'apprit Vadim. Pourquoi ne pas rester prendre le petit déjeuner avec moi ? Mademoiselle Paule m'a promis des croissants au beurre, comme on les déguste à Vienne.

Il me jeta un regard intense comme il le faisait à chaque fois que nous échangions. Il y avait entre nous des choses qui, en la présence d'autrui, ne pouvaient que s'exprimer que par des allusions détournées. Je zieutai du côté de Paule. Elle promenait sur nous des yeux amusés qui ne signifiaient aucune volonté d'interrompre ce qui se passait entre Vadim et moi.

— Restez, et je vous promets que vous serez conquise, insista-t-il.

— Ma foi, c'est tentant.

— Vous n'êtes pas la première à succomber, m'assura-t-il avant d'ajouter avec malice : aux croissants de mademoiselle Paule.

— Je n'ai pas cette prétention, répliquai-je en souriant.

Il posa sur moi ses yeux gris insondables.

— Je suis tellement content que vous ayez accepté d'emménager au palais, me remercia-t-il une nouvelle fois.

— À ce propos, savez-vous quand je pourrai commencer à travailler avec le petit monsieur ? J'ai hâte de faire sa connaissance.

— Malheureusement, ce ne sera pas pour tout de suite. Pour l'heure, mon neveu est retenu à Stockholm, auprès de son père, le prince Guillaume de Suède.

Les mots de Vadim formèrent une nouvelle à laquelle je n'avais pas été préparée : ce palais était vide d'enfant. Je me sentis soudain leurrée. J'aurais bien voulu en savoir plus, mais le regard gris incitait à la réserve. Je n'ajoutai rien, à la manière d'une jeune femme qui, à défaut d'être bien née, voulait montrer qu'elle avait saisi cette forme d'éducation qu'est la maîtrise volontaire de soi.

— J'aurais dû vous en informer avant, reconnut-il. J'espère que vous ne m'en voudrez pas de cette torsion de la vérité. Mais auriez-vous accepté de venir si je vous avais dit qu'il n'y avait pas d'enfant à éduquer ?

Qu'aurais-je pu répondre ? Que j'ignorais ce qu'il attendait d'une préceptrice en l'absence de petit élève ? Je lui lançai un regard interrogateur et il poursuivit :

— J'espère que vous resterez malgré tout. Ma sœur, qui souffre d'être séparée de son fils, a retrouvé des couleurs depuis votre arrivée. Votre présence à demeure la met en joie. Tout comme moi.

Il l'avait dit avec tant de chaleur que j'y voyais une sorte de promesse alléchante.

## 11

Ce que je ressentais, le lendemain de cette annonce, n'était rien d'autre qu'une réaction de stupéfaction mêlée de déconvenue après l'exaltation de mon installation à Anitchkov. Je n'y exercerais pas mes fonctions de préceptrice vu qu'aucun enfant n'y résidait. J'éprouvais une sensation d'oppression provoquée par mes nouvelles attributions : dame de compagnie de la grande-duchesse Isadora de Russie.

Je songeai à tourner les talons, mais à bien y réfléchir, je vivais mieux au palais qu'au Home où je ne mangeais pas à ma faim. Et puis, Isadora me paraissait être une femme si intelligente que c'était une chance pour moi d'avoir à lui tenir compagnie. Sans compter la bravoure dont elle avait fait preuve sur le front. Bien des dames de son rang seraient restées dans le confort de leur château. Aussi décidai-je de demeurer à ses côtés et de lui être dévouée. J'éprouvais de la crainte en me demandant si je serais à la hauteur de la tâche, et aussi un peu de fierté d'avoir été choisie par Vadim pour distraire sa sœur adorée. Allant contre les mises en garde de Flore, je m'assujettis moi-même à la volonté du prince.

Pour occuper le temps de façon amusante, je demandai à la grande-duchesse de bien vouloir me faire faire une visite commentée du palais en français. Elle accepta de se prêter au jeu, à condition que j'abandonne mon uniforme de préceptrice. Ce fut donc dans une robe de velours pourpre que je visitai les lieux, guidée par Isadora. Elle me raconta des anecdotes historiques à certains endroits, et des potins à d'autres. D'une galerie à mâchicoulis aux antichambres en passant par un escadrin biscornu, je fus frappée par sa volonté d'apprendre et de transmettre également.

Alors que nous achevions notre visite, elle évoqua sa vie. Elle avait fui la Suède où elle était malheureuse en laissant son fils à son mari, provoquant un énorme scandale. Aujourd'hui, le prince Guillaume, dont elle était divorcée, semblait peu disposé à lui rendre l'enfant. Je compris mieux pourquoi elle avait parfois un air de brebis perdue.

Nous revenions sur nos pas quand un homme en élégante tenue de cavalier tourna au coin d'un long corridor.

— Mon frère ! s'écria Isadora sur un ton de joie.

Vadim vint à notre rencontre d'un pas assuré. Il prit la main de sa sœur qu'il embrassa, l'informa que la manucure venait d'arriver. Ils se tutoyèrent en ma présence, me signifiant ainsi que j'avais toute leur confiance. Il me complimenta sur ma robe. J'affichai un sourire tout en baissant la tête d'un faux air timide.

Me vint alors la vision romanesque d'un preux chevalier surgissant au détour d'une allée. J'avais beau savoir que les princes charmants n'existaient pas, n'était-ce pas un conte de fées que j'étais en train de vivre, bien nourrie, richement vêtue, à l'abri dans ce palais, alors que la guerre faisait rage dehors ?

Cette impression très fleur bleue fut confortée, quelques semaines plus tard, quand Vadim s'encadra dans la porte de la salle d'études. Il avait un air intrigant, un regard annonciateur d'une nouvelle. Il me tendit une invitation à me rendre au théâtre pour une opérette : *La Belle et le Seigneur* – l'histoire d'une paysanne qu'un seigneur aimait au point de l'épouser.

— Voilà qui devrait nous permettre de bien commencer l'année 1916, dis-je en guise de gratitude, même si je savais qu'il serait loin de moi.

Il afficha un sourire satisfait, puis vint au baisemain, malgré le protocole. Mon cœur se mit à battre violemment sous la dentelle de ma robe ivoire quand je lui livrai mes doigts. Il prit congé, laissant dans son sillage une odeur qui mêlait le thé noir et la tourbe aux volutes de tabac blond. Je relus l'invitation qui me permettait de convier une personne de mon choix. Quelle générosité de la part de Vadim ! Sans doute ne connaîtrait-il pas les sentiments qu'il m'inspirait, car je craignais de n'avoir jamais l'audace de lui avouer. Et pourtant, une force irrésistible m'y poussait.

Paule faillit tomber à la renverse quand je lui proposai de m'accompagner et de venir choisir une tenue de soirée dans ma nouvelle garde-robe. Elle fit choix d'une robe de satin jaune et moi, d'une toilette de soie violette. Je faisais tout pour écraser ce sentiment de jalousie qui m'obsédait parfois à son sujet.

Le soir de réveillon, Olga nous aida à nous préparer, puis nous nous rendîmes au théâtre français de Saint-Pétersbourg. Ce théâtre, ouvert en 1833 sur décret de Nicolas Ier, accueillait des acteurs français embauchés pour cinq ans. On y jouait des vaudevilles pour un public francophone composé de la famille impériale, de l'aristocratie, de l'intelligentsia, des étudiants et de la colonie française. Nous occupions une place assise au parterre, l'endroit situé derrière les fauteuils d'orchestre. Paule était si heureuse d'être là qu'elle ne cessait de mêler des rires à ses propos. Nous nous estimions chanceuses d'être assises car, autrefois, le parterre ne comportait pas de sièges.

Les lumières se tamisèrent, le silence se fit et les acteurs entrèrent sur scène. L'orchestre joua les premières notes. Mon attention fut distraite par le frémissement du public qui levait la tête dans la même direction. Vadim de Russie venait d'entrer dans la loge impériale avec Isadora. Un murmure traversa la salle. La société pétersbourgeoise, friande de potins, observa leur attitude sans paraître s'y intéresser.

Quand le rideau tomba sur le premier acte, Vadim s'avança légèrement. Le public remarqua son mouvement et le couple qui occupait la loge d'avant-scène fut le point de mire de tous les spectateurs. Je me penchai vers Paule qui était au courant de beaucoup de choses – on n'imagine pas à quel point la cuisine est le point névralgique d'un palais :

— Sais-tu qui sont ces deux personnes, là-haut ?

— Ekaterina de Russie et son altesse sérénissime Fiodor, unique héritier d'une fortune plus importante que celle du tsar lui-même.

J'observai ce couple d'aristocrates dont Cricri m'avait parlé. Tous deux étaient d'une rare beauté. Leur réputation n'était pas usurpée. L'homme était une espèce d'androgyne pétri des sangs divers de ses ancêtres tatars. Il se retourna, regarda Vadim avec la simplicité naïve de l'admiration tandis que son épouse, reconnaissant dans les autres loges quelques personnes amies, leur adressait de charmants sourires.

Sur la scène, dans le rôle de la jeune paysanne, se démenait une exquise petite diva aux vocalises de cristal. La divette, dans l'éclat de sa jeunesse, chantait des mélodies d'inspiration païenne qui ravissaient le parterre. Paule, subjuguée par le spectacle, ne cessait de faire des commentaires à haute voix. Il y eut quelques « chut » aux places voisines.

Le rideau se ferma. Je fixai mes yeux sur la loge d'avant-scène où Fiodor s'était de nouveau retourné. Remarquant que Vadim l'avait vu faire, il rougit comme une cerise tandis que son épouse feignait l'indifférence.

— C'est étrange, fis-je remarquer à Paule.

— Quoi donc ?

J'hésitai avant de répondre.

— C'est l'homme qui rougit alors que la femme reste de marbre.

— C'est normal, vu que le grand-duc le fixe. Moi aussi je suis rouge comme un dindon quand il me regarde. Il est si séduisant que c'en est gênant.

Pourquoi fallait-il sans cesse qu'elle me rappelle que notre employeur lui plaisait ? J'hésitai à lui en faire part quand une sonnerie retentit. C'était l'entracte. Vadim quitta sa loge.

— Je reviens, dis-je à Paule qui discutait avec sa voisine de Raspoutine dont les penchants germanophiles inquiétaient au plus haut point.

L'été précédent, le tsar Nicolas II avait pris la tête des armées et confié le gouvernement intérieur de la Russie à son épouse. La tsarine Alexandra faisait une confiance aveugle à Raspoutine au point qu'il résolvait lui-même les affaires urgentes, décidait des questions de politique de l'État, faisait et défaisait les ministres. On le soupçonnait de vouloir faire retirer les troupes russes, au risque de permettre aux Allemands de gagner la guerre.

Je me rendis au pied du grand escalier où je cherchai des yeux Vadim. Je l'aperçus juste au moment où il entraînait Fiodor un peu à l'écart. Il l'entretint un moment à voix basse, après quoi il regagna sa loge, l'air préoccupé. La sonnerie retentit ; il était temps pour moi d'en faire autant.

— Alors ? m'interrogea Paule, les sourcils hauts.

— Alors, rien, mentis-je pendant que le rideau se relevait pour la troisième fois.

En réalité, je me demandais pourquoi les deux princes avaient des airs de conspirateurs.

L'orchestre se tut. S'ensuivirent les applaudissements. Quand les lustres s'éclairèrent, je réalisai que la loge impériale était vide. Les gens du parterre se levèrent et évacuèrent la salle. Le péristyle du théâtre était plein d'une foule impatiente qui voulait saluer les membres de la famille impériale. Je passai sans me faire remarquer avec Paule pour rentrer directement à Anitchkov. Durant le trajet, elle me parla des étonnantes circonstances dans lesquelles elle avait rencontré Fiodor de Russie, réputé pour être un des plus fervents détracteurs de Raspoutine.

— C'était au mois d'août dernier, quelques semaines avant ton arrivée au palais. De la fenêtre de la cuisine, je voyais Vadim se promener avec une jeune femme inconnue dans le parc. Ils marchaient bras dessus, bras dessous, bavardaient avec animation. Je les entendais rire.

— Je ne vois pas ce que ça a de remarquable, lui signalai-je, agacée.

J'en avais assez que Paule en sache plus long que moi sur la vie quotidienne du grand-duc. Depuis quand les popotières étaient-elles dans les petits papiers des princes ?

— La jeune femme était en fait un homme.

— Vraiment ? m'écriai-je. Mais quel est le rapport avec Fiodor ?

— L'homme travesti en femme : c'était lui.

## 12

Tout au long de l'année 1916, l'androgyne Fiodor vint souvent en visite au palais. J'eus alors l'occasion de voir de plus près ce descendant du khan de la horde Nogaï dont les traits fins de type asiatique et les yeux bleu encre attiraient les compliments. Il passait des heures à s'entretenir avec Vadim dans le salon de lecture. Fiodor semblait être un homme d'une grande intelligence, mais doté d'une personnalité angoissée et émotive.

Les deux amis parlotaient également dans le secret du fumoir. Craignaient-ils qu'on entende leurs échanges ? Ou était-ce parce que Fiodor s'enivrait d'opium avant de se travestir ? Il était de notoriété publique qu'il aimait revêtir les robes et les bijoux de sa mère. À moins que ce ne soit une autre raison.

Parfois, je laissai traîner une oreille. Je percevais des échanges à mots couverts entre les deux princes, à l'heure des cigares et des verres de vodka. Ils paraissaient complices dans une histoire qui devait rester secrète. J'aurais aimé savoir de quoi il s'agissait, mais je savais que les dames de compagnie ne devaient pas s'immiscer dans les affaires de la maisonnée.

En dehors des allées et venues incessantes de Fiodor, la vie s'écoulait paisiblement au palais où nous vivions comme retirés dans un cocon. Les pénuries et les tensions dans les rues n'arrivaient pas jusqu'à nous. La garde impériale, l'immense parc et les hauts murs nous préservaient du brouhaha et des misères de l'extérieur.

Je n'avais pu me rendre à l'Enclos que trois fois depuis que j'avais déménagé, un an plus tôt. À chaque fois, j'avais constaté combien le dénuement des Françaises et leur épuisement étaient grands. Je m'en étais ouvert à la grande-duchesse qui avait sollicité les aristocrates de sa parentèle. Grâce à leur générosité, j'avais pu collecter des vêtements, du savon et des conserves que je faisais porter chaque mois à mes amies du Home.

Ce premier jour de septembre 1916, il pleuvait à torrents. Je passai l'après-midi à préparer des colis pour les Françaises. La venue de la mauvaise saison s'annonçait difficile. Depuis des mois, des queues se formaient devant les commerces dès trois heures du matin. Le pain était hors de prix et les œufs introuvables. Une mesure de pommes de terre, qui valait vingt-cinq kopecks avant-guerre, se vendait aujourd'hui cinq roubles. Et pour comble de tout, elles n'auraient pas d'élèves en classe cette année encore, car la rentrée scolaire venait d'être annulée.

Mes colis étaient prêts. Ils étaient en nombre. Je m'étais bien démenée. Je voulus prendre un bain après ça, mais le feu était éteint dans la salle d'eau, ainsi que dans ma chambre. Il faisait froid et humide. J'appelai Olga, mais personne ne vint. J'enfilai un peignoir, pris le seau à cendres que la chambrière avait pris soin de vider et partis à la recherche de quelques bûches. La réserve de bois du couloir était vide.

Je jetai une pèlerine sur mes épaules pour aller en chercher dans la réserve générale. Afin de rester abritée de la pluie, j'empruntai la coursive presque inéclairée qui longeait les appartements de Vadim. Je prêtai l'oreille à un bruit. Des voix. D'après ce que j'entendais, il n'était pas seul. Le couloir où je me trouvais comportait une lucarne haute qui donnait sur la tour qu'il occupait. La curiosité attisée, je calculai qu'en renversant le seau sur le sol pour monter dessus, je pourrais regarder par la lucarne.

Debout sur le récipient, je me hissai sur la pointe des pieds pour atteindre la bonne hauteur. La lucarne s'ouvrait sur la salle de bains éclairée du grand-duc. Je le vis debout devant le lavabo. Et plus surprenant, il était seul. Les bruits de voix, c'était lui qui chantait. Je me délectai de le voir nu, affairé à sa toilette. Cette façon qu'il avait de se savonner, si souple, si sensuelle. Je m'hypnotisais de plus en plus devant sa gestuelle. Voyons, Vitaline ! me dis-je soudain. Est-ce vraiment toi, la dame de compagnie de la grande-duchesse, qui fais ce que tu es en train de faire ? Te tenir debout sur un seau renversé, pour zieuter un prince nu par une lucarne ?

Je ne pouvais le croire.

Était-ce bien moi qui ressentais ce flot de tentations charnelles à la vue de ce corps mâle sur lequel moussait le savon ? Tout ça semblait se produire indépendamment de ma volonté, et pourtant, tout en regardant Vadim, je songeais aux images que je garderais en mémoire pour les nuits de solitude. J'avais beau me répéter que je ne devrais pas observer le prince à son insu, je le regardais se laver à l'endroit le plus intime. À le voir gigoter au rythme du savonnage, une chaleur me partit du bas-ventre et me monta à la tête comme une bouffée d'envie. Il rejeta la tête en arrière, les yeux fermés alors qu'il accomplissait un acte qui me fit me sentir toute molle, et lui tout l'inverse. Quand il eut fini, il ouvrit les paupières et son regard tomba sur moi. Il me vit là, qui le reluquais en position de voyeur. Il n'essaya pas de se cacher. Bien au contraire. Il resta à me dévisager, tandis qu'un demi-sourire étirait ses lèvres. Et je crus lire une invitation dans son regard.

Paniquée, je voulus descendre de mon perchoir, mais ma tête heurta la lucarne. Je lâchai un cri et sautai du seau qui roula bruyamment sur le sol. Le bruit alerta Olga. Je la vis, plantée au bout du couloir, devant un tableau du tsar. Elle m'observait, les poings sur les hanches. La meilleure défense étant l'attaque, je lui reprochai ses manquements :

— Le feu de la salle de bains est éteint et la réserve de bois est vide.

Elle vint ramasser le seau et repartit chercher des bûches non sans me lancer un regard en diagonale.

Je regagnai ma chambre avec autant de dignité que

possible. En abandonnant ma pèlerine sur le fauteuil, je vis le papier officiel portant le sceau impérial qu'on avait déposé en mon absence. J'étouffai un cri de surprise : c'étaient des papiers d'identité à mon nom. Vadim m'avait offert la nationalité russe sans même m'en parler. J'étais désormais sujette du tsar. Quel honneur ! Et quelle reconnaissance aussi ! J'aurais voulu aller le remercier de cette faveur inattendue, mais avec ce qui venait de se passer, mieux valait attendre un peu.

Je me rendis à la salle de bains où je fis couler l'eau chaude. En attendant que la baignoire se remplisse, je défis mon peignoir, m'examinai devant la psyché en me tournant d'un côté, puis de l'autre. Je me regardai la croupe par-dessus mon épaule, me tâtai le corps en plusieurs points. Depuis mon retour du front, j'avais grossi. La faute à Paule ! Mon ventre était légèrement proéminent. Ma taille était toujours marquée, mais de la graisse s'était formée sur mes hanches. Et mes fesses étaient bien là. Fermes et hardies. Je soupesai mes seins. Ils étaient toujours aussi lourds et fermes. Émoustillée par la nudité du grand-duc, je les pris dans mes mains et les tendis en avant telle une offrande. C'était à Vadim que je les donnais. Je rêvais de le voir enfouir sa tête entre mes deux meringues accolées comme de la crème, de sentir sa langue agacer mes tétins.

Ce fut le moment que choisit Olga pour revenir avec trois bûches. Pas une de plus. Mal à l'aise, je grimpai dans la baignoire pour dissimuler ma nudité dans l'eau.

— La réserve de bois des maîtres est presque vide, m'annonça-t-elle avec un regard d'avertissement.

Comme pour me prévenir que, une fois les choses lancées, nul ne savait où elles menaient, et encore moins comment elles se terminaient.

## 13

Le lendemain soir, je gagnai la salle à manger. J'étais conviée par Isadora à un « souper simple » comme elle qualifiait un dîner d'une quarantaine de personnes. Sachant que Vadim y serait, j'avais choisi une tenue de soirée en satin bleu pâle ornée de tulle et des petits souliers mordorés. J'éprouvais le besoin de le voir, afin de m'assurer que nous n'étions pas fâchés. J'embrassai d'un coup d'œil la pièce à la fois chaleureuse et protocolaire : table en bouleau de Carélie, chaises au décor ciselé, dessertes en bois de rose, toiles de maîtres aux murs, tapis persans au sol. Un véritable décor de conte de fées.

J'étais la première arrivée, en dehors du grand-duc qui parcourait une dépêche, debout près de la cheminée où un feu pétillait. Dans ce silence de velours, mon pouls s'accéléra. Je m'encadrai dans la porte de la pièce pour l'observer. De façon insensée, j'éprouvais pour lui des sentiments excessifs, presque dramatiques. Il murmura un juron, froissa la dépêche, se pencha pour la jeter dans les flammes avant de s'apercevoir de ma présence. Je vis son regard s'éclairer comme à la vue d'une amie chère.

— Bonsoir, mademoiselle Vittoz, me salua-t-il avec une affabilité caressante.

Alors que j'étais venue pour lui, je m'empourprai. C'était à peine si j'osais le regarder pour lui répondre. Par chance, Isadora arriva avec ses invités, superbe dans sa robe de soie ponceau lamée d'or. Je profitai de leur grande dépense de salutations pour observer Vadim à la dérobée. Difficile de ne pas attarder mon regard sur son anatomie moulée dans une tenue d'officier parfaitement ajustée – maintenant, je savais ce qu'il y avait sous l'uniforme. Lui, ne semblait pas indifférent à mon décolleté en pointe.

Je restai en retrait, attentive à l'équilibre de ma coupe de champagne rosé, comme si je craignais de la renverser. J'écoutai sans intervenir les aristocrates qui discutaient politique. La conversation se fit en français. Peut-être par habitude, peut-être par égard pour moi. Il était question de boulangeries dévalisées, de grévistes virulents, de tramways renversés sur les rails. Tous craignaient le mécontentement des masses.

Les échanges suivants me mirent dans l'embarras. Selon les convives, en août 1914, les Russes s'étaient sacrifiés pour les Français. C'était grâce à eux que nous avions pu remporter la bataille de la Marne, puisque les Allemands avaient dû répliquer à leurs attaques en Prusse-Orientale. Mais leur loyauté envers la France leur avait coûté la perte de l'élite de leur armée. J'eus alors le sentiment d'être une intruse qui, une fois assise à table, dérangeait la nappe de sa présence. D'un seul coup, je me sentis si fragile que je redoutai de pleurer. Je m'en voulais de ne pas réussir à dissimuler mon trouble. Vadim vint à ma rescousse en rappelant que j'avais porté secours aux blessés russes sur le front, au péril de ma vie. Je lui en sus gré. Il détourna ensuite la conversation en faisant une allusion amusante à la rareté de mes visites et au plaisir qu'il aurait à me voir plus souvent.

Dans le caquetage des dames qui voulaient bien me reconnaître quelques soudaines qualités, certaines s'indignèrent d'avoir à payer le prix fort dans les épiceries de luxe. Elles disaient cela tout en dégustant un succulent repas au cours duquel les serviettes de table furent changées deux fois. Je me demandai comment Paule s'était débrouillée pour confectionner autant de délicieux plats par ces temps de disette : terrine de saumon, oie rôtie, champignons farcis, gâteau aux fruits confits – où diable avait-elle déniché des œufs ? Tous les invités avaient les moyens de continuer à bien vivre au milieu d'une misère noire. Moi-même, je bénéficiais de cette situation privilégiée. J'en profitais égoïstement tandis que les Françaises de l'Enclos avaient la vie dure et que les pauvres mouraient de faim et de froid dans les faubourgs. Cette pensée me mit mal à l'aise.

Quand la soirée prit fin, je me pliai à cette étrange coutume russe qui consiste à défiler devant la maîtresse de maison pour la remercier du dîner – quand bien même Isadora savait à peine où se trouvaient les cuisines. Après quoi je me retirai avec discrétion, empruntant la coursive inéclairée – à croire que les pénuries nous touchaient malgré l'opulence de façade. J'étais à mi-chemin quand j'eus l'impression que quelqu'un était à mes trousses. Une main se posa sur mon épaule. Je n'eus pas le temps de faire volte-face que déjà une bouche pressait la mienne. Je repoussai l'envahisseur des deux mains avant de réaliser ma méprise. Vadim relâcha son étreinte avec des yeux surpris. Un flot de sang m'empourpra le visage. Je venais de rembarrer le plus beau parti d'Europe.

— Merci d'avoir honoré le dîner de votre présence, dit-il froidement.

Il disparut dans ses appartements, me plantant là. Je regagnai ma chambre, honteuse et confuse. Je me reprochai après coup ma sotte timidité, mon austérité revêche. Comment avais-je pu commettre pareille bévue avec le grand-duc ? Sa hâte pour me rejoindre était touchante. Son baiser avait quelque chose de charnel. J'eus le regret de n'avoir pas répondu à ses avances. C'était un malentendu, mais je savais comment le dissiper. Je me mis nue, puis passai un négligé blanc dont j'arrangeai le décolleté. Je détachai mes cheveux qui cascadèrent dans mes reins en une onde de feu. L'esprit plein de rêves et de fièvres, je sortis dans le couloir.

J'avais décidé d'aller trouver Vadim, de m'offrir à lui. Je voulais ôter mon masque de femme dévouée, faire paraître le vrai. J'avais envie de vivre comme une jeune femme. De connaître l'amour. Et pourtant, quelque chose en moi méprisait cette façon de se conduire, la considérait comme la pire des folies. Un prince beau comme le jour, promis à un brillant avenir, qui m'avait embauchée pour tenir compagnie à sa sœur, et qu'en d'autres circonstances, je n'aurais jamais pu approcher. Que pouvais-je espérer ? S'il venait à me repousser, je devrais quitter le palais. Alors je perdrais en même temps le toit, le repas et l'emploi. Mais c'était plus fort que moi. Je le voyais tel un dieu et je marchais vers lui pour l'adorer. Pas moins.

J'avançai à pas lents dans la sombreur de la coursive, presque à tâtons, les mains tendues devant moi, à la manière d'une personne somnambule. Ma démarche chaotique n'était pas si éloignée de ce trouble du sommeil. J'aurais pu être endormie tant la réalité de ce que je m'apprêtais à faire m'échappait. Je me trouvai à présent devant la grille ouvragée qui précédait l'entrée de ses appartements. Par la fenêtre, j'aperçus la lumière d'une lampe. J'entendis des voix, ou peut-être était-ce de la musique. Oui, c'était ça. Un disque tournait sur le plateau du phonographe. Je passai le bras par la grille, tendis la main pour toquer au chambranle de la porte que je touchais à peine. Je prononçai doucement :

— Votre Majesté ?

Il y eut un mouvement à l'intérieur. Le majordome de Vadim glissa sa tête de hareng mariné par l'entrebâillement de la porte.

— Mademoiselle Vittoz ? s'étonna-t-il en zieutant mon négligé blanc.

Maintenant que j'étais là, en tenue transparente, alors que la température était glaciale, je doutais d'avoir fait le bon choix vestimentaire.

Le hareng mariné tourna les talons pour aller informer son maître qu'il avait de la visite. Quelques instants plus tard – une éternité –, Vadim se montra. Mais au lieu de me faire entrer, il se contenta de rester derrière la grille, la moitié de son visage éclairé par la lumière de la lampe. Où étaient passées ses charmantes façons ?

Visiblement, j'allais devoir lui parler à travers les barreaux, comme une captive au parloir d'une prison dorée. Je rassemblai mon courage pour lui avouer que j'avais le béguin pour lui. Des paroles de midinette jaillirent de moi dans un élan de passion suffocante. Ma poitrine se soulevait par bonds. La dentelle de mon décolleté frémissait à chaque respiration tandis qu'il m'écoutait en silence.

Maintenant que j'avais dévoilé mon cœur, c'était une torture de rester ainsi dehors, sans qu'il bronche. J'empoignai alors les barreaux, comme pour l'implorer de me laisser entrer, à demi consciente du ridicule de ma conduite, mais incapable de tourner les talons pour autant. Espérant une réaction, je l'observais, attentive à son souffle. Visiblement, il avait décidé de me faire payer le rejet de tout à l'heure. Son impassibilité me fit une impression si pénible que je me mis à trembler. Était-ce de passion, de rage, de froid, ou de mépris pour moi-même ?

Pensant qu'il n'ouvrirait pas la grille, je relâchai les barreaux, et m'écartai de son entrée. Je m'attardai encore un peu dans le noir en me mordant la lèvre inférieure jusqu'à avoir mal. Alors que je m'éloignais dans la coursive, ridiculisée et meurtrie, j'entendis le bruit d'une serrure suivi du grincement d'une grille. Le cœur chamadant, je me retournai. Vadim s'avançait vers moi dans la pénombre en chaloupant. Il m'attira à lui, si brusquement que j'en eus le souffle coupé. Et déjà, il me violentait la bouche. Ses lèvres avaient un goût prononcé de vodka. Ses mains s'emballèrent avec force. Je tentai de les immobiliser quand il voulut me fouiller l'entrejambe. Je mis cette brusquerie sur le compte de l'excitation, mais tout de même. Je le pensais plus chevaleresque.

— Vous êtes un prince, n'est-ce pas ? chuchotai-je.

— Da !

— Alors soyez charmant, voulez-vous !

L'espace d'un instant, il eut l'air de balancer entre le vice et la vertu. Sur quoi il m'entraîna dans ses appartements où son majordome discutait à voix basse avec le valet de pied.

— Laissez-nous ! leur ordonna-t-il.

Les deux hommes quittèrent les lieux séance tenante. J'entendis la porte se refermer, la grille grincer. Il régnait une chaleur de four à l'intérieur. Un feu d'enfer brûlait dans la cheminée contre laquelle était rangé un énorme tas de bûches. Pas étonnant que les réserves de bois soient vides !

# 14

Vadim nous servit de la vodka. Il mit un disque, chantonna en même temps que le gramophone tournait, le sourire un peu moqueur sous sa moustache en guidon. Je saisis quelques paroles à la volée.

— J'ai le monde à mes pieds. Tralala. Je suis le roi des rois. Tralala.

Les paroles de cette chanson ne me disaient rien de bon.

Il nous resservit à boire, puis retira sa chemise, dévoilant une peau blanche et une musculature fine. Il portait une médaille en or autour du cou.

— Qu'est-ce que tu attends ?

Surprise par ce tutoiement soudain, je restai quelques secondes sans réagir avant de dénouer la cordelière qui me ceignait la taille. L'alcool avait balayé ma méfiance au profit d'une insouciance grisée par sa chaude présence masculine. Mon geste l'incita à s'approcher de moi. Il me mordit dans le cou tout en rabattant mon négligé sur mes épaules.

— Aïe ! protestai-je.

— Oy ! répéta-t-il dans sa langue sur un ton amusé.

Mon vêtement glissa le long de mon dos, s'écroula en une tache immaculée sur le sol qui reflétait la lumière de la lampe. Il me malaxa les seins comme je malaxais le beurre sur l'alpage pour le mettre en mottes. Ses mains étaient aussi brûlantes que son haleine. Le disque continuait de tourner sur le phonographe et Vadim chantait à tue-tête maintenant :

— Le monde à mes pieds. Tralala.

Il marcha sur mon négligé. Je n'en revenais pas de le voir piétiner mon déshabillé en dentelle – le seul que je possédais. Mais le possédais-je vraiment, ou n'était-ce qu'un prêt ? Un luxe provisoire qui pouvait m'être repris à tout moment si je ne donnais pas satisfaction ?

— Le roi des rois. Tralala.

Il me sourit avec une étrange lueur dans le regard. D'un bond, il se déplaça derrière moi, me ceintura, me souleva au-dessus du sol et me retint ainsi contre lui pour me transporter comme un paquet jusque dans sa chambre. Une veilleuse en verre rouge éclairait un angle de la pièce, telle la lanterne d'un lupanar. J'entendais sa respiration bruyante dans mon oreille.

— Est-ce une coutume russe ? m'enquis-je pour mettre une sourdine à mon malaise.

— Da !

À cet instant, le prince charmant se laissa tomber sur le lit, m'entraînant dans sa chute. Maintenant que j'étais allongée, il se releva avec empressement. Le lit tanguait sous l'effet de la petite eau. J'entendis le bruit de la boucle de ceinture qu'il défaisait, le son des boutons qu'il déboutonnait à la va-vite, le froissement de son pantalon qui tombait sur le sol. Bien sûr, j'avais déjà vu des hommes nus – pas tant que ça, en fait. À cet instant, minuit sonna à la pendule comme pour solenniser cet égarement marquant de ma vie. Une goutte de sueur perla à l'angle de mon front. Rien d'étonnant avec cette chaleur de serre.

Il y a deux sortes de femmes, me dis-je alors. Celles qui se débattent et celles qui se laissent faire. Je me demandai à quelle catégorie j'appartenais. Bien sûr, j'aurais voulu pouvoir me ranger dans celle des battantes qui rendent coup pour coup. C'était d'ailleurs ce que j'avais fait quand j'étais enfant, mais à quoi cela avait-il servi, à part à envenimer la situation ? Et puis, j'étais venue parce que je regrettais d'avoir repoussé les avances de Vadim. Alors je n'offris aucune résistance quand il me fit sauter les seins comme on sabre des bouteilles de champagne. Je me fis toute molle dans les bras de celui qui lâchait des exclamations de plaisir anticipé.

L'aiguille d'acier se mit à bondir dans les rainures et le phonographe rabâcha les mêmes mots : « roi des rois, roi des rois ». Son altesse prit ce rythme rapide et répétitif comme modèle. La médaille qu'il portait au cou se balançait en cadence devant mes yeux. La vierge allait et venait au rythme de ses coups de butoir. Je ne quittai pas des yeux ce disque sacré. Cette forme d'hypnotisme me plongea dans un état mental grâce auquel j'allais pouvoir supporter la gaudriole jusqu'au bout, sans me plaindre ni m'en aller.

— Han ! émit-il. Han, han !

J'attendais que ça se termine en affichant une attitude calme et passive, mais à l'intérieur de moi, mon cœur bondissait comme un animal sauvage dans la cage de ma poitrine. Pourquoi le destin avait placé cet homme sur mon chemin ? Sans le vouloir, mes pensées volèrent vers Flore qui m'avait mise en garde contre Vadim. Mais n'avait-elle pas accepté des choses similaires avec Amaury ? Je voulus prier en silence, pour me pardonner de ce que je m'infligeais sans y être obligée, et pour que ce beau diable en vienne au dernier acte – je commençais à trouver le temps long. Mais je ne parvins pas à me concentrer suffisamment pour prier et je ne vis plus que la médaille en or qui allait et venait devant mes yeux.

— Aaarrr ! gémit le prince qui avait perdu de sa superbe.

La seconde d'après, il s'affala sur le côté ; la suivante, il dormait.

L'aiguille du phonographe grinça jusqu'à ce que les rayures en spirale la guident au centre du disque. La chanson était finie. Soulagée de ne plus entendre cet hymne à la gloriomanie, je pris une cigarette et me laissai aller contre l'oreiller brûlant tandis que Charmant émettait des bruits de phacochère. Je me tins le ventre. Une autre que moi aurait bientôt vu s'y nicher le fruit de ses ébats, mais je savais que jamais je ne porterais d'enfant. J'avais quelque chose d'abîmé intérieurement. Cette certitude m'était venue, plus jeune, quand Adolphe m'avait traitée en chose.

Au sein de l'obscurité, j'écoutai le tic-tac de la pendule qui faisait écho aux battements secs de mon cœur. Je tirai sur ma cigarette quand j'entendis la grille grincer, la porte s'ouvrir. C'était sûrement le valet de chambre. Je discernai des froissements. Peut-être ramassait-il nos vêtements. Je perçus ses pas qui approchaient de la chambre. Je n'eus pas le temps de remonter le drap sur moi que son altesse Fiodor de Russie apparut sur le seuil de la chambre, étrangement vêtu. On aurait dit qu'il sortait d'une opérette, tout habillé de frous-frous et coiffé de boucles. Avait-il joué un rôle au théâtre et oublié de changer de costume ? Mes yeux s'écarquillèrent. Je songeai à Paule qui l'avait qualifié de « ni chair ni poisson ». Ainsi, elle disait vrai. J'étais stupéfaite de constater que le relâchement des mœurs dans l'empire des tsars n'était pas qu'une rumeur. Jamais je n'aurais imaginé que le prince tatar puisse faire irruption la nuit, dans les appartements du grand-duc, la cuisse gaie et la chevelure cosmétiquée. Se pouvait-il que les liens qui existaient entre eux deux soient de nature inconvenante ?

Avec des yeux énormes, Fiodor regarda Vadim qui dormait sur le ventre, les fesses en l'air, puis la rondeur de mes seins et enfin mon pubis roux comme la tanière d'une renarde. Il s'approcha de moi. Je frémis de crainte car je n'avais encore jamais vu une expression de colère aussi féroce. Aux aguets, je m'attendais à ce qu'il lève la main sur moi. Je m'attendais d'ailleurs à tout. Qu'il fasse un scandale, que le valet accoure et nous trouve tous les trois, que le majordome aille colporter dans toute la Russie les excentricités sexuelles que le grand-duc avait cachées

– plus bien que mal jusqu'à présent. Mais le Tatar préféra enserrer mon bras de ses doigts et me broyer la chair. Sans un mot, il me sortit du lit avec force, tandis que Charmant ronflait du nez. Ne pourrait-il se réveiller à cet instant et ouvrir enfin les yeux ? Il n'en fit rien, mais lorsque Fiodor m'entraîna dans le salon, j'entendis un murmure dans mon dos :

— Bonne nuit, Vitaline.

Je me retournai aussitôt. Les paupières de Vadim étaient fermées comme s'il n'avait ni parlé ni bougé. Le doute me prit. Mon esprit m'avait-il joué un tour ou s'était-il réellement adressé à moi ?

— Laisse Vadia tranquille ! m'ordonna Fiodor.

Il avait dit « Vadia » – le diminutif russe de Vadim – pour désigner le grand-duc. J'eus envie de lui rire au nez tant je trouvais ce diminutif ridicule pour un prince de sang non seulement bleu, mais impérial. Mais je tus ma bouche car le Tatar semblait être dans l'égarement de la jalousie. Et puis, on ne se moquait pas impunément du plus bel homme de l'Empire, doublé de l'homme le plus riche d'Europe. Quand bien même il avait mis du rouge à lèvres et s'était poudré le nez.

Je ramassai mon négligé, le passai à la va-vite en scrutant son regard bleu dur à la recherche d'un signe. J'avais appris lors de ma formation d'infirmière que l'opium rétrécissait les pupilles, même dans la pénombre. Les siennes étaient réduites à un point. C'était un des symptômes à quoi on reconnaissait un fumeur sous l'effet de la drogue. Dieu seul sait de quoi il était capable. Mieux valait déguerpir. Dans la coursive qui menait à ma chambre, mon cœur se gonfla. Des larmes vinrent obscurcir mes yeux. Je me pris à sangloter amèrement tandis que mon esprit répétait : je suis passée par des choses pires.

## 15

Un après-midi de mi-décembre, Paule m'accompagna en traîneau à l'Enclos pour porter des dons aux Françaises. Nous avions à leur offrir des bougies, du savon et des couvertures. Tandis que les chevaux menés par le cocher filaient au tintement des grelots, elle me demanda pourquoi j'avais l'air si distraite ces derniers temps. Le fer des patins chuinta sur la neige durcie. Vu que je ne lui avais rien dit de ma nuit avec Vadim, je prétextai que j'avais le mal du pays. Je n'aimais pas mentir, mais annoncer que j'avais surpris Fiodor de Russie travesti en femme dans la chambre du grand-duc m'obligerait à révéler que je m'y trouvais aussi.

Paule me taquina, s'imaginant que je rêvais à Vadim. Je restai enfouie sous la couverture sans démentir ses suppositions. Depuis le fiasco de notre première nuit ensemble, je ne savais que penser de ses gestes brusques, de ses paroles grossières. Non seulement sa façon de faire m'avait heurtée, mais encore je ne l'avais pas revu une seule fois. Il semblait avoir quitté le palais en tapinois quelques heures après nos ébats. Redoutait-il de me croiser maintenant que j'avais découvert que Fiodor était un habitué de sa chambre à coucher ? Craignait-il d'avoir à répondre à mes questions ? J'en doutais fort. Un homme de son rang n'avait à se justifier de rien auprès de personne. Toujours est-il qu'il n'avait pas reparu dans les cuisines de Paule. Même Isadora ignorait où il se trouvait ; à son grand dam, son frère était parti sans un mot pour elle. Était-ce réellement suite à ce qui s'était passé entre nous, ou y avait-il une autre explication à sa disparition ? Je ne le saurais probablement jamais. Ce qui était certain, en revanche, c'était que je ne réitérerais pas cette folie.

Dans la cour du Home, nous fûmes balayées par une brusque bourrasque de vent et de neige. Le froid nous saisit. Par chance, nous étions habillées chaudement : pelisse, bonnet à oreilles et écharpe de laine pour Paule, manteau de drap doublé et toque de fourrure pour moi, bottes de feutre pour nous deux. Nous fûmes reçues par les Françaises dans le bureau de l'abbesse qui n'avait allumé aucune lampe. Elles se tenaient dans l'obscurité de cette fin d'après-midi, droites et silencieuses dans leurs habits élimés. Elles avaient donné leurs vêtements chauds à des nécessiteux.

Quelles bonnes âmes !

Nous trouvâmes mère Javotte amaigrie, Christiane cernée aux yeux, Chantal pâle comme un linge et Flore plongée dans un état cafardeux. Amaury s'était amouraché d'une infirmière diplômée. Quel camouflet pour la blonde ! Elle l'avait secondé avec zèle sur le front et l'avait attendu dans la contrition quand nous étions captifs des Allemands !

— Merci, me dit-elle en prenant les bougies. Au moins m'offriront-elles un peu de lumière durant l'hiver sombre et froid qui m'attend.

Mon cœur se serra. Je n'aimais pas la voir ainsi se morfondre.

Les filles croulaient sous la tâche tant les blessés affluaient de toutes parts. Chaque jour, elles devaient désinfecter les instruments des chirurgiens, affronter les plaies purulentes et remonter le moral des soldats. Elles étaient épuisées et grelottaient de froid. Je leur offris mon manteau et ma toque, et Paule son bonnet et son écharpe. Je leur promis de leur faire porter d'autres vêtements, et pris congé avec la cuisinière, aussi navrée que moi de voir les Françaises en si mauvaise posture. Et encore, nous avions à peine évoqué leurs difficultés à se chauffer car toutes les conversations avaient tourné autour de l'assassinat de Raspoutine.

La nouvelle n'était pas arrivée jusqu'au cocon feutré qu'était le palais alors que tout Saint-Pétersbourg ne parlait que de ça. Après avoir survécu à un empoisonnement au cyanure, le Sibérien était mort d'avoir reçu six balles. On soupçonnait les Anglais, car sa volonté de retirer les troupes russes aurait permis la victoire de l'Allemagne et provoqué la défaite de la France et du Royaume-Uni. Mais les services secrets de la reine ne semblaient pas être les seuls impliqués dans cette incroyable histoire.

Je songeai à Isadora que Raspoutine poursuivait de son empressement. Comme beaucoup d'aristocrates, elle devait être soulagée de le savoir mort. Mais je n'aurais pas l'occasion d'en parler avec elle. Lasse d'attendre le retour de son frère, elle venait de reprendre du service dans un hôpital de Pskov en tant qu'infirmière en chef. J'avais beau regretter son départ, je comprenais sa fuite en avant. Cela me pesait également d'espérer chaque jour croiser Vadim dans les couloirs d'Anitchkov. Je m'étais d'ailleurs promis de cesser de le guetter. Je devais arrêter de me tourmenter à son sujet. La seule personne qui me retenait encore au palais était Paule qui se démenait pour accommoder le peu de denrées que l'on trouvait au marché.

Dehors, les arbres enneigés s'empourpraient des derniers feux du jour. Tout en pressant le pas pour me réchauffer, je l'interrogeai :

— Ne devrions-nous pas écrire à la grande-duchesse pour lui demander de nous libérer de nos fonctions afin d'aller aider les Françaises ?

— Il est vrai que notre présence au palais n'a plus vraiment de sens maintenant qu'elle est partie à Pskov et que son frère a disparu.

Au moment où nous arrivions en grelottant de froid à la grille principale, un individu en tenue de travailleur surgit d'un coin obscur. Tout d'abord, j'eus du mal à discerner ses traits sous sa casquette avachie, puis je vis qu'il était blessé au visage. Une estafilade rose et gonflée partait de sa tempe droite jusqu'au milieu de sa joue. Je me raidis, prête à lui mettre un coup de pied, avant de le reconnaître.

— Vadim ! m'écriai-je, oubliant que je devais l'appeler « Votre Majesté » en public.

Alors que je m'étais promis de le chasser de mon esprit, je ne parvins pas à mettre une sourdine à ma joie de le revoir.

J'aurais voulu lui demander ce qui lui était arrivé, mais il m'entraîna au pas de course derrière l'Enclos où un traîneau stationnait. Il y monta en premier, se retourna et me tendit la main pour m'aider à grimper à mon tour. Je m'immobilisai. Cette portière ouverte montrant une banquette rembourrée, des fourrures épaisses, tout ce luxe confortable, échoué dans cette ville en plein chaos, me figea sur place. Il voulait que je le rejoigne dans son briska à deux places, que je le suive aveuglément, sans un mot d'explication. Or je m'étais juré de ne plus lui céder. J'en étais à m'exhorter à montrer de la fermeté quand il s'adressa à moi sur un ton sérieux, presque cérémoniel :

— J'ai à te parler. De ce qui s'est passé et de ce qui va se produire.

Il semblait prêt à me fournir des éclaircissements, voire à m'entretenir de ses pratiques et de ses penchants. C'était une entrée en matière adroite et persuasive. Moi qui voulais résister, capitulai finalement sans discussion, succombant à ce que l'on pourrait appeler le vertige de la curiosité. Je saisis sa main tendue, pris place dans le traîneau. Il s'installa en face de moi. J'eus un coup au cœur en voyant de plus près sa joue balafrée.

Un cocher sans âge fit claquer son fouet par salves au-dessus de la tête des chevaux. Parce que je tremblais de tout mon corps, Vadim retira sa veste de gros drap, me la passa sur les épaules. Elle était imprégnée de la chaleur de son corps. Il remonta sur nous des fourrures, me couvrit avec soin. Garde la tête froide, me dis-je.

Nous quittâmes le centre de Saint-Pétersbourg. Le cocher menait notre équipage bon train à travers les faubourgs quand un hurlement ondula dans la nuit glacée. Aussi perçant que le clair de lune déposé sur la nappe de neige environnante. Un loup, probablement. On les disait aux portes de la ville. Les chevaux esquissèrent un écart. Le cocher fit rouler leurs noms dans son gosier pour les rassurer. Leurs sabots martelèrent de nouveau avec régularité la couche de neige durcie. Quel plaisir pour moi de revenir en traîneau au palais ! J'aimais par-dessus tout parcourir la campagne la nuit pelotonnée sous des fourrures. On pouvait observer les étoiles comme je le faisais sur l'alpage. Leur scintillement était le même à trois mille kilomètres de la Haute-Savoie. Mais je m'interdis d'y penser, toute nostalgie amollissant la clairvoyance nécessaire pour rester calme et lucide face à la survenue de Vadim.

— Tu as dû entendre la rumeur sur moi, se lança-t-il.

— J'ai tout entendu à ton sujet, lui avouai-je avec un demi-sourire.

J'avais prononcé cette phrase en rougissant quand même un brin. Le grand-duc ne me rendit pas mon sourire de connivence. Il se retourna comme pour vérifier que nous n'étions pas suivis.

— Sache que ce que tu as entendu sur Fiodor et moi est la vérité.

Autant troublée par sa présence inattendue que par ses propos décousus, je ne sus que dire. Aussi décidai-je de détendre l'atmosphère.

— Entendu et vu, plaisantai-je au chaud dans sa veste.

Ma remarque n'eut pas l'heur de plaire au prince qui afficha un sourire pincé.

— Nous ne sommes pas les seuls à être compromis. Il y a aussi le député Vladimir Pourichkevitch, le lieutenant Sergueï Soukhotine et le Dr Stanislas Lazovert.

— Euh… finis-je par dire dans un élan d'éloquence.

— Nous allons être interrogés par le major général Popel que l'impératrice a chargé de l'affaire. Elle est dévastée par la mort de Raspoutine et veut des coupables. Fiodor vient d'être arrêté à la gare.

J'attendis la suite, mais il n'ajouta rien de plus à ses explications. Je pâlis soudain, comme effrayée. Cette estafilade sur sa joue… le grand-duc s'était battu, à n'en pas douter. Des bribes de phrases sortant du fumoir me revinrent à l'esprit. Des lambeaux de conversations entre Vadim et Fiodor : « tsarine envoûtée, trône en péril, limogeage, honneur bafoué ». Les deux princes étaient-ils mêlés à l'assassinat de Raspoutine ? Était-ce de cela dont ils s'entretenaient pendant des heures ces derniers mois ?

Vadim se retourna une nouvelle fois, scruta la nuit. J'eus alors l'impression d'avoir en même temps la mort et l'amour aux trousses. Il sortit du traîneau qui venait de faire halte devant le palais. Debout sur le marchepied, je levai les yeux en direction de la tour où nous avions vécu des moments intimes. Me revint alors en mémoire la morsure dans la poitrine que j'avais ressentie quand Fiodor m'avait chassée et que Vadim n'avait pas bronché. Depuis cette nuit-là, je me demandais s'il dormait vraiment. J'avais plutôt le sentiment qu'il voulait me faire souffrir de jalousie, car il était évident que les deux hommes étaient plus que des amis. Ce qui n'empêcha pas le grand-duc de caresser des yeux le jeu des ombres sur mes seins. J'eus alors le sentiment qu'il ne savait pas ce qu'il voulait, ou plutôt qu'il voulait tout. À moi de raisonner clair pour que cela ne tourne pas à mon détriment.

Le prince m'aida à descendre de mon perchoir, me raccompagna jusqu'à la porte du palais comme si j'étais chez moi, et pas lui.

— Je ne peux rester, me dit-il.

Je m'apprêtais à lui rendre sa veste probablement dérobée dans une usine en grève quand il glissa ses bras dessous. Il m'enlaça de ses mains conquérantes, une dans ma nuque, l'autre campée à la chute de mes reins. Alors que je tâchais d'opposer la plus désespérée résistance, il m'étreignit avec force. Avec fièvre. Sa chaleur masculine m'envahit. Son odeur de tourbe et de fleur d'oranger m'envoûta. Tel du sable mouvant, ma volonté de lui résister céda sous la pression de son corps contre le sien. La tentation m'emporta. Je le laissai m'embrasser à pleine bouche, mais cette fois, je lui rendis son baiser dévorant.

— J'ignore quand on se reverra, m'annonça-t-il en plantant ses yeux à la lumière obsédante dans les miens.

Je dus blêmir, car il insista :

— J'ignore même si l'on se reverra, car la tsarine a demandé l'exécution de tous les hommes soupçonnés d'être mêlés à l'assassinat de Raspoutine. Au cas où les choses tourneraient mal, j'ai donné des consignes pour que tu puisses rester au palais jusqu'à la fin de la guerre.

Un profond silence tomba sur nous. Je restai immobile, le visage figé par le choc, tel un masque. Il remonta dans le traîneau, sa veste de travailleur à la main. Son sillage sophistiqué s'éloigna avec lui. Je respirais avec difficulté. Alors seulement, je réalisai que j'avais oublié Paule.

## 16

L'année 1917 débuta par la révolte des femmes alors que l'hiver faisait sa loi. Des ménagères excédées par les restrictions manifestèrent dans le centre de Saint-Pétersbourg. Paule, tout aussi exaspérée, me boudait. Elle n'avait pas digéré que je la délaisse au profit d'une escapade en traîneau. Je tentai de me faire pardonner en allant faire la queue devant les commerces. Engoncée dans mon manteau, je me mêlais aux femmes russes qui réclamaient du pain, les joues gercées par le froid. Olga m'accompagnait souvent. La chambrière n'avait pas son pareil pour me conduire dans les recoins de la ville où des moujiks vendaient du beurre et du fromage au marché noir. Je payais avec l'argent que Vadim avait laissé pour nous à son majordome. Le hareng mariné tenait les cordons de la bourse à Anitchkov que nous appelions désormais « le château fantôme ».

Aujourd'hui, je rapportai à Paule des navets fourragers qu'elle fit cuire dans de l'eau bouillante. Une odeur terreuse monta dans l'air de la cuisine où Olga nous traduisit un article du journal *Novoïé Vrémia* qui tentait de tirer au clair l'affaire Raspoutine :

— Le Sibérien menaçait de révéler à la prude impératrice Alexandra un scandale impliquant Vadim et Fiodor de Russie, alors que ce dernier est marié à Ekaterina, la nièce du tsar. Celui-ci s'est décrédibilisé en laissant la politique intérieure du pays à son épouse, une Allemande déséquilibrée.

La lignée des Romanov était dans la tourmente. Olga enchaîna :

— Le grand-duc Vadim a subi un interrogatoire à l'issue duquel la tsarine a demandé qu'il soit exécuté.

Elle s'interrompit pour nous regarder, Paule et moi, car nous avions chacune lâché un cri. Je lui fis signe de poursuivre.

— Vadim de Russie dépend de la justice du tsar de par sa haute naissance. Son oncle a finalement décidé de l'envoyer sur le front perse pour servir dans l'état-major des armées impériales.

J'étais soulagée de savoir qu'il ne serait pas exécuté, mais le front perse était lointain et dangereux à mes yeux. Les jours suivants, je tendis l'oreille pour en apprendre davantage. Ces derniers temps, c'était devenu une habitude. Quand j'arpentais le marché, je recueillais des miettes d'information ou des récriminations lancées à la volée. Les gens reprochaient au pouvoir d'être incapable d'assurer le ravitaillement. Tout manquait : charbon, viande, bougie, savon, sucre. La mort de Raspoutine aurait dû améliorer la situation, mais les choses ne faisaient qu'empirer, comme s'il continuait à exercer son pouvoir maléfique au-delà de la tombe.

Les grèves se multiplièrent. Des dizaines de milliers d'ouvriers se répandirent dans les rues où ils rejoignirent les manifestantes qui réclamaient la fin des pénuries et de la guerre. Je me trouvais en ville avec Olga quand des cris montèrent autour de nous. Des harangueurs du parti bolchevique s'adressaient aux gens sur la place publique, les exhortant à la rébellion. Mal conseillé, Nicolas II quitta Saint-Pétersbourg pour se rendre à Moguilev alors que la tempête battait ses murs. Il estimait qu'il s'agissait d'une émeute de la faim, et non d'un renversement en marche.

Le mouvement de protestation prit de l'ampleur. Cent cinquante mille grévistes convergèrent vers le centre-ville. Malgré les risques, je partis de nouveau en quête de nourriture avec Olga. Paule se joignit à nous pour voir de ses yeux ce qu'on lui rapportait des troubles. Nous nous heurtâmes à une foule énorme au-dessus de laquelle voletaient les aigrettes noires des policiers à cheval. La pique au poing, des cavaliers cosaques galopaient de droite et de gauche pour disperser les manifestants. Sans succès.

Bien décidé à mater la rébellion, le tsar ordonna à la garnison de faire cesser les désordres par la force. Cent cinquante personnes furent tuées. Un souffle de tempête heurta les idées contre les faits : des soldats fixèrent des rubans rouges à leurs casquettes et rejoignirent le camp des manifestants. N'ayant plus les moyens de gouverner, le tsar proclama l'état de siège. Des militaires hérissés de fusil se frayèrent un chemin parmi la foule. Des balles sifflèrent. Nous regagnâmes Anitchkov à la hâte.

Quand tous les domestiques furent rentrés au palais, on ferma les portes et les grilles. On barricada le soupirail et les lucarnes des greniers. On cloua des planches en travers des volets ; on plaça des tables renversées en travers des issues. Tout le monde se regroupa dans la cuisine, la seule pièce chauffée du château fantôme. Après quoi il se fit dans cet intérieur fortifié un silence d'attente assez solennel jusqu'à ce qu'on entende au loin une pétarade. Les chiens de garde aboyèrent à l'assassin. Le portier, le cocher et le majordome s'étaient ménagé aux fenêtres des fentes par lesquelles ils épiaient ce qui se passait à l'extérieur. La neige tombait en tourbillon, ajoutant au remous de la situation, tandis qu'un feu couvait au fond du fourneau. On mangea de la soupe en signe de mépris et de bravade contre ceux du dehors qui tenteraient l'assaut. Quitte à devoir se défendre, autant avoir le ventre plein. Deux jours passèrent sans voir aucun assiégeant. Las d'attendre, on décida de capituler. Le portier ouvrit une fenêtre avec précaution. Personne devant le palais. Personne dans le parc. Alors le cocher partit aux nouvelles avec le traîneau et les chevaux.

À son retour, il nous apprit qu'un événement avait fait basculer la situation : la mutinerie avait gagné toutes les troupes de la garnison, traumatisées d'avoir dû tirer sur leurs frères ouvriers. Au matin du 27 février, soldats et émeutiers avaient fraternisé. Ils s'étaient emparés de l'arsenal, avaient distribué quarante mille fusils aux grévistes et occupaient la ville. Cette révolution provoqua l'abdication de Nicolas II, la fin de l'Empire russe. La dynastie des Romanov n'était plus.

Au palais, nous ne savions que faire. Devions-nous quitter les lieux, ou rester jusqu'au retour d'Isadora de Russie ? Tandis que Paule se préoccupait de savoir comment elle allait pouvoir nourrir son monde, Olga paniqua. Depuis qu'elle était en âge de travailler, elle était au service de la famille impériale, comme sa mère avant elle. La chambrière n'avait jamais rien connu d'autre. Quant à moi, je me faisais du souci pour les Françaises. J'avais envoyé une lettre à l'hôpital de Pskov pour prier la grande-duchesse de nous libérer de nos fonctions, Paule et moi, afin que nous puissions retourner au Home. En attendant sa réponse, je ne pouvais rester sans rien faire. Malgré le danger, je me rendis à l'Enclos pour leur apporter les vêtements que j'avais raflés dans la remise du château. Tout était vieillot, mais qui se souciait de la mode en ce moment ?

Flore enfila une pèlerine par-dessus un manteau. Elle se tourmentait de plus en plus. Son cœur, qui brûlait sans aliment réel, la consumait. On aurait dit qu'elle faisait semblant de vivre. Alors que je repartais, elle me confia une lettre pour que je l'envoie du palais. Les postes ne fonctionnaient plus en ville. L'absence de courrier augmentait son sentiment d'abandon, cette indifférence de la maison mère de Chambéry à l'égard des Sœurs de Saint-Joseph. Elle était si démoralisée que j'eus peur qu'elle ne soit tentée de se détruire. Aussi fis-je ce qui ne se faisait pas : j'ouvris l'enveloppe à la vapeur sitôt arrivée à Anitchkov pour prendre connaissance de son contenu.

*Mon cher frère,*

*Je me languis d'avoir de tes nouvelles.*

*Ici, une révolution a éclaté. Dès les premiers jours, j'ai pressenti ce que serait la suite : une catastrophe. Les rêveurs ont cru à une nouvelle ère de bonheur, mais il fallait être naïf pour ne pas suspecter les horreurs dont seraient capables les Russes dès qu'ils seraient livrés à eux-mêmes. Ce sont des sauvages, portés sur l'alcool et les débordements. Je les déteste autant que leur pays inhospitalier. C'est un peuple grossier pour qui la liberté consiste à faire tout ce qui leur passe par la tête. Et pour comble de tout, il faut soigner ces idiots qui s'entre-tuent, comme si les Allemands ne s'en chargeaient pas déjà.*

*Vivement la fin de cette guerre, que tu sois enfin démobilisé et que je puisse rentrer chez nous.*

*Je t'embrasse comme je t'aime, mon frère adoré.*

*Ta petite sœur*

J'avais beau savoir que la blonde regrettait d'être venue en Russie, je fus surprise de découvrir à quel point elle détestait ce pays et son peuple. Néanmoins, sa dernière phrase me rassura un peu puisqu'elle avait encore espoir de rentrer en France et de revoir Hugo.

Ce fut à cette période qu'arriva à Anitchkov une missive aux armes de la famille impériale. Je pensai tout d'abord à la réponse de la grande-duchesse, mais le courrier était tamponné de Saint-Pétersbourg alors qu'elle se trouvait à Pskov. S'agissait-il d'une lettre de

Vadim ? Je l'ouvris, les gestes fébriles, le cœur sur le point d'exploser. Mes yeux coururent à la signature : *IDR* pour Isadora de Russie. Elle m'informait qu'elle n'était plus à l'hôpital de Pskov où elle soignait des blessés. L'un d'eux était un ami d'enfance, un bel officier de vingt-quatre ans : Sergueï, cité pour son héroïsme au sein du régiment impérial des fusiliers. La lettre de la grande-duchesse était désarmante de franchise et de petite fleur bleue :

*Des sentiments se sont réveillés au plus profond de mon cœur. Malgré toutes les inquiétudes, ma jeunesse ardente réclame son dû.*

Elle ajoutait que le printemps était à nos portes, que le danger constant contribuait à l'éveil des passions. Bla bla. Effondrement du vieux monde, chance nouvelle de bonheur. Bla bla bla. Attirance, délice, femme amoureuse. À la toute fin, elle en vint à ce pour quoi je lui avais écrit. Et la réponse était « non » ! Elle ne nous libérait pas de nos fonctions de cuisinière et de dame de compagnie. Alors qu'elle résidait non loin – dans un palais sur le quai anglais de Saint-Pétersbourg –, elle nous demandait de rester dans le château fantôme. À cet instant, je me sentis solidaire des insurgés. Moi aussi, j'étais lasse d'avoir à répondre aux desiderata de la noblesse qui manipulait les gens comme des pantins de foire.

# 17

Les domestiques d'Anitchkov parvinrent à maintenir à flot le palais que nous appelions désormais « bateau fantôme » tant la société russe tanguait. Malgré sa proximité géographique, Isadora ne vint pas nous voir une seule fois. Quant à Vadim, l'abdication du tsar avait mis fin à son exil. Il était libre d'aller où il voulait, sauf en Russie. Les bolcheviks retenaient son père à la forteresse Saints-Pierre-et-Paul. Son demi-frère et sa tante avaient été exilés en Sibérie. Ses demi-sœurs, qui étaient encore des enfants, avaient été arrêtées.

Mon moral en prit un coup : je n'avais plus aucun espoir de le revoir cette année. J'aurais voulu me confier à quelqu'un. Mais à qui ? Pas à Olga dont la raison craquait sous le poids de l'angoisse. Pas à Paule qui bataillait pour nous faire des beignets avec des épluchures de pomme de terre. Ni aux filles de l'Enclos : l'école était devenue une annexe de l'hôpital.

La goutte d'eau qui fit déborder le vase nous parvint

par la poste en septembre 1917 sous la forme d'un étrange faire-part : Isadora avait épousé son Sergueï. Les tourtereaux avaient quitté leur palais des quais. Craignant pour leur sécurité, ils avaient fui la Russie.

— C'est un peu fort ! s'exclama Paule en se laissant tomber sur une chaise comme si quelqu'un l'avait poussée.

— Hors de question de croupir ici plus longtemps ! décrétai-je.

Les Françaises de l'Enclos nous réservèrent à toutes deux un accueil chaleureux. Elles avaient besoin d'aide. Deux sœurs étaient mortes du choléra. L'abbesse nous installa dans une pièce réduite qui servait de dortoir. Faute de bois, on ne pouvait plus chauffer le Home comme autrefois. Paule reprit son poste en cuisine, tandis que je me portais volontaire pour épauler Flore. Elle me montra la lettre qu'elle destinait à Hugo avec une confiance qui semblait être comme un écho de notre amitié retrouvée.

*Mon cher frère,*

*J'espère que ma lettre te trouvera en santé.*

*Ici, le gouvernement provisoire nationalise tout : les biens, les lieux et les individus. Tu as bien lu ! Tout est considéré comme propriété de l'État, même les gens. Le commerce est supprimé. Les malheureux surpris à vendre ou à acheter quoi que ce soit sont emprisonnés. Dans tout ce chaos, une bonne nouvelle : mon amie Vitaline est de retour au Home. Quel bonheur pour moi ! Que tu aimerais cette flamboyante rousse et ses yeux à la perdition de l'âme. Je ne peux m'empêcher de penser qu'elle et toi êtes nés pour vous connaître et vous aimer.*

*Ta petite sœur qui t'embrasse*

Ses mots eurent à peine le temps de me réchauffer le cœur que des balles ricochèrent contre les murs de l'Enclos. La victoire des bolcheviks, le jour de la Toussaint 1917, n'apporta pas le retour au calme. Les militaires déshabillèrent les gens dans les rues pour leur voler leurs bijoux. Les caves de la ville furent pillées. Maints soldats moururent d'intoxication alcoolique aiguë. Face aux désordres, Lénine confia la répression à la Tchéka. Il donna les pleins pouvoirs aux conseils du peuple, appelés soviets. Il créa la commission de lutte contre l'ivrognerie. L'alcool fut interdit. En contrepartie, le thé serait offert chaque jour. Problème réglé. Croyait-on !

Les communistes chassèrent les riches de chez eux pour s'y installer. Olga fut sortie d'Anitchkov à coups de crosse. Nous la recueillîmes au Home. Elle nous apprit que le père de Vadim avait été exécuté en prison, son demi-frère et sa tante précipités au fond d'un puits de mine inondé, ses demi-sœurs violées par des soldats. L'armée russe était hors de contrôle.

À cela s'ajoutèrent les lois scolaires qui interdisaient l'enseignement religieux et proscrivaient la surveillance des élèves, les notes et les diplômes. D'après les bolcheviks, les enfants savaient se gouverner seuls. Je parvins à reprendre des gamins de dix ans en classe. En théorie, je n'étais plus autorisée à les disputer quand ils faisaient des bêtises. Ils pouvaient agir à leur guise. Ils avaient même la liberté de porter plainte contre leurs parents s'ils leur infligeaient une punition. Ces lois avaient pour but d'arracher des âmes enfantines toute idée de respect et d'obéissance. Je m'y opposai en maintenant un semblant de discipline. Les autres Françaises firent de même. Bientôt, des parents accoururent de tous côtés pour nous confier leur progéniture devenue insupportable.

Début 1918, l'école française accueillait deux cent cinquante élèves. Certains étaient à peine habillés. Tous avaient le ventre creux. Les sœurs de Saint-Joseph devaient se débrouiller pour les nourrir, mais il leur était défendu de leur parler de religion, sous peine d'emprisonnement. L'heure était à la dénonciation et à la famine.

Le 10 mars 1918, je me rendis à l'Institut Smolny où la blonde m'avait embrassée. Le soviet avait installé une salle à manger commune dans l'ancien pensionnat de jeunes filles. J'espérais obtenir des rations grâce au nouveau système de carte alimentaire qui donnait droit à cent grammes de pain par personne. L'endroit était désert, contrairement aux rues alentour où avait lieu un grand déménagement : le pouvoir quittait Saint-Pétersbourg pour Moscou. La nouvelle se répandit comme une traînée de poudre. Puis ce fut un calme relatif jusqu'au dimanche de Pâques.

Malgré l'interdit, l'abbesse donna une messe dans la cave du Home. J'offris à Flore du laurier que j'avais glané pour remplacer le buis, introuvable. Ses yeux s'emplirent de larmes ; on aurait dit qu'elle n'avait ni espéré, ni mérité cette preuve d'amitié. Je fis un bout de prière pour Vadim qui avait contracté la tuberculose – d'après Olga, toujours en contact avec d'anciens domestiques du palais. Il avait été recueilli à Téhéran par le consul général de Grande-Bretagne en Perse. Pour avoir une chance de le revoir, je devais survivre à la révolution et lui au bacille de Koch. Sans compter les quatre mille kilomètres qui nous séparaient désormais.

J'en étais là de mes sombres réflexions quand deux enquêteurs se présentèrent au Home. Je les reçus – en tant qu'institutrice laïque, j'étais moins exposée à la vindicte que les religieuses. Ils voulaient des renseignements sur des personnes que nous avions soignées. Je retins mon haleine par crainte d'ajouter le moindre souffle au vent de suspicion qui portait dans ma direction. Ils me demandèrent de les accompagner au bureau de quartier pour vérifier certaines informations, m'assurant que je serais de retour dans une heure. Ce 31 mars 1918, je quittai l'Enclos avec la prescience aiguë d'un danger.

# V

## *Notre histoire*

### Pays de Savoie, 16 août 1920

# 1

Je glisse ma main dans celle qu'Hugo me tend, acceptant ainsi sa proposition de prolonger mon séjour à Chambéry. Le train pour Paris partira sans moi. Les filles de l'atelier s'inquiéteront de ne pas me voir revenir, mais à cet instant, elles ne font pas le poids face au Savoyard.

— Qu'il fait chaud, dis-je, plongeant mes mains dans la fontaine qui fait l'angle de la rue des Bernardines.

— J'ai une idée qui nous rafraîchira.

Hugo m'entraîne dans les rues gorgées de soleil. Nous entrons dans la boutique du glacier, place Saint-Léger pour y déguster un sorbet aux myrtilles, spécialité de la maison. C'est fruité et légèrement acidulé. Un délice. Et le bel Hugo, assis en face de moi, avec ses yeux bleus, de ce bleu profond qui semble contenir toute l'espérance du monde.

— C'est tellement bon, le remercié-je. Tellement bon.

Je me mords les lèvres aussitôt. De l'avoir pensé, de

l'avoir dit dans la foulée. Il me sourit avec les yeux. Je réalise soudain que je ne sais pas grand-chose de la vie qu'il mène depuis sa démobilisation. Son travail, par exemple. À quoi occupe-t-il ses journées ? De quoi vit-il ?

Je repose ma cuillère dans la coupe de glace et lui demande :

— Votre patron ne sera pas fâché de votre absence cet après-midi ?

— C'est un jour férié, vous savez.

— C'est juste, dis-je en secouant la tête, un peu perdue dans le calendrier. Et pourtant, vous êtes arrivé directement du travail à midi.

— Mon patron est un monstre ! rit-il.

— Puis-je vous demander dans quel domaine il vous exploite ?

— Le travail du bois. Mais ne me lancez pas sur le sujet, sans quoi on va y passer la nuit.

— Je ne suis pas pressée, lui indiqué-je en fronçant les sourcils.

— Vous semblez soucieuse, tout d'un coup. Quelque chose ne va pas ?

— C'est que je viens de réaliser que je n'ai pas...

— Ne vous tracassez pas pour ce soir, me coupe-t-il. Je vous accompagnerai à la pension Vichy pour régler une nuitée supplémentaire.

— Je voulais dire que je n'ai pas prévenu ma patronne de mon absence.

Isadora me regardera avec désapprobation quand je rentrerai avec un jour de retard. Elle ôtera son pince-nez d'or, soupirera mais ne me fera aucun reproche, car elle sera soulagée de me voir revenir. Je n'ai pas mon pareil pour créer des modèles qu'elle vend à Coco à prix d'or. Celle-ci les revend plus cher encore, ce qui lui permet d'avoir les moyens d'entretenir Vadim. En faisant un raccourci, c'est mon travail qui éloigne le grand-duc de moi pour le jeter dans les bras de Mademoiselle.

— Là, je ne peux rien faire, admet Hugo, sauf à vous accompagner à Paris pour avouer à votre patronne que tout est de ma faute.

Il augmente son sourire d'une douceur à nulle autre pareille.

— Si vous m'accompagnez à Paris, ce sera ensuite à moi de venir excuser votre absence auprès de votre patron. Nous n'en sortirons jamais.

Nous rîmes de bon cœur.

— Je suis charpentier, et je suis mon propre patron.

— C'est un noble métier.

— Ce n'était pas l'avis de mon père qui tenait une boutique de chaussures. Il a tout fait pour que je reprenne le commerce familial. En vain. C'est affreux à dire, mais j'étouffais au magasin. Mon père avait du mal à l'admettre. Tout comme il ne comprenait pas que Flore veuille entrer dans les ordres. En réalité, je pense qu'elle n'avait pas la vocation. C'était pour elle un moyen de s'éloigner de lui. Ils ne s'entendaient pas.

— La famille, c'est parfois étouffant, dis-je sans pouvoir contrôler le tremblement de mon menton.

— Excusez-moi, je vois bien que je vous fais de la peine à parler de ça. Parlons plutôt de votre amitié.

J'ai l'impression que vous vous êtes trouvées, toutes les deux.

— Oui, et non. On s'est bien entendues dès le début, mais je ne dirais pas non plus que c'était un long fleuve tranquille.

— Ma sœur avait un caractère de cochon. D'ailleurs, je me suis toujours demandé si elle était contente de quitter Chambéry avec les sœurs.

— En fait, non. Elle estimait que les œuvres devaient d'abord servir aux Français, en France.

— J'ai eu le sentiment qu'elle était partie pour fuir la maison, sans prendre la mesure de ce qui l'attendait en Russie.

— Un peu comme nous toutes.

— Et vous, qu'est-ce qui vous a poussé à partir ?

Sa question provoque des réminiscences cuisantes qui me labourent la chair. Je détourne les yeux pour regarder par la fenêtre, dans l'espoir que les images des promeneurs effaceront celles qui me passent par l'esprit.

— Je crois qu'il est temps que j'aille prévenir la pension Vichy que je reste une nuit de plus.

— Oui, bien sûr.

Je me lève et vais régler l'addition malgré ses protestations. Je veux lui signifier que je gagne ma vie et que je peux payer, moi aussi. C'est ridicule de ma part, car il n'est pas ce genre d'homme.

— Pourriez-vous me dire quand les penchants de Flore ont commencé à se manifester ? m'interroge-t-il comme nous cheminons en direction de la pension.

Surprise par sa question, je me tourne vers lui sans répondre, pas très sûre de savoir où il veut en venir.

— Ma sœur n'était pas si intolérante quand elle est partie, poursuit-il. Mais ensuite, j'ai reçu des lettres pleines d'hostilité contre les Allemands, les Juifs, les Russes, les autres religieuses. Tout le monde y passait.

— La rancœur contre les Russes a débuté sur le cuirassé, quand elle n'a pas pu endosser son habit de novice. La haine des Allemands a commencé quand vous avez été mobilisé. Son rejet des Juifs a démarré quand nous n'avions plus rien à manger tandis qu'ils faisaient razzia de pain, de beurre et de confiture au marché noir.

Il fait signe qu'il comprend.

— Et vous, Vitaline, étiez-vous contre tous ces gens également ?

— Pas le moins du monde. Nous nous sommes beaucoup disputées à ce sujet.

— Je suis surpris. J'avais l'impression que vous suiviez Flore aveuglément, sans jamais vous opposer à elle.

— Je ne suis pas un toutou, le contredis-je. Flore avait beau être mon amie, j'étais parfois loin de partager son avis. Et pour être honnête, il lui arrivait d'être imbuvable.

Est-ce que je pensais ce que je venais de dire ? Était-elle réellement insupportable ? Ou bien était-ce le fait que j'étais incapable de lui refuser quelque chose ?

— Flore était lunatique et ça me rendait dingue, m'avoue-t-il. J'adorais ma sœur, vous le savez, mais à mes yeux c'était une gamine capricieuse à qui ma mère cédait tout. Mais enfin, je suppose que toutes les petites filles sont ainsi. Et même les grandes, si j'en juge à certaines que je connais.

Il me regarde en diagonale, mais sans méchanceté aucune.

— Si j'avais, ne serait-ce que tenté de faire un caprice quand j'étais petite, mon père m'aurait mis du plomb dans la tête.

Parce qu'Hugo ébauche un sourire, j'ajoute : « au sens propre ». Son sourire s'efface de son visage. Il a visiblement saisi.

## 2

Je me tiens devant la pension de famille, les mains sur les hanches, l'irritation personnifiée. Sur la devanture un panneau indique :

*Fermée pour la Vierge*

Un petit mot écrit avec des pattes de mouche tient en équilibre sur l'affiche. Je le déchiffre : *Mlle Vittoz, vos bagages vous attendent. À demain.* Ma valise est prisonnière de l'établissement hôtelier, pris en otage par la mère et la fille Vichy. J'avais dit que je viendrais vers seize heures. En acceptant de prolonger mon séjour, j'ai dépassé cet horaire qui me prive maintenant d'une chambre pour la nuit. Mon train est parti et il n'y en a pas d'autre avant demain. Tout ce que j'ai se trouve dans mon sac à bandoulière.

— Qu'est-ce que je vais faire ? bredouillé-je, déconfite.

Il n'y a rien de disponible alentour en raison de l'Assomption.

— Je vis non loin d'ici, me dit Hugo en m'indiquant l'autre bout de la rue Basse-du-Château. La maison est en travaux, mais les chambres sont terminées. Je peux vous héberger pour la nuit et nous passerons prendre vos bagages demain avant que je vous conduise à la gare.

Il me scrute en se mordillant la lèvre inférieure et je suis de nouveau saisie par sa beauté. Il a un je-ne-sais-quoi dans son attitude, une sorte d'audace mêlée au sentiment que, même si on le remarque en raison de son physique avantageux, il préférerait que ce ne soit pas le cas.

Ma crainte de ce que son offre implique est grande.

Je secoue la tête sans rien dire, prête à refuser, puis je réfléchis, en plein dilemme : avoir nulle part où dormir, ou aller passer la nuit chez Hugo. Vas-y, accepte, me dis-je. Il est seul, je suis seule, et il est beau comme un astre. Depuis quand n'ai-je pas eu de compagnie galante ? Depuis combien de temps n'ai-je pas été serrée entre des bras d'homme ? Je me sens partagée entre ma soif de laisser mes envies me remonter le long de l'échine et ma volonté de calmer l'emballement de mon désir pour lui. Puis, je repense à la lettre d'Isadora, alors sur le point de se remarier : *Il ne faut jamais laisser partir un homme à qui l'on peut plaire. Il faut aimer quand on peut.*

Hugo me sonde du regard. Je devine à son expression perplexe que ce n'est pas la réaction qu'il escomptait. J'ai beau lutter contre son attrait, je ressens les effets dérangeants du manque de cajolerie et de tendresse. Je frissonne. Ma peau réclame ce gaillard qui semble vouloir m'offrir ce dont j'ai été privée depuis trop longtemps. Mais alors que je décide de me jeter dans ses bras, il ajoute, face à ce qu'il prend pour de la réticence :

— En tout bien tout honneur, évidemment. Comme quand vous dormiez avec ma sœur.

Je sens mes joues s'empourprer. La peau des rousses est la pire des traîtresses ! Ainsi, Flore lui a parlé de notre habitude de dormir ensemble. La tête me tourne à la pensée de ce que cela signifie en réalité.

— Ce n'est pas comparable, le contredis-je, en m'efforçant de maîtriser mon exaltation.

Il se rapproche, me fait face et place une main sur chacun de mes bras, juste au-dessus des coudes.

— Vous ne pouvez pas imaginer ce que ça représente pour moi de me trouver avec quelqu'un qui a vécu avec ma sœur ses derniers instants.

— Non, justement, lui avoué-je, des lentilles d'eau au coin des yeux. Je n'étais pas là quand elle est morte. Je venais tout juste d'arriver à Paris. J'avais quitté la Russie. Je l'avais laissée. Laissée là-bas.

Depuis ce jour, je pense souvent au sentiment d'abandon qu'avait dû ressentir Flore quand j'étais sortie de notre cellule, de lâchage qu'elle avait dû éprouver en entendant le bruit de mes semelles qui s'éloignait.

Je tire de mon sac le télégramme reçu à l'hôtel, quelques heures après mon arrivée à Paris. Je le lui tends en tremblant, consciente du coup que sa lecture ne manquera pas de lui porter.

*Flore Brasier STOP Française 24 ans STOP Congrégation Saint-Joseph de Chambéry STOP Décédée 19 mars 1919 STOP Prison Boutyrki Moscou STOP Ennemie du peuple STOP ET FIN*

Hugo le lit en deux regards. Son visage prend une expression désemparée. Il titube comme quelqu'un qui vient de se cogner contre un mur. Les yeux humides, il m'étreint comme si sa vie en dépendait. Ma tête dans son cou, je l'étreins en retour sans parvenir à étouffer mes sanglots. Sa peau est chaude. Il sent bon le savon et la sciure de bois à la fois. Il me murmure à l'oreille :

— Vous parlez comme si vous aviez eu le pouvoir d'influencer le cours des choses et choisi de ne pas l'utiliser. Mais tout cela vous dépassait.

Il a une façon touchante de contenir son émotion tandis que je suis incapable d'endiguer ma peine.

— Quelle égoïste je fais ! hoqueté-je, consciente de l'impuissance de mes mots face à sa douleur.

— Au contraire ! Ça me fait un bien fou de voir à quel point vous teniez à elle.

Je baisse les yeux. Peut-être d'embarras, peut-être de trouble face au poids de ce passé que je ne peux pas réparer.

— C'est d'accord, dis-je en reniflant. Si votre invitation tient toujours.

— Bien sûr ! me rassure-t-il avec un sourire discret.

Mais avant d'aller chez moi, je voudrais vous montrer un endroit magique en ville.

— Magique ?

— Suivez-moi et vous comprendrez.

Si je pensais avoir vu le plus intéressant de Chambéry, ce que je découvre ce soir-là est une face insoupçonnée de la ville. Je suis Hugo dans des venelles qui communiquent entre elles et permettent ainsi de traverser des pâtés de maisons. Rapidement, je me trouve désorientée tandis que le charpentier glisse d'une ruelle à l'autre comme s'il connaissait chaque pavé sous nos pieds, chaque voûte au-dessus de nos têtes. Nous longeons des hauts murs, empruntons des patios si étroits qu'en levant les yeux vers le ciel, on croit être tombés au fond d'un puits. À droite, c'est une fenêtre basse protégée d'un barreaudage, à gauche, une porte surmontée d'une anse de panier. Au fond d'une cour, on devine un escalier en vrille.

Combien de temps dure cette déambulation silencieuse ? Difficile à dire. La lumière de fin du jour s'évapore de la ville et monte vers le ciel où flotte un croissant de lune diaphane. Nous marchons encore en silence, ma main dans la sienne. Seuls mes talons sonnent de temps à autre sur quelque dalle descellée. Je goûte avec Hugo l'inattendu de cette promenade nocturne, les sens à fleur de peau, l'imagination exaltée.

— Nous sommes presque arrivés, m'annonce-t-il alors que nous nous trouvons devant un gigantesque mur incurvé.

À voir les blocs maçonnés de la taille d'un homme, je pense que nous sommes au pied du château. Je lève le regard pour tenter d'apercevoir les gargouilles grimaçantes, mais je ne vois que le reflet des créneaux sur le mur opposé. Je fais quelques pas de côté, dans un vertige qui fait tourner les remparts autour de moi. Hugo se précipite pour me soutenir.

— Écoutez ! chuchote-t-il tandis que je suis lovée entre ses bras.

Dans le silence d'entre les murs, j'entends un gémissement qui semble sortir de la pierre. Je prête l'oreille : ce n'est ni humain ni animal. C'est minéral.

— Le chant de l'eau, murmuré-je, emportée par l'intensité du moment.

Une source secrète coule goutte à goutte entre les hauts murs. C'est une eau prisonnière que personne ne perçoit jamais, à moins d'être suffisamment attentif à l'existence parfois si discrète de la nature.

Le Savoyard ne s'arrête pas là. Il me conduit par un corridor pentu jusqu'à une meurtrière d'où m'apparaît une fenêtre sur la ville. Le soleil, en tombant, répand ses flammes rouges.

— Venez ! dit-il encore.

Nous gagnons une cour sombre, pavée d'une calade usée par le temps. Le soir commence à tomber, le ciel à s'obscurcir. Le fond de l'air reste tiède. C'est une magnifique nuit d'été. Je regarde autour de moi dans la pénombre quand soudain, une lueur jaillit. Hugo a allumé sa lampe Sentinelle confisquée à un Allemand durant la guerre. Il projette la clarté jaune de sa lumière portative autour de nous. J'aperçois alors un petit cloître gothique dont les clefs de voûte sont formées de monstres grimaçants, pires que des gargouilles de cathédrale.

— Regardez ici ! lance-t-il en désignant une niche de l'index.

Je m'approche, sursaute : du mur sort une figure grotesque, avec un rictus hideux et des yeux globuleux qui semblent nous fixer. Un cauchemar pétrifié. Hugo pose sa main sur le cœur de pierre sculpté au-dessus du monstre cornu. Puis il la retire d'un coup et éteint sa lampe. À cet instant, une flamme bleue jaillit du cœur dans la pénombre. Bleue comme les yeux de Flore. Je lâche un cri de surprise, porte une main sur ma poitrine haletante.

— C'est le cœur de ma sœur qui bat en nous deux, murmure-t-il.

Le sol se dérobe sous moi. Je m'appuie le dos contre le mur d'enceinte pour ne pas tomber. Hugo m'a conduit dans un monde mystérieux, loin de l'univers logique des vivants. Un endroit hors du temps qui doit nous permettre d'apaiser notre douleur face à la perte d'un être aimé.

Mon guide m'offre une cigarette que j'accepte cette fois. Je tire avec délectation une bouffée tandis qu'il me précise que la flamme s'explique par une légère émanation de soufre. À moins que ce ne soit cette magie dont il a parlé. Passant du vous au tu, nos voix se consument dans la nuit éclairée par un croissant de lune si transparent qu'il projette des ombres tendres sur la muraille. Hugo se poste devant moi, le torse droit, le front debout, le regard doux. Il est impossible de ne pas le trouver attirant.

## 3

Nous revenons sur nos pas, main dans la main, jusqu'à une ruelle plantée de maisons de guingois. Un éclairage public dissipe en partie les ombres de la rue Basse-du-Château. Hugo stoppe au n° 10, devant une grille dont les volutes s'enroulent sur elles-mêmes. Derrière, on aperçoit une demeure de trois étages de style Renaissance.

— C'est ici, m'indique-t-il en désignant la demeure Chabod.

Cet hôtel particulier a la forme d'un trapèze irrégulier car, à cet endroit, la rue épouse une courbe légère sur la gauche. Une porte cochère permet aux véhicules d'accéder dans une cour hérissée de pavés. Face à l'entrée se trouve un escalier du XVIe siècle où l'on peut voir les armes de la Maison de Savoie.

— Quand tu disais habiter à deux pas de la pension Vichy, je pensais que c'était pour me rassurer, le taquiné-je.

— Aujourd'hui, la demeure Chabod est en plein cœur de Chambéry, m'explique-t-il. Mais au

XIV$^{e}$ siècle, elle se situait à la limite de la ville alors entourée d'un fossé qui enjambait l'Albane. On le franchissait par un pont de bois. La maison d'origine trempait ses pilotis dans la rivière. Il y avait un four, un moulin et des vignes. L'endroit était occupé par un docteur ès lois, conseiller du comte Amédée VIII et juge de Maurienne.

Je bois ses paroles, découvrant avec plaisir combien ce charpentier au civil, chasseur alpin au militaire, est féru d'histoire.

La demeure maîtresse de la rue, avec ses vingt-cinq pièces, a des airs de carte postale. Le tableau est idyllique, très loin de ma chambrette au-dessus du Café de Flore où je n'ai même pas d'ampoule éclairante au plafond – la lampe populaire n'est pas montée jusque sous les toits de Paris.

— C'est un sacré « chez toi » que tu as là ! m'exclamé-je.

— La demeure Chabod ne m'appartient pas, précise-t-il en ouvrant la porte creusée dans la tour. Je l'occupe le temps des travaux. Je sers à la fois de restaurateur de bâtiment historique et de gardien du temple.

À peine le battant poussé, un chien d'une trentaine de kilos se précipite vers moi. Sa robe arlequin et feu comporte des panachures sur le poitrail, le bout des pattes et la queue. C'est un berger des Alpes, comme les chiens de troupeau qui surveillent les vaches sur l'alpage d'Ubine.

— Neige, viens ici ! l'appelle Hugo. J'espère que tu n'as pas peur des chiens, ajoute-t-il à mon intention.

L'animal regarde son maître d'un air enamouré, mais n'obéit pas pour autant, préférant m'envahir d'une fête sans fin. J'émets un petit rire amical, car Neige n'a vraiment rien d'effrayant. Au contraire. On dirait un énorme jouet en peluche.

Le Savoyard ouvre la porte menant à une pièce en rénovation qui sera probablement le salon de réception, vu sa taille. Mais je n'en suis pas certaine car il fait sombre à l'intérieur. Je suis mon hôte, le canidé sur mes talons. Soudain je sens ma robe se soulever par l'arrière. Je lâche un cri de surprise en la rabattant à deux mains pour la plaquer sur mes fesses. Je fais volte-face. C'est Neige qui me renifle les jambes. Je capte son regard pour qu'il cesse ses investigations. Il m'observe en retour avec l'air de se demander si, oui ou non, il va m'adopter. Son maître le siffle. Le chien dresse les oreilles. Malgré son expression éveillée par le son aigu, il contourne l'ordre et agit selon son bon vouloir. Quand Hugo revient avec deux lampes à pétrole, il trouve Neige de nouveau sous mes jupes.

— Maintenant, tu comprends pourquoi elle est responsable de ma rupture avec Camille, plaisante-t-il.

— Elle ? m'étonné-je en comprenant que Neige est en fait une chienne. Elle est sacrément costaud !

— C'est une force de la nature, en effet. Elle est un peu envahissante, mais elle n'a pas une once de méchanceté.

— Tel maître, tel chien !

Mais quelle gourde ! me dis-je. Pourquoi ai-je sorti ça ? Maintenant, Hugo me regarde avec un air mi-surpris, mi-amusé, la tête penchée sur le côté, comme le faisait Flore.

— Je suis désolé de te recevoir dans ce chantier, s'excuse-t-il en allumant les deux lampes qu'il place sur une planche à tréteaux.

— Aucun souci. C'est très gentil de m'héberger.

— Je n'ai pas encore fini de rénover les pièces de réception. Dans le temps, le rez-de-chaussée était occupé par l'écurie et par les celliers. Ici, c'était plein de tonneaux provenant des vignes du Villaret, à Saint-Alban et à Chignin.

Il allume sa Sentinelle et me fait visiter l'hôtel particulier à la lumière de sa lampe portative. Il éclaire les fermes qu'il a dû remplacer, ces pièces maîtresses de la charpente reliées par des pannes, des sablières et des faîtières. Je vois tout le travail du bois, les assemblages avec tenons et mortaises, ces entrelacs prodigieux dont l'homme de l'art emmêle à façon les essences nobles. Cette habileté à manier l'herminette, l'ébauchoir et la varlope démontre une maîtrise égale à celle des artisans d'autrefois. Je devine les détails d'architecture qui ont bravé les siècles. Tous racontent la vie d'avant : fenêtre à meneau, escalier à vis, croisée d'ogive, voûte en saillie, pierres taillées en chanfrein pour laisser passer la lumière.

Durant la visite, Neige va de son maître à moi, laissant transparaître son énergie doublée de curiosité. Je caresse au passage la chienne dont le poil double plaqué sur le corps la protège des intempéries.

— Où iras-tu quand tu auras fini ce chantier ? m'enquis-je.

— Je retournerai retaper mon chalet.

Je m'apprête à le questionner au sujet de ce chalet quand il me propose de jeter un œil aux étages où les travaux sont presque terminés. Au premier, il y a sept grandes chambres et des dépendances. Et au deuxième, un vaste cabinet de travail et les logements des domestiques.

— Tu pourras prendre la chambre soleil, me propose Hugo.

Il éclaire de sa lampe une vaste pièce meublée d'un lit de damas jaune et garni de rideaux aux crépines en broderie de soie. Elle est dotée d'une armoire à glace, d'un divan drapé de panne jaune et d'un fauteuil garni de franges de soie jaunes. Le siège à dossier est agrémenté d'une têtière en mousseline brodée.

— C'est de la très belle ouvrage, dis-je en découvrant une guipure de fils très fins faits au crochet. Ma patronne en serait verte de jalousie.

— Je m'y connais mieux en boiserie qu'en broderie. Mais j'espère que tu y dormiras bien. Je ne sais pas toi, mais moi, la glace m'a donné soif.

Je fais oui de la tête. Oui, je serai bien dans cette chambre. Oui, j'ai soif. Oui à tout, tant que c'est avec lui.

Hugo désigne à présent l'opposé du couloir en m'apprenant qu'il occupe la chambre bleue d'où Neige sort le museau par la porte entrouverte.

— Mais qu'est-ce que tu fais là, toi ? la gronde-t-il. Elle n'a pas le droit d'aller dans les chambres, précise-t-il à mon intention. Mais Flore la laissait tout faire, et voilà le résultat.

Je viens de comprendre : Neige n'est pas sa chienne, mais celle de sa sœur. Voilà pourquoi Hugo a rompu avec Camille : c'était trop lui demander de se séparer de l'affectueuse boule panachée.

Il descend quelques marches et siffle pour inciter Neige à le suivre. Elle se met à courir dans le couloir et déboule l'escalier, laissant transparaître son désir de faire plaisir à son maître. Elle serait plus utile sur un alpage que sur un chantier ; pourtant je n'en parle pas, car il est visible que le charpentier reporte sur elle la tendresse qu'il ne peut plus donner à sa sœur.

— J'ai cru comprendre que tu aimais le thé, me dit-il en me montrant le chemin de la cuisine. Malheureusement, je n'en ai pas, mais j'ai de la liqueur de génépi. Je l'ai faite avec des armoises de montagne que j'ai ramassées autour de mon chalet.

— Et où est-il, ce chalet ?

— À Châtel, près de la frontière suisse.

Je sens mes yeux s'écarquiller. Quel étonnement pour moi d'apprendre que l'habitation qu'il retape est dans le Haut-Chablais, à une quinzaine de kilomètres seulement de La Solitude – où je n'ai pas remis les pieds depuis sept ans !

Mon passé me ressaisit avec une force extrême. Le mois précédant mon départ pour la Russie, je m'étais demandé si je devais revoir ma famille. En fait, c'était à ma mère et à ma grand-mère que je pensais. J'avais envie de les embrasser, de leur dire au revoir. Une semaine avant le voyage présidentiel, j'avais pris le train pour Thonon-les-Bains, puis l'autobus alpin jusqu'à Chevenoz. C'était un de ces autobus Berliet qui serait réquisitionné pendant la guerre pour transporter les soldats et les munitions sur le front. J'avais ensuite pris la diligence pour Vacheresse. Pour finir, j'avais marché jusqu'à Bonnevaux. En me rapprochant du chalet familial de La Solitude, j'avais senti la peur m'envahir. J'avais dû m'arrêter pour vomir, la bile dans la bouche, les larmes dans les yeux. Je savais que la diligence n'était pas encore repartie. Dans ma tête, j'avais fait le chemin en sens inverse : la voiture hippomobile, le bus pour Thonon, le train pour Chambéry, puis celui pour la gare du Nord. Sauter dans le train pour Dunkerque, embarquer sur le cuirassé, voguer jusqu'en Russie où une nouvelle vie m'attendait.

Oui, c'était ça qu'il fallait faire : fuir La Solitude à toutes jambes.

J'avais pivoté sur moi-même pour repartir illico quand j'avais pris quelqu'un en pleine poire. Mes larmes avaient fait que, sans le voir, j'avais couru sur un homme. J'avais eu le souffle coupé par le choc et par l'odeur de bouc qui émanait de ce corps. Je l'avais regardé avec le sentiment qu'il avait accéléré pour me rentrer dedans et j'étais restée interdite : Adolphe se tenait devant moi, menaçant et puant.

— Qu'est-ce que tu fais ici ? avait-il éructé.

J'avais scruté son visage pour y déceler une trace de remords. De gêne au moins. En vain. Je m'étais ressaisie de mon mieux tout en faisant un pas en arrière tant il me dégoûtait.

— Je pars en Russie dans une semaine. Je suis venue dire au revoir à notre mère.

— Notre mère ? avait-il répété de sa voix métallique. Elle est morte, triple sotte. Par ta faute. Elle ne s'est pas remise de ce que tu as fait.

Une douleur aiguë m'avait poignardé le ventre. Ma mère avait défunté et personne n'avait pris la peine de me le faire savoir. Je n'avais alors eu qu'une idée en tête : fuir. M'enfuir. Courir jusqu'à la diligence. Surtout ne pas la manquer. Je m'y étais engouffrée alors qu'elle était sur le point de repartir. J'avais pleuré toutes les larmes de mon corps dans tous les moyens de transport empruntés. À Chambéry seulement, j'avais réalisé que j'en avais oublié ma grand-mère.

## 4

— Vitaline, ça va ? me demande Hugo, surpris par mon silence.

Je reviens à la demeure Chabod où il m'attend dans la cuisine tandis que je suis plantée sur le seuil. J'entre à mon tour dans la pièce meublée d'un buffet et d'un dressoir. Devant se trouve une table, et tout autour une dizaine de chaises en bois tourné.

— Ça va, le rassuré-je en caressant la chienne qui remue la queue à côté de moi, comme pour me réconforter. En fait, je me demandais pourquoi tu retapes un chalet en Haute-Savoie plutôt qu'en Savoie où tu es né ?

— J'ai connu Châtel par un chasseur alpin avec qui j'ai fait la bataille de la Somme. Le pauvre a eu ses jambes emportées par un marmitage au Bois de Hem où on a perdu les deux tiers de notre bataillon. Après ça, il n'a plus voulu de ce chalet difficile d'accès. Il savait que j'avais dans l'idée d'en retaper un, alors il m'a proposé de me le vendre.

Hugo a dit ça sur un ton content, mais il y a du

triste dans l'air, comme un jour de Toussaint. Il y a eu tant de morts, tant de blessés qu'il est impossible de ne pas penser à toutes les horreurs vécues sans se demander quel est ce monde dans lequel on s'entre-tue entre pays voisins.

— Je veux bien goûter ton génépi, dis-je pour nous distraire.

Tandis qu'il verse l'alcool vert clair dans deux verres, je jette un coup d'œil vers le buffet. Des photos aux coins cassés par l'âge captent mon attention. Sur la première, on voit une fillette en culotte bouffante, puis la même, plus âgée, en costume de première communiante. Sur la troisième photo, une jeune fille pose en uniforme scolaire composé d'une robe chasuble à plis creux et d'un corsage forme tunique à col blanc.

— Je vois que tu n'as aucune photo de Flore en tenue d'infirmière, remarqué-je en tirant les clichés de mon sac.

Il interrompt son geste, mais continue de tenir la bouteille en suspens au-dessus des verres en me regardant d'un air presque affolé. Il repose le génépi sur la table, examine les photos sépia l'une après l'autre, en les manipulant avec lenteur et précaution. Sur l'une d'elles, il me découvre en tenue d'infirmière à côté de sa sœur dont la main repose dans le creux de mon coude. Flore me regarde, la tête penchée, avec un air amusé. Dans nos sourires, on peut lire de la tendresse et de la joie. J'ai alors le sentiment d'avoir tout vécu avec elle, tout traversé, du meilleur à l'horreur.

Flore, elle court chaque nuit dans mes songes. Sur

le pont du cuirassé, elle joue à cache-cache avec moi pour échapper à l'abbesse. Au pavillon, elle esquisse quelques pas de danse quand elle pense encore aller au bal. Sous les couvertures de l'armée, je sens son corps, lové en cuillère dans mon dos. Partout il y a sa trace. Où elle s'est assise pour écrire à Hugo, où elle a caché une croix pour que les bolcheviks ne la brisent pas, où elle a laissé éclater son rire cristallin et parfois sa colère. Tant de souvenirs, tant de traces d'elle, dans les rues de Chambéry où elle a promené ses yeux azurés. Jusque dans le visage de son frère qui lui ressemble tant.

Il porte la photo à ses lèvres, embrasse le morceau de papier avec tendresse, se donnant le tragique d'aimer sa défunte sœur.

— Hugo ? prononcé-je doucement en m'approchant de lui.

Son regard a changé. Je lui pose une main sur l'épaule, émue de le voir lutter contre le flot de chagrin qui remonte. Il secoue la tête comme un chien qui souffre d'une oreille.

— Merci pour ces photos, finit-il par articuler. Elle semble si heureuse, si épanouie. Je ne l'avais jamais vue ainsi.

Sa voix devient presque inaudible. Il a beau contenir son émotion, je devine le fond de son cœur et cela me touche au vif. Je lui caresse le dos pour le réconforter.

— Il n'y a aucune photo d'elle en habit de novice, réalise-t-il en levant un sourcil interrogateur.

— Je ne l'ai jamais vue autrement qu'en vêtements

civils. Mais je crois que, pour finir, cela ne la gênait pas tant que ça. Le temps passant, j'ai même eu l'impression qu'elle se sentait bien en blouse d'infirmière.

Il hoche la tête en signe d'approbation.

— On le voit à son sourire, reconnaît-il en me tirant une chaise. Je me suis toujours demandé pourquoi elle tenait tellement à entrer dans les ordres. Peut-être que c'était suite à un chagrin d'amour. Son premier amoureux dont elle était éprise a préféré épouser une cousine éloignée. Après quoi, elle a rejeté l'idée même de mariage. Mon père refusait d'aborder le sujet avec moi. Il disait qu'il était inutile de vouloir comprendre. Mais je n'ai jamais pu m'empêcher de chercher les raisons qui l'ont poussée à partir à l'autre bout du monde.

# 5

Neige s'allonge de tout son long sous ma chaise. Hugo se penche pour déposer un verre de génépi devant moi. Je ne peux m'empêcher de le manger des yeux. Sa physionomie est robuste, mais ses gestes sont délicats. À l'étude de ce physique masculin courbé au-dessus de moi, je sens des frissons parcourir mon bassin, remonter le long de mon dos, s'agiter dans ma nuque, chatouiller mon cuir chevelu.

Qu'est-ce que je peux réellement attendre de lui ? Qu'est-ce que je peux espérer de notre rencontre ? Demain, je remonterai dans le train pour Paris ; je reprendrai mon travail à l'atelier Falbala. Lui, achèvera son chantier à Chambéry avant d'aller retaper son chalet aux confins du Haut-Chablais savoyard. Pourtant, n'est-ce pas cette rêverie confuse qui me hante depuis toujours, qui vient de surgir avec Hugo ? La rencontre avec ce charpentier dont j'ai maintes fois entendu parler en Russie déflore mes désirs les plus enfouis : connaître un homme bon qui saura me respecter et m'aimer. Mais il est le frère de Flore qui m'a confié ce qu'il ignore. Cette dissimulation est annonciatrice de perturbation. Je rumine cette pensée : quel droit ai-je à vivre une relation intime qui finira en déconvenue quand Hugo découvrira que je n'ai pas été entièrement honnête avec lui ?

Il tire la chaise la plus proche pour s'asseoir à côté de moi. Mon regard rencontre le sien au moment où il me demande :

— As-tu quelqu'un dans ta vie ?

Surprise de son audace soudaine, presque du culot, je réfléchis à quoi répondre. Depuis quelque temps, je suis un peu perdue. Après la joie d'avoir retrouvé Vadim à Paris, j'ai déchanté. Son exil doublé de sa ruine a fait de lui un gigolo de luxe dont le charme agit sur Coco. La modiste semble tout faire pour l'inscrire à son tableau de chasse. À moins que ce ne soit l'inverse. Ces deux-là ont chacun à gagner de leur relation. Elle, le prestige et la publicité de s'afficher au bras d'un prince de sang, et lui, le milieu mondain parisien et le train de vie dont il ne sait se passer.

Mon hôte me dévisage. Parce que ma réponse tarde à venir, il affiche un air d'adolescent nerveux qui le rend fort différent de l'homme sûr de lui avec qui j'ai arpenté Chambéry.

— Non, je n'ai personne, finis-je par dire avec l'impression de prononcer une obscénité.

Ma réponse semble être celle qu'Hugo attendait car il prend ma main droite entre les siennes, la porte à ses lèvres, l'embrasse doucement. Je le regarde faire. Rien n'est plus doux que la tendresse de ses gestes.

— Tu m'as, moi, à présent, affirme-t-il en m'adressant un sourire où semble se déclarer un attachement intime.

Ces mots révèlent que cet homme comprend tout. Tout ce que je ne dis pas de mon passé. J'ai le sentiment que ces grandes paluches dissipent la déconvenue vécue avec Vadim, l'humiliation subie avec Adolphe – il est des mains d'homme qui broient l'innocence et d'autres qui tiennent la violence en respect.

Je ne peux dire ce qui s'empare de moi à cet instant. C'est comme si le chagrin se délayait dans la joie. Je me sens ivre alors que je n'ai pas encore porté le verre de génépi à mes lèvres. Ivre d'espoir. Je ne pense plus au passé, ni à l'avenir. Je lève les yeux, les plante dans les prunelles marines et m'y perds. Pour la première fois de ma vie, je me sens choyée, respectée, plus précieuse que je ne l'ai jamais été aux yeux d'aucun homme. Avec Hugo, je suis traitée comme une reine. Je n'ai jamais ressenti cela auparavant.

Après quelques baisers entrecoupés de gorgées de liqueur, il m'entraîne au pied de l'escalier. Il m'enlace comme j'ai toujours désiré de l'être. Sent-il que je fonds sous l'étreinte ? Je le respire dans le cou, m'enivre de son odeur de bois refendu et de résine de sapin. Je monte sur une marche pour poser mes lèvres contre les siennes, si sucrées que j'ai envie de mordre. Il m'embrasse avec une émotion où le charnel se voile à peine sous la tendresse.

Je sens sa main qui aborde ma taille, m'effleure un sein entre les replis du tissu. Il me chavire par ses caresses qui appellent à connaître le trouble de pratiques enflammées. Il me débarrasse de ma robe, là, au pied des escaliers. Et de me retrouver en gaine Parabère ! À cet instant, je ne suis plus certaine d'avoir fait le bon choix de sous-vêtements. Une culotte en mousseline de soie aurait été plus emballante.

Je respire à grands coups. Il renverse ma tête en arrière à deux mains pour faire glisser sa langue sur mon cou frémissant. Je vois ainsi l'impressionnante charpente. Ce chantier, qui semblait au point mort ce soir, s'anime peu à peu d'une vie ardente, comme un arbre dont la sève monte au printemps. Soudain, on voit un bourgeon plein d'un désir de vivre s'ouvrir, s'épanouir, étendre ses feuilles ainsi que des mains tendues vers le plaisir. Des seins pointés, couronnés d'aréoles rose pâle. Pleins de désirs.

Hugo va de l'un à l'autre, goûtant, dégustant, léchant, comme pour faire connaissance. Je cède à son affection goulue. Dans ses bras, ma féminité exacerbée gagne des fortunes nouvelles. S'aimer dans un hôtel en chantier, alors qu'on vient tout juste de se rencontrer, c'est une aberration voulue, un égarement recherché.

— Je ne voudrais pas qu'on nous surprenne dès l'entrée, dit-il sur un ton sérieux qui contraste avec son regard séduit.

Nous gagnons l'étage, le bout du couloir, la chambre bleue. Mes yeux s'emplissent de larmes de plaisir et de regret. Plaisir de le découvrir nu, si solide, ses épaules larges, ses cuisses musclées, et regret de devoir le quitter bientôt. À mon tour de l'explorer, de faire mieux connaissance avec son anatomie. Je le touche avec bonheur, le caresse çà et là, découvre les cicatrices qui disent la guerre. Il semble chaviré de me posséder, mais tracassé dans le même temps. Un pli soucieux barre son front. La perspective d'avoir à nous séparer dans quelques heures, sans doute.

Quand nous sommes enfin repus d'amour, épuisés de caresses, nous restons immobiles, flanc contre flanc. Nous devrions nous endormir dans les bras l'un de l'autre, sombrer, mais le passé nous a habitués au sommeil aux aguets, où le moindre froissement vous fait bondir sur vos pieds. Nous somnolons en écoutant la nuit.

Soudain, je crois percevoir un mouvement. Je me relève à demi, scrute la chambre plongée dans la pénombre. Le silence nous environne. Je dois me tromper ; personne n'est censé venir en pleine nuit sur le chantier. Je m'allonge, pose la main sur le torse d'Hugo. Je sens sa respiration. Le calme se resserre autour de sons ténus : le frottement de son pied contre le drap, un soupir de quiétude béate, des craquements venant du parquet. Des bruits de pas ? Les sens en alerte, j'écoute dans une immobilité absolue. De nouveau le silence. Un silence tout de paix. Mon épuisement me joue des tours. Je ferme les yeux. Pendant le temps d'un frisson, il y a un froissement, comme la fuite rapide de quelqu'un. Je saute sur mes pieds. Le matelas gémit, réveillant Hugo qui me demande ce qui se passe. Au son de sa voix, une ombre se range derrière la porte.

— Nom d'un chien, Neige ! s'exclame-t-il.

# 6

— Qu'est-ce que tu vas faire maintenant ? me demande Hugo.

Je le regarde, perplexe, un bol de chicorée au lait entre les mains. Après la nuit que nous venons de passer, je me demande si une telle relation n'est pas à craindre – sans quoi, comment expliquer le trac audible que sa voix mâle trahit.

— Je vais aller chercher mes bagages à la pension et rentrer à Paris avant que ma patronne appelle les gendarmes.

— Je ne parle pas d'aujourd'hui ni de demain, mais du mois prochain, de l'an prochain. Quels sont tes projets d'avenir ?

J'ai compris où il veut en venir mais sa question me prend au dépourvu et je n'ose former des projets de peur de les voir s'effondrer.

— Demain, je serai de retour à l'atelier où il y aura des robes à dessiner, des plastrons à broder, des commandes à honorer. Nous présentons notre nouvelle collection couture d'inspiration slave à des créateurs de mode la semaine prochaine, donc il faudra que je propose des nouveautés pour leur donner envie de passer commande.

— C'est très éloigné de ton métier d'enseignante.

— C'est vrai, mais j'aime créer des modèles.

Je me garde de lui dire qu'être à l'atelier était, jusqu'à présent, ma façon de rester proche de Vadim qui vient souvent voir sa sœur.

— Penses-tu y travailler dans les années à venir ? Ou as-tu dans l'idée de créer ta propre maison de couture ?

— En fait, j'aimerais revenir à mes premières amours, avoué-je après un instant d'hésitation.

C'est la première fois que je confie cela. J'ai fui l'enseignement car il m'a apporté trop de malheur en Russie, or mes élèves me manquent.

— Tu voudrais enseigner de nouveau ?

— Peut-être. Je n'en suis pas encore certaine. Mais ce dont je suis sûre, c'est que je dois me préparer si je veux avoir le temps d'aller récupérer ma valise avant de monter dans le train.

Hugo me montre la porte de la salle de bains. Sur le seuil, il marque une pause, comme s'il voulait ajouter un mot. Mais il se contente de secouer les épaules de façon évasive. Il n'est pas comme la veille. Il semble dissimuler quelque chose. Va-t-il m'avouer un embarras sur la route de la gare ? Je n'en fais pas moins ma toilette. Quand je traverse le couloir, il vient à ma rencontre. Ses bras font le tour de ma taille. Il m'enserre de façon douce, m'embrasse de toutes ses forces. Que cette nuit a été passionnée ! Je soupire quand il desserre son étreinte. J'aurais voulu que ce moment hors du temps ne prenne jamais fin.

En chemin pour la pension, Hugo marche le long de moi. Il est si près que je sens le muscle de son bras contre mon épaule.

— Je t'attends ici pendant que tu récupères tes affaires, me dit-il.

— Je n'en ai pas pour longtemps.

Je trouve la fille Vichy derrière le comptoir de la réception. Elle consulte le registre des réservations en suçotant le bout d'un crayon.

— Mademoiselle Vittoz ! me salue-t-elle sur un ton ironique. On ne vous attendait plus. On pensait que vous aviez pris le train sans votre valise.

— Je suis venue la chercher hier mais j'ai trouvé porte close.

— Nous étions à la Sainte-Chapelle, je vous avais prévenue. La journée a été bonne, à ce que je vois, ajoute-t-elle en se penchant pour voir l'homme qui m'attend dans la rue.

Son insolence me déplaît.

— Allez-vous me passer mes affaires ? J'ai un train à prendre.

Bernarde se penche avec lenteur pour attraper mon bagage qu'elle me tend en le retenant légèrement. Je l'empoigne par l'anse, tire d'un coup sec pour lui faire lâcher prise. Je tourne aussitôt les talons avec l'espoir de m'en débarrasser. Peine perdue. Elle me suit vers la porte.

— Aurons-nous le plaisir de vous revoir à Chambéry ?

— J'en doute, la cinglé-je en me retournant.

— Le service était si mauvais que ça ?

Je fais mine d'ignorer le sarcasme et sors sans un mot.

Hugo prend ma valise d'un côté et ma main de l'autre pour m'accompagner à la gare. Je suis à la fois flattée et troublée par son geste en pleine rue. Qu'il se permette ces familiarités n'est pas pour me déplaire. Et pourtant, j'ai le cœur lourd. Nous venons à peine de nous rencontrer qu'il nous faut déjà nous quitter. À chaque pas qui me rapproche de la gare, il devient évident pour moi que je n'ai pas envie de partir, pas envie de quitter Hugo. Je le connais à peine, mais je l'aime déjà. Je le sens au plus profond de moi. C'est d'un homme comme lui dont j'ai besoin. Solide, franc, travailleur, amusant. Sans fioriture, sans faux-semblant.

Alors que je souffre à la seule idée de la séparation à venir, nous croisons un gringalet à béret vêtu d'une veste d'homme et d'une jupe.

— Raoulette ! m'exclamé-je en reconnaissant la Rouleuse.

— Vitaline ! s'écrie-t-elle sur un ton joyeux. Avec le bel Hugo ! Alors comme ça, c'est lui, le matou qui t'a fait accourir jusqu'ici ? me demande-t-elle avec un air de complicité amusée.

Je déglutis comme si j'avais avalé une guêpe.

— Bonjour, Raoulette, la salue Hugo sur le visage de qui on peut lire de l'étonnement et un brin d'amusement.

— Vous vous connaissez ? m'enquis-je avec stupéfaction.

— Hugo a acheté le chalet de mon fils. Il a payé une fortune un cabanon délabré pour que Jean-Raoul puisse se payer une chaise roulante. Mais pas n'importe laquelle, hein ! Une chaise révolutionnaire, avec un moteur ! Elle va bientôt lui être livrée. Sûr que ça va lui redonner goût à la vie. Y a déjà plein de gens qui veulent voir son bolide, dont une jeune fille qu'il va inviter à la pâtisserie Pattin pour sa première sortie.

Je souris en pensant à ce bistrot que je croyais être un salon de thé, à la générosité d'Hugo, à cet espoir de mobilité en partie retrouvée pour le fils de Raoulette. Ainsi, les cigarettes liées en fagot dont dispose mon beau charpentier sont bien celles de la Rouleuse.

— Dis à Jean-Raoul qu'il me réserve sa deuxième sortie, lui dit Hugo en m'entraînant vers la gare.

Ce n'est qu'une fois à l'intérieur qu'il s'arrête et se remet à parler.

— Je sais que Flore était ton amie, mais j'ai besoin de savoir la vérité. Depuis hier, je vois bien que tu veux me dire quelque chose à son sujet.

— Il faut que je me renseigne sur mon train, lui réponds-je en jetant un coup d'œil nerveux sur ma montre-bracelet. Je ne peux pas me permettre de le rater une seconde fois.

Il lève son regard vers la grande horloge murale, puis le reporte sur le numéro de quai.

— Ton train ne part pas avant une demi-heure et nous sommes sur le bon quai. Nous avons encore le temps d'éclaircir les choses.

Je me raidis sous son regard scrutateur, froncé par

l'attente de confidences qui tardent à venir. Je prends une profonde inspiration.

— Je peux répondre à tes questions, dis-je d'une voix que je veux calme, mais es-tu certain de vouloir savoir ?

— Je n'entrevois pas notre avenir ensemble si notre relation commence par une dissimulation.

Je le scrute, perplexe. Je suis surprise de l'entendre parler de notre relation et d'avenir également. Il semble envisager que l'on se revoie.

— Je doute que mes réponses t'apportent la moindre consolation. Je crains même qu'après ça, tu ne veuilles plus me parler.

— Le plus dur, pour moi, c'est de ne pas savoir. Dis-moi ce que j'ignore, je t'en prie.

Il me sourit de façon triste. J'acquiesce à sa demande d'un hochement douloureux de tête.

# VI

# *L'amour en cage*

## De Pâques à Noël 1918

# 1

Je n'eus d'autre choix que de suivre les deux enquêteurs russes. Ils m'apprirent que j'étais en état d'arrestation. En chemin pour la prison, un cheval tomba d'inanition dans la rue. Les passants se jetèrent sur lui, le découpèrent à même le sol. Ils emportèrent tous les morceaux qu'ils pouvaient, laissant des traînées rouges dans la neige derrière eux. C'était horrifiant de voir l'équidé, les côtes prélevées, alors qu'il respirait encore. Les tortures de la faim enlevaient toute humanité.

— Te voilà arrivée ! me dirent les deux tchékistes.

J'entrai dans la prison de Kresty. On me confisqua la croix bâton en argent que ma grand-mère m'avait offerte. Ma tentative pour la reprendre me valut un coup de crosse dans l'omoplate. On me poussa dans une cellule où s'entassaient une trentaine de femmes. Certaines étaient enfermées depuis des mois pour avoir vendu ou acheté quelque chose. Elles vivaient là, privées de tout secours. Sans linge de rechange ni savon pour se laver, elles étaient dévorées par la vermine. Elles se grattaient la tête pour extirper des poux qu'elles écrasaient entre leurs ongles crasseux avec un craquement sec. Comment allais-je faire pour éviter de recevoir ces hôtes indésirables ? Comment ne pas être contaminée quand on cohabite à trente dans une geôle prévue pour dix prisonnières ?

Vers midi, on apporta la soupe dans une cuvette avec seulement trois cuillères en bois. Quand une cuillère arriva enfin jusqu'à moi, je renonçai à puiser dans la cuvette. Mon estomac était trop noué pour manger cette eau louche où flottaient des foies de poisson.

— L'appétit viendra, me dit une femme âgée.

Le soir venu, je constatai que toutes les couchettes étaient prises. Le sol était couvert de dormeuses. La vieille me proposa de partager sa couche. Je m'allongeai sur le plateau de table collant avec elle. En dessous, il y avait deux femmes. L'une avait la gale, l'autre s'épouillait l'entrejambe. Trois jours plus tard, la faim au ventre, je trempai à mon tour la cuillère collective dans une soupe d'écailles apportée par la tôlière.

Les semaines suivantes me mirent à la torture. Malgré le nombre que nous étions, je touchai le fond de la solitude. J'étais sans nouvelles de mes amies de l'Enclos. Les Françaises cherchaient-elles à me faire libérer, ou avais-je disparu de leur horizon aussi complètement qu'une pierre qui s'enfonce dans une mare ?

Le monde extérieur m'apparaissait comme un cadran solaire dont le soleil et la pluie auraient effacé les chiffres. Le jour, je percevais les voix des gardiens dans les couloirs, la lumière à travers les barreaux. La nuit, j'écoutais, le cœur serré, un clocher encore debout sonner minuit dans le fouillis qu'était devenue la Russie. J'aurais donné cher pour avoir une montre afin de garder les derniers repères qui régissaient les gens libres. J'avais une telle crainte physique de l'attente et de l'incertitude que j'aurais presque préféré savoir que les Allemands avaient gagné la guerre, qu'ils allaient s'emparer du pays et qu'il n'y aurait plus qu'à les suivre.

Je me souviens qu'au cours de cette période d'angoisse, je rêvais souvent de Vadim. Je me réveillais parfois avec une sensation de malaise, parfois avec un sentiment d'exaltation. Lorsqu'un homme occupe vos pensées toute la journée, il devrait avoir le tact de ne pas s'imposer en songe chaque nuit.

— Les bolcheviks ont rétabli la peine de mort, nous apprit la tôlière.

C'était le 16 juin 1918, et elle semblait aussi abasourdie que nous par la nouvelle qu'elle colportait de cellule en cellule. Après quoi, des soldats vinrent chaque matin faire l'appel des détenues. Nous devions former deux rangs et répondre pour attester de notre présence. Et chaque jour, quelques personnes étaient emmenées. Étaient-elles libérées, ou menées à la mort ? Allaient-elles en exil ? Nous l'ignorions.

— Les bolcheviks ont légalisé la terreur rouge, nous annonça la tôlière, encore plus ahurie que la fois précédente.

Ce 3 septembre marqua le début des exécutions de masse. Les condamnés étaient obligés à creuser un fossé au bord duquel on les alignait. On les forçait à se déshabiller. Les rafales de balles les couchaient dans le trou. Les soldats les recouvraient ensuite de terre, sans même vérifier s'ils étaient bien morts. Puis ils s'appropriaient leurs vêtements, leurs montres et leurs chaussures.

Chaque jour m'apportait de nouvelles angoisses. Tel ce matin d'octobre où le directeur de la prison vint passer en revue les prisonnières françaises.

— Je vous prie de vous intéresser à mon cas, lui dis-je de mon mieux en russe. J'ignore la raison de mon arrestation.

— Je sais qui tu es, me rabroua-t-il en me rappelant que le tutoiement était obligatoire. Tes amies de l'Enclos travaillent à te libérer.

— Quelle bonne nouvelle, murmuré-je, émue de savoir que les filles ne m'avaient pas oubliée.

— Ne t'emballe pas. Cela n'aboutira à rien. C'est une affaire sérieuse qui te retient.

— Puis-je savoir laquelle ?

— En tant que sujette du tsar, tu es suspectée de travailler à la perte du pays, m'annonça le camarade-directeur.

Atterrée sous cette révélation soudaine, je restai immobile et muette. Vadim m'avait fait citoyenne russe sous prétexte de m'ouvrir les portes du palais impérial. Mais en réalité, c'était pour mieux me retenir et me posséder. Ce qui était autrefois un privilège faisait aujourd'hui de moi un chien d'attache. J'étais tombée dans le piège par orgueil. Je devais m'en tirer par mes propres moyens.

— Que puis-je faire pour me sortir de cette situation ?

— Demande à récupérer ta nationalité. Tu dois faire vite si tu ne veux pas te retrouver seule ici. Beaucoup de Françaises sont déjà parties.

Voilà comme j'appris que mes amies avaient reçu l'ordre de rentrer en France au plus vite. Était-ce possible que les filles aient quitté la Russie en me laissant derrière elles comme un meuble encombrant dont on n'a plus l'usage ?

## 2

Je ne saurais dire combien de semaines s'écoulèrent. Fut-ce la cinquième ou la neuvième que je reçus la réponse des autorités ? Ma démarche pour récupérer ma nationalité était rejetée. Je perdis espoir. J'allais mourir en prison, dans l'indifférence générale. Je pensai à ma grand-mère, priai pour qu'elle me pardonne de l'avoir oubliée le jour où j'avais fui mon village pour la seconde fois. En apprenant que j'étais venue à La Solitude sans passer la voir, elle avait dû ressentir ce que j'éprouvais aujourd'hui : un sentiment d'abandon.

Je ne m'attendais plus à être libérée quand, un matin, on m'annonça que je pouvais partir. Je me hâtai de quitter Kresty sous le regard envieux de mes compagnes d'infortune. Dehors, une bande de brouillard couleur cendre pesait sur l'horizon. Le reste du ciel était un mur de nuages blafards. En chemin pour l'Enclos, mon esprit se tourmentait par mille suppositions, mille craintes. Les Françaises étaient-elles parties sans moi ? Les bolcheviks avaient-ils investi les lieux ? Où allais-je pouvoir me réfugier ?

Je parvins à destination sale, affamée et épuisée. Quelle stupeur pour moi de découvrir l'endroit vide, ou presque ! Seules trois femmes étaient encore sur place. Paule, Christiane et Chantal étaient restées pour m'attendre. J'avais des amies loyales. Ô la joie de ces retrouvailles ! Émue jusqu'à l'âme, je voulus les embrasser pour les remercier. Elles m'obligèrent à prendre un bain avant, tant j'étais repoussante.

Une quatrième femme se trouvait encore à l'Enclos. Pour une tout autre raison. Flore avait tout fait pour partir avec les sœurs de Saint-Joseph, mais son état de santé l'avait empêchée de voyager. Elle souffrait d'un rhume de poitrine et respirait avec peine. Au fond de moi, j'étais blessée de savoir que c'était son état de faiblesse et non notre amitié qui l'avait retenue. Et je m'en voulais de ne pas réussir à dissimuler ma déception.

— Je vais m'inscrire pour faire partie du prochain convoi.

— Tu dois renoncer à partir pour le moment, me conseilla Paule.

— Hors de question que je reste ici !

— Tu risques de te faire arrêter à la frontière, intervint Chantal qui me parlait comme si j'étais une enfant difficile.

— C'est un risque que je veux courir.

— Les bolcheviks savent que tu as un passeport russe, m'informa Flore. Vous êtes très peu à avoir obtenu la nationalité russe par la famille impériale. Tout le monde connaît ton nom dans les bureaux.

— Qu'est-ce que tu en sais, toi ? demandé-je sèchement.

La blonde me dévisagea, comme si, en prononçant ces mots, ma voix lui avait paru étrange. Elle s'apprêtait à me répondre quand un accès de toux lui ébranla les côtes.

— Flore a hanté les bureaux du soviet de quartier, m'apprit Christiane. C'est grâce à elle si tu es libre aujourd'hui.

Je me sentis toute penaude. J'avais mal jugé la blonde. Je me donnai l'impression d'être pourvue d'œillères.

— Les bolcheviks ne te laisseront pas sortir de Russie, confirma Paule. Ils t'arrêteront et tu retourneras en prison.

— J'ai essayé de te faire fabriquer un faux passeport, m'avoua Flore. Mais c'est trop dangereux.

Je murmurai un « merci » qu'elle n'entendit pas car elle eut un nouvel accès de toux. De ces toux rauques qui semblent sortir d'un cercueil. Je sentis percer pour elle une sincère sollicitude à travers le rideau de ma fatigue et de ma nervosité.

— Il te faut attendre, insista Chantal en m'adressant un sourire patient.

— Attendre quoi ? m'enquis-je sur un ton désespéré.

— Que la situation change.

— Tu ne seras pas seule, me consola Paule. Cricri et moi avons décidé de rester avec toi, tandis que Flore et Chantal partiront avec le prochain convoi. En tant que religieuses, elles risquent beaucoup plus que nous qui ne sommes pas inquiétées de ce côté-là.

Je n'ajoutai rien, un peu confuse de mon égoïsme. La cuisinière portait un regard avisé sur la situation des novices. Leur appartenance aux Sœurs de Saint-Joseph les exposait bien davantage que les Françaises laïques de l'Enclos. Quelle ingrate je faisais !

Le lendemain, on nous informa que la Mission militaire française quittait la Russie à son tour. Un nouveau virus donnait aux troupes « la fièvre de trois jours ». L'épidémie faisait de nombreux malades, mais peu de morts. Avant de partir, les officiers nous firent cadeau de leurs réserves. Principalement du bœuf en boîte, des conserves de thon et du pain de guerre – un pain biscuité à la farine compressée. Quel bonheur pour nous de pouvoir enfin se caler les joues ! Chacune reprit un peu de poids. Mieux nourries, nous retrouvâmes des forces et Flore recouvra la santé.

Nous pûmes de nouveau accueillir des élèves en classe. Désireuses de ne pas faire de différences entre eux, nous acceptions aussi bien des enfants catholiques qu'orthodoxes, ou juifs. La surveillance des bolcheviks reprit aussitôt et les inspections s'enchaînèrent. Notre façon d'enseigner était sans cesse contrôlée. Malgré quelques entorses aux règles révolutionnaires, les Russes renoncèrent à fermer l'école, car nous nourrissions les enfants chaque jour à midi avec les réserves de la Mission. Tous les parents nous étaient reconnaissants de voir un peu de gras sur les joues de leurs petits. Tous, ou presque.

Un jour, le père d'un élève juif que Flore avait en classe demanda que le petit tableau de la Vierge accroché derrière la porte soit enlevé.

— Non, lui répondit la blonde. Ce tableau est une

copie d'un chef-d'œuvre. C'est de l'art. Il reste où il est.

Un accès de toux lui fit pâlir le front et la laissa tremblante. Elle ne put préciser que c'était un cadeau de sa défunte mère qu'elle avait apporté dans sa valise en 1914. Qu'elle y était attachée plus que de raison.

Le parent d'élève revint quelques jours plus tard avec un communiste enragé qui exigea que le tableau soit retiré de la porte.

— Je ne vais pas renier mes origines, mon éducation et mes idées, maintint Flore. Si vous voulez que je continue à enseigner et à nourrir les élèves, vous m'acceptez telle que je suis. Sinon, je rentre en France et vous vous débrouillez avec vos gamins irrespectueux.

Mesurant la gravité de la situation, Chantal l'implora de céder mais la blonde n'en démordit pas et le tableau resta à sa place. Quand nous en vînmes au pot-de-vin à payer, le communiste enragé se montra étonnamment raisonnable. Les bolcheviks n'avaient pas les moyens de nourrir les enfants. Le pays avait besoin d'écoles avec cantine comme la nôtre. Il n'insista pas, contrairement au parent d'élève. Celui-ci se rendit au bureau du soviet et chercha à faire fermer l'école qu'il accusait d'être un foyer réactionnaire. Il nous promit une descente musclée de la police politique qui menait une offensive contre les étrangers de Saint-Pétersbourg depuis l'intervention alliée. M. Darcy, président de la chambre de commerce, avait été arrêté. Notre évêque, Mgr Édouard de Ropp, était lui aussi sous les verrous. Le tour de Flore viendrait, assurément. Mais la fièvre de trois jours lui tomba sur le dos avant la Tchéka. Le virus, devenu beaucoup plus virulent, portait désormais le nom de « grippe espagnole ».

## 3

L'état de santé de Flore se dégrada en quelques jours. La fièvre l'obligeait à garder le lit. Malgré ses protestations, je fis quérir le Dr Amaury qui accepta de venir, bien qu'il soit sur le départ pour la France.

— Pneumopathie bactérienne, déclara-t-il après auscultation.

Devant la blonde, il nous expliqua qu'il n'existait aucun médicament et que les malades mouraient d'asphyxie. Il avait dit ça comme si Flore était déjà morte. Je m'encolérai contre son verdict à l'emporte-pièce, lui reprochant de ne rien tenter pour la sauver.

— La mauvaise nouvelle, c'est que je vais mourir, railla-t-elle entre deux quintes de toux. La bonne, c'est que je vais échapper aux Russes.

— Ne dis pas de sottises, la repris-je.

— Je n'ai pas toujours été une très bonne amie pour toi, mais mon frère te sera d'un grand secours. Promets-moi d'aller le voir dès ton retour en France. Je l'ai prévenu. Il attend ta venue.

— Nous irons le voir ensemble et tu me le présenteras.

La pensée d'Hugo la pressa si fort qu'elle ne put s'empêcher de pleurer.

— Quand je songe que je vais mourir ici, hoqueta-t-elle. Je maudis ce pays ! Et je maudis cet homme juif qui a tout fait pour fermer notre école ! Je commence à me dire que ces gens font tout pour qu'on les déteste.

Je regardai son visage de haine comme on observe une femme repoussante dont on ne désire pas faire la connaissance. Dans le cœur de Flore, le mal tendait à se dilater. L'antipathie devenait aversion au point de déformer ses traits pourtant parfaits.

— Une seule personne ne représente pas tout un peuple, dis-je pour modérer ses propos.

— Laisse-moi, Vita. Je veux demander à Dieu de me rappeler à lui.

Elle eut alors une horrible quinte de toux qui la laissa tout en sueur après lui avoir ébranlé le corps. Je la veillai chaque nuit, craignant pour sa vie. Envers et contre tout, son état de santé s'améliora. Elle était faible, mais respirait mieux. C'était un signe de protection divine, d'après Chantal qui avait fait brûler un cierge pour la malade malgré l'interdit.

— J'ai parlé avec Dieu, m'exposa Flore. Pour l'instant, il refuse que je lâche la croix qu'il m'a donnée. Il m'a promis que l'éternité sera suffisamment longue pour que je puisse m'y reposer plus tard. En attendant, je dois rester ici pour sauver quelques gamins de la sottise et de la faim.

— Je suis contente de savoir que ton heure n'a pas sonné, me réjouis-je, mais tu dois recouvrer tes forces avant.

Sa maladie nous montra combien la plupart des parents d'élèves tenaient à notre école et jusqu'où allait la charité des plus pauvres. Pour hâter le rétablissement de Flore, tous s'ingénièrent à lui trouver de la nourriture qu'ils apportaient à Paule, chargée d'accommoder ce qu'elle recevait : un verre de lait, un morceau de sucre, un petit pain, une pomme. Ce qui semblait être des riens quand nous disposions de tout représentait une générosité inouïe en cette époque de disette.

Flore était encore alitée quand la Tchéka fit une descente à l'Enclos, sous prétexte de m'annoncer que ma demande pour récupérer ma nationalité était de nouveau refusée. Paule empêcha la fouille du Home en soudoyant les Russes avec des conserves de viande. Dans la foulée de ce refus, je fis une autre demande. Cette fois, je sollicitai l'obtention d'un permis de partir.

La réponse de la police politique me parvint le 25 octobre 1918. À deux heures du matin. Tout était calme dans le Home quand des coups de sonnette successifs mirent tout le monde en émoi. Christiane ouvrit la porte.

— Perquisition ! cria un homme qui bouscula la couturière.

Une dizaine de brutes se précipitèrent dans le dortoir, fouillèrent chaque recoin, jusque dans les cendres du poêle. Ils renversèrent nos matelas, brisèrent nos lits, pillèrent nos réserves de nourriture, confisquèrent la relique de Pie X que Flore avait cachée au sous-sol. Je la vis serrer les poings. À ses épaules courbées comme si elle luttait contre le vent, je devinai sa colère. Malgré sa faiblesse, elle éclata en insultes contre les hommes de la Tchéka. Cette guerre sans fin, doublée d'une révolution tyrannique, commençait à lui taper sur les nerfs. Elle en avait assez de trembler pour son frère qui combattait au front. Elle ne supportait plus les restrictions et les regards suspicieux des croyants de tous bords qui n'hésitaient pas à la dénoncer pour sauver leur peau.

— Mon amie est malade, m'interposai-je pour qu'ils la laissent tranquille. Il ne faut pas faire attention à elle. La fièvre la fait délirer.

— Je sais très bien ce que je dis ! riposta-t-elle.

À sept heures de matin, leur chef nous fit emmener toutes les deux à la Tchéka. On nous fouilla pour nous prendre le peu qu'il nous restait : une médaille de baptême pour Flore, un mouchoir pour moi. On nous sépara. Un homme me photographia de face et de profil. On me conduisit ensuite dans une pièce malpropre où des soldats fumaient en montant la garde. Pour me faire avouer, ils me forcèrent à avaler une bouillie de terre où flottaient des cocons de papillons, des larves de grenouilles et des fougères gélatineuses. C'était si infâme que j'avouai avoir acheté le sucre qu'une paysanne dissimulait dans ses bottes. J'avais payé avec du sel dont les gens de la campagne manquaient cruellement. Il y en avait deux barils dans les caves du Home.

Le soir venu, une geôlière me fit signe de la suivre. J'eus espoir d'être libérée, car j'avais fait ce troc pour mes petits élèves russes. Or elle m'enferma dans une cellule sans fenêtre de deux mètres de long sur un mètre de large. L'un des murs était noir de cancrelats. Un meuble bas servait à la fois de siège, de table et de lit. Je m'assis sur le plateau crasseux. Les coudes sur les genoux, je laissai couler mes larmes contenues depuis le matin. J'étais bouleversée de savoir que Flore était entre leurs mains dans son état.

# 4

Le 1$^{er}$ novembre amena le froid en même temps que le transfert d'un grand nombre de détenus vers Moscou. J'entendis du remue-ménage dans mon bâtiment. Le bruit des serrures qui s'ouvraient se rapprocha de moi. La geôlière vint me chercher. Je me réjouis de voir que j'étais dans le groupe de Flore. Elle était fort pâle, mais debout. Elle m'adressa un signe discret. Ce n'était pas le moment de se faire remarquer.

On nous poussa dans une auto-cellule où nous eûmes la surprise de retrouver Paule, Cricri et Chantemesse, arrêtées à leur tour. Nous étions toutes considérées comme des criminelles. Flore et Chantal parce que la religion était formellement interdite, Paule et Christiane parce qu'elles étaient françaises. Et moi, parce que j'étais sujette du tsar. La haine… on la sentait partout. La haine des Allemands, des Juifs, des Français, des commerçants, des moujiks, des entrepreneurs, des cosaques, des prêtres. Elle empuantissait les rues de la ville. Elle amaigrissait le cœur de la Russie.

Malgré la situation désastreuse, nous fûmes soulagées d'être réunies. Nous chuchotions entre nous quand la geôlière glissa en douce une enveloppe roulée sur elle-même par un trou du grillage. Le rouleau de papier tomba sur le sol de l'auto-cellule, entre mes pieds. Soudain silencieuses, nous jetâmes autour de nous des coups d'œil circonspects. La geôlière repartie, je le ramassai en me cachant entre les jupes des filles qui avaient écarté les genoux pour former un paravent de tissu. Je déroulai l'enveloppe adressée à *Mlle Flore Brasier*. C'était un courrier en provenance de France. Comment était-ce possible ? Les liaisons postales étaient interrompues. Je la fis discrètement passer à la blonde qui l'ouvrit, les mains tremblantes. Elle la lut tout bas, le visage plus blême que les caricatures de cire exposées dans les musées ambulants. Nous prêtâmes l'oreille à sa voix chevrotante.

*Ma chère sœur,*

*Cette lettre t'apporte une triste nouvelle : le décès de notre père que j'ai moi-même appris par notre bon curé. Malgré sa présence lors de ses derniers instants, notre père s'est éteint sans se confesser, ce que je ne parviens pas à comprendre tant il avait à se faire pardonner.*

*Je sais que des larmes vont couler de tes yeux. On ne devrait jamais apprendre le décès d'un proche quand on ne peut assister à ses funérailles. Je suis moi-même plus peiné que je ne le pensais.*

*Nous voilà, toi et moi, orphelins.*

*La maison de Chambéry est vide à présent. C'est pour-*

*quoi je te demande de revenir t'y installer. Je t'y rejoindrai dès que la guerre sera finie.*

*Voilà trop longtemps que tu es partie. Reviens donc au pays !*

*Ton frère qui t'embrasse tendrement pour te réconforter.*

*Hugo*

Flore mit ses yeux dans le creux de ses paumes et appuya, comme si elle cherchait à effacer son passé derrière ses paupières écrasées. J'éprouvai l'envie absurde de l'emmailloter comme un nouveau-né qu'on enveloppe tout entier dans un lainage pour le protéger du vide effrayant qui succède au ventre chaud de sa mère. Les autres filles ne pipèrent pas, accablées sous le poids des maux, l'excès des tourments.

La voiture pénitentiaire quitta Saint-Pétersbourg qui avait pris l'aspect d'un vaste cimetière hanté de silhouettes faméliques. Nous étions parties pour un périple de sept cents kilomètres jalonnés d'inconfort, d'humiliation et d'angoisse. Nous grelottions derrière le grillage du panier à salade. Nos châles de laine ne nous protégeaient pas suffisamment contre les morsures du froid. Par pudeur, nous tournions la tête à l'opposé quand l'une de nous faisait ses besoins par le trou de la planche évidée qui nous servait de siège.

Nous arrivâmes à Moscou une dizaine de jours plus tard, aux environs de minuit, affamées, épuisées et glacées. Le brouillard enveloppait la ville quadrillée par de larges artères gelées. Des silhouettes fuyaient le long des immeubles, parfois soulignées par le halo d'un réverbère. À peine passé la porte de la prison Boutyrki, on nous sépara en deux groupes.

Flore et moi fûmes convoquées séance tenante par un juge à l'air cafard. Il nous interrogea sur des gens que nous ne connaissions pas. Il répétait, tournait et retournait ses questions afin de nous embrouiller. Ne pouvant rien obtenir de nous, il nous menaça de nous priver de nourriture.

— Nous ne pouvons vous apprendre ce que nous ignorons, dis-je, persuadée que notre innocence sautait aux yeux.

Semblant en convenir, il nous fit écrire « je ne sais rien » et signer à côté. Après quoi on nous emmena dans notre cellule où il n'y avait ni table, ni chaise, ni lit. Il nous fallut manger et dormir à même le sol. C'était une cellule de passage. Nous n'allions pas rester. Nous serions bientôt libérées. Quel désarroi quand, le lendemain, on nous conduisit, non pas vers la sortie, mais vers la section où étaient enfermés les prisonniers politiques. Le juge ne nous avait pas fait écrire « je ne sais rien », mais « je ne veux rien dire ». Notre maîtrise approximative de la langue russe ne nous avait pas permis de déceler cette subtilité de langage.

Un soldat nous poussa dans un long corridor. Il nous fallut monter plusieurs rampes d'escalier en fer pour rejoindre notre cellule. Une grosse clef fit grincer la serrure. Une lourde porte munie d'un guichet de parloir s'ouvrit et se referma sur nous et nos mines consternées. Une femme se trouvait là.

— Marie-Ange, se présenta la brunette avec un

grand sourire. Je vous fais faire le tour du propriétaire ? ajouta-t-elle sur le ton de la plaisanterie.

Cette novice avec un air de madone était une Franco-Russe qui disait venir de l'école Sainte-Catherine de Moscou. Sa bonne humeur m'intrigua tout autant que sa coiffe blanche. Elle fit l'inspection de la cellule avec Flore tandis que je restais en retrait, à l'observer, perplexe. En face de la porte, une petite fenêtre garnie de barreaux laissait entrer la lumière. Le long des trois murs se trouvaient trois grabats maigres et sans draps. Chaque couchage était recouvert d'une mauvaise couverture. La présence enjouée de cette jeune femme me parut suspecte. Et si nous étions face à un nouveau genre d'espionnage ?

— Vous remarquerez le porte-manteau derrière la porte, dit-elle sur un ton moqueur – aucune prisonnière n'avait de manteau.

Je découvris la fontaine.

— Nous avons de l'eau ?

— De l'eau, du savon et de la lecture, me confirma Marie-Ange en désignant les inscriptions laissées sur les murs par nos prédécesseurs.

— Ces réflexions ne sont pas de nature à me rassurer, la rabroué-je.

Elles exprimaient la terreur et le désespoir ce ceux qui savaient qu'ils allaient périr sous les balles. Et nous ? me demandai-je. Qu'allions-nous devenir ? Nous nous assîmes sur nos grabats. Flore toussait beaucoup. Marie-Ange lui apporta de l'eau, puis se mit à genoux pour prier :

— Donnez-nous la force d'accepter notre sort.

Flore se joignit à elle. Le front posé sur ses mains, elle psalmodia à voix basse avec ferveur. Je songeai à lui dire que s'agenouiller sur la dalle glacée dans son état n'était pas une bonne idée, qu'elle devrait se préserver du froid et prendre du repos, mais je tus ma bouche. Je n'étais pas certaine que quiconque puisse sortir quoi que ce soit de la tête de Flore une fois qu'elle se l'y était mis.

Leurs prières durèrent une heure pendant laquelle j'écoutai les bruits de la section des condamnés. J'entendis des pleurs, des voix irritées, des grincements de serrures, de portes qui se refermaient, des pas hâtifs dans les couloirs. Et de la musique. L'espace d'un instant, je crus avoir des hallucinations auditives. Mais c'était bien de la musique que je percevais.

— Un théâtre est installé dans la prison, m'apprit Marie-Ange. Les représentations sont accompagnées d'un orchestre. Acteurs, spectateurs et musiciens sont des détenus.

Elle ajouta en chuchotant que les acteurs étaient parfois attendus à leur sortie de scène pour recevoir la balle qui leur était destinée pendant que les spectateurs applaudissaient pour le rappel.

## 5

Cette journée du lundi s'annonçait détestable. Nous entendions un brouhaha continu qui croissait de moment en moment. Nous avions l'esprit affamé de curiosité et le ventre de nourriture. Mais le geôlier ne répondait que par « Je ne sais pas » à nos questions et nous dûmes nous contenter de pommes de terre gelées, frites dans de la graisse de phoque.

À la fin du jour, une sirène déchira le silence.

— Cette sonnerie annonce des bombes, s'écria Flore dont la peur se reflétait sur le visage.

— Dans ce cas, pourquoi entend-on des clairons ? demandai-je.

Je comptai au battement de mon cœur le temps que durait chaque appel.

Le bruit courut dans la prison qu'un cessez-le-feu avait suspendu les hostilités. Ce 11 novembre 1918, l'armistice reconnaissait de facto la victoire des Alliés et la défaite de l'Allemagne. Nous n'en revenions pas : après quatre ans d'âpres combats, la guerre était finie. Cette nouvelle tant attendue signifiait forcément notre sortie de Boutyrki. Pour preuve : on nous distribua des cartes et des crayons pour écrire à nos proches, leur dire où nous étions maintenant que le conflit avait pris fin.

Sa couverture jetée sur ses épaules, Flore écrivit à Hugo dont la démobilisation ne devrait pas tarder. Elle fut prise d'une quinte de toux qu'elle essaya d'étouffer en portant le bas de sa manche à ses lèvres.

— Tu ne te sens pas bien ? m'alarmai-je.

Je lui posai une main affectueuse dans le dos.

— Ce n'est rien, Vita. Une faiblesse passagère.

Les cernes glacés comme la nacre sous ses yeux démentaient son sourire. Je détestais la voir souffrante et en concevais une angoisse diffuse. J'aurais voulu écrire à Isadora et à Vadim pour qu'ils agissent en faveur de notre libération, mais j'ignorais où ils se trouvaient à présent. Était-ce encore en leur pouvoir ? Se souvenaient-ils de moi ? Car après tout, je n'étais que la portion congrue de leur cour de domestiques.

Marie-Ange écrivit à sa famille en France. Je ne pus m'empêcher de penser qu'elle faisait semblant. Qu'en réalité, elle écrivait au bureau du soviet pour rendre compte de ce qui se passait ici. J'apprendrais plus tard que notre correspondance ne serait jamais postée. Cette manipulation n'était qu'un piège pour connaître l'identité et l'adresse de nos correspondants et pouvoir les arrêter au besoin.

Contrairement à ce que nous pensions, l'armistice ne nous permit pas de quitter cette prison dans laquelle nous perdions des forces chaque jour. Faute de manger à notre faim, nous évitions les mouvements inutiles afin de ne pas trop nous affaiblir. Nous restions assises, ou couchées toute la journée. Nous comptions les jours en barrant des traits sur un calendrier gravé dans le mur avec notre unique cuillère. Nous estimions les heures en suivant la course du soleil sur le mur du cachot. Perdre les repères temporels m'effrayait au point de songer alors que mon premier achat de femme libre ne serait ni un manteau ni des souliers, mais une montre.

Pour tuer le temps, nous parlions à voix basse. Plus exactement, j'écoutais les deux autres se raconter leur vie, épaule contre épaule sur le même grabat. Flore prodiguait les marques de son amitié à Marie-Ange à qui elle parlait d'Hugo et du commerce de son père. Elle évoquait notre rencontre dans le train pour Dunkerque, la traversée sur le cuirassé, l'Enclos français de Saint-Pétersbourg, l'hôpital de campagne sur le front prussien. Quand elle prononçait le nom du Dr Amaury, elle parlait d'un ton si retenu qu'on aurait dit qu'elle confessait un intérêt malsain pour les hommes. Selon moi, elle se dévoilait trop. Nous ne savions rien de cette Marie-Ange qui me semblait trop parfaite pour être honnête. Dans notre situation, sa joie, sa piété et sa bonté ne pouvaient être que feintes. D'ailleurs, nous ignorions pourquoi elle avait été arrêtée. Et puis, comment se faisait-il que sa coiffe soit d'une blancheur de lait ?

Les jours passant, je m'enfonçai dans l'abîme du doute. Au silence de Dieu répondait le bavardage de la blondine et de la brunette. Toutes deux croyaient plus que de raison alors que je ne trouvais plus assez de raisons pour croire. Je pensais que ma foi ne survivrait pas à l'érosion des prisons de Lénine, cependant que Flore s'enfonçait avec bonheur dans la sienne. Marie-Ange n'y était pas étrangère. La prière rapprochait ces deux âmes qui pratiquaient la poésie du murmure, égrenant la cadence des heures interminables dans ce perpétuel réajustement du cœur.

Parfois, Marie-Ange s'adressait à moi pour m'inciter à les rejoindre dans leur pratique :

— Regarde comme Flore s'en porte mieux, tandis que tu te tourmentes. Le désespoir est un sentiment qui torture l'esprit jusqu'à ce que la personne perde la raison et se réfugie dans la mort comme dans le giron d'une mère aimante qui lui ouvre les bras.

J'acquiesçai à son sermon édifiant, mais ne dis mot. Je connaissais Flore et ses engouements, ses excès. Marie-Ange était sa nouvelle toquade, tout comme je l'avais été. J'eus envie de le lui dire, mais je m'en abstins. À quoi cela servirait-il ? Flore était à bout de force, et si elle trouvait du réconfort auprès de cette madone, grand bien lui fasse.

J'aimerais bien, moi aussi, trouver du réconfort en quelqu'un. Je pensai à Paule, à Cricri et à Chantemesse. Je donnerais tout pour qu'elles soient dans la même cellule que moi. Malgré la présence des deux éprises de Dieu, je me sentais seule et angoissée aussi. La pensée d'être jetée au fond d'une fosse emplie d'eau, tel un animal nuisible, me révoltait et me glaçait le sang. Tout ça pour avoir eu l'audace de vouloir éduquer des élèves ! Je songeai alors à ma mère et à ma grand-mère qui s'étaient démenées pour m'offrir une éducation censée me permettre de m'émanciper des hommes. De mener une vie de femme libre. Quelle ironie que ce soit ce diplôme d'institutrice qui faisait de moi une prisonnière aujourd'hui ! Ma pauvre maman morte de chagrin, ma pauvre mémé que j'avais oubliée. Comme je m'en voulais ! Je redoutais de ne jamais revoir ma grand-mère. Peut-être avait-elle défunté. Peut-être était-ce moi qui partirais bientôt vers d'autres sphères. Marie-Ange avait raison. Je devais me familiariser avec la pensée de ma propre mort pour l'attendre avec moins d'effroi.

# 6

Un jour que Flore s'était endormie d'épuisement, Marie-Ange retira sa coiffe qu'elle lava à la fontaine. Elle la suspendit à son poing fermé devant le guichet de parloir pour que le courant d'air la sèche.

— Sa blancheur est le dernier bastion de ma santé mentale, me dit-elle.

Ce ne fut toutefois pas mon intérêt pour sa lessive qui la poussa à se confier, mais quelque chose d'autre. Peut-être une volonté de faire amie-amie avec moi. Ou son zèle pour répandre la foi. Toujours est-il qu'elle me raconta une histoire inédite : le service postal avait recommencé à fonctionner clandestinement. Des organisations secrètes se démenaient pour maintenir les échanges de courrier avec l'étranger. La Franco-Russe en faisait partie. Les agents du soviet l'avaient arrêtée alors qu'elle faisait entrer des lettres en provenance de France.

— Voilà comment je me suis retrouvée sous les verrous, déclara-t-elle.

Je choisis de la croire, bien qu'étonnée de ce récit,

et aussi admirative de sa bravoure. Je devais reconnaître qu'elle portait une réelle attention à Flore qui m'inquiétait beaucoup. Depuis plusieurs jours, elle ne quittait plus sa couche. C'était à peine si elle levait la tête quand on lui parlait.

Le premier jour de décembre, nous eûmes la surprise de recevoir la visite d'une commission américaine qui faisait le tour des cellules en demandant aux détenues ce qu'elles désiraient.

— Sortir, pardi ! s'exclama Marie-Ange sur un ton irrité qui ne lui ressemblait guère.

Je préférai demander quelque chose d'atteignable :

— Pourriez-vous m'obtenir un interrogatoire en français ? Et pour mon amie, ajoutai-je en désignant Flore de la main, la visite d'un médecin.

Les représentants américains consignèrent ma demande sur un registre avant de nous offrir des cigarettes et de repartir comme si de rien n'était. Il n'y eut aucun changement dans notre quotidien, au point que j'en vins à me demander si j'avais rêvé la venue des Américains. Pourtant, la présence d'un médecin devenait urgente. Flore respirait avec peine. Chaque jour qui passait la plongeait un peu plus dans une somnolence comateuse. Combien de temps allait-elle pouvoir tenir ? Je craignais pour son avenir. Quand bien même nous serions libérées, sortirait-elle de cet effroyable épuisement qui la terrassait ? Pourrait-elle un jour regagner sa Savoie natale ? Je l'ignorais, tout comme j'ignorais quel sort m'attendait. Et pourtant, je ne pouvais m'empêcher de me torturer l'esprit.

Allais-je pouvoir récupérer ma nationalité et rentrer en France ? Aurais-je la chance d'y retrouver Vadim ? Et s'il m'avait oubliée, rayée de la carte ? L'idée m'était insupportable. Même s'il ne voulait jamais me revoir, personne ne pourrait m'empêcher de m'approcher de lui. De me rapprocher de sa vie. De tout faire pour revenir dans son cercle, peu importe comment. Pour l'heure, j'étais prisonnière en Russie, tandis que l'homme qui me faisait taper le cœur se trouvait à Paris.

Quelle ironie !

Je savais qu'il était vain d'échafauder des suppositions incertaines au sujet du grand-duc. Je ne pouvais rien faire de plus que d'attendre l'interrogatoire en français que j'avais sollicité, et la visite du médecin que j'avais demandé pour Flore. Je me rongeais les sangs pour elle. Il lui arrivait parfois de soulever ses bras, et de les tendre devant elle, comme à quelqu'un qui lui parlerait. On voyait ses lèvres articuler des mots qu'on entendait à peine, des mots précipités, des noms dont j'épiais la sonorité : Hugo, Amaury. Était-elle encore éprise du médecin ?

Noël fut plein de surprise à Boutyrki : un homme en manteau de laine se présenta à la porte de notre cellule avec une sacoche. Son geste de retirer ses lunettes pour se frictionner la racine du nez me parut familier.

— Docteur Amaury ? hasardai-je.

— Bonjour, Vittoz, me salua-t-il en esquissant un sourire.

Ce visage creux, encore amaigri par la barbe,

c'était bien lui. Jamais je n'aurais cru un jour être aussi contente de revoir celui qui n'était plus le gars charpenté aux cheveux bien coupés que j'avais connu. Il avait le regard assombri, comme si la révolution avait réussi à jeter la terreur dans les âmes les plus inébranlables.

— Je vous croyais reparti en France.

Il accentua son sourire, et je compris pourquoi : je l'avais vouvoyé.

— J'ai découvert à la frontière que mon laissez-passer n'était pas valide. J'ai dû rebrousser chemin. Mais les bolcheviks m'ont empêché de regagner Saint-Pétersbourg et m'ont conduit de force à Moscou où j'ai repris du service. La commission américaine m'a fait un compte rendu de la présence française à la prison Boutyrki. Quand j'ai vu votre nom sur le registre, j'ai compris que vous aviez été transférée ici avec Brasier. Alors j'ai tout fait pour qu'on me laisse venir l'ausculter.

— Paule, Christiane et Chantal sont ici, elles aussi.

— Non. Elles se trouvent à l'école Sainte-Catherine de Moscou. Elles ont été libérées peu après l'armistice.

— Mais pourquoi pas nous ? m'insurgeai-je.

— Parce que vous êtes considérées comme des ennemies du peuple.

Un frisson d'effroi me parcourut l'échine.

— Si je comprends bien, nous ne sortirons que les pieds devant.

— Tout n'est pas encore perdu, me rassura-t-il. Vos amies font des pieds et des mains auprès de l'ambassade pour vous faire libérer. Il ne faut pas perdre espoir, ajouta-t-il en s'approchant doucement de Flore.

Elle était étendue sur son grabat, inerte, si faible que le moindre mouvement semblait au-dessus de ses forces. Il ausculta sa poitrine étroite dont les hoquets annonçaient un débat entre la vie et la mort. Ce n'était pas la première fois que je le voyais se dépenser sans compter pour soigner les gens. Sur la ligne de front, je l'avais vu opérer des soldats des deux bords alors que c'était interdit – les cœurs généreux se manifestent par un altruisme qui s'exerce parfois étrangement.

— Ça fait deux semaines qu'elle est comme ça, intervint Marie-Ange qui avait gardé le silence jusque-là. Elle ne s'alimente presque plus. Pour la faire boire, je suis obligée de lui verser une cuillerée d'eau dans la bouche.

Je la toisai de haut. C'était un immense triomphe personnel que d'être parvenue à faire venir un médecin au chevet de Flore.

— Anémie grave, murmura Amaury en hochant la tête comme pour s'en convaincre lui-même. C'est la suite de sa pneumonie et la cause de son épuisement.

— Que pouvons-nous faire ? l'interrogeai-je en regardant Flore dont les paupières frémissaient.

Était-ce le son de cette voix masculine familière qui la poussait à vouloir ouvrir les yeux pendant l'auscultation ?

— Il lui faut du silence, du calme et de l'obscurité.

— C'est notre quotidien forcé ! rétorqua Marie-Ange.

La Franco-Russe rentra les lèvres, comme si elle regrettait ses mots. Elle semblait perdre ses nerfs au fur et à mesure que la blonde dépérissait.

Dès les premiers moments, la brunette s'était instituée garde-malade. Elle passait ses journées et ses nuits à interroger le visage cireux de la blonde, ses paupières bleuies, le plus souvent closes, ses grimaces pour respirer.

— Et surtout, pas d'émotions, pas de contrariétés, ou alors, tout est à craindre, conseilla-t-il en caressant la main brûlante de fièvre.

Tout soudain, le visage de Flore s'anima. Devinait-elle que le Dr Amaury était si proche ? Que c'était lui qui lui embrassait la tempe avec tendresse ?

# 7

À peine le Dr Amaury avait-il laissé à regret la main de Flore que Marie-Ange le remplaçait à son chevet. Je le raccompagnai à la porte de la cellule comme s'il était venu prendre le thé.

— Vous n'auriez pas une cigarette ? Le gardien m'a pris celles que les Américains m'ont offertes.

Le médecin avança la mâchoire avec l'air amusé :

— Non seulement vous continuez à vouvoyer les gens, mais encore vous fumez ! Savez-vous que les deux sont passibles d'une peine de prison ?

— Ça fera une raison pour expliquer ma présence ici, souris-je.

Je faisais exprès de le vouvoyer. Ça me manquait terriblement, cette façon que nous avons, nous les Français, de faire ce distinguo.

Il fouilla dans sa poche de veste, me tendit une cigarette qu'il m'alluma avant la sienne. Je fermai les yeux en inhalant une bouffée, ma première depuis des lustres. C'était avec Amaury que j'avais commencé à fumer, quand nous étions au poste de secours. Jamais je n'aurais cru un jour avoir autant de plaisir à tirer sur une cigarette. Et encore moins avec lui.

— Qu'avez-vous fait de votre infirmière diplômée ? le taquinai-je.

— Elle m'a quitté pour un spécialiste du cœur.

Un silence moqueur laissa passer ses anges.

— Vous êtes solide, Vitaline. Vous allez vous en sortir.

— Je rêve, ou vous venez de me faire un compliment ?

— Ça se pourrait, sourit-il en retirant entre pouce et index un petit bout de tabac collé à sa lèvre inférieure.

Puis, il ajouta en chuchotant :

— Les inspecteurs scolaires usent de leur influence pour vous faire sortir. Ils ont compris que laisser les gamins libres de tout décider est une mauvaise idée. Certains enfants se mettent en danger, faute d'être capables d'appréhender les écueils du quotidien. Parents et enseignants n'en peuvent plus de ces morveux insolents et désobéissants. Partout dans le pays, les adultes réclament le retour à l'éducation traditionnelle.

Autant d'évidences qui ont volé en éclats avec l'arrivée des bolcheviks au pouvoir, me dis-je. Les gosses doivent apprendre les comportements attendus en société pour permettre la vie en collectivité.

— Je suis contente de savoir que les inspecteurs scolaires s'efforcent à me faire libérer, mais qu'en est-il de Flore ?

— Sa situation est plus délicate. Autant votre façon

d'enseigner est aujourd'hui défendable, autant son entêtement à garder une image pieuse en classe est inacceptable aux yeux du soviet.

Je sentis ma poitrine se serrer en comprenant ce que cela signifiait.

— Donc j'ai des chances d'être libérée, tandis qu'elle n'en a aucune, c'est ça ?

Il mit tellement de temps à répondre que je compris que oui.

— Sachez qu'elle ne vivra plus très longtemps, laissa-t-il tomber. C'est pourquoi vous allez devoir partir sans elle.

Le serrement dans ma poitrine devint un poing.

— Pouvez-vous la faire sortir à ma place ? m'enquis-je, la voix étranglée par l'émotion.

— Pourquoi faites-vous tout cela pour elle ?

Il avait demandé ça comme s'il lui importait de le savoir pour se prononcer. Mais n'était-ce pas là une interrogation absurde alors que Flore était au plus mal ? Pourtant, je n'étais pas surprise par sa question. À dire vrai, je me la posais également. Pourquoi faisais-je cela ? Peut-être parce que la blonde m'avait montré une facette de moi-même dont j'ignorais tout.

Je pris ma respiration pour répondre avec sincérité.

— Flore m'a offert son amitié quand je désespérais de la vie. Aujourd'hui, je souhaite être là pour elle à mon tour. Elle est ma seule amie.

Ces mots avaient coulé de ma bouche tel un flot libérateur. Quoique le mot « dette » ne soit pas prononcé, je me sentais en dette avec cette blondinette. Une dette d'affection.

— Je vois ! dit-il en faisant un geste de la main en signe de compréhension.

— Je vous en prie, faites tout ce qui est en votre pouvoir pour qu'elle ne souffre pas.

— Comptez sur moi, m'assura-t-il en sortant une seringue de sa sacoche. Mais sachez que Flore n'est pas votre seule amie. Paule, Christiane et Chantal se privent de leur nécessaire pour obtenir votre libération.

Sous l'aiguille morphinée, Flore marmonna quelque chose qu'on ne comprit pas. Le Dr Amaury repartit en chemise dans le froid. J'écoutai son pas souple mais nerveux s'éloigner tandis que la blonde cédait au sommeil, au chaud sous le manteau de laine qu'il avait étendu sur elle.

## 8

Je voulus retourner au chevet de Flore, l'esprit absorbé par une seule pensée : lui parler dès qu'elle serait réveillée. De nous, de notre amitié, de notre complicité. Nous avions passé tant de temps à nous faire des révélations sur nos familles, à nous confier l'intime de nos sentiments qu'elle était la seule à savoir ce que j'avais vécu enfant, tout comme j'étais la seule à connaître la vérité sur sa mère. Mais Marie-Ange m'empêcha de m'approcher de la malade, me faisant comprendre que c'était sa place. Elle demeura de longues heures à froisser un chapelet entre ses mains. Elle tenta de lui faire avaler une soupe d'eau terreuse dans laquelle nageaient des arêtes de morue, des champignons véreux et des feuilles d'arbre. Le soir venu, elle posa sa main sur le front de la blondine qui, au contact de cette sollicitude, ouvrit les yeux.

— Comment te sens-tu ?

Flore esquissa un sourire, répondit par un battement de paupières. Son visage exprimait une telle gratitude que j'en fus jalouse. Marie-Ange afficha l'expression à la fois tourmentée et confiante de la mère qui se ronge pour son enfant, tout en se sentant assez pleine d'amour pour vaincre la maladie. Agacée par l'insistance que la Franco-Russe mettait à rester au chevet de Flore, je guettais le moment où elle irait faire ses besoins. Car cela arriverait, nécessairement.

Quand elle se leva enfin, je n'eus pas le temps de m'approcher de Flore que le dragon en bonnet blanc se précipita pour m'en empêcher :

— Tu as entendu ce qu'a dit le docteur. Il est d'une importance vitale de ne pas la fatiguer.

— C'est toi qui l'épuises à vouloir la faire prier sans discontinuer.

J'en avais assez de son ton péremptoire, de sa façon humiliante de me traiter en intruse, de me tenir éloignée de ma meilleure amie.

— Ni la médecine, ni le soviet ne lui viendront en aide. Seul Dieu peut la sauver.

Je compris qu'elle avait été assez indiscrète pour suivre l'entretien à cœur ouvert que j'avais eu avec Amaury.

Elle posa ses poings sur ses hanches, comme pour me défier. Visiblement, sa bonne humeur et sa maîtrise d'elle-même avaient fait long feu. Elle était neuve dans la vie. Elle n'avait pas encore vu de camarade mourir et s'imaginait sans doute pouvoir toutes les sauver. Elle apprendrait qu'il faut du temps et des nerfs d'acier pour mériter sa place au paradis.

— Tu as écouté notre conversation ?

— Si tu ne veux pas qu'on entende tes messes basses tordues avec les hommes, alors tiens ta bouche fermée.

Ceci dit, elle me fit signe de m'éloigner.

Je n'avais rien prémédité, il faut me croire. C'est pourquoi, à l'instant même où je vis mon bras se détendre, je fus stupéfaite de mon geste. Une seconde plus tard, ma main arriva sur sa joue et ma gifle fit voler sa coiffe qui retomba sur son grabat en formant un arc de cercle parfait.

— Sale vaurienne ! s'écria-t-elle, oubliant ses injonctions au calme et au silence. Tu es jalouse parce que j'apporte à Flore le réconfort de la foi, tandis que tu la tourmentes avec le passé.

À cet instant, des craquements se firent entendre. La malade bougeait sur son grabat. Son front encadré de cheveux jaune pâle se plissait. Les cils qui vibraient sur ses paupières bleutées annonçaient qu'elle faisait des efforts pour les ouvrir. Je n'eus pas le temps de dire « ouf » que Marie-Ange avait déjà repris sa place contre son flanc.

Il est inutile de dire que je passai la nuit à réfléchir sur la stupéfiante visite d'Amaury. S'il m'avait fait promettre de partir sans Flore, cela signifiait que j'avais une chance d'être libérée. Le destin allait-il lui donner raison ? Je ne pouvais pas m'en ouvrir à la blonde dont la vie clignotait comme la flamme d'une veilleuse sans huile ; le moindre souffle pouvait l'éteindre. Elle était bien trop faible pour supporter pareille secousse. Je ne chercherais donc plus à l'approcher. Je laisserais Marie-Ange poursuivre sa faction sans relève, sa garde de tous les instants qui m'excluait chaque jour un peu plus.

Notre cellule était devenue une geôle somnolente et silencieuse quand je fus tirée du cachot, le matin du 27 décembre. C'était un vendredi. Un gardien sale comme un peigne me conduisit à un interrogatoire. Après de longs détours dans un dédale de corridors et d'escaliers, je me retrouvai dans le bureau d'un juge. Je pensais enfin pouvoir m'expliquer, mais le magistrat ne parlait pas le français. Sur sa table se trouvait un document portant le cachet de l'instruction publique. Les inspecteurs des écoles avaient formulé une requête en ma faveur, priant la Tchéka de me rendre ma liberté. Le juge me posa des questions en se grattant vigoureusement l'entrejambe. Malgré mon sentiment de répulsion, je répondis en russe de mon mieux. Il parut satisfait de mes justifications qu'il consigna dans un registre.

— Je déclare que toi, Vitaline Vittoz, citée à mon tribunal, tu es reconnue innocente. Tu seras libre avant la fin de l'année.

Bizarrement, il me raccompagna à la porte et me baisa la main. Un frémissement de dégoût passa sous la peau fine de mon bras. Il se releva du baisemain et se gratta de nouveau l'entrejambe avec férocité. Son expression était si étrange que le tremblement à la commissure de ses lèvres m'apparut comme un présage alarmant. Ce genre d'homme était imprévisible. Je n'avais qu'une hâte : sortir de son bureau.

Flanquée du gardien au visage noir de crasse, je regagnai ma cellule, consciente que ma liberté dépendait de ce juge désaxé. Le dernier jour de l'année tombait un mardi. Il me fallait tenir cinq jours, tout au plus. Cinq jours à attendre, sans pouvoir m'en ouvrir à Flore ni à Marie-Ange. Cinq nuits à patienter dans la crainte. Le magistrat tiendrait-il promesse ? Une femme à qui on avait promis la liberté deux mois plus tôt était toujours dans le cachot voisin du nôtre. Les mots d'Amaury tournaient en boucle dans mon esprit : « Jurez-moi de partir sans vous retourner. »

Dimanche après-midi, le gardien au visage sale vint me chercher.

— À la photo ! m'ordonna-t-il.

L'anxiété me saisit, car les bolcheviks photographiaient ceux qui étaient envoyés dans les camps de travail – ce système punitif serait bientôt rebaptisé « goulag ». Pourquoi ces photographies si je devais être libérée dans un ou deux jours ? Qu'allait-il advenir de moi ? Le destin allait-il donner tort au Dr Amaury ? J'étais bouleversée. Je me voyais déjà enrôlée dans les travaux forcés en Sibérie où les femmes étaient condamnées aux mines.

À l'aube du 31 décembre 1918, ma nervosité était à son comble. Si ma sortie devait avoir lieu aujourd'hui, je voulais être présentable. J'étais si fébrile que je glissai sur le sol mouillé en voulant prendre de l'eau pour faire ma toilette. Comment est-ce possible ? songeai-je en m'étalant de tout mon long. Comment ma vie avait-elle pu devenir cet abîme obscur, hagard et funèbre ? Il fut un temps où je mangeais à ma faim dans la cuisine de mémé. Où je jouais à cache-cache avec Aglaé dans la sapinière au sol roux. Où je dormais sur l'alpage avec ma mère, les nuits d'été. Où je corrigeais les cahiers sur le bureau ciré d'une salle de classe. Où je vivais dans un palais. J'en étais à me demander comment j'avais pu en arriver là quand une main aux ongles noirs se tendit pour m'aider à me relever.

— Debout !

J'entendis alors un brouhaha de mots auxquels je ne comprenais rien. Semi-inconsciente sur le sol, je tentai de me redresser. Ce fut alors que je reçus une énorme giclée d'eau en pleine figure. Marie-Ange venait de m'asperger avec le seau. À côté d'elle, le gardien qui me tendait toujours la main. Je croisai le regard de la brunette. Nous nous observâmes un instant en silence avant qu'elle ne retourne au chevet de Flore.

Je saisis la main collante du gardien qui, d'un coup sec, me remit sur mes pieds.

— Tu es libre, camarade Vittoz ! m'annonça-t-il d'une voix de stentor. Allez, ouste ! Dehors ! Et qu'on ne t'y reprenne pas.

Les paroles que m'avait adressées Amaury sonnèrent à mes oreilles : « Je vous préviens : ce ne sera pas facile. »

Partir sans me retourner : je m'étais répété maintes fois son conseil pour me convaincre de l'appliquer le jour venu. Mais au moment de quitter la cellule, je ne pus m'empêcher de jeter un œil sur le grabat où reposait Flore. Les mots vigoureux du gardien lui avaient fait ouvrir les paupières de surprise. Son visage blafard de souffrance s'anima un brin. Elle avait l'air perdu, les traits hagards, avec une expression inracontable d'égarement et de tristesse mêlés. Elle me regarda sortir avec des yeux si éteints que je ressentis une entrave dans ma gorge. Je déglutis à grand-peine comme si j'étais coupable de tout ce qui venait d'arriver.

# *Les quatre saisons de l'amour*

# I

# *Automne-hiver 1920*

# 1

J'ai tout dit à Hugo. Et lui m'a écoutée en silence, avec une forme de détachement, comme si son esprit répandait en lui la molle quiétude dont le cœur a besoin pour ne pas se fendre. À présent, il plie les épaules. Il vient de comprendre pourquoi son père ne s'est pas confessé sur son lit de mort : il n'avait rien à se reprocher.

— Je crois que c'est mon train qui entre en gare, dis-je avec précaution.

Il doit m'en vouloir maintenant qu'il connaît la vérité car il n'esquisse pas un geste vers moi. Le drame où il se débat en son for intérieur n'est pas étranger à cette désaffection. Notre relation toute neuve n'est plus à l'échelle des épreuves qui ont perturbé le cours de nos vies.

Je me doute que le charpentier ressent la culpabilité de ceux qui n'ont pas vu ce qu'ils avaient devant les yeux. Flore était entrée dans les ordres pour s'éloigner de leur père qui lui en voulait. Il n'était en rien responsable de la mauvaise chute de leur mère dans les escaliers. C'était Flore qui l'avait bousculée lors d'une violente dispute sur certaines attirances qu'elle ressentait pour les autres jeunes filles. Leur père lui avait demandé de dire la vérité à Hugo, mais la blonde n'avait pas trouvé le courage d'avouer les choses à son frère par crainte qu'il ne la rejette. Elle avait fui la maison pour rejoindre les Sœurs de Saint-Joseph, laissant Hugo conclure à la culpabilité paternelle. Elle était ensuite partie en Russie et c'était à moi qu'elle avait confié ce qui s'était passé, lovée contre mon échine, dans ce lit de camp près du front prussien.

Au moment de monter dans le train, je me retourne pour regarder le Savoyard une dernière fois. Nos yeux se rencontrent, avec une expression de tourment, comme si nous étions à la veille d'un éloignement sans fin. Le train s'ébranle. Je connais à peine cet homme et pourtant notre séparation m'est extrêmement pénible. Je me rencogne contre la banquette du wagon et ferme les paupières pour contenir les larmes qui s'amassent derrière. Je repense au moment où j'ai débarqué à Chambéry, deux jours plus tôt. Deux jours avec un type comme lui, c'est une vie.

Épuisée par la nuit d'amour que je viens de vivre, je somnole un peu. Quand le contour des choses devient plus doux, je glisse dans le tunnel des rêves qui conduit à la chambre bleue. Hugo est allongé. Il est nu, les paupières mi-closes, les cheveux ébouriffés. Il a les bras repliés derrière la tête, le corps vif et souple à la fois. Il est là, avec moi sur le lit, dans le troublant abandon d'un homme assoupi. Les muscles saillants, les aines marquées. Ses cuisses ont cette immobilité lourde que leur donne l'ombre répercutée du bassin. Soudain, il ouvre les yeux et j'aperçois ses iris bleus éclairés de désir et de fièvre. Il pivote, m'attire à lui. Je le caresse, les mains tremblantes de hâte. Mes soupirs se font l'écho des siens. Je vais à califourchon sur sa virilité raidie. Mes hanches ondulent avec souplesse. Je me laisse descendre jusqu'à ce qu'il soit entièrement en moi. Il se redresse sans me quitter, me fait basculer sur le lit. Alors qu'il gagne mes profondeurs, on me tape sur l'avant-bras.

Je sors brusquement de mon sommeil. Malgré l'éblouissement, je vois un visage près du mien. Sous mes fesses, la banquette du train. Autour de moi, le wagon plein de voyageurs. A côté de moi, la femme qui continue de me tapoter l'avant-bras comme un automate.

— Nous sommes déjà à Paris ? demandé-je dans un sursaut.

Maintenant bien réveillée, je saisis mon sac à bandoulière, saute sur mes pieds, prête à foncer vers la porte de sortie.

— Non, non, nous ne sommes qu'à mi-chemin, me rassure-t-elle.

Elle ne peut m'avoir réveillée sans raison valable.

— Vous faisiez un cauchemar.

— Je faisais un rêve et non un cauchemar, objecté-je, la figure renfrognée.

— Vu les gémissements que vous poussiez, c'était assurément un cauchemar.

Je me tourne sur le côté, rouge de gêne, et ferme fort les yeux. Quand je sens que les ombres s'amalgament, je me mords les lèvres, craignant de me trahir par un cri de plaisir. Bercée par le roulis du chemin de fer, je m'assoupis avec l'espoir de reprendre le fil de mes ébats amoureux avec Hugo, mais c'est un sommeil sans rêve.

Quelques heures plus tard, les cahots du train me réveillent. Je regarde dehors. Le paysage défile. Chaque kilomètre parcouru semble m'éloigner de ce que j'ai vécu avec le Savoyard. Et pourtant, ces moments de liberté, d'amusement et d'égarement m'appartiennent. Durant le voyage, je prends conscience qu'un sentiment s'est installé au fond de moi. Un sentiment qui ne se laissera pas chasser. Déjà, j'éprouve un vif attachement pour lui.

Dans la capitale, je me retrouve sans personne pour faire effraction à ma solitude. La solitude… Elle est de retour et le vide est grand, qui me fait flotter le cœur. Ma chambre de bonne au-dessus du Café de Flore n'est plus la même. Le fantôme de la blonde a déménagé. J'en ai eu confirmation dans le bleu des yeux d'Hugo. L'âme vive du lieu se trouve maintenant dans les Alpes, en la personne de son frère. Je suis épuisée et pourtant, à la veille de reprendre mon travail, je reste éveillée toute la nuit. Quand bien même je le voudrais, je ne parviendrais pas à dormir.

Je me lève à la pointe du jour, fais chauffer de l'eau dans le samovar. Je me prépare pour aller travaillant en rêvassant à la sensualité des heures écoulées à la demeure Chabod. Les verres de liqueur sucrée, les vêtements éparpillés sur le sol, la chaleur de sa peau, ses mains caressantes, les draps froissés. Tout un désordre d'extravagances charnelles engendré par l'improbable : passer la nuit dans les bras d'un charpentier rencontré le jour même.

En marchant dans la rue, je suis prise d'une fatigue immense. C'est dans le creux de mes reins, dans mes jambes, dans ma tête. Le trajet me semble interminable. Ce que je sens peser sur moi, c'est le poids de la culpabilité. Le sentiment d'avoir laissé Hugo avec son chagrin alourdit mes pas. Je traverse la Seine, me rends rue Saint-Augustin, l'esprit sombre. Il a plu. Le pavé est glissant. Paris est déjà dans la grisaille. Un malaise m'étreint au moment d'arriver à destination. J'ai prolongé mes congés sans même prévenir Isadora. Je ressens de la crainte aussi. Il me faut reprendre mon train-train habituel, or le cours des choses a été perturbé.

Je pousse la porte de l'atelier en espérant voir le sourire de Paule, ou de Cricri, mais elles ne sont pas encore là. Il n'y a aucun visage ami pour m'accueillir. Seule Isadora est là, les yeux maussades.

— Une revenante ! s'exclame-t-elle.

Je me souviens alors de la lettre fleur bleue qu'elle m'avait envoyée après avoir rencontré Sergueï, son bel officier qu'elle avait d'ailleurs épousé. Pensant faire comprendre à la grande-duchesse que j'ai vécu la même chose à Chambéry, je fais en sorte de la citer de mémoire :

— Des sentiments se sont réveillés au plus profond de mon cœur. Malgré toutes les inquiétudes, ma jeunesse ardente réclame son dû.

— Je n'ai pas le temps d'écouter vos sornettes ! me cingle-t-elle. Votre escapade a mis Falbala en difficulté. Remettez-vous au travail. La commande de Mademoiselle ne peut attendre.

Ma gorge se noue. La lumière du souvenir de mon escapade avec Hugo éclaire l'endroit d'un jour nouveau. L'atelier me semble hostile. Les machines à coudre forment des ombres sur la table à dessin où je vais devoir endurer l'arrivée de la mauvaise saison. Le retour à ma vie d'avant m'engloutit déjà. La présence acariâtre de la grande-duchesse me ramène à mon quotidien : sa mauvaise humeur, les journées interminables dans l'espoir d'apercevoir Vadim, l'omniprésence de Coco dont les commandes affluent en raison de son succès grandissant. J'en viens à regretter l'alpage d'Ubine avec son silence seulement rompu par les sonnailles des vaches, son austère entourage de pics, son torrent menaçant après l'orage, son manteau d'épines. Certes, j'y étais la servante des hommes de ma famille. Mais était-ce pire que dans cet atelier ? Ne suis-je pas ici la domestique d'une aristocrate déchue, ainsi que me l'a fait remarquer Misia Sert ?

En dehors de Cricri, soulagée de me voir revenir saine et sauve, je reçois un accueil glacial à l'atelier où il se murmure que j'en ai eu assez d'attendre que le grand-duc me revienne. Que mon séjour à Chambéry a fait de moi une femme facile. Même Paule s'y met, furieuse que j'ose faire une fugue avec un inconnu alors qu'elle n'a jamais digéré celle que j'avais faite avec Vadim. Je peux entendre les commérages bruire sur mon passage : toquade, coup de folie, fredaine, premier venu, inconduite, égarement…

Que m'importent les ragots ! Seul a un sens ce que mon corps a éprouvé, et ce que mon cœur ressent. Les potins qui en découlent ne sont rien au regard de l'intensité que j'ai vécue avec Hugo Brasier.

## 2

Persuadée que les on-dit ne dureront qu'un temps, je préfère répondre par l'indifférence plutôt que de démentir la rumeur. Mais depuis mon échappée, la grande-duchesse m'a dans le collimateur. Elle me place sous la surveillance de Christiane dont la droiture lui inspire confiance. Je m'applique pour offrir au regard de ma patronne une constance remarquable en tout point. Je suis égale à moi-même, ou plus exactement à l'image qu'elle a de moi : travailleuse, créative, lèche-bottes et rampante.

Malgré mes efforts pour rentrer dans le rang, l'affaire a de plus en plus de retentissement au sein de l'atelier et même de la clientèle.

— Cette histoire prend une vilaine tournure, m'avertit Cricri qui a vécu la tourmente créée par mon absence. Tu devrais t'expliquer.

Discréditée, je me retrouve dans l'obligation de préciser que je n'ai pas trompé ma solitude dans le lit d'un inconnu. Hugo était le frère d'une amie à qui j'ai apporté des photos de sa défunte sœur. Un homme qui m'a hébergée quand mon auberge a fermé pour le 15 août en séquestrant ma valise. Voilà tout ! Rien n'y fait. Des bruits continuent de courir sur mon compte. Mon aventure parvient aux oreilles de Vadim qui s'en alarme. Contre toute attente, savoir que j'ai rencontré quelqu'un me rend de nouveau séduisante à ses yeux. Pour preuve : il hante l'atelier, mettant les cousettes en émoi. Il m'apporte des fleurs, des bonbons. Il se penche sur mes dessins, me complimente pour mon goût très sûr en détaillant mes créations.

Le 5 novembre, il m'offre l'eau de Cologne *Bouquet de Catherine*, créée par Ernest Beaux qu'il connaît personnellement. Le célèbre parfumeur travaillait pour l'entreprise Rallet, fournisseur de la cour impériale de Russie, avant d'être rapatriée en France après la révolution bolchevique.

— Bon anniversaire ! me dit-il, le sourire ravageur.

Je n'en reviens pas : non seulement il se souvient du jour de ma naissance, mais encore il m'offre un parfum d'une rareté et d'une cherté exorbitante – il en reste juste quelques flacons que Coco chercherait à acquérir à n'importe quel prix. Je suis si estomaquée que j'en oublie de le remercier. J'ouvre le paquet, les nerfs vibrants. Quand je le débouche pour le sentir, il fait le geste d'en mettre une goutte derrière mon oreille gauche. Il approche son visage du mien, me respire dans le cou avant de déposer un baiser léger sur ma clavicule. J'en suis toute retournée. Dire qu'il a fallu qu'un charpentier savoyard entre dans ma vie pour que le prince russe se rapproche enfin de moi !

En réalité, Hugo est entré dans ma vie pour en

ressortir aussitôt. Il n'est pas mon amoureux. J'aurais adoré qu'il le soit mais notre histoire n'a été qu'un feu de paille. Je lui ai écrit en rentrant à Paris, dévoilant mes sentiments à son égard. Incapable de trouver les mots justes, j'ai emprunté ceux de George Sand, alors éprise d'Alfred de Musset :

*… je sens que nous nous aimerons toute la vie avec le cœur, l'intelligence, que nous tâcherons par une affection sainte de nous guérir mutuellement du mal que nous avons souffert l'un pour l'autre.*

C'était il y a deux mois et demi et je suis sans nouvelles de lui. J'explique son mutisme par le poids trop lourd du passé que je lui ai révélé. Je m'en veux d'avoir blessé un type aussi gentil. Bien sûr, je croise la route d'autres hommes, mais aucun ne souffre la comparaison avec Hugo. À mes yeux, il n'a pas son égal. Il est celui qu'on ne voudrait jamais voir s'éloigner, et que j'ai pourtant dû quitter pour regagner l'atelier. J'en suis réduite à espérer que Vadim va me distraire du Savoyard. C'est le monde à l'envers !

Contrariée au plus haut degré, je suis tentée de retourner à Chambéry, de débarquer rue Basse-du-Château pour lui dire mes vérités. Sans jamais me décider car durant mon séjour sur place, je me suis heurtée partout à l'image de Flore. Plombée par la situation, je me confie à Christiane qui a toujours les oreilles ouvertes pour écouter mes épanchements, et à Paule avec qui j'essaie de recoller les morceaux :

— Hugo ne s'est toujours pas manifesté. Je crois que je peux faire une croix sur notre relation.

Ma voix se brise un peu.

— Apprendre par une inconnue que sa sœur adorée lui a caché la vérité n'est pas facile, commente Cricri. Laisse-lui un peu de temps.

— Il reviendra vers toi quand il aura digéré la nouvelle, m'assure la cuisinière.

Chaque semaine qui passe, je me sens un peu plus déchirée entre le regret de lui avoir dévoilé la vérité sur sa famille, et le sentiment d'être injustement punie par son silence. Le supplice de l'attente se renforce en même temps que les ombres s'allongent et que la grisaille s'installe. Je devrais l'oublier, mais j'en suis incapable. C'est plus fort que moi : Hugo me manque. Sans le vouloir, j'attends sans cesse un signe de lui.

# 3

Un matin de décembre, je n'ai pas le temps de pousser la porte de l'atelier que Christiane vient au-devant de moi avec un enthousiasme quasi frénétique :

— Il y a un sachet brodé sur ta table à dessin.

— Qui l'a déposé ?

— Aucune idée, s'emballe-t-elle en sautillant comme un cabri.

Les doigts fébriles, j'écarte les pans du petit sac en toile. J'ouvre l'écrin bombé qu'il renferme. Un cri de surprise m'échappe.

— Mais c'est… m'exclamé-je, incapable de mettre des mots sur ce que provoque en moi la vue de ce bijou lové dans du velours.

— Une bague d'engagement ! s'écrie Christiane, au comble de l'excitation. Non seulement ton Hugo n'est pas fâché, mais encore il te demande en mariage.

Je reste stupéfaite devant l'anneau de style Art déco, ennobli de brillants sertis dans une monture en escalier. C'est un bijou ancien, d'une grande élégance. Il me faut reprendre mes esprits pour l'extraire de son écrin et oser l'essayer. Il faudra l'ajuster à mon annulaire gauche. Le sachet contient une carte sur laquelle est écrit : *Qu'en dis-tu ?*

Mon cœur bondit dans ma poitrine. J'ai reconnu l'écriture de Vadim. Les initiales VDR me confirment qu'il en est bien l'auteur. Ce n'est pas Hugo qui se déclare, mais le grand-duc.

Un peu déboussolée, je me demande quelles sont ses intentions en déposant ce cadeau inestimable sur ma table. D'ailleurs, est-ce un cadeau ? Et puis, que dois-je faire ? Comment suis-je supposée réagir ? Peut-être devrais-je en parler à Isadora pour qui son frère n'a aucun secret. Mauvaise idée. Quoiqu'il me soit arrivé de me confier à elle dans le passé, ma récente expérience m'a enseigné que me taire est la chose à faire. Mon cœur palpite d'émotion. S'est-il jamais trouvé quelqu'un pour savoir ce qui se passe dans la tête de Vadim de Russie ?

Une foule de questions se bousculent dans mon esprit. Est-ce la rumeur disant que je me suis amourachée d'un autre homme qui l'a poussé à se déclarer ? Dans ce cas, pourquoi a-t-il déposé la bague en mon absence plutôt que de me l'offrir ? Se peut-il qu'il n'ait pas osé faire sa demande en public, trop orgueilleux pour essuyer un refus si jamais je choisissais Hugo ? Le fait est que je n'ai aucune nouvelle du Savoyard. J'ai le sentiment de m'être ridiculisée en lui envoyant une lettre d'amour.

Je désespérais de me faire aimer d'un homme jusqu'à cette bague dont la découverte remplit mon esprit d'étonnement. Mais à bien y réfléchir, est-ce si surprenant, venant du grand-duc ? Pas vraiment. Vadim a toujours été impulsif et fantasque. Ainsi, il m'a choisie, plutôt que Coco. Peut-être parce qu'on dit la modiste entichée d'un autre que lui. Peut-être parce qu'il est jaloux d'Hugo. Mais peu m'importe que ce soit pour de mauvaises raisons. J'ai gagné la bataille. Dans mon cœur, le bonheur est revenu après les cruels chagrins endurés. J'admire la bague. Dois-je la porter pour signifier à mon prétendant que j'accepte sa demande, ou vaut-il mieux attendre d'en avoir parlé avec lui ?

— Réfléchis, réfléchis, dis-je à voix haute, en proie à la perplexité.

— Ne me dis pas que tu hésites ! s'exaspère Christiane.

Je lui tends le billet qu'elle lit en deux regards. Sa bouche s'arrondit de surprise quand elle réalise que la bague vient de Vadim et non d'Hugo.

— Je ne sais pas quoi faire de cet anneau. Si je le porte, tout le monde comprendra que je suis fiancée, mais sans savoir avec qui et ça relancera les commérages.

— Tu dois te décider, car j'entends les cousettes qui arrivent.

Je décide de remettre le bijou dans sa boîte en attendant d'avoir vu Vadim. Christiane m'observe tandis que je fais disparaître l'écrin dans ma poche. Je glisse ensuite le sachet dans mon sac. Juste à temps pour saluer les filles avec un regard vif, mais un masque neutre malgré mon esprit ficelé de questions. Une nouvelle journée commence à l'atelier. Celle de la rupture de tout. Une odeur inhabituelle flotte dans l'air et rend l'endroit différent. C'est l'odeur même du bouillonnement romantique, sa senteur reconnaissable entre toutes. Ma croyance en des jours meilleurs s'est réveillée dans mes veines. Moi qui voyais mon avenir comme une lente agonie l'attends maintenant avec impatience.

Le soir venu, je regagne ma chambre de bonne, le cœur emballé. Une chape de nuage gris cache le toit des maisons et parfois se dissipe, laissant voir le haut des immeubles. J'aspire l'air avidement. À présent, je sais ce que ressent une fiancée qui se faufile en secret dans la foule avec son avenir en poche.

# 4

À quelques jours de là, Christiane réceptionne un pli arrivé par le facteur des postes. Elle me le remet alors que je n'ai pas revu Vadim depuis la découverte de la bague. Je crains d'avoir fait passer le mauvais message à l'envoyeur : décliner sa demande, puisque je ne porte pas l'anneau – Isadora n'a pas dû manquer de le lui rapporter. Depuis, j'espère le voir reparaître à l'atelier. Où a-t-il encore disparu ? Pourvu qu'il ne soit pas retourné dans les bras de Coco !

La missive est enroulée sur elle-même et tient fermée par un cachet de cire marqué des initiales VDR. Mon cœur bondit dans ma poitrine. Je décachette la feuille faisant à la fois office d'enveloppe et de papier lettre. Le texte calligraphié à l'encre marine consiste en une invitation.

*Chère Vitaline, vous êtes priée de vous rendre chez Lipp vendredi 24 décembre. L'on s'y retrouvera à midi.*

*PS : Prière de rapporter le paquet, sans lequel je ne pourrai m'engager de façon officielle.*

Il ne faut pas plus que ces mots pour ranimer la flamme de l'espoir dans mon cœur de femme désespérée.

— Tu t'es tourmentée pour rien puisque le grand-duc t'invite, me rassure Christiane. Et chez Lipp, par-dessus le marché !

Fondée en 1880, la brasserie Lipp est située boulevard Saint-Germain, face au Café de Flore. Fréquentée par Verlaine et Apollinaire, et lieu privilégié des artistes et des créateurs de mode, c'est l'endroit le plus en vogue pour voir et être vu. Impossible d'y faire une demande sans que le Tout-Paris ne soit au courant. Ainsi, Coco saura que Vadim m'a choisie, songé-je avec une délectation secrète.

À mon tour de faire quelques bonds de cabri avant de me laisser tomber sur une chaise. Je suis conviée chez Lipp pour un moment inoubliable. Occasion pour laquelle je vais porter ma plus belle tenue : une robe en crêpe de Chine écrue rebordée de perles crème. Mon prétendant va faire sa demande à Noël. Quoi de plus romantique ? Je vais devenir Vitaline de Russie. VDR… J'aurai bientôt les mêmes initiales que Vadim.

Cette histoire sonne aussi bien qu'un conte narré aux veillées par mémé. Mais de même que dans les contes, il y a un obstacle à franchir : depuis que j'ai fait embaucher Paule en cuisine, nous déjeunons chaque midi sur place pour ne pas perdre une minute. La commande de Coco n'est pas prête et la date de son défilé approche à grands pas. La modiste a prévu de dévoiler sa nouvelle collection lors du passage à l'an neuf. La Saint-Sylvestre sera l'occasion pour elle d'inviter le Tout-Paris qui assistera à son sacre au cours d'une soirée somptueuse. À condition qu'elle soit livrée à temps pour effectuer les essayages et dernières retouches sur ses mannequins. En attendant, Mademoiselle s'impatiente et notre patronne est sur les dents.

— Jamais je ne pourrai m'absenter le 24 à midi, soupiré-je.

— Plutôt que de te lamenter, cherchons le moyen d'arriver à nos fins, raisonne Christiane.

Isadora a commis une erreur en me plaçant sous la surveillance de la couturière : celle-ci considère qu'il est de son devoir de ne pas me faire rater le rendez-vous que j'ai avec mon destin. Elle estime que les Françaises de l'Enclos ont trop souvent été marquées par le malheur. Elle-même peine à se remettre des traumatismes vécus en Russie. Elle sursaute au moindre bruit et a peur dans le noir. Je dois parfois la raccompagner lorsqu'il fait nuit quand nous quittons l'atelier.

— À quoi penses-tu ? m'enquis-je, intriguée.

— Qu'un petit mensonge vaut mieux qu'une épaisse vérité !

Décidément, Cricri me surprendra toujours par ce mélange d'ingénuité et d'aplomb.

On est le 17 décembre, il ne reste que sept jours pour tout organiser. Sept jours pour terminer la commande de Mademoiselle. Une semaine pour influencer une destinée de femme.

Sachant qu'Isadora est débordée, Christiane lui propose d'effectuer une première livraison rue Cambon. Vu que les accessoires sont prêts, autant les apporter à Coco. Cette organisation montrera que l'atelier Falbala travaille d'arrache-pied sur sa collection et livre ses confections, même le 24 décembre. De cette manière, la modiste sera rassurée et la grande-duchesse sera libre d'aller se pomponner pour le réveillon. Ne pas célébrer les dates catholiques n'empêche pas Isadora d'assister aux fêtes somptueuses données par le gotha à cette occasion – les croyances se diluent dans les bulles de champagne.

— Comptez sur moi pour garder un œil sur Vitaline, ajoute Cricri.

— Excellente idée ! acquiesce la grande-duchesse qui est une femme intransigeante, mais aussi fatiguée.

Je lui trouve grise mine ces derniers temps. Elle a besoin de se délasser si elle ne veut pas paraître fanée aux festivités de fin d'année.

Durant ces sept jours, l'atelier tourne à plein régime sous mon impulsion vigoureuse. Et ce 24 décembre au matin, Isadora est trop occupée pour remarquer ma nervosité doublée d'excitation. À onze heures trente, je me prépare à quitter Falbala, tête baissée pour ne pas croiser le regard de Paule. J'ai attendu ce moment avec impatience, mais sans lui en parler tant elle est persuadée que le grand-duc n'est pas homme à s'engager.

Tout comme Flore avant elle, la cuisinière m'a asséné que le grand-duc ne veut pas m'épouser mais seulement s'amuser. Je ne peux croire que ses intentions soient de cette nature. En imaginant qu'elle ait raison, cela ne changera rien. Depuis qu'Hugo m'a laissé tomber, mes pensées me ramènent toujours vers Vadim. Rien d'étonnant à cela. Il représente l'espoir d'un avenir autre que celui de coudre des modèles pour Coco. Il a tout pour lui, sauf la fortune qu'il a perdue avec la révolution, mais cela ne peut-il changer ?

Par un temps maussade, je grimpe avec Christiane et toute notre livraison dans une voiture commandée pour l'occasion. Sur ses conseils, je porte une robe ordinaire afin de ne pas me faire remarquer des filles de l'atelier. Seule entorse aux préconisations : je porte des chaussures à talons qui me font la cheville fine et le mollet galbé.

— Tu en fais une tête ! s'exclame Cricri.

— Ce n'est pas l'idée que je me faisais d'une robe de fiançailles, dis-je, mal à l'aise d'aller chez Lipp vêtue de façon aussi banale.

— Je t'en coudrai une sublime à même le corps quand ton prétendant aura fait sa demande.

Je me persuade de faire profil bas pour ne pas attirer l'attention d'Isadora. Elle sait combien l'affranchissement de toute espèce d'autorité est contagieux, et elle craint de le voir gagner les cousettes. La blessure de la révolution est encore ouverte. Je n'ose imaginer quelle serait sa réaction si elle venait à découvrir mon échappée du jour. Depuis quelque temps, elle paraît davantage préoccupée qu'irritée. Un pli soucieux barre son front. Quelque chose la tracasse, mais quoi ?

Christiane parvient à me rendre le sourire en sortant d'un sac un somptueux châle brodé qu'elle a confectionné de son côté.

— Pour te remercier de m'avoir fait embaucher à l'atelier, me dit-elle.

Je passe sur mes épaules la pièce de soie dont la couleur vient égayer ma tenue. Ce châle, plié en deux suivant la diagonale, est une pièce d'apparat. Il couvre mon dos, tombe en pointe jusqu'à mes cuisses, étale ses franges perlées sur mes avant-bras en se croisant sur ma poitrine. L'ouvrage fait disparaître ma robe tout en mettant en valeur mes charmes, serrés dans le V formé par ma cocarde servant d'épingle. Mes yeux deviennent humides de gratitude envers mon amie.

— Merci, Cricri.

Aujourd'hui, le destin semble tourner en ma faveur. Néanmoins je ne peux m'empêcher de trembler à l'idée que mon rendez-vous ne se déroule pas comme prévu. Et si Vadim avait mal pris le fait que j'avais la bague dans ma poche et non à mon doigt ?

Afin de calmer ma nervosité, Christiane me propose de me coiffer. Elle brosse mes cheveux roux coupés au carré avant de me ceindre le front d'un ruban assorti à mon châle.

— Je plains le grand-duc, tu es irrésistible, m'assure-t-elle.

— J'espère qu'il sera aussi enthousiaste que toi.

En chemin pour la rue Cambon, la voiture fait un détour pour me déposer boulevard Saint-Germain. Quand elle fait halte devant chez Lipp, Cricri tapote sur le cadran de ma montre-bracelet. Il est midi pile.

— Je reviens te chercher dans deux heures, me rappelle-t-elle.

## 5

La porte à tambour est gardée par un portier aussi sûrement que l'entrée d'une banque suisse. Il actionne le tourniquet. J'entre chez Lipp, bien décidée à faire avancer les choses entre Vadim et moi. Je découvre la grande horloge, les lustres rococo, les murs ornés de mosaïques et les plafonds peints de scènes de chasse en Afrique. Je me retrouve émerveillée et envieuse, telle une exploratrice débarquant dans un nouveau monde.

— Votre horloge avance, fais-je remarquer au portier.

— De sept minutes exactement, me répond-il comme si c'était normal.

Je lève les sourcils d'étonnement, balaie la salle d'un coup d'œil nerveux jusqu'à la piste de danse, au fond du restaurant. Alors que je me demande où est Vadim dans cette mer de convives, quelqu'un articule mon nom.

— Mademoiselle Vittoz !

Le grand-duc s'est levé pour me faire signe. Qu'il

porte beau dans son costume complet de flanelle grise !

Le cœur chamadant, je le rejoins avec un brin d'incertitude quant à ce qu'il va penser de ma tenue. Un serveur tire la chaise en face de lui. Un autre me demande ce que je veux boire. Vadim répond pour moi : « du champagne ». Les serveurs, au nombre de vingt-trois, sont tous vêtus de tabliers blancs numérotés – 1 pour le plus ancien, 23 pour le dernier arrivé.

— Vous êtes d'une beauté surhumaine, me complimente le grand-duc.

Au lieu de me flatter, son excès d'éloge m'embarrasse. Son regard en diagonale posé sur ma cocarde ne m'a pas échappé. Il semble nerveux. Je le sais à ce qu'il bavasse comme une commère à propos du lieu dont il commente le faste en connaisseur.

— L'actuel propriétaire est un visionnaire, déclare-t-il. Ici, rien n'est laissé au hasard. Prenez les miroirs muraux. Ils sont penchés de dix degrés afin que les clients puissent voir qui entre sans avoir à se retourner.

— Comme dans le hall de la Tchéka ! C'est fou, non ?

Interloqué, le prince se garde de répondre. Nerveuse, je le questionne de nouveau :

— Si rien n'est laissé au hasard, pourquoi l'horloge avance-t-elle de sept minutes ?

— C'est le temps qu'il faut aux députés et aux sénateurs pour rejoindre leurs assemblées. Certains se trouvent d'ailleurs être présents dans la salle, ajoute-t-il à voix basse.

Je jette un œil alentour en trempant les lèvres dans le vin pétillant au goût du fruit défendu. Aux tables voisines, il y a des écrivains, des peintres, des créateurs de mode, des diplomates, des Français expatriés dans les colonies revenant à Paris pour les fêtes de fin d'année.

Et des femmes.

Beaucoup de femmes pleines d'assurance, fortunées ou dilettantes.

Certaines portent des robes taille basse dont le nœud se fait sur la hanche. D'autres sont habillées de tenues ornées de franges et rebrodées de perles. Beaucoup semblent connaître Vadim ; celles qui ne lui ont pas encore été présentées font en sorte qu'il les remarque. Quelques-unes offrent leur main au baiser. Rompu aux usages du monde, il s'acquitte de cette salutation d'un frôlement de lèvres, chatouillant les doigts féminins de sa moustache en guidon qu'il persiste à porter.

Je bois d'un trait le contenu de ma coupe. Comment puis-je plaire à cet homme qui a toutes les femmes à ses pieds ? Que je me sens fade, pauvre et maladroite au milieu de ces dames raffinées. Cela fait une heure que je suis là et Vadim ne m'a parlé de rien. Rien d'important. Rien d'engageant.

Je descends une deuxième coupe, aussitôt remplacée par une autre. La moitié du temps dont je dispose est écoulée. Christiane va bientôt revenir me chercher et Vadim ne semble avoir aucune autre intention que de galantiser avec tout ce que Paris compte de jupons fleuris. Pourquoi m'a-t-il invitée ? Paule a-t-elle raison ? Va-t-il me saouler, m'amadouer pour profiter de moi ? Je repense à notre nuit au palais. Ma chair était restée insensible à ses caresses, si l'on pouvait appeler « caresses » sa voracité.

Mieux vaut quitter cet endroit. M'éclipser pendant qu'il badine, tourné vers une jeune inconnue qui ne manque pas de toupet. Je repose le champagne dont le rôle est de me faire perdre la tête. Je me lève, m'éloigne avec discrétion, gagne la sortie. Je m'apprête à emprunter la porte à tambour quand j'entends quelqu'un dire dans mon dos :

— Vitaline !

Je sais aussitôt que c'est Vadim. Je me retourne avec des sentiments partagés. Je suis flattée d'avoir été rattrapée avant d'avoir atteint le pavé, tout en étant mécontente. Il n'est là que parce que j'étais sur le point de lui échapper.

— Où vas-tu, Vita ?

— Je retourne travailler. Ta sœur ne sait pas que je suis ici. Et si elle le découvre, je serai renvoyée.

— Reste encore un peu, me glisse-t-il à l'oreille. Nous n'avons pas eu le temps d'aborder l'essentiel. Si après tu veux toujours t'en aller, je te ferai raccompagner.

Il est si près de moi que je perçois le sillage sophistiqué de son parfum, ce mélange de cuir, de tabac et de mandarine. J'hésite, détaille l'expression de son visage, me perds dans le gris de ses yeux. C'est le moment que choisit un journaliste pour nous photographier sans crier gare. Vadim m'implore du regard. J'accepte de retourner à l'intérieur avec lui tandis que le portier coince le photographe dans le tambour de la porte. Cette fois, je prends place sur la banquette de moleskine. Les clients nous observent dans les miroirs inclinés pendant qu'un orchestre se met en place au fond de la salle.

— Je sais ce qu'il nous faut, dit Vadim pour relancer la conversation.

Il commande un plateau de fruits de mer et de la vodka.

— Bois ! m'ordonne-t-il en désignant le verre de petite eau.

Surprise par son ton péremptoire, j'affiche un rictus. Je repense à ce que j'ai éprouvé dans les bras d'Hugo. Que je m'étais sentie choyée et respectée avec lui ! Aujourd'hui, malgré le luxe du restaurant, je n'ai pas l'impression d'être traitée comme une reine. Mais à quoi bon remuer ce qui s'est passé à Chambéry ? Le Savoyard n'est plus de la partie et la visée que j'ai sur le grand-duc me pousse à composer.

# 6

Arrivent les fruits de mer. Malgré les bonnes manières apprises au palais impérial, je n'ai jamais été confrontée à la dégustation de mollusques. Empruntée, je jette mon dévolu sur une huître dont je vide la chair dans mon assiette. Couteau et fourchette en main, je m'apprête à la couper en deux. Vadim me fait signe que non. Je repose mes couverts, rougissante de gêne. J'observe les autres femmes, remarque qu'elles boivent plus qu'elles ne mangent. Une façon de garder la ligne pour entrer dans les robes haute couture, médis-je in petto.

Vadim m'interroge sur l'atelier Falbala. Il veut savoir si je m'y plais toujours malgré la charge de travail et la mauvaise humeur de sa sœur.

— Isadora est Isadora, réponds-je, laconique comme un Spartiate.

— Pour une fois, elle a une excuse.

De quoi parle-t-il ? me demandé-je sans toutefois poser la question. Je voudrais discuter avec lui de la bague, mais notre voisine de table l'entreprend à propos du défilé auquel elle regrette de ne pas être conviée. Elle dévoile ses jambes galbées en remontant d'un geste habile l'extravagant juponnage à mi-mollet qui lui sert de robe.

— Je vous ferai envoyer un carton d'invitation, lui répond Vadim avec son sourire d'émail brillant.

Moi qui pensais qu'il avait pris ses distances avec Coco !

Puis c'est au tour d'une mondaine de l'interpeller sur un ton de fausse confidence :

— Il paraît que vous étiez à Biarritz avec Mademoiselle.

— À Grasse, corrige-t-il.

— On m'a dit qu'elle travaille à l'élaboration d'un parfum.

— Un parfum ? raillé-je. Mais elle n'y connaît rien, en parfum !

À peine le dernier mot prononcé, je réalise combien mes propos sont inconvenants. Blessée d'apprendre que c'était avec la modiste que Vadim avait disparu, j'ai parlé avec véhémence. Si je veux mener à bien mon dessein, j'ai intérêt à m'y prendre autrement.

— Ce n'est encore qu'un projet, élude-t-il, visiblement surpris par mes paroles mordantes.

— Je suis certaine que cela va être un grand succès, minaude la femme.

Mi-exaspérée par ce concert de louanges, mi-nerveuse de voir le temps passer sur l'horloge, j'avale une autre gorgée de vodka. Par chance, l'orchestre se met à jouer, et Vadim s'adresse de nouveau à moi :

— Et si l'on dansait ?

Je ne suis pas une excellente danseuse, mais c'est le seul moyen d'avoir un moment d'intimité avec lui. Sur la piste, je suis bousculée par un couple qui tourne en se déhanchant. En homme du monde, mon partenaire m'éloigne de ce duo déchaîné. Il place ses mains avec courtoisie, guide mes pas. Mon esprit revient au calme, mais pas mon cœur. J'ai besoin de savoir à quoi m'en tenir :

— Quelque chose m'étonne.

— Quoi donc ?

— Pourquoi avoir déposé la bague sur ma table plutôt que de me la donner en main propre ?

— Parce que je voulais rester discret en attendant de pouvoir faire ma demande officielle.

Mon cœur bat la chamade dans ma poitrine.

— Et quand cela est-il prévu ? osé-je.

— Demain serait le jour idéal. Qu'en penses-tu ?

Il scrute ma réaction. Je devrais être aux anges, or la magie n'y est pas. Il s'essouffle après quelques pas de danse au point de perdre haleine. Sans attendre la fin du morceau, nous regagnons notre table sous les regards scrutateurs des femmes. L'horloge indique quatorze heures. Il ne me reste donc plus que sept minutes avant le retour de Christiane.

— Comment trouves-tu la bague ? me demande-t-il.

— Elle est sublime.

Il sourit avec un air de satisfaction.

Autour de nous, des couples se jettent dans une frénésie de danses. Ils passent leur temps à s'amuser tandis que je besogne sans désemparer depuis mon plus jeune âge. Quand ces oiseaux de nuit se lèvent à midi, j'ai déjà abattu le travail d'une journée. Il est évident que ce monde n'est pas le mien. Le sera-t-il un jour, ou est-ce un espoir fallace ? Mon épouseur a beau être un prince, il est ruiné. Or j'en ai assez de tirer le diable par la queue, de vivre dans une chambre de bonne sous les toits. Le grand-duc a-t-il l'intention de se mettre à travailler, comme le fait sa sœur depuis son exil ?

## 7

Je veux demander à Vadim de clarifier la nature de ses intentions, mais je n'en ai pas le temps. En face de moi surgit un visage connu qui fulmine. Je doute cependant, car cette face est si rouge que j'hésite à identifier Paule. Pourtant, sous cette bouille écarlate se trouve un tablier de cuisine très couvrant.

C'est bien Paule. Elle est plantée devant moi avec son port de reine et son franc-parler.

— Suis-moi ! m'intime-t-elle sur un ton laissant entrevoir un éclat à venir.

Je me lève, veux lui expliquer les choses, mais elle se montre intraitable. Vadim s'en mêle, la rappelle aux convenances comme si elle travaillait encore pour lui dans les cuisines d'Anitchkov. Paule le remouche, le traite d'esbroufeur. Il blêmit de stupéfaction.

— Gâte-sauce ! rétorque-t-il en se redressant sur ses ergots tel un coq de combat.

— Fin de règne !

— Empoisonneuse !

Cette offense embrase la colère de la porteuse de tablier.

Je veux mettre un terme au conflit, mais la joute verbale tourne en jeu de mains. Une claque part. Paule l'esquive. La gifle va finir dans la tempe du serveur n° 23 qui lâche un « aïe » aigu. Une autre main – fermée cette fois – fuse. Le coup de poing arrive dans l'œil gris de Vadim qui se recroqueville aussi bien qu'un insecte.

L'orchestre cesse de jouer.

Des parlementaires veulent maîtriser Paule, mais ils sont aussi empotés qu'elle est véloce. Elle échappe aux ploutocrates et s'éloigne, non sans avoir saisi mon poignet pour m'entraîner dans sa course. En voulant emprunter la porte à tambour, la cuisinière tombe nez à nez avec le portier qui jette un œil sur son tablier. Parce que la solidarité est la seule richesse des petits métiers, ce dernier actionne le tourniquet avant de partir en sens inverse pour aller porter secours à ce client dont la paupière est meurtrie.

Une fois sur le boulevard, Paule continue à marcher à grandes enjambées sans me lâcher le poignet, faisant fi du fait que je suis perchée sur des talons.

— Pas si vite ! supplié-je.

— Voilà une bévue qui pourrait nous coûter cher !

— Tu n'aurais pas dû venir me chercher chez Lipp !

— Tu n'aurais pas dû y aller ! réplique-t-elle, le cou rouge comme un dindon.

— Tu n'aurais pas dû frapper mon fiancé.

— D'abord, ce n'est pas ton fiancé. Ensuite, il est tellement mou qu'il n'y a rien à casser.

— Ça devait pourtant être cassé pour qu'il gémisse autant.

— Il piaille pour un rien, l'argenté. Tu peux me croire. J'ai eu l'occasion de l'observer quand il traînait dans mes cuisines comme un gamin avide de sucreries. Un jour, il a pleurniché après s'être piqué avec la paille d'un artichaut.

Je fronce les sourcils, incrédule, avant de me souvenir qu'en Russie, certains disaient qu'il faisait partie des embusqués au bel uniforme galonné.

Paule ralentit sa marche, lève ma main gauche, y cherche l'anneau.

— Où est ta bague ? m'interroge-t-elle en relâchant enfin mon poignet.

J'en profite pour replacer à deux mains mon ruban de cheveux.

— Vadim attend Noël pour faire sa demande, expliqué-je.

— Balivernes ! Tu verras que demain, il ne te demandera rien.

— Dans ce cas, pourquoi m'aurait-il invitée aujourd'hui ?

— Pour s'amuser avant de se marier. Tu es belle et tu es prête à tout pour lui. Il n'a pas beaucoup à forcer pour te mettre dans son lit. Mais crois-moi, quand il aura eu ce qu'il veut, ce n'est pas à toi qu'il passera l'anneau au doigt.

— Et à qui donc, alors ?

— À la Coco.

— Dans ce cas, pourquoi n'a-t-il pas cherché à récupérer la bague ? fulminé-je.

Me vient soudain l'idée qu'il me l'aurait peut-être réclamée si Paule n'était pas arrivée. Mais comment le savoir, maintenant ? J'ai envie de lui adresser des reproches, mais je m'abstiens. Si je maîtrise ma colère doublée de déception, c'est parce qu'elle s'est démenée pour me faire sortir de prison, allant jusqu'à se priver de manger pour soudoyer les soviets.

— Je parie que ce soir ou demain, ton prince de pacotille viendra te la reprendre, m'assène-t-elle. Mais pour l'heure, tu dois vite retourner à l'atelier. Isadora te cherche partout.

— Elle ne m'attend pas avant le milieu de l'après-midi. Elle pense que je suis en livraison avec Christiane.

— Elle a demandé après toi. Elle est dans tous ses états.

— Attends un peu, toi ! dis-je en m'arrêtant de marcher. Je viens de comprendre. Tu as rapporté à notre patronne où je me trouvais en réalité pour me porter du tort.

— Que non ! Comment j'aurais fait ? Je ne savais pas où tu étais. Écoute plutôt ce qui s'est passé. Je servais le déjeuner à l'atelier quand Isadora est arrivée dans le réfectoire, très pâle. Elle m'a demandé d'aller te chercher chez Coco. J'ai foncé rue Cambon. Là, Cricri me dit d'aller te chercher chez Lipp. Quand j'ai appris que tu étais partie déjeuner avec le grand-duc, j'ai compris que tu avais trahi ta promesse de ne plus faire d'escapade en cachette. J'ai répondu à Cricri que je n'irai pas, mais elle a insisté. Elle m'a dit de te ramener à l'atelier où elle nous rejoindrait dès que possible. Je suis fâchée parce qu'on ne me dit jamais rien. Je suis coupée du monde dans les cuisines.

Aussitôt je m'en veux d'avoir accusé Paule de trahison, alors qu'elle souffre d'avoir été tenue à l'écart. Au fond de moi, je sais pourquoi elle réagit ainsi : elle m'a beaucoup vu pleurer quand le prince m'a délaissée pour Coco. Or aujourd'hui, c'est différent. Il semble avoir réalisé que ce qui nous lie est plus fort que l'argent et les mondanités. Bien sûr, j'ai d'abord hésité avant de retomber dans ses bras. Mais les sentiments que j'éprouve depuis six ans, en dépit des orages et des tourments, sont toujours forts. Excessifs, même. Avec Vadim, je me trouve contrainte. Pire, je me veux contrainte, matée par sa volonté, son désir.

— Excuse-moi, Paule, lui dis-je en plaçant ma main dans le creux de son coude.

— Si le détrôné te fait pleurer encore une fois, je lui pèle les joues avec mon éplucheur !

Voyant sa belle humeur revenir, je la blague :

— À propos d'éplucheur, tu empestes l'oignon.

— Et toi l'alcool !

Un rire libérateur secoue nos poitrines.

Nous avançons bras dessus, bras dessous quand une voiture s'arrête à notre hauteur. La tête de Christiane passe par la fenêtre ouverte :

— Montez ! Montez vite !

Durant le trajet retour, elle nous raconte qu'elle déballait les accessoires chez Mademoiselle quand il y a eu un téléphone. Pour moi. C'était Isadora qui exigeait ma présence à ses côtés.

## 8

Je trouve ma patronne prostrée dans son fauteuil de bureau. Elle est pâle à faire peur. De colère, certainement. Sa colère va s'abattre sur moi, juste avant mon renvoi. Je touche l'écrin de joaillier que j'ai toujours en poche, comme un talisman fait pour me protéger de la foudre. Je m'attends à ce qu'elle me fasse de grands reproches, mais elle regarde fixement le sofa en face d'elle. Pas un mot. Pourquoi se tait-elle ? Veut-elle que je lui présente des excuses ?

— Je n'aurais pas dû agir de la sorte, dis-je pour rompre le silence.

Je baisse la tête. J'ai vergogne de ma conduite.

Le ruban m'enserrant les cheveux glisse et tombe sur le sol. Je le ramasse sans bruit et attends sa réaction. Je relève le regard pour la scruter. Jusqu'à présent, Isadora a toujours su cacher ses sentiments derrière une maussaderie de façade, mais ses yeux révèlent parfois le fond de son âme. C'est le cas aujourd'hui. Ils expriment la douleur et pourtant aucune larme n'y brille. Alors seulement, je remarque le télégramme froissé sur le bureau, à côté d'une bouteille de vodka. Je ne peux m'empêcher de penser au soir où j'ai reçu celui m'annonçant le décès de Flore. Une image s'impose à mon esprit : celle d'un corps mort, recouvert d'un linge. Un frisson d'effroi me parcourt l'échine. Ce bout de papier chiffonné est annonciateur d'une mauvaise nouvelle, à n'en pas douter.

Je m'éclaircis la voix et demande d'un ton mal assuré :

— Est-ce que tout va bien ?

Elle se lance. À sa façon. Il est demeuré chez elle quelque chose du flot de paroles de la causerie des petites filles entre elles. Elle m'annonce que son fils, malade ces dernières semaines, est décédé. Pas le garçon né en 1909 dont j'aurais dû être la préceptrice, mais son fils cadet, né en juin 1918 de son mariage avec Sergueï. Lors de la révolution, elle a fui la Russie avec son époux, laissant derrière elle son bébé aux soins de ses beaux-parents. Le couple s'est réfugié à Bucarest, puis à Londres et enfin à Paris. L'enfant est mort de dysenterie sans qu'Isadora ne puisse le revoir.

« C'est horrible ! » est tout ce que je trouve à dire. Si elle avait pleuré, je l'aurais prise dans mes bras, mais la sécheresse de ses yeux me décontenance.

— Que n'ai-je emporté mon bébé dans mes bagages ! se lamente-t-elle. Que ne l'ai-je embrassé avant de fuir !

Je contourne le bureau, m'approche de cette mère endeuillée que je condoléance en posant une main sur son épaule.

— Que ne lui ai-je rendu son petit sourire innocent ! déplore-t-elle. Que ne lui ai-je tendu le hochet que j'avais préparé pour lui !

Je sens un filet d'eau sur ma joue tandis qu'elle ne pleure toujours pas. Je reste debout à côté d'elle, à attendre ses larmes en silence. C'est alors que mon regard tombe sur un tableau représentant un paysage alpin enneigé. C'est l'œuvre de M. Poignant, cet artiste savoyard qui peint la montagne au couteau. J'ai un pincement au cœur en reconnaissant le mont Chauffé qui domine l'alpage d'Ubine où je passais mes étés. Je me retiens de larmer.

Vadim arrive sur ces entrefaites, les sourcils froncés par le tracas. Il s'avance vers sa sœur que la peine a assise de force dans son fauteuil. Il s'estomaque de me voir là. Je m'interroge aussitôt sur notre avenir. Se peut-il qu'il ait changé d'avis suite à l'incident chez Lipp ? Je cherche à sonder l'expression de ses yeux. Je lui trouve un regard soucieux, en tout cas à moitié, car l'une de ses paupières est fermée par un œdème bigarré.

— Dora, que se passe-t-il ? s'enquit-il d'une voix essoufflée.

— Mon bébé est mort, parvient-elle à articuler sans paraître remarquer l'œil au beurre noir de son frère.

Dans le silence qui suit, j'entends ma patronne gémir de douleur. Il se précipite vers elle. Je comprends maintenant en quoi, selon lui, l'humeur morose de la grande-duchesse était excusable.

Je retourne d'un pas feutré de l'autre côté du bureau, me campe entre les deux fauteuils d'invités. Vadim enveloppe l'épaule fragile d'Isadora. La litanie du « si j'avais su » reprend le dessus. Sans arrêt, elle revient des derniers mots prononcés aux premiers, égrenant l'éternel chapelet du regret. La grande-duchesse se retrouve sans enfant. Je ne trouve pas les mots. Vadim non plus. Seuls les pleurs et les embrassades paraissent appropriés à un tel malheur, sans suffire pour autant.

Il sert un verre de vodka à sa sœur qu'il agrémente de grains d'opium connus pour leur vertu dormitive. Il l'aide ensuite à aller s'allonger sur le sofa. Il lui tient la main. Je remarque leurs mains blanches, leurs doigts fins, leurs ongles polis chaque semaine par la manucure. Malgré les difficultés, ils n'ont jamais renoncé à ce luxe.

— Tu te rends compte, Vadia, rabâche-t-elle avec un regard de hibou. Ma belle-mère n'est pas fichue de soigner une diarrhée infantile alors qu'il suffit de faire boire de l'eau de riz au bébé.

Jamais Isadora n'avait envisagé qu'une femme puisse mettre moins de soins à s'occuper de son fils qu'elle-même. Jamais elle n'avait songé que sa belle-mère puisse être moins maternelle qu'elle.

Silencieux à ses côtés, son frère lui caresse les cheveux jusqu'à ce que la boisson opiacée fasse son office. Quand des ronflements sonores émanent du sofa, Vadim me sert un verre de petite eau, comme pour reprendre notre conversation là où elle en était chez Lipp.

— Je n'ai pas soif, refusé-je.

Il me présente des excuses pour s'être emporté, me promet que Paule ne sera pas inquiétée pour la bagarre.

— Pour me faire pardonner, me dit-il en m'offrant un paquet.

Il attache sur moi ce regard gris plein de séduction auquel je n'ai jamais su résister. J'écarte le papier de soie, découvre un flacon élégant, sans étiquette. Un flacon aux lignes épurées qui n'est pas sans me rappeler quelque chose de familier – mais quoi ? Je hume ce parfum énigmatique. Une véritable brassée de fleurs. Je n'ai jamais rien senti de tel.

— J'ai souffert de ton éloignement après l'affaire Raspoutine, lui avoué-je, mais j'ai toujours espéré que l'on se retrouverait.

— J'ai pensé à toi durant mon exil. Tu étais comme un beau tableau dont je devais accepter d'être séparé.

Mon cœur s'emballe aussitôt. Mon esprit enfante de grandes idées romantiques. Je vois enfin s'éloigner cet avenir sans compagnon que je redoute tant. Alors que je me parfume avec ce jus qui me donne l'impression d'être de naissance royale, le grand-duc me réclame la bague.

# 9

Je fouille dans ma poche de jupe.

— Demain sera un grand jour, dis-je avec un sourire mutin.

— Seulement si elle dit oui.

Je suis abasourdie. Il vient de m'arracher à mon éden sans ménagement. Je reste comme hébétée face à lui, empêtrée dans mes pensées. Mes lèvres bougent mais aucun son ne sort de ma bouche.

— Elle ? finis-je par expulser dans un souffle inaudible.

Soudain, je comprends et me sens gênée d'avoir posé la question. Toutefois, il semble ne pas avoir entendu vu qu'il se confie à moi en souriant d'un air un peu égaré :

— Je suis amoureux de Coco et je ne sais pas ce que je vais faire si elle refuse. Je ne peux être heureux sans elle. Mais tu la connais, elle est si libre, si indépendante.

Mes jambes flageolent un peu sous moi. Je me laisse tomber dans le fauteuil. Je bois d'un trait ma vodka, ferme les yeux pendant que l'alcool se mêle au sang qui court dans mes veines, frappe dans mes tempes, gagne mon esprit ficelé de questions.

— Pourquoi m'avoir confié cette bague ? lui demandé-je, ma main droite crispée sur l'écrin dans ma poche.

— Je voulais avoir ton avis sur ce bijou de famille que ma sœur a pu faire sortir de Russie. Tu as un goût très sûr. Penses-tu que cet anneau pourrait plaire à une femme comme Gabrielle ?

Je devrais être flattée qu'il attache autant d'importance à mon jugement et pourtant mon menton tremble de dépit. Des émotions me submergent. Je ressens de nouveau ce que j'ai enduré quand j'ai appris les fiançailles d'Aglaé avec M. Tablonoir. Une larme roule sur ma joue ; je fais mine de replacer une mèche de cheveux pour l'essuyer discrètement.

— Pourquoi m'avoir invitée chez Lipp ?

Ma voix se casse.

— J'ai pensé qu'on y serait plus tranquilles pour parler qu'à l'atelier où il y a toujours une oreille qui traîne. Je n'ai personne d'autre à qui je peux faire confiance. Tout le monde me voit comme un prince, tandis que toi, tu m'as connu dans les pires difficultés. Tu m'as vu saoul, tu m'as vu nu, déguisé, en fuite, poursuivi par les sbires de l'impératrice. Avec toi, je n'ai pas à me cacher, ni à prétendre être quelqu'un d'autre. Tu dois penser que je suis fou, ajoute-t-il avec une certaine nervosité, mais j'ai toutes les raisons de penser que Coco va accepter.

La foudre n'aurait pas agi autrement sur moi qui,

sans voix, sans force, laisse couler ce déluge de parole. Je veux me lever du siège où je suis assise, mais je sens que mes jambes refusent de me porter. Je regarde par la fenêtre, m'exhorte à me ressaisir. Dehors, le jour a pâli. Vadim allume la lampe de bureau. Une ombre endeuille le sofa. Il vient s'asseoir dans le fauteuil à côté du mien. Je me raidis contre mon émotion en me demandant ce qu'il va bien pouvoir me raconter, mais rien ne vient.

— Donne-moi une seule bonne raison, dis-je au bout d'un moment.

— Nous sommes devenus amants à Grasse.

Ma poitrine se déchire. De tristesse, de vexation, de douleur. Il me semble impossible qu'il veuille me faire souffrir à ce point.

— Si Coco accepte de m'épouser, j'aimerais que tu confectionnes sa robe de mariée.

J'émets un étrange bruit de gorge qu'on pourrait prendre pour un rire, mais qui est un sanglot. J'ai l'impression qu'il me saigne dans un saladier, comme si je n'avais jamais rien été d'autre qu'un lapin domestique. Domestique, mais rebelle. Je crois que mon tour est venu de faire *l'esplique* :

— Elle ne t'épousera jamais. Le mariage la rebute. Elle n'a que des amants. Pour l'instant c'est toi. Demain, ce sera un autre, car aucun homme ne remplacera Boy dans son cœur. Jamais. Il a été son grand amour.

— Absurde ! rétorque-t-il, blessé dans sa fierté de mâle.

— Es-tu aveugle au point de ne pas voir que cette

petite robe noire dont elle a lancé la mode lui permet de porter le deuil de Boy en public alors qu'elle était sa maîtresse, et non son épouse ?

— Tu divagues complètement !

Je riposte du tac au tac :

— J'en ai assez de te voir échafauder des plans pour continuer à vivre sur un grand pied, plutôt que de te retrousser les manches. Rends-toi à l'évidence. Tu n'as plus d'argent, plus de titre de noblesse. Et c'est peut-être une bonne chose, car l'amour ne s'achète pas.

Vadim sonde du regard l'expression sur mon visage éclairé par le halo de la lampe. Il écarquille les yeux en réalisant que je me suis méprise sur ses intentions : je pensais être l'objet de son attachement. Je sens le sang se retirer de ma figure tandis qu'il assiste, impénétrable et serein, à ma déconfiture. Emplie d'embarras, je voudrais être à cent pieds sous terre. Lui, laisse faire. Il regarde, spectateur indifférent. Il est évident qu'il ne se sent en rien fautif, ni aucunement responsable de mon désenchantement. C'est tout lui, cet aristo tantôt assez exalté pour m'inviter chez Lipp, tantôt suffisamment détaché pour laisser place à un homme cruel.

Il me tend sa paume de main en cuillère pour que j'y dépose la bague. Il y a dans son geste une attitude de supériorité qui rappelle ces familles nobles chez qui l'usage est de regarder du haut vers le bas. J'examine cet homme au visage rembruni d'une sévérité glacée. Sa moustache en guidon me paraît soudain ridicule. Les propos d'Hugo me reviennent : « Ses bacchantes lui donnent l'air d'appartenir à une cour d'un autre âge. » Le Savoyard a raison : l'empire des tsars a beau avoir disparu, Vadim semble toujours vouloir y vivre.

Je dépose l'écrin entre la bouteille de vodka et le flacon de parfum sur le bureau d'Isadora. J'atteins la porte lorsque je reçois cette flèche :

— Tu es jalouse parce que Coco a réussi là où tu as échoué.

Après ce qui vient de se passer, il n'y a guère de mots qui puissent encore me blesser venant de lui, mais il en a trouvé malgré tout : ceux qui touchent à la vérité.

Je traverse l'atelier sous les regards interrogateurs de Paule et de Cricri. Isadora ronfle si fort que les cousettes en rigolent sans même prendre la peine de se cacher. La crise couve depuis des mois. Plus personne à l'atelier ne supporte l'irritabilité de notre patronne.

Je quitte Falbala à la hâte, m'éloigne en grelottant de désespoir. L'éclairage public perce le brouillard qui monte de la Seine et enveloppe les arbres des quais, tel un linceul. Les pensées les plus sombres m'assaillent alors que derrière les fenêtres on prépare le réveillon : dinde aux marrons sur la table, boule de gui au-dessus de la tête, sapin décoré dans un coin, bottines rangées devant la cheminée, bûche de chêne dans le foyer. Pour moi, le Noël de cette année ressemble à une boutique vide où des chocolats factices sont exposés dans une vitrine sans éclairage. Je fonds en larmes sur le pont du Carrousel. La vie est-elle sans pitié ?

# II

# *Printemps-été 1921*

# 1

Les beaux jours revenus, Isadora signe un contrat d'exclusivité avec Mademoiselle. La presse annonce que l'atelier de broderie Falbala et la maison de couture Chanel sont désormais en grand commerce l'un avec l'autre. Ce rapprochement me fait oublier les plaisirs du printemps, toute cette frénésie du regain de vie : la verdure qui naît, l'oiseau qui chante, la fleur qui s'ouvre. Dès lors, je travaille uniquement pour Coco qui souhaite sortir une collection russe, à contre-courant des tendances. Elle cherche à produire à moindre coût une silhouette luxueuse inspirée du costume de paysan alors que la robe brillante, la minceur et le bronzage sont en vogue.

Je travaille donc à rendre fastueuse la roubachka, cette grossière tunique de travail des champs. Je la décore de broderies multicolores aux épaules, autour du col et sur l'ourlet du bas. J'agrémente également les blouses de moujiks de perles de verre, de paillettes et de sequins. À mes yeux, on s'enfonce en plein ridicule. Tout cet assemblage n'est qu'une singerie.

Mais cette image saugrenue de la paysannerie russe séduit ceux qui n'ont jamais eu à travailler la terre, ni à vivre sous le joug d'un régime dictatorial. Le folklore slave inspire Mademoiselle et les nantis s'engouent de la mode du jour. Que leur importe le reste ! Ce sont les Années folles.

Tout est permis.

Tous les coups sont permis.

La mode est une industrie où la concurrence fait rage. Deux tiers des Françaises s'habillent sur mesure et la couture occupe le deuxième rang du commerce extérieur de la France. Trente mille quintaux de vêtements sont ainsi exportés chaque année. Coco, svelte comme un jet d'eau et hâlée par ses marches sur la plage de Biarritz, veut supplanter ses rivaux dont certains sont des pionniers de l'émancipation féminine.

Paul Poiret est le premier à avoir supprimé le corset en 1906 et à avoir lancé un parfum en 1911. Jeanne Lanvin est connue pour ses couleurs exclusives et sa création d'un département décoration. Madeleine Vionnet est réputée pour sa remarquable coupe en biais. Jean Patou est célèbre pour ses défilés grandioses, ses cent vendeuses et ses trente cabines d'essayage. Chaque maison de couture doit se démarquer pour perdurer. Coco a choisi de collaborer avec le parfumeur Ernest Beaux pour lancer son « eau de Chanel ». Elle a également parié sur l'atelier Falbala qui se distingue par des broderies d'une grande inventivité. Elle a misé sur Isadora. En réalité, tout repose sur moi car ma patronne est déprimée à en mourir.

Peu après la mort de son bébé, la grande-duchesse

a appris l'assassinat de la famille impériale et de ses proches serviteurs, sur ordre de Lénine. Nikolaï Sokolov, un juge d'instruction russe, enquête depuis 1919 à Ekaterinbourg, une ville de Sibérie, sur la ligne du Transsibérien. Le magistrat n'a pas encore publié ses conclusions, mais déjà le bruit court dans toute l'Europe que la façon d'opérer est révoltante, s'agissant majoritairement de femmes et d'enfants. On entend parler d'exécutions sauvages, de crânes défoncés à coups de baïonnette, de corps brûlés à la chaux vive et au vitriol.

Je suis moi-même affectée par ces rumeurs d'épouvante. Je ne peux m'empêcher de penser aux quatre filles du tsar et de la tsarine, si fraîches et si gentilles, et au petit prince Alexeï qui avait déjà tant souffert de son hémophilie. J'ai une pensée également pour Thérèse-Anne qui aurait tant aimé leur enseigner le français. Finir sous un tramway prétendument à l'arrêt, quelle absurdité que le destin !

Isadora passe ses journées assise à son bureau, dans une pose anéantie. Elle répond à mes questions d'une voix éteinte. Je dois faire preuve de créativité pour satisfaire Coco qui m'accable d'exigences en vue du défilé du 5 août au cours duquel elle dévoilera sa nouvelle collection. Je m'inspire des motifs slaves, mais aussi des cultures de la Perse, de la Chine et de l'Égypte ancienne. Je puise dans des magazines de voyage et des revues de mode cet esprit d'exotisme dont le Tout-Paris est friand.

— Le jour du défilé, vous porterez le sarafane vert émeraude, me signifie Isadora. Vous devrez vous laisser photographier. Tous les grands magazines illustrés seront présents : *La Mode pratique*, *Le Journal des demoiselles*, *Ève*, *Les Modes de la Femme de France*, *Femina*, *La Mode illustrée* et même la toute nouvelle édition française du *Vogue* américain.

Ses paroles, dites d'une voix morne, sont coupées par de longs temps. À son manque d'enthousiasme, on peine à croire que notre défilé sera l'événement de l'été.

Je considère la demande de ma patronne un instant. Je vais me retrouver en compagnie de jeunes gens riches à la conversation futile qui m'expliqueront à quel point Mademoiselle a du génie, et à quel point ils l'admirent. Même s'il demeure vital pour eux d'observer ce qu'ont fait leurs aînés, ils ne feront rien pour la copier car ils veulent essayer par eux-mêmes d'avoir un impact sur leur époque. Tout cela en ayant encore jamais besogné de leur vie – leurs familles sont suffisamment riches pour leur éviter le travail et toutes ses affres. Plus d'une fois, ces rencontres m'ont fourni la preuve que la fortune, en distribuant les places, commet des erreurs.

— Je préfère rester dans les coulisses.

Je n'ajoute pas que je suis mal à l'aise quand on me photographie. En dehors de ma coupe de cheveux, je ne corresponds pas aux canons de la beauté. La mode est à la sylphide frêle, aristocratique et hâlée par le bon air, tandis que je suis pulpeuse et un brin campagnarde. Mon décolleté est trop généreux, ma peau trop laiteuse, ma rousseur trop voyante.

— Toute résistance est inutile, coupe court Isadora.

Elle s'adresse à moi comme à une fillette qu'il faut gronder parce qu'elle refuse de venir dire bonjour aux invités.

Je fais une grimace, puis finis par acquiescer d'un hochement de tête.

— Qu'avez-vous donc à fuir ainsi Coco ? m'interroge ma patronne qui n'est pas dupe. Tout le monde dit tant de bien d'elle.

Je fais semblant d'en chercher la raison, mais je ne la connais que trop.

J'apprends que Misia Sert sera présente au défilé avec son mari José. Vadim devrait en être également, malgré le camouflet qu'il a essuyé le 25 décembre : Mademoiselle a décliné sa demande. J'avais vu juste. Quelle double vexation pour lui ! Depuis, il fait tout pour m'éviter et c'est bien ainsi. Je ne veux plus avoir affaire à cet homme aussi insensible qu'un huissier.

## 2

Ces jours qui n'en finissent pas, cette profusion de vie et de lumière, c'est l'été dans toute sa puissance. Je suis trop fatiguée pour profiter des chaudes soirées. Je m'affaire à l'atelier, dessine, tire l'aiguille pour terminer à temps les broderies de la collection russe. J'ai les doigts meurtris quand vient le soir.

Isadora me récompense de mes efforts en m'offrant sept invitations au défilé, ce qui, à mon avis, est inconsidéré. Il est notoire que je suis célibataire et presque sans famille. Mon père a fait une croix sur moi. Il fait tandem avec mon frère Adolphe. Mon autre frère est tombé au champ d'honneur. Ma mère est morte de chagrin et ma grand-mère est trop âgée pour faire le voyage jusqu'à Paris. Alors qu'elle est peu encline à écrire, elle a répondu à ma lettre lui disant combien j'étais au remords d'être partie en Russie sans lui dire au revoir : *N'aie pas de regret de la peine que tu m'as faite, c'est oublié. Viens plutôt me voir cet été.* Elle a probablement demandé de l'aide à l'institutrice qui a remplacé feu M. Tablonoir.

Je décide donc de distribuer les invitations à mes amies. J'en fais parvenir deux chez les sœurs pour Chantal et mère Javotte. Elles me remercient de façon chaleureuse, mais refusent. Elles n'aspirent plus qu'à la vie intérieure de la congrégation où elles se sentent en paix. J'en offre une à Cricri et une à Paule qui, bien que travaillant à l'atelier, ne sont pas conviées au défilé – notre patronne estime qu'une cousette et une casserolière n'ont rien à y faire. Celles-ci acceptent sans une seconde d'hésitation. Elles n'ont l'air que trop ravies de venir se mêler au grand monde. Cela nous rappellera nos premiers jours à Saint-Pétersbourg avec Raymond Poincaré.

Il me reste trois invitations dont je ne sais que faire. Je m'en ouvre à Isadora qui refuse que je les lui rende.

— Allons, réfléchissez bien, me conseille-t-elle, semblant reprendre un brin d'énergie. Qui aimeriez-vous voir assis à côté de vous ?

— Hugo Brasier.

Je porte aussitôt une main sur ma bouche : son nom m'a échappé !

Il occupe mes pensées depuis que Vadim m'a roulée dans la farine. Ce que j'ai pu être niaise et crédule ! J'éprouve une sorte de remords, de regret et de fatigue d'être une girouette qui tourne dès que le vent souffle sur moi. D'être incapable de voir clair en moi-même pour ne pas me laisser déboussoler. J'en ai assez de constater chaque jour une lézarde dans mon comportement. D'où viennent les erreurs répétées que j'ai commises avec le grand-duc ? Je me suis jetée à son cou parce que j'étais blessée que le charpentier n'ait pas répondu à ma lettre d'amour. L'an passé, je n'ai pas cherché à savoir. Aujourd'hui, je ne peux me contenter de mon sort.

Et si Hugo n'avait pas reçu ma lettre ?

Peut-être a-t-il quitté la demeure Chabod pour aller se réfugier à Châtel après avoir appris la brutale vérité sur sa sœur et son père. Ce doute encourage la frénésie dans mon esprit, avec cet étrange effet, à la limite de la douleur et de la joie. Je réalise qu'aucune émotion n'est comparable à celle que j'ai éprouvée à son bras, dans les rues de Chambéry. Et ce n'est rien à côté de ce que j'ai ressenti, nue contre lui, dans son lit. Peau contre peau. Cœur contre cœur.

— J'ignore qui est cet Hugo, me dit Isadora, mais si je savais où le trouver, je lui posterai moi-même une invitation. Juste pour vous voir sourire de nouveau.

— Je vais m'en occuper, réponds-je avec un gloussement gêné.

C'est la première fois depuis longtemps qu'elle-même affiche un demi-sourire.

Cet après-midi de juillet, je dois essayer mon sarafane taillé dans un morceau de soie changeante – le tissu vert émeraude présente des reflets différents suivant le jour sous lequel on le regarde. Mais j'y renonce. Il fait une chaleur de plomb et je dois me rendre au bureau de poste avant sa fermeture. J'envoie une invitation à l'adresse de la demeure Chabod, une autre chez Raoulette afin qu'elle la remette à Hugo s'il passe chez elle, et une dernière à Châtel. La demoiselle des Postes s'étonne de voir le même nom sur les trois enveloppes. Trois invitations pour un seul homme, ça peut sembler beaucoup, mais je veux être certaine qu'une cartonnette lui parvienne.

J'arrive chez moi, la bouche sèche. Je mets de l'eau à chauffer dans le samovar. Je bois du thé même pendant les mois de chaleur. En attendant d'entendre siffler ma bouilloire, je regarde par la fenêtre de ma chambrette. J'aperçois l'angle du boulevard Saint-Germain et, de l'autre côté, la rue Saint-Benoît colorée d'un reflet jaune par le soleil. Le petit miroir suspendu à la poutre me tire l'œil. J'approche mon visage, y vois des marques de fatigue. Je vais sur mes trente et un ans. Sept ans se sont écoulés depuis que j'ai embarqué sur le cuirassé.

Le temps a passé et il me semble que ma figure a changé. Peut-être parce que je souris de moins en moins. Isadora m'en a fait la remarque. J'ai toujours les traits doux et ronds, une peau de savon et des yeux de miel, mais pour combien de temps encore ? Si je continue à ruminer le fiasco de ma vie amoureuse, ma morosité finira par marquer ma physionomie. Ma tristesse et mes regrets changeront l'équilibre entre eux, durciront certaines de mes expressions. Je ferai fuir les hommes et je finirai seule. Seule et malheureuse.

Ma poitrine s'oppresse à cette idée.

J'aspire l'air avidement, aspire la chaleur. L'été entre en moi par le souvenir de la visite de Chambéry où j'ai découvert tout un monde énigmatique et insoupçonné : la fontaine aux éléphants, le chant plaintif de l'eau prisonnière entre les murs du château, la flamme bleue qui jaillit du cœur de pierre. Depuis combien de temps n'ai-je pas été ailleurs qu'au travail ? Les sorties me manquent. Les sorties au bras d'un homme me manquent.

Hugo me manque.

Je revois l'homme tranquille, le regard franc, le sourire tendre. J'entends sa voix chaude et rassurante derrière les remparts. Il m'entraîne dans les venelles qui mènent à la source secrète. Je trouve dans son baiser inattendu je ne sais quelle douceur non encore goûtée. Le soleil en tombant modèle la pénombre. Il y a entre les murs ce demi-jour que j'aime tant. Je marche derrière lui, épie avec envie son corps bien charpenté. Je caresse du regard le jeu des ombres sur son dos large, l'ondulation de ses cuisses musculeuses sous l'étoffe de son pantalon. Je presse ma marche devenue trop lente au gré de ma contemplation. Je cours à ses trousses. Je cours au plaisir. Ma peau se souvient de l'étreinte charnelle faite pour m'inspirer une plus vive passion. Ma chair sent encore ses caresses enveloppantes au creux du lit. J'écoute le rythme de sa respiration entrecoupée par ses mots doux. D'un sifflement, le samovar me tire de ma rêverie. Pourquoi faut-il que le bonheur soit cantonné dans mon esprit ?

J'avale mon thé par petites gorgées, un morceau de sucre entre les dents. Le Savoyard n'est peut-être pas l'homme parfait, mais il est l'homme qu'il me faut. C'est évident. J'exhale un soupir de regret. Malgré les sequins et les paillettes, aucun éclat n'a celui des yeux d'Hugo, son regard bleu aussi limpide qu'un ciel d'altitude. Une douleur me sillonne les flancs quand je prends conscience que l'intensité de mes sentiments pour lui contraste avec l'éloignement des moments passés ensemble.

Je me glisse entre les draps de mon lit étroit. Le tic-tac de ma montre-bracelet marque seul la pulsation un peu oppressante qui précède l'endormissement. J'ai une somnolence agitée au cours de laquelle mes derniers ébats avec Hugo se reproduisent. Nos corps emmêlés ne forment qu'un dans une connivence absolue. Cette songerie intense en rappelle une autre, plus intime. À ce moment-là, mon beau charpentier refait surface, terriblement présent. Au point de sentir le frôlement de sa peau chaude, son odeur mâle, boisée. Le souvenir de sa virilité m'affole. Je suis comme en attente de lui, dans cette chambre où les émois s'entassent avec les regrets sous les draps.

— Quelle imbécile ! me maudis-je au matin.

Je m'en veux de ne pas avoir compris plus tôt que Flore avait raison. J'ai le sentiment d'avoir failli à ma promesse alors que ses mots sont pourtant gravés dans ma mémoire :

— Va voir Hugo. Dis-lui que je suis navrée de ce qui s'est passé. Dis-lui combien je regrette de lui avoir caché la vérité. Dis-lui qu'il est le meilleur des grands frères. Embrasse-le pour moi. Apprends à le connaître. Tu l'aimeras et il t'aimera, j'en suis certaine. Soyez heureux.

Ai-je exécuté les volontés de Flore ? Certes, je me suis rendue à Chambéry pour rencontrer Hugo. Depuis, onze mois se sont écoulés et je n'y suis pas retournée. Pour quelle raison ? La version officielle est qu'Isadora ne me pardonnerait pas de m'absenter une nouvelle fois. La version officieuse est que je n'ai pas eu le courage de remettre les pieds là-bas. Et pour cause : je n'ai pas tout dit au Savoyard. Il a une droiture de jugement qui lui fait trouver le mot juste pour parler avec franchise tandis que j'ai une sincérité d'actrice qui me pousse à composer au prix de menus mensonges. Je dois lui parler à cœur ouvert quand il viendra au défilé.

3

Ce 5 août, le pépiement des mannequins en coulisses, le piétinement de leurs talons hauts, les murmures enfiévrés des invités, la joie de Paule et de Cricri donnent au défilé quelque chose de grandiose et de solennel. Tout est réuni pour rester dans les mémoires des richards les plus blasés.

Quand vient le moment d'applaudir Mademoiselle, je vois processionner le Tout-Paris : dames titrées, peintres, muses, chanteurs, musiciens, poètes, cinéastes, écrivains, épouses de notables, maîtresses d'hommes d'affaires et quelques spécimens de Dadas démoralisés – le mouvement subversif est sur le déclin. Et c'est un étrange spectacle !

Sont également présents Fiodor et sa splendide épouse Ekaterina. En 1919, ils se sont installés à Paris où ils bénéficient du statut de réfugiés. Le Tatar, autrefois richissime, est aujourd'hui un prince tombé. Il prend conscience de ce que sa vie abritée l'a empêché de voir et d'apprécier. Les époux doivent travailler pour vivre : voilà de l'inédit pour eux ! Ils ont pour projet d'ouvrir une maison de couture, ou une école d'arts appliqués, ou peut-être une école de stylisme. Ils hésitent encore. Ils prétendent être au défilé en observateurs. En réalité, ils tentent de récupérer les miettes dont Coco ne veut pas. Ils voudraient retrouver leur ancienne vie rythmée par les voyages, les bals, les concerts, les dîners, les parties de campagne, les expéditions de chasse aux grands fauves en Afrique.

Il y a aussi Misia Sert, le regard terne, le visage plâtré de blanc, les cheveux en touffe sur le front, le cou empâté, la beauté envolée. La mécène est au bras d'un Vadim au teint grisâtre, aux joues creuses et aux yeux cernés d'un halo bleuté. Elle, bafouée par son mari qui la trompaille avec la belle Roussadana. Lui, éconduit par sa dulcinée. Il a pu vérifier que mes propos étaient fondés : Misia n'a eu que des maris et aucun amant, tandis que Coco n'a que des amants et aucun mari.

Jusqu'à présent, le grand-duc a toujours su cacher ses sentiments derrière une indifférence de façade, mais à présent ses yeux révèlent le fond de son âme. Ce qu'ils montrent ce soir, c'est la tristesse. Et aussi la maladie. Visiblement, le bacille de Koch gagne du terrain. Et pour couronner le tout, Fiodor, avec qui il a eu une liaison périlleuse, semble amoureux de sa moitié. Le Tatar ne peut s'empêcher de baiser la main d'Ekaterina avec intensité, se donnant le ridicule d'aimer son épouse. D'adorer une femme. Qu'il paraît loin le temps où les deux hommes allaient de pair au point de s'acoquiner pour assassiner Raspoutine !

Cette réception, c'est le défilé des vaincus, des

dupés, des déchus. Je pourrais en rire si je n'étais pas moi-même en fâcheuse posture : le siège à ma droite est vide. Hugo ne se montre pas alors qu'on vient me chercher pour jouer au mannequin. Avec mes cheveux fauves coupés à la garçonne, je suis dans le vent. Ou presque : mon sarafane vert émeraude est étriqué. Mes deux mains lissent nerveusement la soie changeante de ma robe qui me boudine. Je me maudis de ne pas avoir essayé ma tenue avant le défilé. Malgré ma gêne aux entournures, il y a des photos, des flashs et des questions auxquelles je me prête, flanquée de Cricri et de Paule. Mes amies m'épaulent dans ma tâche, au grand dam d'Isadora que leur présence semble indisposer.

— Est-ce vrai que vous avez combattu sur le front russe ? me demande un journaliste.

— J'ai fait partie de l'ambulance française, rectifié-je.

— Est-ce ce voyage qui vous a inspiré ces broderies slaves ?

— Un voyage ? s'indigne Cricri qui morphinait les morts tellement la souffrance des soldats était inhumaine.

— C'était un hôpital de campagne, pas un défilé ! le taloche Paule.

— Oui, bien sûr… évidemment, balbutie-t-il d'une voix blanche comme s'il s'était soudain rendu compte de sa bévue.

Vadim, avec sa mine blafarde, s'immisce dans la conversation :

— J'ai entendu quelques mots qui me donnent

envie d'intervenir. Mlle Vittoz puise son inspiration dans l'époque où elle vivait au palais Anitchkov, au service de la famille impériale.

Je lui fais un œil noir. Qu'a-t-il à étaler ainsi sa grandeur factice ?

— C'est donc vous, la gouvernante des tsars ? m'interroge un photographe comme si j'étais une personne illustre.

Je m'apprête à rectifier cette inexactitude quand la discussion débute entre les journalistes et le grand-duc au sujet de sa destinée impériale, fauchée par la révolution. Coco, qui l'a rejoint, l'écoute sans intervenir. Rapidement, le pâle Vadim se transforme en « Sa Majesté le grand-duc de Russie, neveu préféré du tsar ». Il laisse les dames du monde former un attroupement autour de lui, puis il raconte comment la mort de sa mère, six jours après sa naissance, a bouleversé sa vie et celle de sa sœur Isadora qu'il désigne d'un geste affectueux. Et comment le remariage de leur père avec une femme de rang inférieur s'est répercuté sur leur enfance.

À cet instant précis, j'ai l'impression de voir passer une ombre sur le visage de Coco.

Un journaliste apostrophe le grand-duc :

— Que faites-vous de vos journées ?

— Je m'affaire auprès de Mademoiselle. J'ai d'ailleurs dessiné pour elle le flacon du N° 5.

Celle-ci grince un sourire. Elle le considère de l'air dépité de quelqu'un qu'on a floué, mais qui ne veut pas faire d'histoires. Pas en public. Non content d'avoir dévoilé le nom de son sent-bon, il fait quelques pas dans ma direction, entraînant avec lui les gens de presse.

Je viens de trouver ce que m'évoquait ce flacon aux lignes épurées : Vadim l'a dessiné sur le modèle des flasques à vodka de la garde impériale. Cela doit lui rappeler les fastes du passé, quand il avait une carrossée de serviteurs. Il semble souffrir d'une implacable nostalgie.

Avec le sans-gêne de notre époque, des photographes grimpent sur des chaises pour immortaliser le prince qui s'est rapproché de moi. À quoi jouet-il ? Cherche-t-il à rendre Coco jalouse ? Ils eurent le temps de prendre des clichés de nous deux avant que Vadim ne soit assiégé par les dames du monde. Leur sveltesse et leur afféterie mondaine font paraître grossiers mon silence et mes rondeurs. Gênée, je recule de quelques pas, me heurte contre Isadora.

— Surtout, ne vous laissez plus photographier, me commande-t-elle en glissant une liasse de billets dans la poche de mon sarafane.

## 4

— Qu'est-ce que c'est ? m'enquis-je, interloquée. L'épaisseur de la liasse déforme ma poche.

— De l'argent ! rétorque Isadora en m'entraînant à l'écart. Ne me dites pas que vous n'en avez jamais vu ?

Je hausse les épaules, remarque que Cricri et Paule nous suivent. Elles se méfient de notre patronne.

— Je tiens à vous récompenser, se justifie celle-ci. Vous avez beaucoup travaillé pour la réussite de ce défilé. Vous devez être épuisée. Rentrez chez vous. Prenez du relâche. Vous l'avez mérité.

Je n'en reviens pas : après m'avoir imposé de me laisser photographier, elle vient de grassement me payer pour que je débarrasse le plancher. À moins que ce ne soit Coco. J'ai cru comprendre qu'elle me trouve trop pulpeuse et ne veut pas de ma silhouette charnue dans les magazines. Sans parler des photos où j'apparaîtrais aux côtés de Vadim.

— Vous n'êtes quand même pas en train de demander à Vitaline d'aller se cacher ? s'insurge Cricri.

Elle meurt d'envie de dire son fait à notre irascible patronne qui ne se laisse pas fléchir :

— La mode a ses raisons que la raison ignore. De nos jours, les femmes ne sont jamais assez maigres.

— Ça, c'est bon pour ceux qui n'ont jamais manqué, s'indigne Paule.

La grande-duchesse veut remettre ses employées à leur place, mais Coco lui fait signe de la rejoindre. Isadora a raison : je suis jalouse de Mademoiselle. Comment ne pas l'être ? Elle a déjà tout : l'esprit, l'audace, le style, la gloire, l'allure, l'argent. Et plus injuste encore : le temps passe sur elle sans la toucher. Avec sa sveltesse élégante, elle a la jeunesse éternelle d'une femme-enfant. Difficile de croire qu'elle court à ses trente-sept ans. Tout l'opposé de moi, serrée dans mon sarafane à l'évidence trop étroit. Jamais je ne serai une femme fine comme une liane. Jamais Vadim ne me regardera comme il regarde Coco.

Vadim… J'aurais dû mettre un terme à notre relation il y a des années. Précisément le soir où je l'ai surpris en train de s'astiquer devant son lavabo. Peut-être attendais-je passivement la fin de notre histoire, sachant qu'un jour, cette fin viendrait. Il est temps pour moi de marcher vers une autre direction.

Certes, mes créations sont appréciées, mais je n'ai jamais réussi à me faire à Paris. Cela dit, quitter la capitale de la mode signifie la fin de ma carrière. C'est déraisonnable, je le sais. Et pourtant je sens que ma vie est ailleurs. Je dois retourner chez moi, en Haute-Savoie. Après tout, je suis une gamine des alpages. Que fais-je en ville, si loin de ma terre en pente ? Je suis étrangère à ce monde où l'on garde ses gants pour donner une poignée de main. Je suis lasse d'étouffer dans ma chambre de bonne sous les toits. Lasse de m'enfermer chaque jour dans l'atelier de broderie. Lasse de ce monde pailleté au brillant artificiel dans lequel je ne suis qu'une petite main.

Soudain interpellée par la voix d'un désir nouveau, je m'interroge. Dois-je subir la tyrannie de la mode qui force les femmes à maigrir pour entrer dans des vêtements taillés trop petits ? La réponse est non. Jamais je ne me plierai à ce diktat. Dois-je me résigner à travailler pour ce dragon d'Isadora ? Je suis entrée au service de la grande-duchesse à Paris parce que je travaillais déjà pour elle en Russie. Pourquoi resté-je dans une forme de servilité passive ? Je ne suis plus un cadeau diplomatique, ni une employée de la maison impériale. Je dois rendre ma vie conforme à mes idées, à mes envies. Ce que je désire aujourd'hui, c'est une vie où je serai libre de mes choix. Et ce que je veux par-dessus tout, c'est enseigner. Je sens que ma vocation d'origine me réclame, que j'ai un rôle à jouer au sein de ma communauté montagnarde. Il est de mon devoir de reprendre le flambeau, de transmettre le savoir dont j'ai bénéficié. Je le dois à ma mère qui a bataillé pour que je puisse voler de mes propres ailes.

La jeune fille humiliée par les hommes de sa famille, chassée de son foyer, ambitionne aujourd'hui de relever la tête et d'avancer dignement. J'ai trop longtemps attendu la venue de la fée des montagnes à qui je voulais confier que mon grand frère abusait de moi.

Je ne suis en aucun cas fautive des vils agissements d'Adolphe. Je ne suis en rien redevable à mon lâche de père qui a refusé de voir la réalité en face : l'aîné de ses fils était une ordure. J'ai le droit de mener ma vie comme je l'entends. Le droit d'être heureuse. C'était d'ailleurs le souhait de ma mère :

— Va où ton cœur te mène, Vitaline. Va, ma petite Vita. Vis ta vie. Vita-vie.

Maman… elle avait trouvé la force de jouer avec les mots pour me faire sourire le jour où mon père m'avait reniée. Je pense à elle chaque jour. Comment me réjouir du succès de vêtements brodés alors que ma mère et Flore sont mortes ? Avec qui partager l'argent que j'ai en poche maintenant qu'Hugo me boude ? Je regarde du côté de la chaise réservée au nom de M. Brasier. L'assise désespérément vide m'accable d'embarras et de tristesse. Les propos de Raoulette me reviennent en mémoire : « Tardez pas pour rejoindre le matou qui vous a fait accourir ici, ni pour aller voir votre famille. À force de tergiverser, parfois, on arrive trop tard. Une chaise est vide. Ne reste que les regrets. » Mémé… Je sais qu'elle espère ma venue cet été. Je ferais bien de lui rendre visite, avant qu'il ne soit trop tard.

Le temps est venu pour moi de retourner dans le Haut-Chablais afin d'y affronter mon passé. Mais pas sans être accompagnée. Hors de question de revenir seule à La Solitude. Or je ne vois qu'une seule personne pour m'escorter : Hugo. Son métier est aux antipodes du milieu mondain dans lequel j'évolue, néanmoins ce gaillard me correspond. Depuis le temps que j'y pense, cette fois, c'est décidé : je dois aller lui dire ce que je lui ai caché. Mais acceptera-t-il de me parler ? Vu qu'il ne s'est pas montré de toute la soirée, ce n'est pas gagné.

# 5

Autour de moi, c'est un bruit de voix continuel. Chaque invité semble jouter à qui parlera le plus longtemps et le plus fort. Je me sens oppressée par l'agitation et la chaleur de serre.

— On étouffe ici, dis-je à Paule et à Cricri. J'ai besoin d'air.

Je décide de rentrer chez moi en dépit de leur insistance à m'attarder en leur compagnie dans les bars de Paris jusqu'au matin. Je les confie aux bons soins de quelques cousettes fêtardes qui sauront leur montrer la capitale – à défaut de savoir confectionner un sarafane à ma taille.

Je prends la direction du boulevard Saint-Germain dans la perspective d'une nuit de sommeil. Ou plutôt d'une journée de sommeil car la nuit est très avancée. C'est donc avec un certain soulagement que je déboule à l'angle du Café de Flore, déjà animé malgré l'heure fort matinale. Des serveurs nettoient la terrasse. Je la longe quand j'entends l'un d'eux me héler. Je fais à son intention un geste de la main :

plus tard ! C'est pourtant facile à comprendre, or il semble ne pas avoir saisi car il insiste :

— Mademoiselle Vitaline ! Attendez !

Je lui fais signe de me laisser tranquille, mais il se dirige vers moi d'un pas décidé, me barre la route avant que je puisse m'engouffrer dans ma cage d'escalier. Je soupire avec un sentiment d'épuisement. La dernière chose dont j'ai besoin, à cet instant, c'est d'être appelée par un serveur en mal d'amour. Il tique sur mes joues mouillées. Je m'essuie d'un coup de manche en soie changeante. Je ne peux cacher que j'ai pleuré. La faute en est à ce milieu mondain qui me rejette comme mon père l'a fait, sous prétexte que ma poitrine opulente n'attire que des ennuis. Comme si j'avais choisi mon enveloppe corporelle !

— Je suis chargé de vous prévenir qu'un monsieur vous attend au bar.

— Un monsieur ? À cette heure-ci ?

— Oui, oui ! Il est resté à attendre hier soir jusqu'à la fermeture et il était là ce matin à l'ouverture. À croire qu'il a dormi devant le Flore.

— Vous êtes sûr que c'est bien moi qu'il attend ?

— Sûr de sûr. Il m'a même donné un billet pour que je l'aide à ne pas vous manquer.

— A-t-il dit qui il était ?

Je crains d'avoir affaire à un autre journaliste avide de potins.

— Non, mais il a dit qu'il était savoyard et qu'il était venu exprès pour vous visiter. Et vu son âge, j'ai tout de suite pensé que c'était votre frère.

— Mon frère ? m'affolé-je.

Le serveur opine du chef avec un air si convaincu que je ressens comme une entrave dans ma gorge.

— Il a dit qu'il voulait s'expliquer. Il a dit que vous comprendriez.

La volonté de savoir pourquoi Adolphe m'a fait tant de mal, ce besoin de mise au point qui m'a tourmentée toutes ces années, me poigne à l'instant même. Je dois pâlir affreusement car le garçon me demande :

— Mademoiselle Vitaline, vous vous sentez bien ?

— Oui, bredouillé-je. Conduisez-moi à lui, s'il vous plaît.

Le serveur m'ouvre la porte de l'établissement. Mon cœur martèle la cage de ma poitrine. La salle est déjà pleine des vapeurs de café et des fumées de tabac. Sous les arcs éclatants des lampes électriques, il y a des noceurs et des artistes dans l'abandon des hommes réunis entre eux, après avoir passé la nuit à se divertir. Tous s'interrompent pour scruter cette femme en robe haute couture verte que je vois dans le miroir Art déco. Je les considère un à un, la gorge nouée. Adolphe ne se trouve pas parmi eux.

Le garçon doit voir l'incompréhension se répandre sur ma figure, car il s'empresse de désigner une table cachée par un pilier.

— Votre frère est là.

Je me raidis, avance lentement pour me laisser le temps de voir à quoi ressemble Adolphe aujourd'hui. Il a certainement changé, surtout avec sa blessure à l'entrejambe, pourtant je reconnaîtrais cet enfoiré, même déguisé. Maintes années se sont écoulées, mais son visage déformé par un spasme de plaisir interdit n'a jamais quitté ma mémoire.

Le pilier me cache le visage de l'homme qui remue son café. Il lève sa tasse, la porte à ses lèvres, la repose. La gorge serrée, je reste immobile. Ayant senti que quelqu'un l'observe, il tourne la tête dans ma direction, se penche pour voir qui le scrute. En apercevant ses traits, mon cœur rate un battement.

## 6

Hugo !

Ce n'était pas Adolphe qui guettait ma venue depuis hier soir, mais Hugo. Le serveur a extrapolé et je l'ai bêtement laissé m'induire en erreur. Le charpentier se lève, s'avance vers moi. Un pli soucieux barre soudain son front. Il a remarqué que mes yeux sont gonflés. Un peu plus tôt, j'ai pleuré, mais à présent mon cœur est gai de le retrouver alors que je ne l'attendais plus.

Sans un mot, il enveloppe ma main dans la sienne, m'entraîne au fond du café. Bien que je ne sache pas de quoi il retourne, je ne fais rien pour me dégager. Cette réserve de tendresse et de vigueur, c'est tout lui.

— Je pense que nous serons mieux ici, me dit-il en désignant une table entourée d'une banquette moelleuse.

Il a bien choisi l'endroit : une sorte d'alcôve un peu retirée à la lumière tamisée. Parfaite pour moi qui n'ai pour ainsi dire pas dormi cette semaine. Et parfait pour lui qui semble également manquer de sommeil entre le voyage en train et la nuit blanche, passée à m'attendre.

— Qu'est-ce que je vous sers ? demande le serveur pendant que nous prenons place.

— Deux cafés au lait et deux croissants, commande Hugo.

Je suis touchée de constater qu'il se souvient de ce que j'aime prendre au petit déjeuner.

— Alors, ton chantier, ça avance ? m'enquis-je, sitôt le garçon reparti.

Ma question est un peu bateau, mais je n'en reviens pas de le voir là et il me faut du temps pour rassembler mes idées.

— J'ai fini la partie qui me concernait. D'autres artisans ont pris le relais. Je quittais les lieux quand ton invitation est arrivée. Ta première invitation, ajoute-t-il sur un ton espiègle. Avant de retourner à Châtel, je suis passé voir Jean-Raoul qui a reçu son fauteuil roulant et Raoulette m'a remis une deuxième invitation. J'en ai trouvé une troisième dans la boîte aux lettres du chalet.

— Je suis contente que tu sois venu, lui réponds-je avec une sorte de gêne rougissante.

— J'ai pensé que tu devais vraiment avoir envie de me voir pour m'inviter trois fois à la même soirée.

Ses yeux bleu marine me sourient.

— En fait, c'est surtout Neige qui me manquait. Je suis déçue de voir qu'elle n'est pas avec toi.

— Je lui ai proposé de venir, mais elle n'aime pas les grandes villes. Elle a préféré rester en montagne. Elle te fait dire que le chalet est terminé. Je viens de fixer au sommet de la charpente le rameau de buis qui annonce qu'il a pris toute sa hauteur.

Nous échangeons un regard de connivence comme de vieilles connaissances qui reprennent une conversation où elle s'est arrêtée lors de leur dernière rencontre. Avec ce naturel, cette confiance et cette spontanéité des amis. Ou des amants. Ou les deux.

Le garçon dépose notre commande sur la table. Hugo trempe son croissant dans son café tandis que je dévore le mien en le dépeçant à grands coups de dents. Sur les conseils d'Isadora, j'ai peu mangé ces derniers jours pour entrer dans mon sarafane. Je meurs de faim.

— Alors, ce défilé ?

— Aussi bien que possible, pour ce genre d'événement, dis-je avec un haussement d'épaules.

— Tu sembles déçue.

— Vexée serait plus juste, dis-je en lui montrant ma poche déformée par la liasse de billets. Figure-toi que la cliente m'a donné cet argent par l'intermédiaire de ma patronne pour que je débarrasse le plancher. Elle voulait éviter que les journalistes me photographient et que des clichés de moi portant une robe de sa collection sortent dans la presse.

Il ouvre tout grand les yeux en signe d'étonnement.

— Mais pour quelle raison ?

— Elle pense que l'élégance féminine passe par la minceur et elle me trouve trop grosse.

Hugo lâche un « C'est absurde ! » tellement juste de ton que j'en reste médusée. Il fait signe au garçon de venir nous servir à nouveau du café et de nous apporter d'autres croissants. Celui-ci repart content avec un billet et la monnaie en pourboire. À mon tour de tremper ma viennoiserie dans ma boisson fumante et au charpentier le dépeçage bestial. Nous ne boudons pas notre plaisir de dévorer ces croissants au beurre tout juste sortis du four. Tout comme nous l'avions fait au petit matin, après l'amour. Avant le train. Avant la brouille. Je songe à garder la confession qui me brûle le bord des lèvres avant de me raviser. Je ne suis pas une poule mouillée.

— Je suppose que tu aimerais savoir pourquoi je suis venu à Paris, mais pas au défilé ? me prend-il de court.

— J'avoue que ça m'intrigue.

— Je n'avais pas envie de voir l'autre détrôné te faire la cour toute la soirée.

Le côté saugrenu de sa remarque m'amuse. Je souris en avalant une gorgée de café au lait. Le bel Hugo est venu avec son franc-parler habituel.

— Serais-tu jaloux ? le taquiné-je.

— Il y a des photos de lui dans tous les journaux. J'ai lu un article sur l'atelier Falbala dans le train. Le succès est au rendez-vous.

— C'est Isadora qui a réussi. Moi, j'ai tout fait foirer. Ce soir, j'ai perdu mon emploi. Et l'été dernier, je t'ai perdu, toi. Et depuis, je pense à toi presque tous les jours.

— Comment ça, presque ? Moi, c'est tous les jours que je pense à toi.

La tendresse de sa voix contraste avec la précision de ses paroles.

— Dans ce cas, pourquoi n'as-tu pas répondu à ma lettre ?

— J'y ai répondu, mais avec du retard. Il m'a fallu du temps pour digérer la nouvelle. Et au moment de te l'envoyer, je t'ai vue dans le journal avec le russkof chez Lipp. L'article parlait de romance. J'ai pensé que j'avais trop tardé, que c'était fichu. Alors je n'ai pas osé poster ma lettre. Je l'ai gardée dans ma poche. Elle y est toujours, d'ailleurs.

Hugo tire de sa veste une enveloppe froissée qu'il dépose sur la table, devant moi. C'est si direct, si imprévu que j'en reste un moment interdite. Je dois faire mon petit déballage. Maintenant.

— Il faut que je te dise quelque chose…

Je le vois froncer les sourcils.

— … Flore m'a embrassée.

— Et alors ? me demande-t-il, apparemment peu étonné de mon aveu.

— Tu ne comprends pas. Elle m'a embrassée sur la bouche. Une fois sur le cuirassé et une fois dans une chapelle.

— Je le sais. Elle me l'a dit dans une de ses lettres. C'était tout elle, ça. Avec Flore, les relations étaient tantôt agréables, tantôt impossibles. Tu le sais aussi bien que moi. C'est ça qui te tracasse ?

Je fais oui de la tête, embarrassée.

— Tu m'as fait peur ! s'écrie-t-il en souriant. J'ai cru que tu t'étais fiancée avec l'autre blaireau.

Soulagée qu'il le prenne aussi bien, je lui avoue dans la foulée que je me suis ridiculisée en trimballant dans ma poche une bague d'engagement destinée à une autre. Loin de le fâcher, ma méprise l'amuse et j'en viens à en rire moi aussi.

Il sort de l'enveloppe la feuille de papier qu'il me tend, guettant ma réaction avec une extrême attention.

*Vita, ma chérie,*

*Jamais homme n'a aimé comme je t'aime. Je suis*

*perdu, vois-tu, je suis noyé, inondé d'amour ; je ne sais plus si je vis, si je mange, si je marche, si je respire, si je parle ; je sais que je t'aime.*

*Ton Hugo*

Je relève la tête, émue aux larmes. Nos yeux se confrontent en silence. Cette lettre, c'est la réponse d'Alfred de Musset à George Sand. C'est la réponse du charpentier savoyard à la maîtresse de montagne. C'est lui et c'est moi.

— Viens, lui dis-je en lui prenant la main.

Bien qu'il ne sache pas de quoi il retourne, il ne fait rien pour se dégager. Il me suit hors du Café de Flore, sur le trottoir, dans les escaliers jusqu'au dernier étage. Sur le palier, je lui lâche la main pour mieux lui tendre les bras. Un parfum alpin émane de lui. Je reconnais l'odeur de la sève qui monte au printemps dans les forêts de sapins. Le bombé aromatique du torse d'Hugo allume la passion. Cet homme est un morceau de la charpente du monde à lui tout seul. Je le fais entrer chez moi avec des chatteries de sourire et d'yeux. Derrière la lucarne, une matinée de chaleur commence à crépiter. Mon homme m'étreint debout, m'embrasse à pleines lèvres. Il déboutonne mon sarafane qui glisse au sol, dévoilant mon combiné de dentelle avec attache-jarretelles. Je me colle à lui en cambrant les reins, le laisse me dévorer de caresses, de baisers. L'amour qui roulait à mes trousses depuis des années vient enfin de me rattraper.

# Épilogue

Fin janvier 1924, je suis en voyage de noces avec Hugo. Bien que mariés depuis deux ans, nous n'avons pas pu partir avant en raison de la naissance de notre fille et de notre emménagement au chalet de Châtel que nous avons transformé en hôtel. Nous avons choisi Chamonix pour destination afin d'assister à la Semaine internationale des sports d'hiver. Quelle émotion de voir la cérémonie d'ouverture où seize nations défilent au son de la fanfare du 6ᵉ BCA ! L'Allemagne est exclue de la compétition – la guerre est encore dans tous les esprits. Je suis touchée de voir que beaucoup de spectateurs ont mis à leur chapeau une cocarde tricolore.

Notre voyage de noces est également un voyage d'études destiné à observer l'affluence touristique et l'équipement des sportifs. Le trajet en train, l'hébergement et les tickets pour assister aux épreuves sont financés par la vente de La Solitude. Mon père n'a pas survécu longtemps à Adolphe, mort des suites de son émasculation. Après leurs décès, je suis retournée au chalet familial. En voyant les croix que ma mère avait faites à la cheminée à chaque fois que je rentrais indemne des bois, j'avais décidé de le vendre.

La nourriture est fournie par Paule qui officie dans les cuisines de l'Hôtel des Alpes que nous avons fondé en 1922 pour accueillir les voyageurs de passage – notre spécialité culinaire est le crève-à-fous. Paule a prélevé du jambon fumé, de la terrine de lièvre, une tomme au lait cru, de la confiture de myrtilles, un pain au levain et deux bouteilles de mondeuse dans la réserve. Elle a également confectionné un gâteau de Savoie auquel nous avons fait un sort dans le train. Moelleux et aérien, quel régal ! Sa cuisson parfaitement minutée l'est grâce à la montre-bracelet que Paule porte au poignet. La cuisinière en a davantage besoin que moi dont les journées sont rythmées par mon nouveau rôle de mère.

Notre petite Flora, vingt mois, est gardée par mémé qui vit avec nous depuis deux ans. Quand je lui ai annoncé mon souhait de partir en voyage de noces, elle n'a pas caché sa joie d'avoir son arrière-petite-fille rien que pour elle. Ou presque, car Christiane passe chaque jour embrasser sa filleule. Une seule ombre attriste ces moments : Cricri est craintive. Elle a peur dans le noir, ou s'il y a trop de bruit. Les années de guerre et de terreur ont laissé des traumatismes indélébiles. On doit sans cesse la rassurer. Aucun Russe ne menace de l'arrêter, aucun fusil ne sera actionné à ses oreilles, aucun loup n'est tapi dans la salle de bains.

Ces séquelles psychologiques ne l'empêchent pas d'être une créatrice hors pair. Elle a ouvert à Châtel une boutique attenante à son atelier de couture. Elle a mis au point des vêtements de marche en montagne pouvant également servir à skier, à faire de la luge, du traîneau à cheval ou encore du patin à glace. Elle les confectionne avec de la toile enduite – du coton traité à l'huile de lin pour le rendre imperméable. Des coutures rabattues assurent l'étanchéité de ses tenues dont s'équipent déjà les membres des ski-clubs des vallées d'alentour. L'un d'eux, un fringant garçon du pays, vient souvent à la boutique lui expliquer ses projets de vie à venir.

À présent que je suis loin, je me sens plus tranquille de savoir Flora et mémé bien entourées, même si ma grand-mère n'a besoin de personne pour l'aider. Certes, les rides sur son visage disent l'enchaînement des saisons, mais sa tête raisonne clair et ses forces sont restées avec elle. Depuis la naissance de Flora, elle s'est remise à pouponner aussi bien que dans son jeune temps. Sa voix chante des berceuses, ses épaules vont et viennent dans un balancement ininterrompu. En dehors de son chignon blanc de vieillesse, elle semble être immunisée contre la décadence du corps. Elle paraît même vouloir vivre éternellement alors que toute notre famille a défunté.

Mais pour l'instant, je n'y pense plus.

Je suis trop occupée à suivre Hugo qui approche les sportifs pour observer leur matériel. Mon homme s'est lancé dans la fabrication de skis en bois qu'il perfectionne dans son atelier en relevant uniquement l'avant des lattes. Il obtient ce cintrage après avoir plongé du pin cembro dans un cuvier d'eau bouillante. Il propose plusieurs longueurs de skis, en fonction de la taille du skieur et de l'espacement de sa foulée.

Nous partons ensuite en promenade au pied du Mont-Blanc malgré le froid mordant qui règne à mille mètres d'altitude. Emmitouflée dans ma pelisse en peau de mouton, je n'en reviens pas de la foule sur place. Habituellement, la fréquentation hivernale reste modeste. Il faut dire que des millions de francs ont été dépensés pour ériger une piste de bobsleigh, un tremplin de saut à ski, un stade de trente-six mille mètres carrés et la plus grande patinoire artificielle du monde. À Chamonix, tout est démesuré.

Avec ses vastes dimensions, notre hôtel ne déroge pas à la règle. En plus de tout le confort moderne, il y a une salle de billard, plusieurs salles à manger et la possibilité de dîner dans sa chambre. Les sommeliers parlent plusieurs langues et des hebdomadaires de tous les pays sont disposés sur des cannes à journaux en noyer. Quelle distraction pour moi de lire la presse arrivée de Paris dans les profonds fauteuils du salon de lecture !

À la page du carnet mondain, une nouvelle me réchauffe le cœur : le mariage du Dr Amaury avec la fille d'un industriel de la Baltique. Je lui souhaite en silence tous mes vœux de bonheur. Les pages suivantes sont consacrées aux potins. Vadim pose avec une riche héritière américaine, tandis que Coco figure seule sur une autre page pour annoncer la création de la Société des Parfums Chanel. Son N° 5 a beau connaître un vif succès, elle apparaît le visage terni.

Son regard a perdu ce pétillement allègre qui la faisait paraître plus jeune que son âge. Il faut dire qu'au lâchage de Vadim s'ajoute l'éloignement d'Isadora qui a rompu son contrat d'exclusivité – la Russe travaille désormais pour des marques concurrentes. Pauvre Coco ! Elle semble si triste, si revenue de tout. Non seulement je n'éprouve plus aucune jalousie à son égard, mais encore je la plains sincèrement. Tout comme j'en ai fait l'expérience, elle a appris à ses dépens que côtoyer la famille impériale fait plus de jaloux que de compatissants. Malgré tout son argent, le bonheur lui fait défaut tandis que je possède la seule vraie richesse : l'amour d'un homme.

Quelle volupté cette semaine avec Hugo dans cet hôtel aussi spacieux que confortable ! Nous disposons d'une chambre douillette où règne une douce atmosphère, parfaite après ces heures passées dans la neige. À peine la porte refermée, mon amant légitime se coule près de moi, m'aide à ôter ma pelisse. La tiédeur ambiante allume un magnétisme sensuel entre nous. Il prend son temps pour retirer les épingles de mon chignon une à une. Ma chevelure rousse descend en cascade dans le creux de mes reins. Il fait pleuvoir des baisers dans ma gorge en effleurant du doigt le bombé de mon décolleté. Me délectant d'avance de ce à quoi j'aurai droit, je lui laisse me faire des agaceries. Il défait mon caraco qui ne tient qu'à un bouton, me délivre de mon soutien-gorge en satin de soie. Ses caresses font pénétrer dans ma chair un désir bouillant que je compte bien assouvir.

Ce premier mercredi de février, Hugo et moi montons dans le train du retour. J'ai le teint frais d'une femme comblée et reposée ; depuis quelque temps, je dors comme une marmotte. Tout le temps du voyage, nous bavardons en fumant des cigarettes. Le séjour nous a confortés dans ce qui n'est encore qu'un frémissement au village : les sports d'hiver sont l'avenir. Bientôt, les touristes afflueront dans les stations de bon air. Châtel deviendra un lieu de villégiature où les vacanciers viendront été comme hiver même si, pour le moment, les voyageurs sont davantage des estivants. Quoique notre hôtel dégage de quoi manger, cela reste insuffisant pour nous permettre d'en vivre correctement.

Nous devons trouver une autre source de revenus.

La solution arrive par la poste au mois d'avril alors que je fais du thé avec le samovar : j'ai obtenu l'autorisation d'ouvrir une classe d'enseignement secondaire pour jeunes filles. Mes diplômes, mon expérience à l'école Sainte-Catherine et la lettre de recommandation de mère Javotte ont fait leur office. Je vais pouvoir préparer les gamines des montagnes au baccalauréat. Impatiente d'annoncer la bonne nouvelle à Hugo, je gagne l'atelier où il fabrique un cheval à bascule pour Flora. Dehors, le soleil crépite sur les ardoises du toit. Neige m'emboîte le pas, la truffe haut dans le vent. Les souffles qui arrivent des sommets ont ce parfum printanier de verdure et de fleurs sauvages En me voyant entrer, mon homme me sourit du fond de l'âme. J'ai l'amour devant moi.

# Pour tout vous dire

J'ai travaillé en m'appuyant sur des faits historiques indiscutables. Cela dit, j'ai minoré certains événements dans le cadre de mon intrigue. J'en ai déplacé d'autres dans le temps pour satisfaire à des exigences dramaturgiques, car ce livre est et demeure un roman.

## 1. À propos des personnages

— Vitaline n'a jamais débarqué en Russie pour la bonne raison que ce personnage est le fruit de mon imagination, tout comme Paule, Christiane et Thérèse-Anne. En revanche, le parcours des préceptrices savoyardes est avéré.

— Hugo n'a pas restauré la charpente de la demeure Chabod vu que ce personnage est fictif, mais son uniforme de chasseur alpin et le déplacement des troupes sont authentiques.

— Le vécu de Flore et de Chantal est inspiré de celui de femmes issues de la Congrégation de Saint-Joseph. La situation de ces représentantes du catholicisme au féminin dans cet empire orthodoxe était d'autant plus ambiguë qu'elles n'avaient pas le droit de porter l'habit.

— La carrière de mère Javotte s'appuie sur celle de trois femmes remarquables :

• Marguerite Girard-Reydet. Née en Savoie en 1872. Partie en Russie en 1898. Directrice de l'École française de Saint-Pétersbourg. En 1922, elle a rejoint l'École française de Stockholm avant d'être affectée à l'hôpital de Copenhague. Elle a terminé sa carrière à Chambéry où elle a dirigé l'asile de vieillards Sainte-Hélène. Elle est morte en poste à soixante et onze ans.

• Émilie-Jenny Morens. Née en Haute-Savoie en 1875. Partie en Russie en 1903. Directrice de l'école Saints-Pierre-et-Paul à Moscou. Morte en Savoie à l'âge de quatre-vingt-un ans.

• Claudine Dejay. Née en Haute-Savoie en 1862. Partie en Russie en 1889. Directrice de l'école Sainte-Catherine de Moscou. Morte en Savoie à l'âge de quatre-vingt-seize ans.

## 2. À propos des personnages célèbres

— Le président Raymond Poincaré s'est bien rendu en Russie pour rencontrer le tsar Nicolas II. Il est parti du port de Dunkerque le 16 juillet 1914, a embarqué à bord du cuirassé le *France* avec pour escorte le *Jean-Bart*. Il ne se séparait jamais de son berger allemand qui vivait avec lui à l'Élysée. Bravo était du voyage lors des déplacements officiels.

— Isadora de Russie est librement inspirée de la grande-duchesse Marie Pavlovna Romanova

(1890-1958). Mariée à un duc suédois, elle a abandonné son fils aîné en Suède quand il avait quatre ans. Remariée à un prince russe, elle a fui la révolution, laissant derrière elle son bébé qui décédera dans sa première année. Elle s'est installée à Paris où elle a fondé la société de broderie Kitmir. Elle s'est liée d'amitié avec Gabrielle Chanel à qui elle a présenté son frère dont elle était très proche. Elle a reçu une médaille d'or à l'exposition des Arts décoratifs de 1924. Elle repose avec son frère au château de Mainau, sur l'île éponyme du lac de Constance.

— Vadim de Russie est librement inspiré du grand-duc Dimitri Pavlovitch Romanov (1891-1942), cousin du tsar Nicolas II. Il a participé à l'assassinat de Raspoutine avec le prince Félix Youssoupoff – qui m'a inspiré le personnage de Fiodor – dont il était l'amant. Le grand-duc était également l'amant de Gabrielle Chanel pour qui il a dessiné le flacon du parfum N° 5. En 1926, il a épousé une riche héritière américaine. Il s'est installé en Floride où il est devenu courtier en champagne. Il est mort de la tuberculose à cinquante ans dans un sanatorium en Suisse.

— Le Dr Amaury est aux antipodes du Dr Cresson, un chirurgien aussi irréprochable qu'admirable. Nommé directeur de l'hôpital français de Saint-Pétersbourg en 1905, il a souvent été appelé au chevet de la famille impériale, tout en se consacrant aux nécessiteux de la ville. En 1914, il a converti un train en ambulance pour porter secours aux blessés sur le front de Prusse-Orientale. Capturé par les Allemands, il a été libéré en 1916. Condamné à mort par les bolcheviks pour insoumission, il est rentré en France où il a mis sur pied un dispensaire à Villejuif avec l'aide de la Croix-Rouge. Il y a opéré gratuitement les Russes blancs sans ressources.

## 3. Anecdotes curieuses et faits véritables

— La pension au n° 8 de la rue Basse-du-Château a existé. Elle était tenue par Mme Verchy qui accueillait parfaitement ses clients, contrairement à Mme Vichy et à sa fille Bernarde, personnages tout droit sortis de mon imagination. La rue Basse-du-Château est une des plus vieilles rues de Chambéry. Elle a longtemps été la seule à donner un accès direct au château. Voici les descriptions datant d'un siècle en arrière : *Les maisons y sont de guingois. Deux d'entre elles se donnent la main, au deuxième étage, par-dessus la chaussée, avec un petit pont couvert d'un pittoresque vénitien.* Dans la même rue se trouvait au n° 10 la demeure Chabod du XV^e^ siècle, aussi appelée hôtel Chabod-Balland.

— L'invention du fauteuil roulant motorisé date de 1912. Les premiers exemplaires manufacturés sont sortis des usines en 1916.

— La Solitude existe. C'est un joli hameau situé sur la commune de Bonnevaux, dans le Haut-Chablais, en Haute-Savoie. Il en va de même pour le charmant village de Châtel situé non loin de la frontière suisse.

— La révolution russe est à l'origine d'une terrible famine, longtemps niée par le pouvoir bolchevique malgré cinq millions de morts. Voyant la population affamée fouiller les latrines et déterrer les corps pour manger, Lénine a dérogé à sa politique isolationniste pour demander l'aide internationale. Les Français et les Américains ont répondu à l'appel. Le Comité français de secours aux enfants s'est mobilisé sous l'égide de la Croix-Rouge. Herbert Hoover, alors secrétaire au Commerce, a lancé un plan permettant de nourrir onze millions de Russes. On a ensuite trouvé des boîtes de corned-beef et de pétales de maïs dans toute la Russie. De façon paradoxale, ces produits étaient considérés comme de la propagande capitaliste.

— L'anecdote sur les céréales Kellogg's est authentique. Leur inventeur, le Dr John Kellogg, était un médecin nutritionniste, ennemi du sucre et farouche partisan de l'abstinence sexuelle. Son sanatorium, financé par l'église adventiste du Michigan, a accueilli jusqu'à mille six cents patients. Il leur vantait les vertus de ses corn flakes : cet aliment sans saveur décourageait les hommes de s'adonner à la masturbation qu'il avait en horreur – au point de leur proposer des mutilations génitales pour les détourner des plaisirs de la chair. Sa croisade contre l'amour charnel l'a brouillé avec son frère Will qui s'est rebellé en roulant les pétales de maïs dans du sucre, transformant l'ancien produit insipide en succès commercial.

— À Saint-Pétersbourg, l'Asile du Bon Pasteur destiné « aux jeunes filles en danger de se perdre » a existé, tout comme le Home d'institutrices qui a ouvert ses portes en 1903 avec le soutien de l'ambassade française. Y logeaient les institutrices qui travaillaient en ville ou y cherchaient un emploi, ainsi que des gouvernantes et des préceptrices.

Entre 1875 et 1914, trois cent quinze Savoyardes célibataires ont fait une demande de passeport pour la Russie – plus d'une centaine entre 1900 et 1912. Emportées dans la tourmente de la révolution de 1917, elles ont connu les interrogatoires de la Tchéka, la famine, la terreur rouge, les prisons de Lénine et la justice des bolcheviks. Les moins chanceuses n'ont pu quitter la Russie qu'en juillet 1922. Devenues sujettes du tsar, leurs demandes pour récupérer leur nationalité sont longtemps demeurées vaines. Malgré le manque de moyens, la guerre et le chaos, ces jeunes femmes – laïques ou religieuses – ont scolarisé des milliers d'enfants et soigné autant de malades, de vieillards et de blessés. Elles se sont éteintes chacune de leur côté, sans que personne ne le sache, ou presque. J'avais à cœur de rendre hommage à leur héroïsme, à leur dévouement et à leur foi en l'humain.

Vous souhaitez en savoir plus sur les livres
et les auteurs de la collection Terres de France ?

Retrouvez toutes les informations sur le site
www.collection-terresdefrance.fr
et abonnez-vous à notre lettre d'information.

Suivez-nous également sur notre page Facebook,
notre compte Twitter et Instagram.

*Composition : Facompo, Rouen*

#lisez! engagé
www.lisez.com
Pour plus d'information :
Imprimé sur du papier issu de forêts gérées durablement.

CET OUVRAGE
A ÉTÉ ACHEVÉ D'IMPRIMER
SUR ROTO-PAGE
PAR L'IMPRIMERIE FLOCH
À MAYENNE EN SEPTEMBRE 2023

N° d'impression : 103280
Imprimé en France